LA REINE DE L'ANARCHIE

SAUVAGES IMPITOYABLES #2

EVA ASHWOOD

Copyright © 2022 par Eva Ashwood

Il s'agit d'une œuvre de fiction. Les noms, les personnages, les organisations, les lieux, les évènements et les incidents sont le fruit de l'imagination de l'auteur ou sont utilisés dans un but fictionnel. Toute ressemblance avec des personnes réelles, vivantes ou mortes, serait purement fortuite.
Tous droits réservés.

Inscrivez-vous à ma newsletter !

1

RIVER

Les lumières clignotent derrière nous tandis que les Rois du Chaos me traînent vers leur voiture. Je porte toujours la robe élégante que j'ai enfilée pour le gala plus tôt dans la soirée et le tissu se tord entre mes jambes alors que nous courons pratiquement dans la rue.

J'ai l'impression d'être étourdie, de trébucher derrière les gars et de les laisser m'emmener n'importe où. Ils pourraient aussi bien m'emmener sur la Lune.

Je suis trop perdue dans mes pensées, concentrée sur tout ce qui s'est passé en si peu de temps. Tout tourbillonne dans mon esprit, la confusion et le choc et un besoin désespéré de savoir ce qui se passe.

Moins d'une minute plus tard, je suis dans la voiture, assise entre Preacher et Pax, mais je ne le remarque pas non plus.

Gale s'éloigne du trottoir et de l'immense hôtel où se tenait le gala, loin des sirènes et des gens qui sortent du bâtiment. Nous sommes sortis avant la foule, mais maintenant les gens se précipitent pour essayer de s'éloigner du corps découpé d'Ivan Saint-James, étalé sur une œuvre d'art coûteuse comme une sorte de sculpture macabre.

Putain, on a ouvert la boîte de Pandore.

Même si nous roulons vers le secteur de Détroit auquel nous appartenons, ou du moins moi, le bruit des sirènes continue. L'hôtel va être rempli de flics, cherchant des preuves et essayant de parler à tous ceux qui sont assez stupides pour rester dans les parages.

Je ne peux même pas me résoudre à être inquiète à ce sujet. Le corps d'Ivan Saint-James apparaissant sur une œuvre d'art au beau milieu d'un gala merdique fait sans aucun doute partie des choses qui n'auraient pas dû arriver ce soir, mais je ne cesse de penser à ce qui s'est passé *après* cette révélation.

Quand les gens couraient et criaient, essayant de s'éloigner du cadavre déjà en décomposition sur le piédestal doré, et que je suis tombée sur cette femme.

J'ai du mal à comprendre ce qui s'est passé, mais je ne fais que penser à ces yeux, si familiers, qui ne cessent d'apparaître dans mon esprit.

Les yeux d'Anna.

Les yeux de ma sœur.

Les yeux de ma sœur morte.

Puis je cligne des yeux et le corps d'Ivan apparaît aussi dans mon esprit. Peu importe ce qui se passe, c'est toujours important. C'est difficile de penser à Anna et de ne pas penser à Ivan. Je l'ai tué parce qu'il était impliqué dans le meurtre de ma sœur et ils étaient tous les deux censés reposer en quelque sorte. Pas exposé pour choquer une foule et se balader dans un gala pour *me* choquer.

Les gars discutent ensemble, mais je fais à peine

attention à ce qu'ils disent. C'est entre une discussion et une dispute, comme c'est toujours le cas avec eux lorsqu'ils s'énervent, et seules des bribes de la conversation filtrent à travers l'état de choc dans lequel je suis.

« Personne ne nous a vus », insiste Pax en secouant la tête et en faisant tomber quelques mèches de ses cheveux noirs légèrement hirsutes sur son front. « Penses-tu que nous n'aurions pas remarqué si quelqu'un nous observait ? »

« Je pense que nous n'avons pas fait assez attention », répond Gale. Sa voix grave est tendue et il jette un coup d'œil à Pax dans le rétroviseur. Ses yeux verts sont perçants.

« Ok, mais même si quelqu'un nous observait, comment aurait-il su qui on a balancé ? » dit Ash. Il est le plus détendu de tous les hommes d'habitude, mais les événements de ce soir l'ont visiblement perturbé lui aussi. Il soulève ses lunettes pour se frotter l'arête du nez. « Saint-James était en morceaux dans un sac. On aurait pu balancer n'importe quoi. Est-ce qu'ils ont vraiment plongé et l'ont sorti pour voir si c'était quelqu'un qu'ils connaissaient ? »

« Il aurait fallu qu'ils le sachent à l'avance », dit Preacher, parlant pour la première fois depuis longtemps. Ses mains aux longs doigts sont croisées devant son visage, comme s'il était un prêtre et qu'il priait.

Mon cerveau essaie d'enregistrer tout ce que les hommes disent, mais je suis incapable de retenir une seule pensée pendant plus d'une seconde. Je suis encore sous le choc. J'ai l'impression que le monde se dérobe sous moi, me laissant déséquilibrée et étourdie. Déstabilisée.

Je ferme les yeux et respire profondément pour essayer de me concentrer. Tout ce que je vois c'est l'image des yeux de ma sœur qui me revient en tête.

Anna pourrait-elle être en vie ? Est-ce que c'est possible ?

Ou peut-être que je me trompe. Peut-être que le chaos et l'adrénaline de toute cette histoire avec Ivan m'ont joué des tours, me faisant croire que j'ai vu les yeux d'Anna. Je ne les ai aperçus qu'une seconde et je pensais déjà à elle, donc ça ferait sens.

Je n'ai aucun moyen d'en être sûre et l'incertitude s'installe avec une sorte d'aigreur dans mon estomac.

Nous arrivons devant mon immeuble sans que je ne le remarque. Gale arrête la voiture dans le parking et je cligne des yeux pendant une seconde pour que mon corps bouge.

Pax sort de son côté, laissant la porte ouverte pour que je puisse sortir aussi. Quand je commence à bouger, c'est comme si je réalisais que je porte toujours la robe élégante pour le gala.

Se préparer pour ce truc et entrer dans l'espace luxueux et chic avec les gars, c'est comme si ça s'était passé dans une autre vie. Et peut-être à quelqu'un d'autre.

Une brise se lève et rafraîchit suffisamment ma peau chaude pour que je puisse me rappeler comment bouger. Je ne dis rien aux gars, je me retourne et je me dirige vers la porte de mon immeuble délabré. Je me sens toujours dans un état second.

Le bruit d'une porte de voiture qui claque me fait sursauter et me retourner pour voir les quatre gars qui me suivent vers mon appartement.

Ça me ramène encore plus au moment présent et je les regarde tous avec colère. « Putain, qu'est-ce que vous faites ? » je leur demande.

« Tu vas revenir vivre avec nous », déclare Gale sur un

ton qui veut être obéi. De la même manière qu'il donne des ordres aux autres gars, ce qu'il fait souvent en tant que leader de facto du groupe.

L'irritation l'emporte sur le choc et je lui fais face. Je déteste le côté autoritaire de Gale. J'ai vécu pendant ces dernières années sans que personne ne me dise quoi faire et maintenant ce connard pense qu'il peut me donner des ordres dès qu'il en a envie.

Je n'en ai pas besoin et je n'en veux pas. L'adrénaline me fait encore vibrer et mon cœur bat à tout rompre contre mes côtes.

« Ce n'était pas le marché », je lui réponds d'un ton tranchant. « J'en ai fini avec cette merde. »

Gale me regarde, la mâchoire tendue. La cicatrice sur sa lèvre est visible sous les lumières hideuses à l'extérieur de mon immeuble et la lueur dans ses yeux verts perçants n'est que de la colère qui augmente. Comme toujours.

Il me regarde fixement, comme s'il s'attendait à ce que je plie et cède, et je lui lance un regard noir.

« C'est dangereux », dit-il.

« Et alors ? » je réponds. « J'ai l'habitude. Le *monde* est dangereux. J'ai appris cette putain de leçon il y a longtemps. Je n'ai pas besoin que vous fassiez du baby-sitting parce que les choses sont devenues bizarres. Je vais m'en sortir. »

Le muscle de sa mâchoire tressaille alors qu'il serre les dents plus fort et je tourne les talons, essayant de rentrer dans le bâtiment et de les laisser dehors.

Pax bouge plus vite qu'à son habitude, cependant. Il attrape la porte dès que je l'ouvre et on se retrouve dans une lutte stupide. Je ne suis pas faible, mais il est plus grand et plus fort que moi, et en plus, il sourit comme un idiot. Ses tatouages sont à peine visibles sous le costume élégant qu'il portait au gala, mais de petites traces d'encre ressortent sous les manches et le col, lui donnant un air dangereux. Comme un lion que quelqu'un aurait essayé d'apprivoiser sans succès.

Tirer sur la porte pendant qu'il la tient est une perte de temps, alors j'abandonne et le dépasse. Alors que j'entre à grands pas dans le bâtiment, les quatre se frayent un chemin derrière moi.

« Sortez », je murmure entre mes dents serrées. « Entrer par effraction est un foutu crime. »

« Ah, mais tu nous as tenu la porte ouverte », dit Pax joyeusement. « Ça veut dire que tu nous as pratiquement invités à entrer. Comme les règles des vampires. » Il sourit de son sourire déséquilibré que j'aimerais ne pas être aussi sexy et je lui lance un regard impassible.

Les faire sortir maintenant qu'ils sont dans le bâtiment serait une lutte pour laquelle je n'ai pas l'énergie, donc je monte au troisième étage alors qu'ils me suivent dans les escaliers.

Dès que j'ouvre la porte de mon appartement, ils me suivent, ne semblant pas à leur place au beau milieu de ce qui est considéré comme le « salon » dans mon studio. Chien, ce putain de traître, aboie en me voyant, puis perd pratiquement la boule quand il voit les gars, courant en rond avant de bondir vers eux pour renifler leurs vêtements et essayer de leur lécher les mains.

Mon irritation ne fait qu'augmenter en voyant ce putain de bâtard qui semble aimer les gars autant qu'il m'aime. Putain, est-ce qu'*ils* l'*ont* nourri tous les jours ? Je ne pense pas. Mais il se prosterne devant eux comme si c'était eux qui prenaient soin de lui.

Je me tiens planté là, au beau milieu de mon appartement, les poings serrés, alors que Gale et moi nous faisons face à nouveau. Ses traits semblent toujours plus durs que ceux des trois autres hommes. Ils ne sont jamais sans expression comme ceux de Preacher, mais il y a quelque chose de sévère en eux, comme s'il avait passé tellement de temps à serrer sa mâchoire qu'elle s'était transformée en pierre.

Les trois autres Rois se tiennent derrière lui, le soutenant. Il n'y a que moi de mon côté, mais ce n'est pas grave. Il n'y a toujours eu que moi.

« Ce n'est pas une discussion, River », dit Gale. Sa voix n'est pas élevée, mais elle semble quand même fendre l'air. « Tu viens. »

« Oh, je suis désolée », je lui réponds, les dents serrées. « Je n'avais pas réalisé que j'étais ton putain d'esclave à qui tu peux donner des ordres quand ça te chante. Notre marché était que je reste avec vous jusqu'à ce que je tue Ivan. Je ne sais pas si ça t'a échappé, mais il est mort. Donc je ne te dois plus rien. C'est fini. »

« Ce n'est pas fini », siffle-t-il en faisant un pas en avant. « Tu le sais. Quelqu'un a sorti son corps de cette putain de rivière et l'a exposé aux yeux de tous ce soir. Tu ne réalises pas ce que ça signifie ? »

Je plisse les yeux. « Je ne suis pas idiote, Gale. »

« Tu agis comme tel. Ça ne va pas s'arrêter là et nous ne savons pas s'ils peuvent faire le lien entre sa mort et toi. Et *nous*. Ça devrait t'inquiéter autant que nous. »

« Je n'en ai rien à foutre », j'insiste.

Je déteste qu'il ait raison, cependant. Quelqu'un qui sort Ivan de l'eau pour le montrer à une bande de riches à l'un des plus importants événements de Détroit est probablement très mauvais. C'est sûr que ça ne peut pas être bon signe. Mais je ne veux pas reconnaître cette vérité.

« Je l'ai tué », dis-je en balayant du regard les quatre hommes en parlant. « J'ai rayé le dernier nom de ma liste. C'est fait. »

« Vraiment ? » Gale plisse les yeux et s'avance encore plus. Plus il s'approche, plus je m'énerve. « Alors pourquoi son corps n'est pas resté dans la rivière ? »

« Comment pourrais-je le savoir ? »

« C'est ça le problème », ajoute Pax d'un air insouciant. « Nous ne savons pas. Et ne pas savoir est dangereux. »

« Tu te fiches peut-être de ce qui se passe, mais on t'a aidée », poursuit Gale, sa voix devenant encore plus dure, si c'est possible. « Et si quelqu'un sait ce que tu as fait, il saura qu'on était là aussi. Ce n'est pas bon pour les affaires si on est mêlés à ton histoire. »

« Je ne vous ai pas demandé de vous laisser entraîner dans "mon histoire". » Je fais de gros guillemets autour de ces mots. « Vous auriez pu rester en dehors de ça. Vous auriez pu vous éloigner de tout ça dès le début. »

Il soupire en donnant l'impression qu'il aimerait pouvoir remonter le temps et faire exactement ça. « Ce qui est fait est fait, River. Et que ça te plaise ou non, on est tous impliqués. Donc tu viens avec nous, même si je dois demander à Pax de te jeter sur son épaule et de te traîner dehors. »

L'homme costaud et tatoué a l'air d'aimer ça. Quel

LA REINE DE L'ANARCHIE

cinglé. Il me fait un clin d'œil et j'essaie de l'enflammer avec mon regard.

Ignorant notre échange, Gale lance aux trois autres Rois du Chaos un regard perçant et ils acquiescent tous. Comme s'ils partageaient un foutu cerveau, ils se séparent, se déplaçant dans mon petit appartement comme si l'endroit leur appartenait. Preacher trouve le sac que j'ai ramené de chez eux, toujours sur le sol à côté du lit, à moitié déballé.

Il le prend et commence à fouiller dedans comme s'il prenait note de ce qu'il contient.

Pax se dirige vers mes tiroirs, les ouvrant d'un coup sec et en sortant des vêtements et des sous-vêtements avec le même sourire, s'amusant clairement même si c'est sérieux.

Et Gale reste là, au milieu de tout ça, n'ayant pas l'intention d'accepter un refus. J'ai envie de le frapper au visage. Je déteste qu'il pense qu'il peut faire irruption dans ma vie et commencer à exiger des choses, et je déteste encore plus qu'il puisse avoir raison sur tout ça.

Il est clair que je n'arriverai pas à les faire partir sans moi et je ne peux pas lutter contre les quatre. Les regarder tripoter mes affaires fait monter ma tension artérielle, alors je laisse échapper un grognement de frustration et je cède, ne serait-ce que pour les empêcher de malmener mes affaires.

« Dégage de là », dis-je à Pax en lui donnant un coup de coude pour l'écarter. Je lui arrache le soutien-gorge qu'il tient et le mets dans le sac. « Je peux faire mes bagages toute seule. »

« Alors fais-le », dit sèchement Gale derrière moi.

Je ne réponds pas par des mots, serrant la mâchoire et lui faisant un doigt d'honneur par-dessus mon épaule.

Ils restent tous plantés là à me regarder pendant que je finis de faire mes bagages et j'ai une étrange impression de déjà-vu. Comme quand Pax était là la première fois, à me regarder ranger mes affaires pour pouvoir me ramener chez eux.

Cette fois, le chien errant que j'ai récupéré est à l'intérieur, recroquevillé sur le sol. Sa queue brune et touffue cogne contre le sol chaque fois que je passe devant lui pour aller chercher autre chose.

Gale a l'air de lutter contre l'envie de consulter sa montre et de taper du pied sur le parquet pour que je me dépêche. D'habitude, je prendrais mon temps juste pour l'emmerder et le faire réagir, mais je suis fatiguée et prête à en finir avec tout ça.

Une fois que tout est fait, je passe devant les quatre hommes en mettant mon sac sur mon épaule. Il est bien plus rempli que la dernière fois, avec des vêtements et des trucs, car cette fois-ci, il n'y a pas vraiment de date limite à laquelle j'en aurai fini avec eux.

Je me dirige vers la porte, l'ouvrant d'un coup sec et les laissant tous me suivre.

« Viens, Toto », appelle Pax, donnant un nouveau nom au chien comme il le fait presque à chaque fois qu'il parle au cabot. Il secoue la tête en sifflant. « Retour au Kansas. »

Ash pouffe de rire. « Je suis presque sûr qu'on *est au* Kansas et qu'on le ramène à Oz. C'est plus logique. »

« Qu'est-ce que ça fait de nous ? » réplique Pax.

Le chien ne se soucie pas du tout de la métaphore et trotte joyeusement derrière eux, me suivant dans les escaliers avec les autres.

Ils me regardent avec impatience quand nous sortons,

comme s'ils pensaient que j'allais monter dans leur voiture pour les suivre, mais au lieu de cela, je me dirige vers ma propre voiture dans le parking à côté du bâtiment. Ma voiture est peut-être merdique, mais elle est à moi, et si je dois rester coincée avec eux pour une période indéfinie, je ne le ferai pas sans mon propre moyen de transport.

J'ouvre la porte arrière et Chien saute à l'intérieur avec empressement. Je lui lance un regard noir une fois de plus et je dépose mes sacs. C'est l'inverse de la façon dont nous avons quitté la maison des Rois il y a quelques jours et je n'aime pas avoir l'impression que l'histoire se répète. Je ne jette même pas un autre regard aux gars avant de monter dans la voiture, de mettre le moteur en marche et de sortir du parking en trombe.

2

RIVER

Traverser Détroit ne prend pas autant de temps que je le souhaiterais, et quand je me gare dans l'allée des gars, ils sont juste derrière moi. Je pouvais les sentir me suivre tout le long du trajet, s'assurant que je ne déviais pas ou que je n'essayerais pas de m'échapper. Comme si j'avais l'énergie pour penser à faire ça maintenant.

Je les laisse d'abord sortir de leur voiture et déverrouiller la porte d'entrée de la maison, puis je me glisse hors de ma voiture et les suis avec Chien me suivant à la trace.

Il court joyeusement, aboie en bondissant un peu avant d'aller à la cuisine. Probablement pour réclamer sa place favorite à nouveau.

Personne ne s'y oppose.

En fait, tout le monde est silencieux, ce qui me convient parfaitement. Avant qu'un des gars ne puisse dire quoi que ce soit, je monte à l'étage et retourne dans la chambre qui était *la mienne* avant.

Ça fait quelques jours, mais tout est comme je l'ai laissé, ou presque. Les draps sont même encore froissés comme s'ils n'avaient pas pris la peine de les changer après mon départ.

Je m'en fous.

Je dépose mon sac sur le lit et le dézippe, impatiente d'enlever enfin la robe du gala. Elle est sexy, mais à ce stade, c'est devenu inconfortable.

Elle s'enroule autour de mes pieds dans une vague de tissu soyeux lorsque je glisse les bretelles de mes épaules. Je la jette plus loin, fouillant dans mon sac pour trouver autre chose à me mettre.

Putain, il s'est passé trop de choses ce soir. La réapparition du corps d'Ivan et la possibilité que j'aie vu Anna ont chassé de ma tête les pensées de ce qu'Ash et moi avons fait plus tôt, mais être de retour dans cette maison et me déshabiller me rappelle que je l'ai baisé dans cette salle de bain. Je peux sentir la légère douleur dans mon corps et le souvenir de sa bite enfouie en moi lorsque je me penche pour enfiler un pantalon de survêtement et un t-shirt.

J'ai laissé la porte ouverte, m'en rendant seulement compte quand j'entends des bruits de pas dans le couloir. Je tourne la tête à temps pour voir Ash passer et son regard se tourne vers moi pour me voir me changer.

On dirait qu'il ne veut pas s'arrêter de marcher, mais il le fait quand même, se figeant sur place. Nos regards se croisent un instant et mon estomac se noue. L'air entre nous se remplit d'une charge électrique, les souvenirs de ce que nous avons fait plus tôt remontant à la surface malgré ce qui s'est passé.

Mais je ne ressens pas la même chose que quand il me regardait. Il y a de la tension, mais au lieu d'être intense et sexuel, maintenant c'est juste... merdique.

Ash a une expression qui ressemble presque à du dégoût. Ses yeux ambrés brillent derrière ses lunettes et il me dévisage pendant une seconde interminable avant de se retourner et de s'éloigner.

Il ne dit rien. Il ne m'accuse pas pour ce que j'ai fait ou ne m'engueule pas. Il ne fait que partir.

Ça me dérange et je déteste ça.

J'ai passé des années à devenir le genre de personne qui ne dépend pas de l'approbation, de l'amour ou de l'affection des autres. Je me suis débrouillée par moi-même et les choses allaient bien. Jusqu'à maintenant, apparemment, ce qui me glace le sang.

Ça n'aurait jamais eu d'importance avant, mais maintenant une partie de moi se sent mal de savoir que j'ai délibérément blessé Ash. Parce que c'est ce que j'ai fait quand je me suis jetée sur lui dans cette salle de bain chic et que je l'ai tellement excité qu'il n'a pas pu s'empêcher de me baiser. Je l'ai mis dans une situation qui, je le savais, le blesserait… et c'est ce qui est arrivé. Maintenant il est dégoûté par moi ou déçu ou quelque chose comme ça, et c'est horrible de savoir que j'en suis la cause.

Ce n'est pas le moment de s'attarder sur ça au beau milieu de la nuit après la soirée qui a dérapé, cependant. Je ne suis même pas certaine de l'heure qu'il est, mais il doit être presque minuit. Je sais que personne ne va se coucher, alors je prends quelques flacons de vernis à ongles et je descends.

J'entends les gars parler quand j'arrive au rez-de-chaussée et je sais qu'ils doivent discuter de ce qui s'est passé ce soir.

Gale, Preacher et Pax sont déjà dans la cuisine, et ils

sont tellement concentrés sur leur conversation qu'ils ne lèvent pas les yeux quand j'entre. Pax a déjà sorti le whisky, Dieu merci. J'attrape la bouteille et prends une gorgée, savourant la brûlure qui s'installe dans mes tripes tandis que j'avale, espérant que cela chassera les mauvais sentiments.

Je m'assois à table et étale ma main sur le bois, ouvrant l'un des flacons de vernis à ongles pour me peindre les ongles pendant qu'ils parlent du dernier problème. J'aurais pu rester à l'étage et faire ça, en évitant de prendre part à cette conversation, mais s'ils veulent que je vive à nouveau dans leur maison, je ne vais pas me cacher.

Ils ont exigé que je reste avec eux, alors je vais faire comme chez moi, pour leur montrer que je ne suis pas à leur merci. Je vais prendre de l'espace, comme je l'ai fait la première fois que je suis venue ici.

Ash entre dans la cuisine quelques secondes plus tard. Il est le dernier à arriver. Il me lance un regard perçant et roule des yeux. « Fais-tu vraiment ça dans la cuisine ? » demande-t-il.

C'est la première chose qu'il me dit depuis qu'on a baisé tout à l'heure et je lève les yeux en essayant de ne rien laisser paraître sur mon visage.

« Oui. Si c'est un problème, je peux juste rentrer à la maison. Tu sais, là où je voulais être en premier lieu ? »

Il serre les dents, et pendant un instant, il ressemble terriblement à une version de Gale aux yeux ambrés, utilisant sa colère et son irritation comme une arme.

« Peut-être que tu devrais juste partir », murmure-t-il à voix basse. « Si tu vas agir comme si ce foutu endroit t'appartenait. »

« Règle ça avec ta baby-sitter et je m'en vais », je lui

réponds en faisant un signe de tête vers Gale. « Mais vu la façon dont vous avez fouillé dans mes affaires tout à l'heure, on aurait vraiment dit que vous vouliez que je sois ici. Et j'y suis. Fais avec. »

Ash jette un coup d'œil à Gale et je sais qu'il ne va pas se disputer pour ça. Pas après qu'ils aient tous soutenu Gale quand il a demandé que je vienne avec eux. Ash ne peut donc pas faire grand-chose, à part être énervé, je suppose.

D'habitude, les plaisanteries entre Ash et moi sont légères et coquines. Mais son commentaire est amer et furieux, comme je le suis avec Gale ou Preacher parfois. Je peux dire que, contrairement à la dernière fois où j'ai vécu sous ce toit, Ash ne veut vraiment pas de moi ici. La première fois, c'est lui qui m'a défendue et a essayé de convaincre les autres que c'était une bonne idée que je reste. Maintenant, il préférerait probablement que je sois ailleurs.

Tant pis. Il peut en parler à Gale s'il a un problème avec ça. Je préférerais ne pas être ici non plus.

Je détourne mon regard et glisse le pinceau de vernis noir sur l'ongle de mon pouce en prenant mon temps pour ne pas remplir les cuticules ou bousiller les côtés. Au bout d'un moment, Ash prend place à table, aussi loin de moi que possible, et commence à jouer avec une carte qu'il sort de nulle part.

Je sens le regard de quelqu'un sur moi et je sais sans lever les yeux que Preacher nous observe, qu'il observe l'échange entre Ash et moi. Il observe toujours tout de près, il prend tout en compte mais réagit rarement d'une manière que l'on puisse vraiment voir. Je déteste ça. C'est comme s'il en voyait trop. Comme s'il pouvait sentir toute la mauvaise énergie entre Ash et moi et qu'il savait ce qui se passe.

Pour une raison quelconque, cela me fait me sentir encore plus mal. Une pression soudaine me serre la poitrine et j'enfonce le pinceau dans le flacon de vernis d'un coup sec avant de repousser la chaise de la table.

« Vous savez quoi ? Laissez tomber. Si personne ne veut que je sois ici, alors je vais partir. Je ne voulais pas venir en premier lieu, donc il n'y a aucune raison pour moi de rester. »

Gale frappe sa main sur la table et tout le monde se retourne pour le regarder.

« Assis-toi, River », grogne-t-il. « Cesse de faire l'idiote et tu ne vas nulle part. Si tu essaies de partir, je te ramènerai ici si vite que tu en auras la tête qui tourne. Et tu n'aimeras pas ça si je dois le faire. Crois-moi. »

J'ai un autre sentiment de déjà-vu et je me souviens de ma première nuit ici, celle que j'ai passée enchaînée dans leur sous-sol. Je me souviens de Gale me pointant un flingue dessus et disant qu'il allait me tuer, après avoir passé des heures dans leur sous-sol à refuser de répondre à leurs questions.

Et maintenant, il semble qu'il serait heureux de réitérer cette menace.

Comme pour Ash et moi, c'est comme si la relation que Gale et moi avions bâtie ces dernières semaines était redevenue ce qu'elle était au début. Antagoniste et pleine de colère.

Il est sur les nerfs, ses yeux de jade brillant de rage et le muscle de sa mâchoire sautant à cause de la force avec laquelle il serre les dents. La seule émotion que je peux voir en ce moment est la colère et plusieurs choses peuvent en être à l'origine. Le corps d'Ivan qui est réapparu, *moi* de retour, se sentir hors de contrôle… la liste des possibilités est longue. Il se soucie probablement juste que lui et ses frères soient accusés de la mort d'Ivan au lieu de *moi*, mais quelle que soit la raison, il est clair qu'il n'est pas d'humeur à se laisser faire.

J'ai quand même envie de l'emmerder, pour voir s'il va mettre à exécution sa menace de me ramener si j'essaie de partir, pour voir s'il *en est capable*. Mais avant que je puisse décider si je vais le pousser à bout et voir s'il craque, Pax s'éclaircit la gorge et attire mon attention.

« Allez, petit renard. Tu dois rester. Nous t'aiderons à trouver ta sœur », dit-il sur un ton bourru.

C'est le seul qui semble réellement enthousiaste à l'idée que je sois ici, et vu qu'il s'est donné tout ce mal pour me traquer après mon départ et m'inviter à aller au gala avec eux, je suppose que c'est logique.

« Tais-toi, Pax », grogne Gale, tournant ce regard féroce vers son frère. Enfin, pas son *vrai* frère. Seuls Pax et Preacher sont apparentés et ce ne sont que des cousins. Mais les quatre hommes sont si proches qu'ils pourraient aussi bien être frères.

« Quoi ? J'essaie de lui faire comprendre qu'elle devrait être ici. C'est mieux que ce que vous faites. » Pax jette un coup d'œil à chacun des autres Rois à tour de rôle, mais aucun d'entre eux n'a l'air d'avoir beaucoup de remords de ne pas m'avoir accueillie chaleureusement.

Gale plisse les yeux et je sais qu'il est furieux à l'idée de se mêler davantage de mes affaires. Il m'en veut probablement pour l'histoire avec Ivan, même si je ne leur ai jamais demandé d'être là, d'aider ou quoi que ce soit. J'étais capable de gérer ça toute seule et ils ont décidé de s'impliquer, alors ce n'est pas ma faute si ça leur explose en pleine figure.

« Pouvons-nous revenir au sujet qui nous occupe ? » demande Gale. Il redresse ses larges épaules et me regarde fixement. Je me rassois à contrecœur, recommençant à me peindre les ongles comme s'il n'y avait pas eu de dispute au milieu de tout ça.

« D'accord », je murmure.

Il est agité et en colère, mais je m'en fiche. Moi aussi. Rien ne s'est passé comme prévu ce soir. J'ai l'impression que le monde se dérobe sous mes pieds et il m'est difficile de maintenir mon équilibre.

« Pourquoi le corps d'Ivan est apparu comme ça ce soir ? » demande Gale, jetant un coup d'œil autour de la table maintenant que nous sommes tous installés à nouveau.

« De toute évidence, c'était prévu », dit Ash en regardant partout sauf vers moi. « Une grande soirée avec une révélation importante. Celui qui a fait ça voulait que tout le monde le voie. »

« La question est toujours pourquoi », dit Preacher.

Personne n'a de réponse à cela. Moi en tout cas, je n'en ai pas. Ivan Saint-James est, ou plutôt *était,* un membre assez puissant de la pègre, dirigeant son organisation mafieuse d'une main de fer et gardant les petits dealers hors de son territoire. Il avait probablement beaucoup d'ennemis, mais il avait aussi des alliés, des gens qui comptaient sur lui pour les affaires ou la protection. Sa disparition bouleverse définitivement l'équilibre des choses dans la pègre de Détroit et je peux comprendre que les

criminels laissés en plan puissent avoir un problème
avec ça.

Mais au point de le traîner hors de la rivière et faire une déclaration comme ça ? Ça ne ressemble pas à ce que ferait un petit dealer de drogue ou un escroc.

« Croyez-vous que la personne qui l'a sorti de la rivière sait qui l'a tué ? » demande Ash. « Je veux dire, c'est un message, non ? C'est forcément ça. "Ivan est mort et je sais que quelqu'un est responsable. Tu ne peux pas te cacher." Ce genre de choses. »

« C'est possible », dit Gale en passant une main dans ses cheveux bruns.

« Peut-être que le message n'était pas dirigé contre nous », je commente, incapable de rester en dehors de la conversation alors que j'avais prévu de ne pas m'impliquer. « Peut-être qu'ils ne savent pas qui l'a tué, juste que *quelqu'un* l'a fait. »

Je m'attends à ce que Gale me crie après pour avoir osé parler, mais au lieu de cela, il acquiesce, ses traits durs devenant pensifs. « Tout le monde dans cette pièce ce soir aurait pu bénéficier de la chute d'Ivan d'une manière ou d'une autre. Oui, certains d'entre eux étaient de son côté et faisaient probablement des affaires avec lui, mais une fois que vous avez atteint ce niveau, vous êtes toujours à une transaction près d'être poignardé dans le dos. Donc si quelqu'un ne sait pas qui l'a tué, il y avait beaucoup de suspects possibles au gala. »

Les sourcils de Preacher sont froncés, bien que son ton soit toujours aussi froid et mesuré. Pas une seule mèche de ses cheveux blonds courts n'est déplacée, contrairement à

Pax, dont les cheveux sont encore plus décoiffés, comme s'il avait passé ses doigts dedans à plusieurs reprises.

« Donc, soit la personne qui l'a repêché de la rivière savait que c'était nous, soit ils n'ont aucune idée de *qui l*'a fait, mais ils savent évidemment qu'il a été assassiné par quelqu'un. Et exposer son corps était un moyen d'essayer de révéler le tueur », dit lentement Preacher.

« C'est la seule chose qui ait du sens », dit Gale. « Mais j'aimerais quand même savoir comment ils ont su où il avait été jeté. »

Nous regardons tous Pax, qui se hérisse immédiatement, ses larges épaules se raidissant. Il a changé ses vêtements pour une tenue plus décontractée, un Henley foncé et un pantalon de survêtement. « Pourquoi vous me regardez, putain ? Ce corps était bien préparé. Il aurait dû rester au fond. J'ai jeté plein de corps dans la rivière et personne ne les a jamais trouvés. Ce n'était pas l'endroit qui posait problème. »

« Si ce n'était pas le lieu, alors il devait y avoir quelqu'un qui regardait. Ce qui veut dire qu'ils nous ont vu jeter le corps. S'ils voulaient nous laisser un message, ils auraient pu le faire d'une manière moins visible », observe Preacher.

« Et personne ne savait que River serait là », signale Pax. « Donc s'ils savaient qu'elle menait sa vendetta contre Ivan, laisser le corps là pour qu'elle le trouve était un geste plutôt stupide. »

« Peut-être que le fait que son corps soit là est suffisant », je suggère en haussant les épaules. Je replonge le pinceau dans le vernis à ongles et commence à faire mon autre main. « Je pense que tout le monde à ce gala a été affecté de voir le cadavre d'Ivan St James. Ça envoie un message, même si le tueur n'était pas dans la pièce. »

« Quoi, de faire attention ou ils pourraient finir comme lui ? » demande Pax, le sourcil levé.

Je hausse les épaules. « Peut-être. Soit comme une menace, soit comme un avertissement ou quelque chose comme ça. Le fait qu'il soit mort est important, surtout si l'on considère que les gars qui arrivent à son niveau pensent tous qu'ils sont quasiment intouchables ou sont tellement paranoïaques qu'ils ne vont jamais nulle part sans gardes. »

Ivan fait définitivement partie du deuxième groupe et c'est pourquoi c'était si difficile de l'atteindre en premier lieu. Il était le mieux gardé de tous les hommes de ma liste, ce qui explique pourquoi je l'ai tué en dernier. Le fait que quelqu'un ait réussi à l'éliminer a probablement incité d'autres hommes puissants de la pègre à renforcer leur propre sécurité.

Nous continuons à parler pendant quelques minutes, à suggérer des théories et à jeter des idées au hasard. Mais en fait, nous ne faisons que parler dans le vide. La personne qui a fait ça peut avoir de nombreuses motivations. Sans savoir *qui l'*a fait, nous n'avons aucun moyen de savoir *pourquoi* il l'a fait.

Je dis finalement ça aux gars et Gale acquiesce, même s'il n'a pas l'air content.

« Ouais. Le "qui" est la plus grande question », murmure-t-il sur un ton frustré.

« Qui que ce soit, c'était quelqu'un qui avait des couilles », commente Pax en s'adossant à sa chaise. Il secoue ses cheveux foncés en désordre pour les dégager de son visage et fait rouler ses épaules. « Exposer ce corps au gala, c'est défier certains des connards les plus riches et les plus connectés de la ville. Il faut du courage. »

« Et nous », lui rappelle vivement Gale. « Ils nous défient aussi. Même s'ils ne le savent pas. Ce que nous n'avons aucun moyen de savoir : s'ils le savent ou pas. »

« Putain de merde. » Je roule les yeux, soufflant sur mes ongles même si je sais que ça ne les fera pas sécher plus vite. « On ne fait que tourner en rond à ce stade. On ressasse les cinq mêmes questions encore et encore. » Gale me lance un regard dur, mais je reste sur mes positions. « Quoi ? *C'est ce que* nous *faisons*. Nous n'avons aucune idée de qui c'était et aucun moyen de le deviner. On est sortis si vite qu'on n'a rien vu d'autre que son corps étendu là et que tout le monde a flippé. »

« Oh et je suppose que tu penses qu'on aurait dû rester là et enquêter un peu ? »

J'incline la tête d'un air de défi, ne mordant pas à l'hameçon. « Je n'ai pas dit ça. Je dis juste que nous n'avons pas assez d'informations et que nous avons besoin d'informations réelles si nous voulons découvrir qui a fait ça et ce que ça signifie. »

Gale a l'air frustré, mais je sais qu'il sait que j'ai raison. On ne va pas résoudre ça en une soirée ou trouver les réponses par magie. On va devoir chercher un peu si on veut bien comprendre ce qui s'est passé.

« Nous devons savoir si quelqu'un nous a reliés à sa mort », dit Gale, prenant à nouveau le contrôle de la discussion. « Ou si notre présence au gala quand le corps d'Ivan est apparu n'est qu'une coïncidence. C'est la chose la plus importante. »

« Penses-tu qu'il est prudent de poser des questions ? »

dit Pax en grimaçant et se frottant une main sur sa mâchoire. « Ou est-ce qu'on va juste avoir l'air suspect ? »

« Demander carrément serait stupide », dit Preacher. « Mais nous devrions garder nos oreilles ouvertes. »

La conversation continue de tourner en rond. Chaque fois que quelqu'un suggère quelque chose, qu'il s'agisse d'une théorie ou d'une possibilité, on en revient à la même chose : nous ne savons *pas* et nous n'avons aucun moyen de le savoir pour le moment.

C'est frustrant, et plus la conversation se prolonge, plus Gale semble sur le point de s'arracher les cheveux ou de frapper quelqu'un.

« D'accord », dit-il finalement, semblant épuisé et frustré. « C'est assez. On ne trouve rien et il est tard. »

« Nous envoies-tu au lit comme si on était des enfants ? » je lui demande, mes sourcils s'élevant vers la racine de mes cheveux.

Il me jette un regard impénétrable et se lève de table, quittant la cuisine à grands pas sans se retourner.

La tête encore plus embrouillée dans mes pensées qu'auparavant, je rassemble mes flacons de vernis à ongles et fais de même, me glissant hors de la cuisine comme un fantôme.

3

ASH

Preacher se lève et quitte la cuisine à la suite de Gale et River, une fois qu'il est clair que nous n'obtiendrons rien d'autre sur ce front ce soir. Je prends une gorgée de whisky de la bouteille que Pax a sortie, puis une autre pour faire bonne mesure, m'attardant à la table une fois que tout le monde s'est levé.

L'alcool brûle en descendant, allumant un feu dans mes tripes, et je frissonne un peu, mais je ne déteste pas ça.

Pax est toujours là, et quand je jette un coup d'œil vers lui, il me lance un regard.

Je me contente de le fixer, sans savoir ce qu'il veut de moi.

Il a l'air de savoir quelque chose, ce qui est bizarre parce que d'habitude il ne sait rien et ça lui convient comme ça. Non, ce n'est pas juste. Il n'est pas stupide. Il sait beaucoup de choses. C'est juste qu'il ne s'implique pas dans tous les trucs émotionnels qui pèsent sur le reste d'entre nous. Mais en ce moment, on dirait qu'il est plus branché sur ces trucs que d'habitude.

Il ne me dit rien, ne fait que me lancer ce foutu regard et il part, me laissant seul dans la cuisine.

C'est étrangement silencieux quand tout le monde est parti et je reste assis à table à regarder les tourbillons de la surface en bois. Il y a toutes sortes d'ébréchures et d'entailles, dues aux couteaux, aux fusils, aux assiettes et aux trucs qui se sont écrasés dessus au cours des années où nous avons vécu ici. Nous n'avons jamais pris la peine de la remplacer ou d'essayer d'être plus prudent. C'est juste une table. Et j'aime que toutes ces marques donnent l'impression que la maison est habitée.

Le putain de chien de River est endormi sous la table, sifflant doucement avec ses petits ronflements de chien, et le son m'irrite un peu, même si je n'aimais pas vraiment le silence non plus.

Honnêtement, je ne sais pas *ce que* je *veux* ce soir.

Quoi qu'il en soit, je sais que ce n'est pas de rester assis seul dans cette foutue cuisine, alors je me lève et monte à l'étage. Je dois passer devant la chambre de River pour arriver à la mienne, mais cette fois sa porte est fermée.

Bien.

Je me rends dans ma chambre, j'ouvre une fenêtre et j'allume une cigarette avant d'en tirer une longue bouffée. La fumée brûle de la même manière que l'alcool et je savoure la sensation qu'elle procure en soufflant la fumée par la fenêtre.

Je me sens nerveux, comme s'il y avait de l'énergie qui rampait sous ma peau. Je fais rebondir ma jambe tout en m'appuyant contre le mur et en fumant, mais je me sens toujours agité, comme si j'avais besoin d'en faire plus.

Il y a toujours un jeu de cartes quelque part dans ma

chambre. Je prends le plus proche sur la commode et je m'amuse avec les cartes, les retournant entre mes doigts, les mélangeant et coupant le jeu d'une seule main. Je fais des petits tours pour personne en particulier, puis je laisse échapper un son dégoûté quand je tire une reine.

Merde.

Je suis juste tellement agité. Cette nuit entière s'est transformée en un putain de désastre. C'était une chose après l'autre, en commençant par baiser River dans cette salle de bain et en terminant par le corps d'Ivan Saint-James posé sur un piédestal doré.

Et maintenant River est de nouveau ici, juste au bout du foutu couloir, probablement au lit, complètement nue ou portant un truc léger. Faisant comme chez elle.

Il y a quelques heures, j'aurais été ravi de l'avoir à nouveau ici. Il y a quelques heures, je me disais que c'était bizarre qu'elle ne soit pas à la maison. Maintenant, elle semble juste trop petite. Comme s'il n'y avait aucun endroit où je pouvais aller pour lui échapper.

D'habitude, quand j'ai besoin de me calmer et de me détendre, j'appelle une fille pour baiser. Concentrer mon énergie pour exciter une femme chaude et m'assurer que nous passons tous les deux un bon moment créé généralement l'effet que je veux, mais maintenant on dirait que ce n'est plus vrai.

J'ai une liste de femmes dans mon portable que je pourrais appeler, et elles seraient là en quinze minutes top chrono, mais je ne peux même pas imaginer le faire. Ça ne me semble pas satisfaisant.

Mais je dois faire *quelque chose* pour me débarrasser de cette tension merdique. Je jette les cartes sur la commode et m'assois sur mon lit, laissant mes yeux se fermer tandis que j'inspire profondément par le nez. J'ai eu tellement de femmes dans ce lit. Douces et jolies avec les cheveux étalés sur mes oreillers. Certaines d'entre elles étaient silencieuses, mordant leurs lèvres pendant que je leur donnais ce que nous voulions tous les deux. Certaines étaient bruyantes, criant pratiquement mon nom et s'agrippant à mon dos pendant qu'on baisait.

En pensant à ça, je baisse mon pantalon suffisamment pour sortir ma bite. Elle tressaille dans ma main, répondant facilement à mon toucher.

Pax a déjà dit en plaisantant qu'il suffisait que quelqu'un pense à ma queue pour que je bande et il n'a pas tout à fait tort. Il me suffit de la caresser quelques fois pour qu'elle soit à moitié dure et je ferme les yeux, me concentrant sur certaines des femmes avec lesquelles j'ai baisé, laissant les souvenirs se brouiller en une sorte de diaporama de jolis seins, de culs chauds et de cuisses épaisses.

Je laisse échapper un lent soupir, me caressant un peu plus rapidement, savourant la chaleur qui commence à me parcourir.

Et puis, comme un jet d'eau froide, une image de River surgit dans ma tête. Il y a une heure, se tenant dans la chambre que je ne peux considérer que comme la sienne, à moitié nue alors qu'elle se changeait.

Tous ces tatouages sur son corps, les petites cicatrices qu'elle porte comme des blessures de guerre, ses cuisses, ses seins. Cette bouche qui est toujours en train de parler de quelque chose.

« Putain. » Je grogne autour de la cigarette que j'ai dans

la bouche, puis je souffle un nuage de fumée en colère. Je ne veux pas penser à elle maintenant.

Mais c'est comme si ce premier goût suffisait à ouvrir les vannes. Sans ma permission, mon esprit se remémore ce qui s'est passé plus tôt ce soir dans la salle de bain du gala. La façon dont elle m'a poussé sur la chaise et m'a chevauché. Comment sa chatte était chaude et serrée. Putain, ça fait des semaines que je veux être en elle, mais je me retenais. Je ne voulais pas qu'elle soit juste une autre fille sur ma liste, alors je me suis interdit de l'avoir. Mais quand elle s'est jetée sur moi comme ça, toute excitée et me voulant, je ne pouvais plus me retenir.

Et c'était encore mieux que ce que j'aurais pu imaginer. Nous étions sur la même longueur d'onde d'une manière qui m'a époustouflé et elle a chevauché ma bite comme si elle était faite pour ça.

C'était chaud et intense, et je serre ma bite un peu plus fort, presque comme si j'essayais d'imiter la sensation de sa chatte autour de moi. Cependant, ce n'est aucunement pareil.

Comme si mon esprit n'avait pas fini de me torturer, il fait remonter à la surface les souvenirs de la première fois que j'ai fait jouir River, quand je l'ai surprise debout dans l'embrasure de porte pendant qu'une autre femme me suçait. Je me souviens de la façon dont elle a donné à Sam des petites instructions sournoises en lui disant comment elle pouvait faire mieux. Et puis la façon dont elle m'a dit exactement comment elle le ferait, décrivant la façon dont elle me taillerait une pipe pendant que je me caresserais jusqu'à jouir violemment.

Je pense au goût qu'elle avait quand je l'ai sucée, doux

mais mordant, comme un verre de whisky quand on n'a rien mangé. Enivrant et impossible à ignorer.

Toutes ces putains de pensées et souvenirs envahissent mon esprit, me montrant des images de son sourire sarcastique et de ses commentaires mordants. Je pense à la sensation de son corps contre le mien chaque fois qu'on se touchait. Son cul sur mes genoux, ses mains sur moi. Mes mains sur elle.

C'est une combinaison bizarre de chaleur et de folie de penser à elle pendant que je me branle, et je sens ma bite pulser dans ma main, même si la colère dans ma poitrine grandit. Je suis encore plus énervé qu'avant, serrant les dents et expulsant un autre nuage de fumée.

Je me branle plus fort et plus vite tandis que mes hanches se soulèvent en même temps. Je peux sentir mon cœur frapper contre ma cage thoracique et ma respiration s'accélère pendant que je continue.

La cigarette pend à mes lèvres et je sais que je suis proche. Je suis dur comme un putain de diamant dans ma main, et le liquide suinte du bout, glissant le long de ma bite et facilitant mes mouvements pendant que je me branle. Le simple fait de penser à River m'excite, mais je ne veux pas jouir en pensant à elle. Je ne veux pas que son visage, sa voix, sa chatte soit la chose qui me fasse basculer.

Pas après ce qui s'est passé ce soir.

C'est stupide de dire qu'elle ne l'a pas mérité et encore plus stupide d'être en train de serrer ma propre bite, en essayant de me retenir pour ne pas me répandre sur ma main en pensant à elle.

Quand me suis-je déjà retenu comme ça ? Jamais. Quand un orgasme est à portée de main, je fonce. Mais là, je n'en ai pas envie. Ça aurait été pareil si j'avais appelé une fille en essayant de ne pas me perdre en elle en pensant à River.

River, River, River.

Le simple fait de penser à son foutu nom fait défiler tout le reste dans mon esprit. Je jure à voix basse et relâche ma bite, laissant échapper un soupir rauque.

Chaque fois que je menace de jouir, elle est là. Comme si elle m'attendait. Me narguant en me disant que je la veux toujours autant. Même après tout ça. Je déteste ça. Ça m'enrage, mais ma bite est toujours aussi dure.

J'appuie mes mains sur le lit et je respire par le nez, l'odeur âcre de la fumée de cigarette me tirant de mes pensées. Ce n'est pas assez, cependant. Chaque fois que je ferme les yeux, je la vois. Si je pense seulement à toucher ma bite à nouveau, son visage est juste là.

« Et puis merde », je marmonne, la voix pleine de colère et de défaite. Je peux aussi bien abandonner à ce stade.

Ma bite est encore dure, sortant de mon pantalon ouvert comme une accusation. Mais c'est le fouillis dans ma tête, donc il n'y a aucune chance que ça arrive ce soir.

Qui suis-je, Preacher ? Ça n'a jamais été un problème pour moi.

Pas jusqu'à ce que River se pointe et qu'on ne puisse pas la baiser pour qu'elle en ait quelque chose à foutre.

Je grogne, éteins ma cigarette et jette le mégot dans le cendrier sur ma commode. Je rentre ma bite dans mon pantalon, ignorant la palpitation négligée qu'elle fait lorsque je la touche. Je ne vais pas jouir ce soir, c'est clair.

Le couloir est silencieux quand j'ouvre ma porte. Je marche dans le noir et descends les escaliers. C'est silencieux ici aussi, mais il y a une lumière allumée dans le salon, donc quelqu'un est toujours debout.

Preacher est assis sur le canapé avec la télé allumée à faible volume et le foutu chien de River sur le coussin à côté de lui. La tête du cabot est sur ses genoux et Preacher le caresse distraitement toutes les quelques secondes, les yeux fixés sur la télé.

« Pourquoi ne suis-je pas surpris que tu te sois lié avec ce foutu chien ? » Je roule les yeux en entrant dans la pièce.

Preacher n'est pas du tout surpris par ma voix. Il se contente de hausser les épaules et de gratter les oreilles du chien.

« C'est toi qui le détestais le plus au début », je souligne.

Il me jette un coup d'œil en m'examinant de la tête aux pieds. C'est la même chose qu'avec Pax, me donnant l'impression qu'il voit à travers moi des choses que je préférerais ne pas révéler.

Mais c'est difficile quand il s'agit de ces gars-là. On se connaît mieux que quiconque. On a traversé beaucoup de choses ensemble. On a traversé les flammes, on a détruit des trucs et on s'en est quand même sortis plus soudés. Tout cela a forgé un lien qui ne se brisera jamais et cela signifie que les masques que nous pouvons porter avec d'autres personnes sont pratiquement inutiles entre nous.

« Je m'y suis habitué », dit finalement Preacher en regardant la télé.

Je m'installe sur le canapé de l'autre côté et lance un regard noir au chien. Le petit animal n'ouvre même pas les yeux. Il est soit endormi, soit trop heureux de l'attention de Preacher pour me remarquer.

« Tu veux dire qu'il a enfin arrêté de te regarder comme s'il voulait te mordre », dis-je à Preacher.

Il hausse encore les épaules. « Peut-être. Je pense que nous nous comprenons maintenant. »

« Eh bien, félicitations », je murmure, mais je sais qu'il m'entend. Son visage ne change pas et il ne détourne pas le regard de la télé, mais il y a un petit changement dans sa posture.

Je m'adosse au canapé et penche ma tête en arrière avant de pousser un long soupir.

« Pax pense que tu fais une crise », dit Preacher sur un ton neutre.

Je roule à nouveau les yeux en fixant le plafond. « Pax est trop dramatique. Suis-je une adolescente ? »

« Eh bien, si l'un de nous devait l'être... »

Je lui donne un coup de coude dans les côtes juste parce que je me sens *obligé de* le faire pour ce commentaire, bien que je ne sois pas vraiment en colère. C'est rare que Preacher fasse des blagues, et même quand il en fait, elles sont toujours aussi directes que tout ce qu'il dit. Mais j'aime qu'il en ait fait une.

« Je pense... » Je m'arrête et soupire, passant une main sur mon visage et ajustant mes lunettes. « Je pense que tu avais peut-être raison. À propos de River. La laisser entrer dans nos vies était une erreur. La garder dans nos vies en est probablement une plus importante. »

Si c'était Pax ou même Gale à qui je parlais, il jubilerait de m'entendre admettre qu'il avait raison, et donc que j'avais tort. Mais Preacher demeure silencieux. Pensif.

« Ouais. Peut-être », dit-il enfin. « Elle va soit nous détruire, soit... »

Il s'interrompt, sans terminer sa phrase. J'attends, supposant qu'il cherche le bon mot, mais quand il ne dit rien, je fronce les sourcils et incline la tête pour le regarder.

« Ou quoi ? »

Il fixe la télé comme s'il voyait au-delà, comme s'il essayait d'avoir un aperçu de notre futur. « Je ne sais pas. »

4

GALE

Nous reprenons la discussion le lendemain matin autour d'un petit déjeuner.

Mes frères et moi avons l'habitude de parler des affaires dans la cuisine pendant que nous vaquons à nos routines matinales. Pax prépare une tonne d'œufs, du bacon et des toasts, et Preacher et moi optons généralement pour un café. Ash choisit des céréales et nous nous assoyons autour de la table pour planifier la journée.

Maintenant, River fait partie de la routine et il est devenu normal de l'avoir ici comme les autres.

Je peux deviner ce qu'elle va faire avant qu'elle ne le fasse en la regardant entrer dans la cuisine tandis qu'elle nous fait à peine signe. Elle prend d'abord le sac de nourriture pour chien, attrape le bol qui est toujours posé sur le sol et nourrit le cabot. Le petit animal aboie joyeusement, soit excité par la nourriture, soit simplement heureux de la voir après une longue nuit d'absence.

Ses cheveux argentés sont ébouriffés et ondulés, et elle

porte un short et un t-shirt comme si elle sortait du lit et était venue ici pour prendre son petit déjeuner.

Comme si elle était chez elle.

Incapable d'empêcher mon regard de la suivre, je le laisse glisser sur les tatouages qui grimpent le long de ses bras et de ses jambes, et sur les cernes sous ses yeux qui indiquent une mauvaise nuit de sommeil.

Elle caresse la tête de Chien, puis se lave les mains et se prépare une tasse de café. Parfois, elle opte pour des toasts et parfois elle incite Pax à partager son bacon. Elle ne choisit pas ça ce matin, ce qui signifie probablement qu'elle a quelque chose en tête.

Dès que j'ai cette pensée, je la déteste. Ça me dérange tellement que tout ça me semble si familier. Que je lui ai donné assez attention pour connaître sa routine matinale et pourquoi elle pourrait la changer.

Les quelques jours où elle n'était pas là, j'avais l'impression qu'il manquait quelque chose le matin. Maintenant qu'elle est de retour, c'est comme si les choses étaient à nouveau *normales*.

Ce qui est dingue, car elle n'était pas censée être là en premier lieu. Et une fois qu'elle était partie, elle n'était pas censée revenir.

Cette histoire avec le corps d'Ivan et celui qui l'a mis là a tout foutu en l'air, et plus vite on en aura fini avec ça, mieux ce sera. Nous pourrons revenir à la normale et les choses s'arrangeront.

Je prends une gorgée de café, laissant l'amertume du liquide sombre m'éclaircir un peu l'esprit pour pouvoir me concentrer sur le sujet qui nous occupe.

« Nous devons réfléchir à qui a pu faire ça », dis-je à

tout le monde. Je n'ai pas besoin de préciser ce que *ça* signifie. Tout le monde sait de quoi je parle.

Pax mâche du bacon pensivement. « On *a* emmerdé beaucoup de gens », dit-il. « Si on cherche quelqu'un qui pourrait avoir une vendetta contre nous, la liste est plutôt longue. »

« Ils ne sont pas tous aussi stupides, cependant », ajoute Preacher.

Pax lui lance un regard noir. « S'ils n'étaient pas stupides, alors ils n'auraient pas mérité de se faire emmerder. »

Preacher baisse la tête comme s'il concédait ce point. « Ce que je veux dire, c'est que tous ceux qui ont fini sur notre liste noire ne seraient pas assez audacieux pour faire quelque chose comme ça. Des petits trafiquants de drogue et des voleurs ? Ce n'est pas de leur ressort. »

J'acquiesce, car il a raison. La plupart des petits criminels de Détroit ne voudraient pas avoir affaire à Ivan Saint-James, vivant ou mort. Exposer son corps dans une pièce remplie des gens les plus puissants de Détroit, tant du plan légal qu'illégal, n'est pas le fait d'un rancunier quelconque. .

Ou il faudrait que ce soit une sacrée rancune si c'était le cas.

« Il y avait ce type », dit Ash en avalant ses céréales. « Machin ? »

« Oh oui, ce bon vieux machin. » Pax hoche la tête avec un sourire en coin. « On ne peut pas l'oublier. »

Ash lui fait un doigt d'honneur. « Le gars qui essayait de faire passer des contrefaçons dans le club. Pax l'a bien tabassé et il avait beaucoup de relations. Je ne me souviens juste pas de son foutu nom. »

« Monroe », dis-je. « Aux dernières nouvelles, il est mort. Il a essayé avec quelqu'un d'autre et ils étaient encore moins indulgents que nous. »

« Comment on sait si c'est quelqu'un qu'on a énervé ? » demande Ash. « Peut-être que c'est l'un de ses ennemis. » Il fait un signe de tête dans la direction de River, mais ne la regarde pas.

Elle se hérisse, serrant fermement sa tasse à café. « Mes ennemis sont tous morts. Je ne me dispute pas avec les gens juste pour le plaisir. Et quand je le fais, j'y mets fin, putain. »

Il y a de la colère dans sa voix, mais il y a aussi autre chose. Quelque chose que je n'arrive pas à distinguer.

Je n'ai pas le temps d'y penser.

Je ne devrais même pas m'en soucier.

« Concentre-toi », dis-je d'un ton tranchant, coupant la tension entre River et Ash. « Peu importe qui a énervé cette personne en premier. S'ils savaient où le corps d'Ivan était, ils savent probablement que nous sommes tous impliqués. »

Que ça nous plaise ou non, et je n'aime pas ça du tout, on est tous dans le même bateau pour le moment.

Preacher pose sa tasse et tape du doigt sur la table. « Je ne pense pas que la réponse se trouve dans une vieille rancune. C'est récent. »

Je hoche la tête. « Tous ceux qui voulaient nous emmerder aurait déjà pu le faire. Il y avait beaucoup de corps à choisir au fil des ans et personne ne pouvait savoir que nous allions nous en prendre à Ivan. »

« Tu sais qui on a roulé récemment ? » demande Ash. « Les Diables du Diamant. »

« Hé, ils nous ont roulés en premier », répond Pax.

« Je ne dis pas qu'ils ne le méritent pas. Je dis qu'ils ont un mobile. Et c'est récent. »

River fronce les sourcils, passant distraitement un doigt sur un petit éclat dans son vernis à ongles. « Mais comment auraient-ils découvert Ivan ? »

Personne ne répond.

« Ça vaut le coup d'essayer, de toute façon », dit Pax. « Nous leur avons renvoyé Reggie assez mal en point. Et River m'a aidé à lui faire ça. Ce sont les seuls qui se recoupent avec nous tous. »

Tout le monde me regarde, attendant mon verdict, et j'y pense pendant un moment. Les Diables du Diamant sont un gang de motards, principalement impliqué dans la contrebande et les trucs sans importance. Ils voulaient faire passer des armes par notre club, mais nous n'avons pas accepté leur marché. On est pointilleux sur nos relations d'affaires et ils ne répondaient pas aux critères. On *a* donc un lien avec eux, une histoire avec eux, mais il est peu probable que ce soit eux qui aient repêché le corps d'Ivan.

Mais à ce stade, on ne peut pas se permettre d'ignorer ce qui pourrait nous mener à une réponse. Et ça ne ferait pas de mal de les relancer pour s'assurer qu'ils ont bien compris le message que Pax a fait passer en torturant leur homme.

« Ouais. On devrait leur rendre une petite visite », dis-je finalement. « Voir si on peut trouver quelque chose. »

« Je viens aussi. » River acquiesce de manière décisive, termine son café et se lève de table.

« Non. » Le mot sort de ma bouche avant même que je réalise que je l'ai dit, mais c'est vrai.

« Gale a raison », dit Preacher. « Tu devrais rester ici. »

River le regarde comme s'il l'avait trahie avant de regarder Ash pour obtenir son soutien. D'habitude, il la supporterait, voulant qu'elle nous suive comme un chiot avec lequel il veut jouer. Il est attiré par elle depuis le moment où elle est arrivée dans cette maison. Depuis le moment où ils ont commencé à se battre dans les escaliers.

Cette fois, il ne fait que grogner et regarde ailleurs.

« Elle peut venir », dit Pax en haussant les épaules. Parce que bien sûr, il dit ça. Il est comme Ash ou *l'était*, en tout cas. Elle le tient par le bout du nez et il veut qu'elle vienne partout avec nous. C'est lui qui est allé la chercher après qu'elle ait quitté notre maison et qui l'a invitée à venir au gala avec nous.

Je presse mes lèvres l'une contre l'autre et j'essaie de maintenir une expression neutre. Je ne suis pas aussi doué que Preacher pour ça, donc je sais que j'ai probablement l'air en colère. C'était un réflexe de lui dire non. De lui dire de rester ici. Au moins ici, je sais qu'elle sera en sécurité. Les Diables du Diamant n'ont jamais semblé être une menace majeure, mais s'ils ont vraiment quelque chose à voir avec la découverte du corps d'Ivan, alors ils pourraient l'être.

Avant, je ne voulais pas qu'elle nous suive parce que ce ne sont pas ses affaires. Maintenant, c'est tout emmêlé. Je déteste ça et je déteste que la raison pour laquelle je lui ai dit non soit dû à un besoin de la protéger que je ne semble pas pouvoir contrôler. Une pulsion qui me pousse à vouloir la protéger et à prendre soin d'elle maintenant que j'ai vu à quel point elle peut être brisée et vulnérable.

C'est pour ça que j'ai exigé qu'elle revienne chez nous, que j'ai insisté jusqu'à ce qu'elle soit là. Et cette impulsion est en guerre contre la partie de moi qui dit qu'elle n'a pas sa place ici et qui hurle des avertissements pour ne pas la laisser s'approcher trop près.

Mais c'est trop tard maintenant.

Nous sommes dans le même bateau, que ça nous plaise ou non.

Je sais qu'il est probablement inutile d'essayer de l'empêcher de venir avec nous. Elle a déjà montré qu'elle pouvait être aussi têtue que moi et si je lui dis non et que j'essaie de le faire respecter, elle nous suivra en voiture et amènera probablement ce foutu chien aussi.

« D'accord », je concède en prononçant le mot les dents serrées. « Fais ce que tu veux. »

Elle me lance un regard qui dit clairement « je le fais toujours » et je détourne les yeux, me levant et jetant le reste de mon café dans l'évier.

Nous montons dans la voiture une demi-heure plus tard, prêts pour une rencontre avec les Diables du Diamant.

Leur base est à l'autre bout de la ville, pas très loin de Péché et Salut. C'est un petit club-house avec des motos garées devant et une atmosphère louche que les petits gangs comme celui-ci semblent générer.

L'endroit fait office de bar merdique le soir, mais pendant la journée, les Diables sont ici. Dès qu'on se gare et qu'on sort, la porte s'ouvre déjà, et un grand type avec des tatouages sur le visage bloque l'entrée. Il est bâti comme

Pax, peut-être même un peu plus costaud, clairement destiné à être intimidant étant donné sa taille.

« Où est-ce que vous croyez aller, bordel ? » demande-t-il.

Pax semble prêt à lui faire face, mais je m'avance devant mon ami pour l'en empêcher. « Je suppose que tu sais qui nous sommes », dis-je. « Nous voulons parler avec ton président. »

« Il n'est pas disponible pour une réunion en ce moment », dit le malabar. « Je lui dirai que vous êtes passés. »

« Est-ce vraiment l'attitude que tu veux adopter après ce qui s'est passé ? » je lui demande. Je lui laisse le soin de faire le rapprochement et de comprendre ce que je veux dire. Je vois bien à la façon dont ses yeux se détournent qu'il sait exactement de quoi je parle.

Ses yeux se plissent, mais il recule et nous laisse entrer.

Trois hommes, plus petits que l'homme costaud, mais clairement armés, nous observent lorsque nous entrons dans le club. Ils nous regardent tour à tour, et River un peu plus, ce qui me met immédiatement sur les nerfs.

« Ils veulent parler au président », dit le malabar, l'air énervé.

« Pour qui ils se prennent, putain ? » dit l'un des autres.

Pax lui sourit juste avec son sourire de « fais n'importe quoi et tu le découvriras » et ça fait reculer le gars immédiatement.

L'air est tendu, comme si un seul faux mouvement pouvait provoquer une bagarre.

Le problème quand on est un petit gang dans une ville comme celle-ci, c'est qu'il faut toujours être sur ses gardes. Les gros gangs cherchent toujours à t'éliminer et les petits gangs pensent qu'ils peuvent s'emparer de ce qui vous appartient pour renforcer leur pouvoir. Les Diables du Diamant sont tous paranoïaques et stupides pour la plupart, essayant de s'accrocher à ce qu'ils ont en attendant que quelqu'un d'autre essaie de le prendre.

Après l'échec de notre marché, je peux comprendre pourquoi ils sont si à cran, mais ça ne veut pas dire que je vais les laisser nous marcher dessus.

Au bout du compte, nous pourrions éliminer leur organisation s'il le faut. Nous avons plus de pouvoir à Détroit qu'eux et plus de relations qui nous soutiendraient. Mais si un combat éclate ici, ça pourrait vite tourner mal.

« Venez par ici », dit l'un des autres membres du gang en nous faisant signe d'avancer et en s'assurant que nous voyons bien l'arme qu'il porte à la taille.

Nous entrons et je jette un coup d'œil à gauche et à droite pour observer la scène autour de nous. Il y a au moins cinq ou six autres Diables du Diamant éparpillés dans la salle principale du club. Quelques-uns jouent au billard dans un coin et la plupart sont affalés dans des box ou sur le canapé contre l'un des murs.

Cet endroit n'est rien comparé à Péché et Salut, plus un bar miteux qu'autre chose, ce qui convient à un gang comme les Diables du Diamant. Mais ils sont tous à l'aise ici. C'est leur territoire et ils sont plus nombreux que nous.

« Pas de gestes brusques », dit le malabar. « On va dire au président que vous êtes là et voir s'il veut vous parler. Je ne me ferais pas d'illusions. »

Bien sûr, c'est là qu'un des connards qui nous ont escortés décide de faire un geste brusque.

Il est sur le côté, près de River, et du coin de l'œil, je le vois tendre la main. Sa main bouge comme s'il essayait de nous faire avancer, mais au lieu de cela, il la touche, glissant sa main sur le bas de son dos, puis jusqu'à son cul pour prendre une poignée audacieuse.

La colère monte en moi comme une bête enragée, mais avant que je puisse faire quoi que ce soit, River réagit. Elle donne un coup de coude, presque trop rapide pour être vu, frappant le gars au visage et le faisant tituber.

Le sang commence à couler de son nez et il hurle de douleur, pressant ses mains à son visage.

« Espèce de salope ! »

La plupart des Diables n'ont probablement pas vu ce qui s'est passé, mais ils voient l'un des leurs saigner, et c'est suffisant pour les faire réagir.

Les armes sont immédiatement dégainées alors que des cris s'élèvent, le son rebondissant sur les murs.

Un instant plus tard, nous sommes encerclés, les canons des armes pointés sur nous.

5

RIVER

La poussée d'adrénaline dans mon sang est si intense que j'ai l'impression que de l'eau glacée coule dans mes veines. La rage gronde dans ma poitrine, et s'il n'y avait pas un flingue pointé sur ma tête, je frapperais probablement encore plus cet enfoiré.

Je suis encore bouleversée à cause de l'histoire de la nuit dernière et je n'ai pas bien dormi en plus. Être ici ne fait que me mettre plus à cran.

Je n'arrête pas de penser à ce connard que j'ai aidé Pax à torturer. Pax m'a dit que le type avait essayé de forcer une de leurs danseuses à l'aider et quand elle a refusé, il a essayé de profiter d'elle.

L'agression. Toujours le premier outil dans l'arsenal des connards qui ne savent pas accepter un refus.

Être ici dans ce stupide club-house me fait penser à tous les hommes dans le monde qui n'attendent que de prendre ce qu'ils veulent d'une femme. Prêts à l'agresser parce qu'elle a l'audace de ne pas céder quand ils le veulent.

C'est dégoûtant, et quand ce connard a posé sa main sur mon cul, juste parce qu'il en avait envie, ça m'a enragée.

Ma colère bouillonne toujours dans mes veines et je fixe l'enfoiré avec le flingue pointé sur moi.

Tous les Diables du Diamant ont l'air furieux.

« C'est quoi ce bordel ? Vous entrez ici et vous nous attaquez ? » demande le malabar qui nous a arrêtés à la porte.

« Dis à tes connards de copains de garder leurs mains éloignées », je réponds en pointant la tête vers le gars qui semble prêt à me tirer dessus. « Ce n'est pas vraiment faire preuve d'hospitalité que de tripoter ses invités. »

Nous sommes dans une impasse maintenant. Personne ne bouge. Personne ne semble même respirer. Les Rois du Chaos et moi restons immobiles, nos corps tendus et prêts à bouger alors que nous fixons les armes pointées sur nous. Les Diables du Diamant ne semblent pas savoir ce qu'ils veulent faire.

S'ils commencent à tirer, ça va être le bordel. Ils ont l'avantage en ce moment, mais s'ils connaissent un tant soit peu la réputation des Rois, ils doivent être conscients de ce que déclencher une bagarre avec eux signifiera.

Mon cœur bat la chamade, plus sous l'effet de la colère que de la peur, et je suis sûre que Gale doit se dire que c'est pour ça qu'il ne voulait pas que je vienne.

Eh bien, c'est dommage.

Pax, en vrai Pax ne semble pas s'en soucier. Un pistolet est pointé sur son torse, surtout parce que le gars qui le tient est beaucoup plus petit que lui, et il semble plus intrépide que jamais.

Il affiche un grand sourire, ses yeux marron foncé

brillant en regardant le malabar, la seule personne dans la pièce qui soit plus grande que lui.

« Désolé. Les Rois du Chaos ne supportent pas que des gens posent leurs mains sur nos femmes », dit-il, son sourire prenant un côté vicieux. « Ou Reggie ne t'a pas donné ce message ? »

Le malabar fronce les sourcils en signe de confusion et regarde le gars à côté de lui qui hausse les épaules.

Je vois Gale rouler les yeux. « Derek », dit-il. « Tu le connais. C'est l'un des tiens. »

La tension monte encore d'un cran lorsque ce nom fait mouche, rappelant aux Diables ce que Pax et moi avons fait à un de leurs membres avant de le laisser partir.

« Hé », dit Pax en haussant les épaules. « Nous aurions pu le tuer. Il le méritait. Il est venu chez nous et a essayé d'obtenir ce qu'il voulait. Et quand il n'a pas réussi, il a essayé de forcer les choses. On ne supporte pas ça. »

Les Diables ont tous l'air en colère, mais même eux ne peuvent pas vraiment contester ce point. Reggie, ou Derek, ou quel que soit son putain de nom, a dépassé les bornes.

Avant que quelqu'un d'autre ne puisse dire quoi que ce soit, il y a du bruit au fond de la pièce et une porte s'ouvre. Un homme grand et maigre entre et plisse les yeux en examinant le spectacle.

Il a l'air plus intimidant que tous les autres clowns de cet endroit et tout le monde se tait par déférence. Ça doit être le président de ce petit club d'idiots.

Gale s'avance, ignorant pratiquement l'arme pointée sur sa tête. Pax montre les dents au seul Diable qui semble vouloir s'opposer à ce que Gale bouge et ça le fait reculer. Je croise les bras et continue à lancer un regard noir à l'homme en face de moi pour lui faire comprendre que je n'ai pas peur de lui et que c'est un enfoiré.

« Qu'est-ce qui se passe ? » demande le président du club, la voix dure. Il dégage ce genre d'air qui dit qu'il n'a pas besoin d'être bâti comme un tank pour anéantir quelqu'un et c'est logique qu'il soit celui en charge.

Heureusement pour nous, Gale lui rend la pareille, laissant la colère mijoter dans ses yeux.

« C'est eux qui ont tabassé Derek », dit l'un des clowns en pointant Pax du doigt. « Puis ils sont venus ici et ont commencé à nous emmerder. »

Pax rit. « Nous ne sommes même pas proches de commencer quoi que ce soit », dit-il. « Croyez-moi, vous le sauriez si c'était le cas. » Il se tourne vers le président qui lui adresse à peine un regard en retour. « Un de vos gars ici a eu les mains baladeuses avec notre amie à l'instant. Nous n'aimons pas ça. »

« Merci, Pax », dit fermement Gale, l'interrompant avant qu'il ne se lance à nouveau dans une explication. « Je m'en charge. »

Il se retourne pour regarder le président, et en voyant Gale comme ça, je comprends mieux pourquoi les autres le suivent. Sa personnalité autoritaire et contrôlée fait que même Pax se tait et je pensais qu'il était impossible de le faire taire.

Gale se redresse et croise le regard du président. « Nous étions dans notre droit pour ce qui s'est passé avec Derek », dit-il. « Il est venu dans notre club, ignorant toutes les limites pour obtenir ce qu'il voulait. Et comme il n'a pas réussi à faire coopérer une danseuse, il a essayé de l'agresser. »

D'après l'expression du président, il sait déjà tout cela, et Gale le sait probablement aussi. Il est juste en train de faire passer le message.

« Il est venu sur notre territoire alors qu'aucun accord n'avait été conclu et il nous a manqué de respect. Il fallait le punir. Nous devions riposter. Je ne sais pas si Derek a agi de son propre chef ou sur ordre officiel, mais... »

« Personne ne lui a dit de faire ça », interrompt rapidement le président. « Il a agi de son propre chef à la minute où il a mis le pied dans votre club. »

Je lutte contre l'envie de sourire en entendant ça. Il est clair que ce type ne veut pas entrer en guerre contre les Rois, ce qui est drôle, vu que les Diables sont plus nombreux qu'eux. Mais s'ils essayaient de nous chercher des noises maintenant, ils auraient affaire à Pax, dont la réputation le précède, ainsi qu'à Gale et Preacher qui n'ont pas souri depuis notre arrivée. Ash est plus mystérieux, puisqu'il ne se promène pas en envoyant des vibrations du type « je vais te tabasser » comme les autres. Peu importe, car ce n'est clairement pas un combat que le leader du gang de motards veut commencer.

« Dites à vos hommes de baisser leurs armes », dit Gale et le président regarde dans la pièce.

L'atmosphère est toujours si tendue qu'on pourrait la couper avec un couteau, et à part Pax, qui sourit toujours comme un psychopathe, tout le monde a l'air sérieux et prêt à se battre à la moindre provocation.

Je sens que le président me regarde, se demandant probablement qui je suis et ce que je fais ici et pourquoi les Rois du Chaos sont prêts à se battre pour moi.

Eh bien, il peut continuer à se poser des questions.

Le président ne donne pas immédiatement l'ordre de se retirer et je peux voir les muscles bouger dans la mâchoire de Gale quand il serre et desserre les dents.

« On n'a pas commencé ça », dit Gale au président sur un ton tranchant. « Ce qui vient de se passer, c'est parce qu'une fois de plus, un de vos membres nous a manqué de respect. Ça semble être normal dernièrement. »

Il le menace et tout le monde peut le comprendre. Ça motive le président du club à ne rien faire de stupide à quoi il aurait pu penser.

« Rangez vos armes », dit-il sèchement aux membres du club et ses hommes s'exécutent en grognant. Celui qui est en face de moi ne détourne pas les yeux alors qu'il range son arme, les yeux plissés. Il y a encore du sang séché autour de son nez, là où je lui ai donné un coup de coude et j'espère de tout cœur qu'il est cassé.

J'aurais dû le frapper plus fort, l'enfoiré.

Gale croise les bras. Il semble encore plus autoritaire maintenant que nous ne sommes plus menacés de nous faire tirer dessus.

« Pourquoi êtes-vous ici ? » demande le président et il est clair qu'il veut que nous partions le plus vite possible. Nous voulons la même chose. Je suis prête à en finir avec ce putain d'endroit, mais nous sommes venus ici pour une raison.

« Je pensais que nous avions reçu un message de votre part », dit Gale après un moment d'hésitation. C'est une réponse subtile pour essayer de savoir si le club a quelque chose à voir avec le corps d'Ivan sans le demander directement.

Le président a l'air confus, cependant. « Un message ? Nous n'avons envoyé aucun message. »

« Êtes-vous sûr ? » demande Gale en plissant les yeux. « Rien que vous vouliez nous faire savoir ? »

L'homme dégingandé secoue la tête. « Non. Je regrette ce qui s'est passé avec Derek, mais une fois que vous nous l'avez renvoyé, nous n'avions pas l'intention de riposter. Si vous avez reçu un message que vous pensez être de nous, alors il devait être de quelqu'un d'autre qui veut créer des problèmes. »

On dirait que ce n'est pas facile pour lui de dire tout ça, probablement parce qu'il pense que ça le fait paraître faible devant les siens ou une autre connerie de macho. Les autres Diables du Diamant ont l'air aussi confus que leur leader, et deux d'entre eux entament une conversation à voix basse, se demandant probablement s'ils ont été piégés ou si quelqu'un d'autre dans leur organisation est en train de se rebeller.

Merde. Si c'est un tel problème, alors leur leader doit mettre ses hommes au pas.

Soit le président est un grand acteur, ce qui semble peu probable, soit ce ne sont pas les Diables du Diamant qui ont exposé le corps d'Ivan. C'était peu probable, je suppose.

Je ne sais pas si je me sens mieux de savoir que nous pouvons les rayer de notre liste de possibilités. Cela signifie que nous sommes de retour à la case départ.

Gale acquiesce, semblant accepter ce que l'homme dit. « Ce devait être un malentendu alors », dit-il. « Aucun mal n'a été fait. »

Ça ne fait rien pour relâcher la tension dans l'air. Si une

voiture pétaradait dehors en ce moment, ça déclencherait probablement un bain de sang.

Les armes ont été rangées, mais tout le monde ici est toujours prêt à appuyer sur la gâchette. Il ne suffit que d'un seul faux mouvement et ça pourrait mal tourner.

Il est temps de partir, alors.

Comme s'il avait eu exactement la même pensée que moi, Gale se tourne, tournant le dos au président. Mais Preacher et Pax observent l'homme, s'assurant qu'il ne fait pas de mouvement brusque.

« Allons-y », dit Gale en se dirigeant vers la porte par laquelle on est arrivés.

Tout le monde fait ce qu'il dit, et même moi je les suis, sortant du club-house avec les yeux de tous les membres fixés sur nous. Personne ne parle ou ne respire trop fort jusqu'à ce que la porte se referme derrière nous. J'ai ensuite l'impression de me débarrasser d'une couverture trop lourde, au moment où la tension diminue tout d'un coup.

Je suis toujours énervée que ce connard ait posé ses mains sur moi, mais c'est fini maintenant. On a eu l'info dont on avait besoin et on s'en est sortis vivants.

« Donc ils ne savent rien », dit Preacher, la voix si calme qu'on ne devine pas qu'il y a peu de temps, il avait une arme pointée sur son visage.

« Oui, on dirait », dit Gale. « Je ne pense pas que ce soit un assez bon menteur pour raconter ça. Et s'ils avaient quelque chose d'aussi gros sur nous, alors ils n'auraient pas été aussi nerveux à propos de l'histoire avec Derek. De plus, s'ils avaient laissé ce message pour nous, nous venons de leur donner l'opportunité parfaite pour essayer de nous faire chanter ou de nous faire toutes les demandes qu'ils voulaient, et ils ne l'ont pas fait. »

« Donc on est de retour au point de départ », dit Ash. « Sans piste et sans indice sur qui a fait ça ou pourquoi. »

« Super. C'était une excursion vraiment amusante, les gars », je marmonne, mais il ne fait aucun signe indiquant qu'il m'a entendu.

Pax fait craquer ses articulations, apparemment plus pour faire quelque chose de ses mains que pour être menaçant. « Nous avons toujours une longue liste de personnes qui pourraient être impliquées », dit-il. « Ivan avait beaucoup d'alliés. Des gens qu'il avait convaincu de travailler pour lui, des gens qui pensaient qu'il allait les emmener au sommet avec lui. Ils pourraient vouloir se venger s'ils savent qu'on l'a tué. »

« Il y a aussi le cartel », fait remarquer Gale. « Quel putain de bordel. »

Merde. J'ai failli les oublier. Quand j'essayais de tuer Ivan Saint-James, j'ai accidentellement abattu le leader d'un cartel qui avait organisé une réunion avec lui, puis Preacher a tué quelques-uns de ses gardes lorsqu'ils m'ont attaquée. Je me sens un peu mal d'avoir tué ce type alors qu'il n'était pas ma cible, mais je suis sûre que si j'en savais plus sur lui, je pourrais trouver de nombreuses raisons justifiant sa mort.

Alors que nous nous entassons tous dans la voiture pour rentrer à la maison, les gars continuent de parler, mais ils ne font que tourner en rond, comme hier soir. Chaque fois qu'on parle de ça, ça finit toujours comme ça. Nous n'avons pas assez d'informations, et ce n'est pas comme si nous pouvions faire irruption dans chaque quartier général criminel de Détroit et commencer à poser des questions.

Je suis sur les nerfs, pliant et dépliant mes doigts sur mes genoux pendant que je les écoute en parler encore et encore. Il y a trop de questions. Et pas seulement au sujet d'Ivan, d'ailleurs. C'est lui qui les préoccupe le plus en ce moment, mais je n'arrête pas de penser à cet aperçu que je crois avoir eu de ma sœur.

Il fut un temps, après la mort d'Anna et ma libération, où je croyais la voir partout. Je ne sais pas si c'était mon cerveau qui était encore en train d'accepter le fait que je ne la reverrais jamais, mais il m'arrivait d'apercevoir quelqu'un avec des cheveux comme les siens ou un sourire comme le sien, et je me retournais soudainement, l'espoir grandissant dans mon cœur.

C'était stupide à l'époque, parce que je l'ai vue mourir. Ils l'ont tuée devant moi, alors je savais qu'il était impossible qu'elle soit l'une de ces filles que j'avais vues. Mais le chagrin et la culpabilité qui rongeaient mon âme rendaient ce fait difficile à accepter.

La dernière fois que j'ai cru la voir, c'était il y a des années et j'étais presque certaine de ne plus faire ça.

Alors qu'est-ce que ça veut dire que je l'ai vue à ce gala ? Était-ce juste son souvenir qui m'est venu en tête ? Parce que je venais de tuer Ivan quelques jours auparavant ? Une sorte de... catharsis parce que la liste était enfin complète ?

J'ai l'impression d'avoir la tête qui tourne avec toutes ces questions auxquelles je n'ai pas de réponse alors que Gale gare la voiture et que nous entrons dans la maison. Je remarque à peine les gars, jusqu'à ce que je lève les yeux et trouve Gale debout devant moi.

Les autres sont partis et il n'y a plus que nous deux dans l'entrée.

Je lis la colère dans ses yeux verts, comme d'habitude, et je peux voir la rage qui mijote au fond. Il est furieux et je me prépare mentalement, prête à être en colère contre lui pour tout ce qu'il s'apprête à me dire maintenant.

« C'était vraiment stupide, putain », il grogne. « *C'est* pour *ça* que je ne voulais pas que tu viennes. Tu ne peux pas entrer dans un endroit comme ça, leur foutu quartier général, et attaquer l'un d'entre eux. Ce n'est pas comme ça que les choses fonctionnent. »

« Que veux-tu que je fasse, Gale ? » dis-je en le regardant fixement. « Que je laisse tous les connards qui en ont envie poser leurs mains sur moi ? Que je reste plantée là et que j'encaisse pendant que je me fais tripoter comme un morceau de viande ? »

« Je veux que tu arrêtes de faire des conneries qui vont te faire tuer ! » dit-il d'un ton tranchant. « Nous faire tous tuer. Tu as vu comment ça s'est passé aujourd'hui. C'était tendu et ça s'est presque fini en une fusillade parce que tu ne pouvais pas te contrôler. »

« Moi ? » je demande, incrédule. « Je ne pouvais pas me contrôler ? C'est hilarant. »

« Tu sais ce que je veux dire. »

« Je sais que tu agis comme si me défendre était un grand crime. Comme si je devais à ce putain d'enfoiré de le laisser s'amuser en souriant. Eh bien, non. Je ne suis pas ce genre de fille et je ne le serai jamais. Si quelqu'un pense qu'il peut prendre des libertés avec moi, alors il va devoir en assumer les conséquences. Et je n'en ai rien à foutre de ce que tu as à dire à ce sujet. »

Je le regarde fixement en finissant de parler, d'un air défiant et énervé.

Il se contente de me fixer avec une expression dure et inflexible. Il n'a pas l'habitude que les gens lui répondent dans cette maison, je suppose. Mais peu importe. Il peut me lancer des regards furieux tant qu'il veut, je ne suis pas son putain de subordonné.

Cependant, il y a quelque chose d'autre qui se cache sous la colère. Un soupçon d'inquiétude dans ses yeux. Il s'inquiète du fait qu'un jour je risque d'affronter quelque chose de trop gros, peut-être.

Mon cœur semble s'arrêter avant de continuer à battre normalement. Je sens à nouveau cette sensation de malaise dans mon estomac, comme quand Ash a commencé à dire qu'il voulait que les choses signifient quelque chose avec moi. Je ne peux pas le supporter à nouveau. Je ne veux pas faire ça. Je ne veux pas le voir, je ne veux pas voir autre chose que les bords tranchants et les murs qui s'élèvent entre nous.

Donc je prétends que je n'ai rien vu.

Je me concentre sur la colère qui est encore bien visible dans l'expression de Gale, la laissant alimenter la mienne. C'est plus facile ainsi de le dépasser et de m'engouffrer dans la maison.

6

PAX

On se tient dans la cuisine pendant que River crie après Gale et part furieuse vers un autre endroit de la maison.

Ce n'est pas vraiment nouveau que ces deux-là se disputent et nous regardons tout ça jusqu'à ce qu'elle parte. Ils ont tous les deux des tempéraments explosifs et ils semblent se nourrir de la colère l'un de l'autre.

« Tu sais, Gale », dis-je en m'appuyant sur l'embrasure de la porte, les bras croisés. « Tu devrais songer à cesser de travailler dans les boîtes de nuit. Commence à donner des séminaires sur la façon de parler aux femmes. Tu es vraiment doué pour ça. Tu pourrais même donner quelques conseils à Ash. »

« Va te faire foutre, Pax », grogne Gale, puis il s'en va dans sa bibliothèque et claque la porte derrière lui.

Preacher n'a pas l'air amusé, mais quand est-ce qu'il l'est ? Ash a un air maussade qui ne lui va pas et je me contente de rire.

Quel est l'intérêt de s'énerver sur la façon dont les choses se sont passées ? On a eu les infos dont on avait besoin et personne ne s'est fait tirer dessus. Tout s'est arrangé, selon moi. Si les Diables du Diamant ne voulaient pas finir sur notre liste noire si souvent, alors ils devraient apprendre à ne pas laisser leurs mains se balader. À en juger par la facilité avec laquelle ce connard a mis ses mains sur River dans leur club-house, je peux comprendre que Reggie ait pensé qu'il pouvait s'en tirer en menaçant une de nos danseuses. Ça semble être acceptable pour eux.

Eh bien, tant pis, parce que je pensais ce que j'ai dit. On ne tolère pas ces bêtises, et si la situation n'avait pas été aussi tendue, j'aurais montré à ce connard ce qui arrive quand on emmerde l'un des nôtres. Et peu importe ce que Gale et les autres disent, River est l'une des nôtres.

Preacher et Ash s'en vont faire un truc, et après être resté planté dans le couloir silencieux pendant un instant, je pars à la recherche de River comme un drogué qui cherche sa prochaine dose.

Je m'attends à la trouver dans sa chambre en train de faire les cent pas, de nettoyer un flingue ou un truc du genre. Je me rends compte que je ne sais pas vraiment ce qu'elle fait pour se calmer quand elle est aussi énervée. Je l'ai vue se peindre les ongles ou passer sa frustration sur Reggie une fois, mais je ne sais pas si ce genre de choses fait partie de sa routine. Je ne sais pas de quoi elle a besoin quand elle est dans cet état et ça ne me surprend pas vraiment que je veuille le savoir.

Sa chambre est vide, mais depuis la fenêtre, je peux la voir dehors, dans le jardin, en train de lancer des bâtons au chien et d'essayer de le faire aller les chercher. Il se contente de la regarder, la tête penchée sur le côté, comme s'il ne comprenait pas ce qu'elle attend de lui. Je ris avant de sortir pour les rejoindre.

C'est une belle journée et Slim Shady semble heureux d'être dehors, même s'il ne veut pas courir après les bâtons.

« Prends le bâton, espèce d'inutile… » River s'interrompt, lançant à nouveau le bâton dans un accès de frustration.

Le cabot se laisse tomber dans l'herbe en expirant.

Ça semble énerver River encore plus. Si c'était un dessin animé, elle aurait de la vapeur qui sortirait de ses oreilles. J'aime la façon dont ses émotions irradient d'elle, comme des ondulations dans l'eau, devenant de plus en plus grosses. Elle ne fait pas d'efforts pour les retenir ou faire semblant que tout va bien, et je peux pratiquement sentir la chaleur de sa colère se dégager d'elle par vagues. Je reste là à l'admirer un moment, parce que j'aime ressentir ses émotions comme ça. Les bonnes et les mauvaises.

« Le roi Charles ne veut pas aller chercher le bâton », dis-je en m'avançant et en faisant un signe du pouce au chien. « Il est trop occupé à se faire bronzer. »

« Ou il est juste stupide », murmure-t-elle.

Je hausse les épaules. « Je ne sais pas. Peut-être. Je pensais que les chiens avaient une sorte… d'instinct d'aller chercher. Ils voient quelque chose voler et ils doivent le pourchasser. »

River roule les yeux et me lance un regard noir. Ce n'est pas aussi furieux que celui qu'elle a lancé à Gale plus tôt, mais je vois bien qu'elle est toujours aussi énervée. « Qu'est-ce que tu veux, Pax ? Tu vas m'engueuler pour avoir frappé ce mec toi aussi ? »

Je pouffe de rire et lève un sourcil. « Qu'est-ce que tu crois ? Je l'aurais frappé pour toi si j'avais pu. Il le méritait. »

Cela semble la calmer suffisamment pour qu'elle laisse tomber le bâton au sol et soupire.

« Dis ça à Gale », murmure-t-elle.

« J'aimerais bien, mais ça ne servirait à rien. Il a toujours une vision d'ensemble et planifie tout à l'avance. Il avait un objectif en tête, aller chez les Diables, et ce qui s'est passé là-bas aurait pu foutre en l'air cet objectif. »

Ses yeux brillent de colère et je fais un pas de plus vers elle, attiré par la façon dont ses iris bleu foncé semblent presque changer de couleur selon son humeur, prenant une légère teinte violette.

« Eh bien, je suis désolée de riposter quand on m'attrape le cul », murmure-t-elle. « La prochaine fois, j'attendrai que la réunion importante de Gale soit terminée avant de frapper ce connard au visage. »

Je lève les deux mains pour lui faire signe que je ne suis pas son ennemi. « Hé, je suis de ton côté. Je te dis juste comment Gale voit les choses. J'ai pensé que ça pourrait t'aider si tu comprenais son raisonnement. »

Elle détourne brusquement les yeux et il y a autre chose que de la colère sur son visage pendant une seconde avant que ça ne disparaisse. « Ça ne m'aide pas », grommelle-t-elle. « Ça me donne juste envie de *le* frapper à la place. »

Je comprends ce sentiment. Je comprends que l'on soit si plein de colère, de douleur et d'émotions brutes que l'on veuille s'en prendre à la première personne ou chose qui nous fait chier. C'est comme être un volcan qui se prépare et bouillonne et qui attend juste d'entrer en éruption.

« Tu sais ce qui me calme toujours quand je suis énervé ? » lui dis-je en changeant de sujet.

River me regarde et lève un sourcil. « Battre quelqu'un jusqu'à ce qu'il ressemble à du bœuf haché ? »

Je ris à nouveau en rejetant la tête en arrière parce qu'elle m'a bien cerné. « Parfois, oui. Mais ce n'est pas toujours le cas. Gale, ses objectifs et tout le reste. Parfois, les choses doivent être stratégiques et pas seulement… je ne sais pas, un accès de colère. Quand je ne peux pas m'emporter comme je le voudrais, j'aime nettoyer et organiser mes choses, tu vois ? Mes outils de travail. » J'étire la phrase en la faisant paraître noble et prétentieuse, juste pour voir si ça la fait rire.

Ça ne fonctionne pas, mais elle respire lentement et la tension se relâche dans ses épaules.

« Veux-tu m'aider ? » dis-je.

Elle me jette à nouveau un coup d'œil et je peux voir qu'elle y réfléchit. Finalement, elle hausse les épaules. « Bien sûr. C'est mieux que de lancer des bâtons pendant que le chien me regarde comme si j'étais une idiote. »

Je lui fais un sourire et nous nous dirigeons à l'intérieur avec Harry Potter trottant derrière nous. Le chien va à sa place favorite, et River et moi nous dirigeons vers le sous-sol.

Nous n'y sommes pas allés ensemble depuis qu'elle a tué Ivan et je me demande si elle y pense quand nous entrons dans le petit espace. Si elle se souvient de la façon dont elle l'a tué. Si elle ressent encore quelque chose à ce sujet. Elle le fait probablement, parce qu'une chose aussi importante ne disparaît pas comme ça, mais la journée a déjà été longue, et celle d'hier aussi. Elle a probablement beaucoup de choses en tête en ce moment, alors je ne parle pas d'Ivan. Elle ne dit rien pendant que je me dirige vers l'armoire où je range mes choses et que je commence à les sortir.

Des scalpels, des couteaux et le taser. La baguette chauffante avec le cordon enroulé autour. Des pinces, des pinces à épiler et des vis. Des marteaux, des aiguilles et des tisonniers. Même des trucs dont je ne connais pas le nom, mais dont j'ai inventé l'usage quand il s'agit de faire suffisamment mal pour obtenir ce que je veux.

River me regarde et s'approche alors que j'étale les trucs sur le comptoir. Elle commence à trier, à mettre tous les objets tranchants d'un côté, à passer ses doigts sur les côtés plats des lames comme si elle voulait les tester.

Elle a déjà vu certaines de ces choses quand on torturait Reggie ensemble. Ma bite tressaille au souvenir de l'avoir baisée sur ce comptoir pendant qu'il s'affaissait dans ses chaînes. Certaines choses sont nouvelles pour elle, plus ésotériques, et je peux la voir les tourner dans ses mains comme si elle essayait de comprendre ce qu'elles font.

« Tu n'as qu'à pincer des trucs avec ça », dis-je alors qu'elle serre la charnière d'une pince aux dents terriblement pointues.

« N'importe quoi ? » demande-t-elle.

Je hausse les épaules. « Bien sûr. Je choisis généralement la langue ou un autre endroit sensible. Juste pour les faire crier. C'est humiliant, tu sais ? Une pince pointue accrochée à un endroit délicat. Ça ajoute à la sensation. Ça les fait se tortiller. Parfois, il faut vraiment leur faire comprendre à quel point ils sont impuissants dans cette situation. Qu'ils ne peuvent rien faire, et que s'ils essaient de se débattre, ça ne fera qu'empirer. Des trucs comme ça aident. Ça les rabaisse d'un cran, voire de cinq. »

River hoche la tête pensivement, comme si elle pouvait l'imaginer, et je lui fais un grand sourire. C'est une expression qui me vient naturellement quand on parle de ce genre de choses.

« Et ça ? » Elle me montre d'autres pinces qui sont plus petites que la première paire et reliées à des fils.

« Électrique », lui dis-je. Je fouille dans l'armoire et je trouve la petite boîte dans laquelle les pinces se branchent en lui montrant comment le tout s'assemble. « Parfois, c'est amusant de leur donner un petit choc quand ils sont têtus. Et si tu les coupes assez profondément, tu peux parfois pincer les bords de la plaie et ensuite leur donner un choc. À en juger par leur cri, ça fait un mal de chien. »

Sa colère disparaît un peu plus au fur et à mesure que nous parlons. Elle touche ou brandit divers instruments et je lui explique comment je les utilise. Comment je les tords, les coupe, les brûle ou les choque, jusqu'à ce que la personne à ma merci souffre tellement qu'elle s'évanouisse ou qu'elle me dise tout ce que je veux savoir.

« Ils ne peuvent pas être aussi utiles s'ils sont inconscients, n'est-ce pas ? » demande-t-elle.

Je hausse les épaules. « Ça dépend de ce que je cherche à faire. Parfois, je sais déjà ce que je dois savoir et je ne fais que les punir. Je m'assure qu'ils ne vont pas foirer à nouveau. »

« Comme avec Reggie à la fin ? »

« Ouais, exactement. Il avait déjà tout avoué, alors c'était juste pour lui donner ce qu'il méritait. »

« Tu as beaucoup d'affaires », murmure-t-elle.

Elle n'a pas tort et je hausse les épaules à nouveau. « J'aime collectionner ces trucs. Parfois, je me lasse de la même chose, tu sais. La variété est le sel de la vie ou peu importe ce que les gens disent. Je ne veux pas devenir prévisible. »

Elle pouffe de rire. « Je ne pense pas que quelqu'un puisse t'accuser de ça. Surtout pas quand ils sont ici, enchaînés au mur, déjà sur ta liste noire. »

« Probablement pas, mais j'aime m'en assurer. »

« J'aurais aimé que tu m'aies montré tout ça avant qu'Ivan ne vienne ici. »

Je ris et je secoue la tête. « Tu t'es bien débrouillée toute seule avec celui-là, petite renarde. Tu étais bien inspirée. »

« Ouais, je l'étais. » River me jette un coup d'œil. Je lis de la curiosité dans ses yeux bleu foncé alors qu'elle déplace une mèche de cheveux argentés sur son épaule. « Alors qu'est-ce qui t'inspire ? »

C'est une question intéressante. Je tourne et retourne un scalpel dans mes mains pendant que j'y réfléchis. « Différentes choses, je suppose. Parfois, il s'agit juste de garder mes frères en sécurité. Ils peuvent tous se débrouiller dans un combat, mais si quelqu'un est ici avec moi, c'est parce qu'il nous menace dans l'ensemble et je dois étouffer ça dans l'œuf. Parfois, c'est plus profond. Plus personnel que ça. » Je lui fais un sourire. « On m'a surnommé *le boucher de Seven Mile* parce que je peux trouver l'inspiration pour blesser les gens assez facilement. »

Rien de tout cela ne semble la déranger et je m'appuie contre le comptoir pour continuer. « Si j'ai besoin de plus d'inspiration, je pense simplement à la putain d'impuissance que j'ai ressentie lorsque mon oncle a abusé de moi quand j'étais un petit garçon. Cela fait généralement l'affaire. Je peux trouver la rage nécessaire pour tuer un homme assez rapidement. »

Il n'y a pas de pitié dans les yeux de River quand je dis ça, tout comme je savais qu'il n'y en aurait pas. Elle n'est pas comme ça. Elle a traversé ses propres épreuves et elle sait comment transformer ce genre de choses en carburant et en inspiration au lieu de les laisser l'abattre.

« Je me souviens que tu as dit que tu avais tué ton oncle », dit-elle, le regard fixé sur mon visage. « Tu l'as déjà mentionné. »

Je hoche la tête. « Ouais. Putain, il le méritait, l'enfoiré. Il était… » Je secoue la tête, essayant de trouver les bons mots pour expliquer. Ça ne me dérange pas de lui en dire plus sur mon passé. Bon sang, on l'a tous vue se confronter à son propre passé ici, quand elle a tué Ivan, et même si je ne connais toujours pas les détails de ce qui lui est arrivé, c'était manifestement très traumatisant.

« C'était un connard », dis-je finalement, même si ce n'est pas un mot assez fort. « Il avait l'habitude de me toucher, d'abuser de moi. Quand je n'étais qu'un enfant et que je ne savais pas encore comment me défendre. On a grandi dans un quartier difficile, où tout le monde ne pensait qu'à rester en vie la plupart du temps. »

« Nous ? »

« Ouais, Preacher et moi. Son père est mon autre oncle. Preacher m'a aidé à tuer l'oncle de merde le moment venu, alors on a toujours été assez proches. »

River acquiesce en penchant un peu la tête sur le côté, comme un oiseau, alors qu'elle considère mes paroles.

« Ma famille m'a renié après ça, mais je n'en ai rien à

foutre. Je sais qu'il n'y avait que des mensonges dans la maison dans laquelle j'ai grandi. Mes parents se trompaient et se servaient l'un de l'autre dès qu'ils en avaient la putain d'occasion, et j'étais juste pris au milieu. Ils savaient ce que mon oncle me faisait et ils ne faisaient rien. Ils faisaient semblant que tout allait bien parce que c'est tout ce qu'ils savaient faire. C'est pourquoi je vis ma vie comme je le veux maintenant. Je ne cache rien. Tout ce qu'ils ont fait c'est cacher qui ils étaient et ce qui se passait, et à quoi bon tout ça ? »

River m'observe pendant une seconde puis se lèche les lèvres. « Je suis désolée », dit-elle doucement. « C'est... terrible. »

Je hausse les épaules et me débarrasse de ces souvenirs. C'était il y a longtemps et c'est du passé maintenant. Je ne suis plus ce gamin effrayé. Je retrouve mon attitude décontractée habituelle et je recommence à essuyer les lames avec le chiffon que je garde à portée de main ici.

« Je pensais ce que j'ai dit, tu sais », dis-je en lui jetant un regard du coin de l'œil. « Si ta sœur est vraiment en vie, on t'aidera à trouver où elle est. »

« Pourquoi ? » demande River.

« Parce que nous le voulons », lui dis-je sans détour.

Elle rit comme si elle n'y croyait pas une seconde, mais c'est la vérité.

Et je ne suis pas le seul à vouloir l'aider. Les autres le veulent aussi. C'est important pour eux.

Elle compte pour eux, qu'ils veuillent l'admettre ou non.

7

RIVER

Les mots de Pax me font effet et je ne peux pas les sortir de ma tête alors que nous continuons à trier tout son matériel de torture.

Il a promis de m'aider. Il a promis qu'ils m'aideraient tous.

Je fais tout par moi-même depuis si longtemps que demander de l'aide aux autres ne me vient pas du tout naturellement. L'entendre le dire et savoir qu'il le pensait vraiment me fait quelque chose. Quelque chose que je ne sais pas encore comment identifier.

Son histoire m'a également touchée.

Je n'ai jamais douté une seconde que ces hommes avaient un passé de merde, tout comme moi. La façon dont ils agissent et se comportent, leur vie... *bien sûr qu'*ils ont un passé de merde.

Gale me l'a pratiquement avoué, après que j'ai tué Ivan, et Preacher le diffuse avec tout son... être. Il y a définitivement une raison pour laquelle Ash est comme il est et Pax...

Eh bien.

La partie brute, vulnérable et brisée de mon âme reconnaît chaque parcelle de fureur et de douleur que Pax porte. Je sais ce que c'est que de voir les gens qui devraient te protéger trahir ta confiance et pratiquement te jeter aux loups. L'image de mon père se tenant là, regardant le sol tandis que des hommes posaient leurs mains sur Anna et moi, prêts à nous emmener, est gravée dans ma mémoire et je ne l'oublierai jamais. Son incapacité à nous protéger et la façon dont nous avons été utilisées et abusées pour payer pour ses péchés. Je sais ce que c'est que d'être manipulée et traitée comme un objet, et je sais le genre de cicatrices que cela laisse.

Je me sens attirée par Pax en ce moment, plus fortement que jamais. Il a toujours été le Roi avec lequel il était le plus facile de se lier, à l'exception d'Ash, mais penser à ce dernier me noue l'estomac pour une tout autre raison, alors je repousse cette pensée.

Pour l'instant, il n'y a que Pax et moi dans cette pièce calme du sous-sol. Et en ce moment même, j'ai envie de l'embrasser. Pas seulement parce que je le veux ou que je veux le baiser, mais pour d'autres raisons qui sont plus difficiles à expliquer.

Je crains un peu ces sentiments. Je crains d'y plonger trop profondément, comme si je risquais de ne pas en ressortir si je le faisais.

Donc je n'initie pas les choses avec un baiser, parce que ça semble trop personnel. Trop intime.

Au lieu de cela, je pose l'outil dans ma main et enlève mon t-shirt pour que Pax voie bien.

Son regard s'assombrit immédiatement, l'atmosphère du

sous-sol changeant tout aussi rapidement. Faisant un bruit dans sa gorge, il m'attrape et me tire vers lui.

Ses mains sont grandes et elles vont directement à mes seins, tirant mon soutien-gorge vers le bas pour exposer mes seins. Il a l'air affamé et il se dirige directement vers mon mamelon percé, l'attrapant avec sa bouche et le suçant fort.

Je halète doucement, me cambrant contre lui à cause de la chaleur qui me traverse dès que sa bouche chaude et humide trouve mon mamelon sensible. Le piercing est toujours en train de cicatriser et la douleur ne fait qu'ajouter à la sensation.

Pax se retire avec un bruit sec et se déplace ensuite vers l'autre mamelon, le mordant fort jusqu'à ce que je gémisse son nom.

Je ressens tout dans ma chatte, mon clito palpitant du désir d'être touché. Il ne faut pas longtemps pour que j'atteigne ce point avec Pax et son attitude de *fais ce que tu veux*. Je me laisse emporter, haletant doucement pendant qu'il me suce avec ses lèvres, ses dents et sa langue.

Je sais qu'il préfère le mamelon percé. C'est facile à dire vu la façon possessive dont il pose sa bouche dessus. La façon dont il fait tourner sa langue autour du bouton pointu et joue avec l'anneau avec ses dents. Il aime me marquer, il aime savoir qu'il y a quelque chose qu'il peut retrouver et qui montre qu'il était là.

Lorsqu'il tire brusquement sur l'anneau, la douleur augmente et je me balance contre lui, essayant de trouver une sorte de frottement ou quelque chose pour soulager la douleur grandissante entre mes jambes.

Pax me le donne et je peux le sentir sourire contre ma

poitrine. Il coince sa jambe entre les miennes, me donnant une cuisse solide contre laquelle me frotter.

Je me frotte contre lui, pressant mon clito contre le muscle dur de sa jambe. Je gémis lorsque cela atténue suffisamment la douleur pour que je puisse mettre mes mains sur lui.

« Ouais », marmonne Pax en levant les yeux. « Touche-moi. » Ses yeux marron foncé sont si sombres qu'ils sont presque noirs et il me fait un grand sourire. D'habitude, il a l'air un peu dangereux ou déséquilibré, mais dans ce contexte, on dirait simplement qu'il veut me dévorer.

Mon corps bat au rythme de mes battements de cœur, ce qui montre clairement que je ne serais pas contre l'idée d'être dévorée.

Je lui donne ce qu'il veut en retour. Je glisse mes mains sur ses épaules et le long de son dos, dessinant les muscles fermes que je peux sentir à travers son t-shirt. La chaleur se dégage de lui et il m'attire plus près de lui, se penchant pour me voler un baiser.

C'est toujours chaud entre nous, ça brûle toujours rapidement et intensément comme un feu de forêt, mais il y a quelque chose de différent maintenant. Quelque chose dans la conversation qu'on vient d'avoir. Je ne l'admettrais pas à voix haute, mais savoir à quel point il comprend ma douleur, avoir cette proximité supplémentaire avec lui en plus du fait que nous aimons tous les deux faire payer les gens, rend les choses encore plus intenses. Ça fait monter la chaleur plus vite et plus fort et je l'embrasse presque désespérément.

Presque comme si j'en avais besoin.

Comme si j'avais besoin de *lui*.

Ces grandes mains descendent le long de mon dos pour prendre mes fesses et il me soulève sans effort, me déposant sur le comptoir, juste à côté de tous les outils que nous avons nettoyés et triés. Tous ces instruments pour faire souffrir et agoniser sont là, à quelques centimètres de là où j'écarte les jambes et le laisse s'installer entre elles.

C'est presque automatique de me frotter contre lui maintenant que j'ai plus de place pour le faire et j'enroule mes jambes autour de sa taille, le tirant encore plus près.

Pax laisse échapper un gloussement rauque contre mes lèvres et se remet à m'embrasser comme s'il voulait me transformer en une flaque d'eau. Non pas que je m'en plaigne.

Il tripote mes seins sans ménagement pendant qu'on s'embrasse, pressant la chair molle entre ses doigts jusqu'à ce que je halète fort et que je mouille ma culotte.

« Putain », j'arrive à souffler. « Pax, je... »

Il y a beaucoup de choses que je pourrais dire après ça.

J'en ai besoin.

J'ai besoin de toi.

J'en veux plus.

Mais je ne finis pas ma phrase, me contentant plutôt de rouler mon corps contre le sien pour qu'il puisse sentir chaque parcelle du besoin qui me traverse.

Il comprend assez vite le message, même sans paroles, et se retire suffisamment pour me montrer le sourire de prédateur qui se dessine sur son visage avant de prendre un couteau dans la panoplie d'instruments à côté de nous.

La lame est terriblement tranchante, et lorsqu'il tranche le devant de mon soutien-gorge, il me blesse avec l'acier froid. Ça brûle un peu, mais je savoure la sensation, soulevant mes hanches pour qu'il puisse tirer sur mon pantalon et mes sous-vêtements.

Dès que je suis nue, mes mains vont vers son t-shirt, le tirant vers le haut et le faisant passer par-dessus sa tête. Je le jette par terre quelque part et Pax s'occupe rapidement de son pantalon, le baissant pour que sa bite jaillisse de son corps.

Il est si gros, putain, et le piercing qui traverse la pointe brille sous la lumière du plafond, attirant mes yeux droits dessus. J'en ai l'eau à la bouche et ma chatte palpite. Je suis trop excitée pour attendre.

« J'ai besoin de toi en moi », je halète.

« Putain, oui », répond Pax, semblant aussi fou de désir que moi. Il se dresse au-dessus de moi, utilisant sa masse pour me repousser jusqu'à ce que je sois allongée sur le comptoir, les jambes toujours en suspension sur le bord.

La surface lisse est froide contre ma peau nue et je frissonne un peu avant d'écarter encore plus mes jambes pour lui. Sa bite est juste là et ma chatte palpite à nouveau, me faisant savoir qu'elle est vide et qu'elle aimerait être pleine maintenant.

J'attrape Pax, le tirant vers le bas pour que ses lèvres rencontrent les miennes. Je l'embrasse chaudement et durement.

Il m'embrasse en retour, mais décide ensuite d'être un putain d'allumeur en faisant glisser sa bite contre mon ouverture sans la pousser à l'intérieur. Je fais un bruit de frustration et je me cambre contre lui, essayant de le faire entrer en moi, mais il se contente de rire et de continuer à me taquiner.

Le bout de sa bite effleure mon clito, ce qui provoque des étincelles dans tout mon corps, et je grogne doucement.

« Arrête de me torturer, putain », dis-je d'un ton brusque en le regardant quand on a repris notre souffle. « Soit tu me baises, soit tu me lâches, espèce de connard. »

Quelque chose s'allume dans ses yeux à cause de mes mots et je ne suis pas sûre de ce qu'il va faire. Quand sa main vient s'enrouler autour de mon cou, mes yeux s'écarquillent. Mais pas à cause de la peur. Même si sa main est assez grande pour couvrir toute ma gorge, me coupant juste assez d'air pour que je le remarque, je n'ai pas peur. L'élan qui me traverse est le désir à son état pur et je gémis son nom d'une voix étouffée.

Comme s'il avait prouvé qu'il avait raison, Pax finit par céder et me pénètre vite et fort. Sa bite s'enfonce en moi avec un bruit humide et je crie sous l'effet du plaisir.

Sa main autour de mon cou, sa bite épaisse en moi... ils me rendent dingue et je me tords sur la table sous lui tandis qu'il impose un rythme qui fait grincer le comptoir et me fait m'accrocher à lui.

Mais ça fait du bien, putain. C'est tellement bon. Je ne pense à rien sauf à la façon dont je me sens pendant qu'il me baise, sa bite me remplissant et son corps se pressant contre le mien.

Relâchant sa prise sur ma gorge, Pax lèche mon cou et mes clavicules, trouvant l'entaille peu profonde qu'il a laissée en coupant mon soutien-gorge et léchant le sang qui s'y trouve.

Quand il relève la tête, ses yeux sont si sombres qu'ils semblent prendre toute la lumière avec eux. Il s'enfonce en moi assez fort pour que je crie presque et ça déclenche à nouveau son sourire féroce.

« J'aime tes bruits... quand je te baise comme ça », dit-il. « Quand tu cries pour moi. »

Il s'enfonce brutalement à nouveau, obtenant un gémissement étranglé cette fois.

Ces yeux sombres et déviants se tournent à nouveau vers les outils à côté de nous, puis reviennent vers moi. Avant même qu'il ne dise quoi que ce soit, j'ai l'impression de savoir ce qu'il pense. Je peux voir l'invitation dans son expression, dans la façon dont ses paupières s'abaissent et sa langue sort pour mouiller ses lèvres.

« Fais-le », dit-il sur un ton défiant et désespéré. « Coupe-moi. Je veux le sentir. »

Je me penche et je saisis le premier objet que je touche : le couteau qu'il a utilisé pour couper mon soutien-gorge. Celui qui m'a entaillé superficiellement la peau il y a quelques instants.

Mes mains ne tremblent pas quand je tiens le couteau, malgré la force avec laquelle il me baise, et je fais glisser la lame le long de son torse. Presque inconsciemment, j'imite la marque qu'il a laissée sur moi en passant juste entre ses pectoraux.

C'est une coupure superficielle, mais le sang coule quand même sur sa peau.

« Merde », jure Pax et c'est tellement rempli de plaisir et de désir que je dois le refaire.

Je fais une autre entaille, parallèle à la première, juste à côté. Il me pénètre encore plus fort, rendant notre baise encore plus intense. Je peux sentir la chaleur grimper entre nous, nous brûlant tous les deux de l'intérieur, et chaque coup de sa bite fait monter le plaisir en moi. C'est difficile de respirer, de se concentrer. Difficile de faire autre chose que d'accepter qu'il me baise de toute ses forces.

Ses doigts se resserrent sur mes hanches au point de me faire des bleus et je peux sentir sa bite s'épaissir, s'agitant en moi tandis qu'il réagit à la douleur du couteau.

Je fais une troisième entaille et Pax bouge comme un animal, poussé par ses instincts.

Il passe la main entre mes jambes et trouve mon clito qu'il effleure légèrement. Il n'en faut pas plus pour que je hurle à nouveau son nom alors qu'un orgasme me submerge et me fait trembler sous lui.

Ma chatte se resserre autour de sa queue, comme si elle voulait aussi le vider, et il ne parvient à tenir que quelques coups avant de craquer, comme je l'ai fait en rugissant fort.

Je peux sentir l'humidité de mon orgasme se mélanger à son sperme, tout comme le sang de la coupure qu'il a laissée sur moi s'est mélangé au sang qui a coulé sur ma poitrine à l'endroit où je l'ai coupé.

Pax halète, me regardant, étalée devant lui. Il a les cheveux en bataille, le visage rougi et ses narines se dilatent en expirant. Il passe ses doigts dans le sang sur ma poitrine et la chaleur de ses yeux menace de me brûler vive.

Mon corps tremble encore sous l'effet de l'orgasme brutal, et je suis essoufflée et un peu enrouée quand je parle enfin. « Je suppose que c'est un peu bizarre que la seule chose qui me fasse jouir comme ça soit une baise brutale. »

Pax se contente de hausser une épaule. « Tu n'as pas à justifier ce qui te fait jouir », dit-il. « J'ai arrêté d'essayer de justifier ce qui me fait bander il y a longtemps. »

Je pouffe de rire en entendant ça. « Tu dis ça parce que

tu aimes me baiser comme ça. Me couper, me prendre à la gorge. »

Il ne le nie pas. Pas même un peu.

Au lieu de cela, il se contente de rire et se retire de moi, me laissant dans un état douloureux, collant et rassasié.

En m'appuyant sur mes coudes, je regarde ma poitrine, puis je cligne des yeux de surprise en voyant ce que je vois. Pax ne faisait pas qu'étaler mon sang de façon aléatoire avec ses doigts.

Il a écrit un mot sur ma poitrine avec notre sang mêlé, et il se détache en rouge vif sur ma peau pâle.

À moi.

8

RIVER

À chaque fois que je baise Pax, j'ai toujours besoin de prendre une foutue douche après. Il y a toujours du sperme et du sang qui doivent être nettoyés, et je me sens toujours mieux après, comme si le sexe plus la douche était une sorte de combinaison magique qui me transforme en une nouvelle femme.

Donc je ne me plains pas vraiment.

Je sors de la douche, m'essuie les cheveux et me regarde dans le miroir. Mes cheveux argentés ont l'air plus foncés que d'habitude quand ils sont humides comme ça, et ma peau pâle est un peu rougie par la baise brutale et la chaleur de la douche.

En faisant glisser ma lèvre inférieure entre mes dents, j'appuie mes doigts sur l'endroit où il a écrit *à moi* avec notre sang. C'est parti maintenant, disparu dans le syphon, mais je jure que je peux encore repérer l'endroit exact où les lettres étaient formées.

Ça me ferait peur si j'y pense trop, alors je ne le fais pas. Ce n'est que Pax. Il est possessif et bizarre, cédant à ses impulsions dès qu'il le peut. C'était juste une folie passagère ou quelque chose comme ça. Quelque chose qui ne signifie pas grand-chose. Pour lui ou pour moi.

C'est ce que je vais me laisser croire, en tout cas.

C'est plus facile comme ça et je n'ai pas le temps de m'obséder avec ça, à me demander ce que tout cela signifie.

Je sors de la salle de bain et j'entre dans ma chambre pour m'habiller avant de redescendre. Maintenant que mon esprit est un peu plus clair, je suis déterminée à me remettre à la tâche. Je veux que tout soit réglé avant de m'impliquer encore plus avec les Rois.

Malheureusement, malgré le fait que les gars semblent aussi motivés que moi pour résoudre tout ça, nous ne faisons pas de gros progrès durant la journée. Nous continuons à suivre des pistes perdues et à tourner en rond parce qu'il y a trop d'inconnus pour savoir qui a mis le corps d'Ivan là. Les choses que nous savons ne changent pas et le nombre de choses que nous *ne savons pas* semble augmenter.

Ce n'est pas comme si Ivan était un petit escroc. Il avait des relations partout dans la ville. Dans tout l'état et même plus loin, probablement. Il y a tellement de gens qui auraient pu ne pas apprécier qu'il soit tué et qui ont décidé d'afficher leur colère de cette façon.

Il y a trop de terrain à couvrir et nous n'avons que des suppositions.

Nous tournons en rond jusqu'à la fin de l'après-midi, jusqu'à ce que les gars doivent aller au club, devenant de plus en plus irrités par le fait que nous n'avons rien de concret.

« On a trop négligé les choses là-bas », dit Gale en

prenant ses clés. « Avec toutes ces autres conneries qui se passent. »

Preacher et les deux autres hommes acquiescent d'un signe de tête. Ash et Pax n'ont pas l'air très enthousiastes à l'idée de devoir s'occuper de trucs banals, mais ils ne se plaignent pas non plus. Il est clair qu'ils sont tous habitués à partager la charge de travail au club et qu'ils prennent tout cela au sérieux.

Ils partent quelques minutes plus tard, me laissant seule à la maison.

Ce n'est pas comme la dernière fois que je suis restée avec eux et je réalise soudainement que je pourrais simplement partir. Quitter la ville si je le voulais et ne laisser aucune trace pour qu'ils me traquent. Personne n'est là pour m'obliger à rester et ce n'est pas comme si nous avions un marché qui leur permettrait de me dire ce que je dois faire.

On est passés à autre chose.

Je pourrais aller où je veux et me libérer de toute cette merde pour de bon.

Mais rien qu'en y pensant, je sais que je ne vais aller nulle part. Les gars me retrouveraient. Il faudrait que j'aille très loin pour les empêcher de me traquer et de me ramener chez eux. Ce serait une perte de temps d'essayer de m'enfuir pour être ramenée ici et Gale serait certainement d'une humeur massacrante. Ça n'en vaut pas vraiment la peine.

Je me dis que c'est la raison pour laquelle je reste.

Pourtant, être seule à la maison me rend nerveuse. Il n'y a rien à faire.

J'essaie de passer le temps pendant un moment,

alternant entre regarder les innombrables chaînes de télé que les gars semblent avoir affalée sur le canapé et essayer d'apprendre à Chien à aller chercher. Il est toujours aussi têtu, et neuf fois sur dix, il vient juste se faire caresser après que j'ai lancé le bâton.

Peu importe.

Je me promène dans la maison, allant dans la salle de piano et tapant des doigts sur les touches pendant un petit moment. Bien sûr, ça ne sonne pas comme Preacher quand il jouait ici. Ses doigts semblaient danser sans effort sur les touches, créant une belle musique envoûtante. Si je ne l'avais pas vu de mes propres yeux, je n'aurais probablement pas cru qu'il était capable de créer quelque chose d'aussi sublime.

Je me rappelle de son expression, ses yeux bleu clair ombragés et sa mâchoire serrée alors que je m'étalais sur ce piano, essayant de le taquiner. Essayant de le faire réagir.

Au bout du compte, j'ai obtenu ce que je voulais et d'autres choses que je n'avais pas prévues aussi. J'ai eu l'un des orgasmes les plus intenses de ma vie et j'ai mieux compris qui est Preacher, ce qui le fait tiquer. Pourquoi il est comme il est.

C'est difficile d'oublier.

En faisant glisser mes doigts sur les touches, je réalise que nous avons passé tout ce temps à débattre des coupables potentiels qui ont exposé le corps d'Ivan et que les gars ne m'ont jamais considérée comme un suspect.

Et je n'avais pas de raison de le faire non plus. Mais quelqu'un d'aussi méfiant et nerveux que Gale aurait dû me regarder de travers.

Mais ils semblent me considérer comme un membre du

groupe, comme quelqu'un qui est automatiquement de leur côté. Donc, pas un suspect potentiel. C'est... bizarre. Depuis que je les connais, ils ont toujours eu cette façon de penser *d'eux contre nous*, s'opposant ensemble contre le reste du monde. Je suppose que j'ai en quelque sorte été entraînée dans le groupe avec eux.

Même Ash, qui est en colère contre moi et semble me détester en ce moment, ne m'a pas accusée.

Tout le monde à Détroit ayant un lien avec Ivan, les Rois ou quelque chose de proche est traité comme suspect, mais pas moi.

Je ne sais pas comment me sentir à ce sujet.

D'une part, c'est agréable de ne pas avoir à me défendre ou à dire ce qui est évident : qu'il serait vraiment stupide de tuer Ivan, d'être vue avec eux en train de se débarrasser du corps, puis d'essayer de leur mettre le meurtre sur le dos ou de sortir le cadavre. D'autre part, je ne veux pas penser à ce que ça signifie qu'ils me considèrent comme l'un des leurs maintenant. Je n'ai jamais demandé ça. Je ne l'ai jamais voulu.

Je *n*'en veux *pas*.

Mes pensées sont interrompues quand on sonne à la porte et je fronce les sourcils. C'est le début de la soirée, mais l'heure à laquelle les vendeurs font du démarchage est dépassée.

Le chien aboie depuis l'autre pièce et j'entends ses ongles gratter le sol alors qu'il fait des allers-retours devant la porte.

Je vais voir qui c'est en roulant des yeux.

Je m'attends presque à voir une éclaireuse ou une vieille femme distribuant des brochures sur Jésus, mais c'est un homme d'âge moyen qui se tient à la porte. Il n'a rien de particulier, avec des cheveux châtains, un nez légèrement tordu qui semble avoir déjà été cassé, et de larges épaules. Mais il se tient le corps droit avec le genre de posture qui crie « affaire officielle » et qui le crie fort.

« Bonsoir, madame », dit-il en me faisant un signe de tête. « Mon nom est Mitch Carter. Je travaille pour le FBI. »

Il me montre sa carte d'identité et mon estomac se noue. Merde. C'est bien vrai.

« J'ai besoin de vous poser quelques questions », poursuit-il. « Est-ce que c'est un bon moment ? »

« Oh. Euh, bien sûr. Entrez, je suppose. » J'ouvre la porte un peu plus, reculant pour le laisser entrer. Je ne peux pas vraiment lui fermer la porte au nez, même si j'aimerais vraiment le faire. Sa question si c'était un bon moment semblait vraiment n'avoir qu'une seule bonne réponse.

Après avoir fermé la porte et calmé un peu Chien, je le conduis à la cuisine, car cela semble être l'endroit le plus neutre de la maison.

« Nous faisons le suivi avec tous les invités qui étaient au gala », poursuit-il une fois que nous sommes installés. « Après la découverte du corps d'Ivan Saint-James. »

« Je vois », je réponds en adoptant une expression peu intéressée.

« Vous étiez là, n'est-ce pas ? »

« Oui. »

« Et connaissez-vous M. Saint-James ? »

Je secoue la tête. « Non. Je veux dire, j'ai entendu parler de lui. Comme la plupart des gens de la ville. Mais je ne l'ai jamais rencontré avant. »

C'est un mensonge, bien évidemment, mais je ne pense

pas qu'il y ait de preuve qui puisse nous lier. La période où il nous a gardées prisonnières, ma sœur et moi, est officieuse et je n'ai jamais quitté la maison où ils nous gardaient. Il n'y a aucun témoin qui pourrait m'associer à Ivan.

Carter sort un petit carnet d'une des poches de sa veste et y inscrit quelque chose en hochant la tête. « Avez-vous des amis proches ou de la famille qui ont été impliqués avec M. Saint-James ou son entreprise ? »

C'est une question ridicule, compte tenu de tout ce que cet homme a fait subir à ma famille, mais une fois de plus, je secoue la tête. « Pas que je sache. Je ne sais pas tout ce que ma famille a fait, mais ils ne me l'ont pas dit si c'était le cas. »

Il écrit quelque chose d'autre.

« Parmi les invités du gala, combien diriez-vous que vous connaissez ? »

« Quatre », je réponds honnêtement. À part les gars, je ne connaissais aucune autre personne.

Mais dès que les mots sortent de ma bouche, je repense à ce qui ressemblait aux yeux d'Anna. Pourtant, je ne suis pas certaine de ce que j'ai vu ou de qui c'était, donc la réponse reste la même. Je ne vais pas dire à ce type que j'ai cru voir ma sœur morte au gala.

« Quatre. D'accord. Et ces quatre-là sont les propriétaires de cette maison ? » demande Carter.

Je hoche la tête. « Oui, exactement. J'étais leur invitée. Je n'avais jamais rencontré personne d'autre au gala et je suis restée avec eux toute la soirée. »

« Pouvez-vous me raconter ce qui s'est passé ce soir-là ? » demande-t-il.

Je fronce les sourcils. « Toute la soirée ? »

« La partie où le corps a été découvert suffira. »

C'est encore plus facile. « Nous étions tous debout à discuter et ils ont annoncé que la vente aux enchères silencieuse allait commencer. Le gars en charge a remercié tout le monde et a révélé l'œuvre. Seulement, ce n'était pas seulement l'œuvre d'art. Il y avait un corps par-dessus. »

« Avez-vous reconnu le corps ? »

« Pas au début », je réponds. « Ça ressemblait juste à un corps mort. Mais ensuite, quelqu'un dans la foule a dit son nom : Ivan Saint-James. »

« Savez-vous qui c'était ? La personne qui a dit son nom ? »

« Non. Il y avait tellement de gens autour et tout le monde paniquait. »

Il acquiesce et prend d'autres notes. « Cela semble être le consensus général. Le chaos. »

« Oh, oui », j'acquiesce. « Il y avait des gens qui couraient partout. Comme une débandade. On est sortis pour ne pas se faire écraser étant donné la panique. »

Carter me regarde pendant une seconde, puis écrit quelque chose d'autre. « Et une fois que le corps a été révélé, vous êtes partie ? »

« Eh bien, oui. Je n'allais pas rester là, au cas où celui qui a fait ça chercherait d'autres victimes. Ça semblait dangereux. »

J'essaie de répondre à toutes ses questions aussi facilement et ouvertement que possible. Donner des réponses évasives aux agents fédéraux leur fait penser que vous avez quelque chose à cacher. Je joue le rôle du citoyen utile et concerné, aussi intéressé que lui à bien comprendre.

L'expression du visage de Carter ne change pas, mais je vois bien qu'il n'est pas tout à fait convaincu. Mes tatouages et mes cheveux donnent l'image d'une personne différente de celle que je suis en train d'incarner.

Il ne conteste aucune de mes réponses, cependant. Soit il les croit suffisamment pour accepter ce que je dis, soit il n'est pas perturbé par le fait que je puisse mentir.

« Et quelle est votre relation avec ces hommes ? » me demande-t-il. « Les quatre qui possèdent cette maison ? »

« Oh, je les baise tous », je réponds en gardant le même ton.

Les sourcils de Carter tressaillent, comme s'ils voulaient *vraiment* remonter vers la racine de ses cheveux, mais il maintient son air professionnel rigide en place. C'est presque impressionnant qu'il ne morde pas à l'hameçon.

Il le note cependant et je peux l'imaginer en train de noter quelque chose comme « relation : sexuelle » dans ces termes cliniques que les flics et les agents utilisent.

« Depuis le soir du gala, avez-vous eu des contacts avec d'autres invités ? Quelqu'un vous a-t-il contactée pour vous demander votre histoire ou obtenir des informations ? »

« Non. Juste les gars. Et maintenant vous. »

« Personne d'autre ne vous a contactée ? »

« Non », je répète. « Comme je l'ai dit, je ne connaissais personne d'autre là-bas. »

Je ne sais pas s'il cherche à obtenir quelque chose ou s'il essaie de me prendre en défaut, mais je dis tout de même la vérité. À part les gars, je ne pourrais pas identifier la plupart de ces connards de riches dans une séance d'identification. Peut-être la femme qu'Ash a engueulée ou deux des gars super riches qu'il a désignés, mais à part le fait qu'elle était riche et prétentieuse et qu'ils étaient fades et d'âge moyen, je ne me souviens pas de grand-chose.

Carter n'a pas fini, cependant. Apparemment, il va me poser toutes les questions avant d'être satisfait.

« Aviez-vous prévu d'enchérir sur l'œuvre d'art ? » demande-t-il.

Je pouffe de rire parce que je ne peux pas m'en empêcher. « Non. Ce n'est pas vraiment le genre de chose qui est dans ma gamme de prix. »

« Et vos... compagnons ? »

Je hausse les épaules. « Il faudrait que vous leur demandiez, mais j'en doute. Je ne pense pas qu'un piédestal en or massif soit vraiment leur style. On est juste restés pour voir à quoi ça ressemblerait puisque tout le monde en parlait. »

Avant que l'agent Carter puisse me poser d'autres questions, j'entends le bruit d'une voiture dans l'allée. Comme si parler des Rois les avait fait revenir à la maison, la porte d'entrée s'ouvre un instant plus tard. Le chien perd à nouveau la boule, aboyant joyeusement et courant vers la porte pour saluer les gars qui entrent.

Leurs pas s'intensifient alors qu'ils se dirigent tous vers la cuisine. Gale entre le premier, mais il s'arrête dès qu'il voit que je ne suis pas seule.

9

GALE

La dernière chose que je m'attends à voir quand j'entre dans la cuisine avec les autres, c'est un parfait inconnu assis à la table avec River. Il est plus âgé que nous, il tient un bloc-notes et il la regarde attentivement. Ça me met sur la défensive rien que de les voir ensemble.

Je ne sais pas qui est ce type, mais je ne l'aime déjà pas.

River n'a pas l'air bouleversée ou heureuse de le voir, mais quelque chose dans la façon dont il se penche un peu vers elle déclenche en moi une possessivité protectrice, me donnant envie de me mettre entre eux et d'exiger de savoir qui il est et ce qu'il veut.

Avant que je puisse faire quoi que ce soit, River croise mon regard. Son expression est… anormale. Son visage est très expressif, allant généralement de l'agacement à l'irritation en passant par l'énervement quand elle me regarde, mais je ne reconnais pas son expression actuelle.

Ça veut dire quelque chose, quelque chose que seuls les gens qui la connaissent sont capables de voir et de reconnaître. Comme si elle portait un masque, cachant ses vrais sentiments.

« Ah », dit l'homme en se levant et en tendant la main vers moi puisque je suis le premier à entrer dans la cuisine. Mes frères se tiennent tous derrière moi, et même si je sais que l'homme ne peut pas le remarquer, je peux sentir la tension en eux. « Vous devez être les propriétaires de la maison. Mitch Carter du FBI. »

Ça en dit long et je comprends soudainement. River est aussi impassible parce qu'elle est en train de se faire interroger par un agent fédéral.

Je garde mon propre masque en place, hochant la tête et tendant la main à Carter.

Les flics ont souvent fouiné autour de nos affaires, mais on s'est efforcés de tout garder sous clef. Pas de détails à régler, rien de suspect. C'est pour ça qu'on a dû s'en prendre à Derek et qu'on s'est retrouvés avec River dans nos vies. Nous nous assurons que Péché et Salut est réglo sur le papier et qu'il n'y a rien que les flics pourraient nous reprocher.

Mitch Carter cherche clairement quelque chose, et quoi que ce soit, je ne pense pas qu'il l'obtienne de River. Elle sait comment jouer ce jeu et le joue bien, j'en suis certain.

« Y a-t-il quelque chose que nous pouvons faire pour v us ? » je demande à Carter sur un ton neutre.

« J'ai juste quelques questions pour vous tous maintenant que vous êtes là, si vous le voulez bien », répond-il.

Je sais qu'il vaut mieux ne pas penser si ça nous dérange, alors je hoche la tête. Les autres suivront mon exemple. Ce n'est pas notre premier rodéo avec ce genre de truc, même si nous savons tous pourquoi un agent fédéral est ici maintenant.

« Vous étiez tous au gala l'autre soir, n'est-ce pas ? » demande-t-il. « À l'hôtel Le Cristal ? » C'est l'hôtel de luxe où nous étions tous pour l'événement.

« C'est ça », je réponds.

« Et vous êtes tous arrivés et partis ensemble ? »

« Ouais. Exactement », ajoute Ash.

« Nous sommes allés chercher River à son appartement et nous sommes restés ensemble toute la soirée », ajoute Preacher.

Carter nous regarde tous, ne détournant les yeux que pour prendre quelques notes.

« Connaissiez-vous Ivan Saint-James ? » demande-t-il, le regard toujours fixé sur le bloc-notes où il écrit.

« Je le connaissais de nom et de réputation », je réponds. « Il possédait le complexe d'appartements où j'ai grandi. »

Je sens les yeux de River se poser sur moi et je sais qu'elle absorbe cette information. Carter regarde les autres et ils disent tous qu'ils connaissaient Ivan de réputation et non réellement.

Rien de tout cela n'est un mensonge, non plus. À part River, nous n'avons jamais interagi avec cet homme. Il possédait l'immeuble dans lequel j'ai grandi et était un foutu proprio peu scrupuleux, donc je n'ai jamais manqué de raisons de le détester, mais je ne l'ai jamais rencontré non plus.

L'agent note tout, puis relève la tête. « Encore quelques questions, si vous le voulez bien. »

C'est une autre déclaration inutile. Même si ça me dérangeait, ce n'est pas comme si je pouvais protester. Alors je me contente d'afficher un sourire et d'acquiescer. « Bien sûr. »

« Notre équipe médico-légale a pu estimer l'heure de la mort d'Ivan. Nous pensons qu'il est mort il y a quelques jours, en fait. Ce qui est probablement bien pour celui qui voulait l'exposer. Toujours identifiable, mais sans trop empester. »

Je fais la grimace à l'idée que le cadavre en décomposition de quelqu'un soit exposé à la vue de tous. Qu'est-ce que ce type cherche à faire en disant un truc pareil ? Veut-il voir comment je vais réagir ? Si l'un d'entre nous va craquer en se l'imaginant ?

Personne ne fait vraiment la grimace, même si je vois Ash frissonner un peu dans ma périphérie. C'est normal. C'est une réaction normale que Carter ignore.

« Ouais », j'acquiesce. « Je suppose que c'est une bonne chose que celui qui a fait ça n'ait pas attendu plus longtemps, alors. Ça réduit les cauchemars pour tous ceux qui ont dû le voir au gala. »

Comme si l'un d'entre nous était encore perturbé par les cadavres.

L'homme au regard vide hoche vaguement la tête, puis balaie du regard chacun d'entre nous. « Que faisiez-vous tous la nuit où Ivan est mort ? »

Il donne la date exacte de la mort d'Ivan, prouvant ainsi que son équipe médico-légale s'y connaît vraiment.

C'est une bonne chose, dans des moments comme celui-ci, que mes frères et moi nous nous connaissions si bien.

Nous sommes habitués à mentir, à inventer des histoires, à saisir des détails sans avoir à se consulter ou à s'en parler en privé. C'est une seconde nature.

Je vois bien à l'expression du visage de River qu'il ne lui a pas encore posé cette question et je sais que les gars vont me soutenir, donc je commence à parler.

« On avait une réunion au club ce soir-là », dis-je.

« Tous les quatre ? »

« Oui. Nous étions à court d'alcool plus rapidement que d'habitude, alors nous parlions de changer de fournisseur pour essayer d'obtenir un meilleur prix. »

« J'ai dit que c'était stupide de changer quelque chose qui fonctionne » ajoute Ash.

Preacher roule des yeux comme quelqu'un qui est exaspéré par cette attitude. « Mais ça ne fonctionne pas, Ash, si nous sommes à court de gin avant jeudi. »

« Alors faites-leur boire de la vodka », dit Pax. « Je ne vois pas le problème. »

Je roule les yeux et me retourne vers Carter. Nous jouons bien la comédie, comme si nous avions déjà eu cette discussion auparavant. Son front est plissé et il n'a pas l'air satisfait de ce que nous lui disons, mais il ne peut pas prouver que nous mentons.

« Et vous, Mlle Simone ? » demande-t-il en regardant River.

« J'étais avec eux », répond-elle du tac au tac. « Je traîne généralement dans la pièce à l'arrière quand j'ai le temps. J'aime quand ils se disputent, et une fois qu'ils se mettent à parler de fournitures, ils ne se taisent jamais. Ça met vraiment de l'ambiance. »

Ça le fait froncer les sourcils encore plus et je me demande ce que River lui a dit avant qu'on arrive.

« Je vois », dit-il et il ne note rien. Il reporte son attention sur moi. « Avant l'événement, vous ne connaissiez aucun des autres invités, n'est-ce pas ? »

Je secoue la tête. « Encore une fois, seulement de réputation. Nous savions que beaucoup d'entre eux sont riches et puissants. Quelques noms, quelques visages. Mais rien de plus que ça. »

« Je me demande pourquoi vous avez choisi d'assister au gala en premier lieu », commente Carter en tapant son stylo sur son bloc-notes. « Si vous n'aviez pas déjà des amis qui seraient là. »

« Faire du réseautage », lui dis-je. « Les gens qui ont ce genre d'argent cherchent toujours à l'investir. J'ai une entreprise à gérer qui a toujours besoin de plus de fonds. Si quelqu'un voulait investir dans le club, je ne voudrais pas manquer cette opportunité. »

Il m'étudie pendant une seconde ou deux, toujours avec cet air d'insatisfaction, mais il ne dit rien. Au lieu de cela, il se contente de griffonner un peu plus, puis pousse sa chaise de la table et se lève.

« Eh bien, merci pour votre aide, messieurs. Mlle Simone. » Il nous fait un signe de tête, puis à elle. « Je vous contacterai si j'ai d'autres questions. Comme vous pouvez l'imaginer, faire la lumière sur cette affaire est primordial. Beaucoup de gens sont très perturbés. »

« Bien sûr », dit Pax, s'avançant pour accompagner Carter à la porte. « Quelqu'un qui fait des conneries comme ça doit être arrêté. Nous dormirons tous bien mieux ainsi. »

Il lui fait un sourire qui, je le sais, a empêché beaucoup

de gens de bien dormir la nuit, et le conduit hors de la pièce. Je sais qu'il s'assurera que l'agent sort directement par la porte et va à sa voiture, sans fouiller dans quoi que ce soit.

Une fois qu'ils sont partis et que j'entends la porte d'entrée se refermer derrière eux, je me tourne vers Preacher et Ash. « On va devoir créer une piste qui confirme notre alibi. Je ne pense pas qu'il va l'accepter sans vérifier. »

Preacher acquiesce. « En fait, j'ai noté il y a une semaine environ que nous étions à court d'alcool. S'il veut examiner nos dossiers, nous les avons. Et nous pouvons parler aux danseuses aussi. Leur dire que si quelqu'un demande, nous étions en réunion cette nuit-là. »

J'acquiesce. C'est un plan solide et c'est bien que l'approvisionnement en alcool ait été un vrai problème au départ. Si Carter veut interroger les danseuses ou les barmans de Péché et Salut, je sais qu'ils nous soutiendront. Nous les tenons généralement à l'écart de nos affaires, mais ils sont loyaux et c'est rassurant.

Pax revient un moment plus tard, et confirme d'un signe de tête que Carter est parti. Comme si c'était le signal que nous attendions tous, nous nous tournons vers River.

« Qu'est-ce qu'il t'a demandé ? » demande Preacher, exprimant ce que nous voulons tous savoir.

« En gros, ce qu'il vous a demandé. Si je connaissais Ivan personnellement. Si je connaissais quelqu'un au gala. Je lui ai dit non. » River détourne le regard une seconde, tordant une mèche de cheveux argentés autour de ses doigts. « Il n'y a rien qui permette de remonter d'Ivan jusqu'à moi, ni aucune preuve que nous nous sommes rencontrés, alors ne vous inquiétez pas. Il ne trouvera rien. »

« C'est tout ? » je lui demande, les bras croisés.

Elle hausse les épaules. « D'autres trucs pour savoir si nous avions l'intention de faire une offre pour l'œuvre d'art et ce que nous faisions en général ce soir-là. Je lui ai dit la vérité sur tout ça. Nous étions là, nous sommes restés pour voir l'œuvre quand elle a été révélée et puis quand tout le monde a commencé à flipper et à s'enfuir, nous sommes partis. » Elle fait un petit sourire en coin avant de continuer. « Il voulait savoir à propos de notre relation. Je lui ai dit qu'on baisait tous ensemble. »

Les sourcils d'Ash se froncent, mais Pax rit de bon cœur. « Oh, je parie qu'il a adoré ça », dit-il en lui faisant un sourire. « Un connard coincé comme lui ? Tu as dû lui faire sauter quelques neurones en lui disant ça. »

Le sourire sur ses lèvres s'agrandit un peu. « On dirait vraiment que ça l'a déstabilisé. Je ne sais pas ce qu'il attendait d'autre de moi. »

Quelque chose en moi se détend en l'écoutant expliquer ce qui s'est passé. Ses réponses à l'agent du FBI étaient solides, sauf celle qu'on baise tous ensemble, car ce n'est pas strictement vrai puisque je sais qu'elle n'a pas baisé Preacher.

Ce n'est pas comme si je pensais qu'elle allait dire quelque chose pour nous dénoncer, parce qu'elle ne peut pas le faire sans s'incriminer en même temps. Mais c'est toujours difficile de faire confiance à quelqu'un qui n'est pas l'un de mes frères. Je savais déjà comment ils réagiraient dans une situation comme celle-ci et maintenant je sais comment River réagit aussi.

« Tu as bien réussi », lui dis-je. « Tu n'as pas dit de réels mensonges qu'il puisse déceler, rien qui puisse le mener à quelque chose que nous ne voulons pas qu'il sache. »

La surprise se lit sur son visage, puis elle penche la tête. J'oublie parfois à quel point ses traits sont délicats parce qu'elle est si forte. À la lueur des plafonniers, elle semble presque divine.

« En fait… ça me donne une idée », dit-elle. « Carter interroge tous ceux qui étaient au gala, non ? C'est ce que nous devons faire. »

« Faire des visites à domicile à tous ceux qui étaient là ? » je lui demande, puis je grimace. « Nous n'avons pas le temps. Ou une raison valable de parler à la plupart d'entre eux : aucune couverture pour justifier qu'on leur pose des questions. »

« Non. » River secoue encore la tête. « Nous devons savoir qui était là cette nuit-là. Tous ceux qui étaient là et quelles sont leurs relations. C'est le meilleur moyen de commencer à chercher des réponses. »

J'hésite en y réfléchissant. Je peux voir la logique dans son argument. Celui qui a mis le corps d'Ivan sur cette scène était probablement sur la liste des invités. La plupart d'entre eux auront des relations. Entre eux, avec les différents gangs et groupes de la ville. Savoir à qui on a affaire est une bonne idée.

« Comment on obtient la liste, cependant ? » demande Pax.

« Je vais m'en charger », lui dit River. « Carter a dû l'obtenir de quelqu'un, ce qui signifie qu'elle est accessible. Je dois juste faire quelques recherches. »

« C'est un plan solide », murmure Preacher. « Et c'est la

meilleure piste que nous ayons pour le moment de toute façon. »

Je hoche la tête. « Ouais. On a besoin de quelque chose pour avancer, donc pourquoi pas ça. »

La détermination brûle dans les yeux bleu foncé de River. « Je commencerai demain, alors. »

10

PREACHER

C'est sombre.

C'est toujours sombre.

Il n'y a pas de lumière, donc je vois à peine quelques centimètres devant mon visage.

Pendant un instant, je n'ai aucune idée d'où je suis. Ça pourrait être n'importe où. Je ne fais que sentir la sueur et il n'y a que mon pouls qui résonne dans mes oreilles.

J'ai couru. Vers quelque chose ? Pour m'éloigner ?

Je ne me souviens pas.

Je ne sais pas.

Au début.

Mais ensuite, les choses deviennent plus claires. Dans l'obscurité, j'entends des rires. J'entends des railleries. Des voix dures qui appellent mon nom, me disant que je vais payer pour ce que j'ai fait.

Quelque chose me frappe violemment dans le dos. Quoi que ce soit, j'ai l'impression que ça se brise sous l'impact et je tombe en avant sur mes mains et mes genoux, le souffle coupé.

Une lumière s'allume au loin. D'abord une, puis une autre.

Ce n'est pas assez pour que je vois facilement, mais au moins il y a une lumière vacillante. C'est assez pour que quand je lève les yeux, en essayant de reprendre mon souffle et de retrouver mes repères, je puisse voir l'homme qui se tient au-dessus de moi.

Je me souviens de lui et les détails se précisent. Même si c'est flou au début, je ne peux pas oublier ce visage. Méchant et laid, avec un nez qui semble avoir été cassé plus d'une fois, et une cicatrice qui descend le long de la joue droite.

Brody. Le chef du gang que j'ai doublé.

Même si une partie de moi sait que je rêve en ce moment, les images et les sensations sont aussi vives et nettes qu'elles l'étaient le jour où tout cela s'est réellement produit. Chaque détail a été parfaitement préservé dans ma mémoire.

Brody secoue son menton et ses hommes m'attrapent en riant et en me crachant dessus.

« Tu vas payer maintenant, fils de pute », dit-il.

Quelque chose d'autre me frappe dans le dos, me faisant tomber à nouveau avec une telle force que je suis arraché de l'emprise de ses hommes. Mon corps est douloureux et meurtri, et je sens des coups de pieds dans mes côtes. Je me retourne en essayant de me protéger, de mettre mes bras au-dessus de ma tête et de protéger mon ventre, mais soudain, ce n'est pas seulement Brody qui me bat.

Je suis encerclé. D'autres de ses hommes sont venus le rejoindre.

Il y a plus de railleries, plus de rires. Je ne peux pas distinguer les visages. Ils pourraient tous porter le même masque pour ce que j'en sais. De larges sourires, des yeux sauvages.

Ils sont prêts à se battre. Prêts pour le carnage et la violence. L'odeur du sang est dans l'air et ils sentent ma faiblesse. Ils veulent me faire mal, me détruire et me faire payer.

Brody mène la meute et ils suivent ses ordres en m'attaquant avec leurs poings, leurs pieds et des battes. Me battant et me disant que je le mérite.

Le rire bruyant étouffe mes grognements de douleur et ma mâchoire est tendue à force d'essayer de me retenir. Ils ne m'entendront pas crier. Ils ne me verront pas craquer.

Et tandis qu'ils m'attaquent, ces lumières continuent de clignoter au loin.

Dans le brouillard de la douleur et de la colère, je lève les yeux et je vois que ce ne sont pas du tout des lumières électriques.

C'est un feu.

Dès que je m'en rends compte, les cris commencent.

Jade.

Je reconnaîtrais sa voix n'importe où. Elle souffre et elle est terrifiée. Elle crie d'abord, puis je distingue mon nom qu'elle répète encore et encore. Comme une prière, mais avec une pointe de terreur.

J'essaie de me relever, d'aller vers elle, mais il y a trop de mains sur moi. Elles m'attrapent et me retiennent, et plus je me débats, plus elles semblent s'accrocher.

J'ouvre la bouche et je crie son nom, mais aucun son ne sort. La fumée remplit ma bouche, ma gorge et mes poumons.

Quelqu'un rit et ça interrompt le son des cris de Jade.

Les flammes sont plus proches maintenant. Comme si les

hommes de Brody m'avaient rapproché pour que je puisse voir ce qui se passe. C'est tout rouge, de la chaleur et un horrible scintillement comme dans un mauvais film. Puis, à travers tout ça, je vois ses yeux. D'habitude si chaleureux et doux, mais maintenant grand ouverts et frénétiques.

Ils me fixent et il y a tant de douleur et de peur au fond d'eux.

Non.

J'étais censé la sauver. J'ai essayé de la sauver.

L'obscurité m'entoure à nouveau soudainement, coupant tout le reste. Je ne peux pas dire si les feux ont été éteints ou si je suis ailleurs. Tout semble lourd et mon cœur bat toujours la chamade. Le goût de la cendre et de la fumée est toujours là dans ma bouche, et je me racle la gorge pour essayer de parler.

En l'espace d'un battement de cœur, je suis de retour au gala de l'autre soir.

Les gens dansent et boivent, regroupés en petits groupes avec leurs flûtes à champagne, discutant d'investissements et comment exploiter les pauvres, ou de tout ce dont ces gens parlent lorsqu'ils se réunissent.

River est là.

Elle n'a pas l'air à sa place parmi ces gens. Ses magnifiques tatouages se démarquent sur sa peau pâle avec ses bras exposés. Elle se distingue dans n'importe quelle foule, mais surtout dans celle-ci, et elle est si belle. Sublime d'une manière qu'elle ne réalise pas. Ses longs cheveux captent la lumière des chandeliers et brillent comme de l'argent liquide.

J'essaie de m'approcher d'elle, mais avant que je l'atteigne, on l'éloigne de moi. Ses yeux s'écarquillent et ce n'est pas de la colère qu'ils expriment, mais de la peur et de l'effroi.

Elle essaie de se défendre, mais ses agresseurs sont plus forts qu'elle et ils semblent n'être faits que d'ombre. Juste des mains qui émergent de l'obscurité et qui se tendent pour la saisir.

Je cours pour essayer de la rejoindre, de la sauver, mais plus je cours, plus vite ils l'éloignent. Je ne peux pas les arrêter. Je ne peux pas la protéger.

Les autres personnes présentes au gala pourraient aussi bien être des mannequins, immobiles et regardant tout cela avec des yeux vides. Un lourd rideau de velours tombe et River disparaît derrière.

Puis, comme un tour de magie, il est à nouveau soulevé.

Le piédestal doré du gala est là. L'œuvre d'art que personne n'a jamais vraiment pu voir.

Mais maintenant, au lieu du corps d'Ivan exposé, c'est celui de River. Découpé en morceaux. Le sang tachant sa robe, ses yeux bleu foncé fixant le vide.

C'est comme s'ils me transperçaient et j'ai l'impression d'avoir le souffle coupé. Je suis désarmé. Figé.

Un échec.

Encore une fois.

Je me réveille violemment, trempé d'une sueur froide. Ma peau est moite et froide, et je peux à peine respirer. C'est comme s'il y avait un poids sur ma poitrine, m'empêchant de respirer profondément. La lumière filtre à travers les stores et elle est trop forte alors que mon regard se promène dans ma chambre.

Je lutte pour me ressaisir, tremblant lorsque je parviens à m'asseoir dans le lit. En serrant les dents, je me force à respirer lentement. Prenant une inspiration, puis une autre.

Mon cœur bat la chamade dans ma poitrine et mon corps cesse de trembler après quelques secondes.

Je ne fais pas de cauchemars aussi souvent qu'avant. Après la mort de Jade, c'était presque tous les soirs pendant des années. Je me réveillais avec la mâchoire si crispée qu'elle me faisait mal, le souvenir de ses cris de douleur résonnant dans mes oreilles. Chaque fois que je fermais les yeux, c'était comme si je revoyais les flammes vacillant dans l'obscurité et l'odeur de *n'importe quoi qui* brûlait me donnait envie de vomir.

Cela fait longtemps que je n'ai pas eu à faire face à ça et ce cauchemar est le pire que j'ai fait depuis longtemps.

Je me sens à vif, comme si chaque nerf était exposé.

Je pense à Jade et River. Elles sont si différentes. Jade qui comptait sur moi pour la protéger et River qui ne le ferait jamais. Si différentes... mais apparemment assez importantes pour que je rêve qu'elles me sont enlevées.

Je glisse une main sur mon visage et j'inspire à nouveau profondément, remplissant mes poumons d'air et retenant mon souffle avant d'expirer lentement. Petit à petit, les battements de mon cœur ralentissent et j'arrête de frissonner. Je force toute la douleur et l'émotion brute à redescendre là où elle doit être en imaginant qu'elle est une petite boule de douleur, noire et hérissée, que j'enferme et ignore.

Je reprends le contrôle et je sens revenir cet état tendu, presque sans émotion, que je préfère.

Bien.

Je suis toujours en sueur, alors je me lève et me dirige

vers la douche. Je ne pense à rien. Je ne me souviens pas des cris ni des mains invisibles. Je vide mon esprit une fois que j'atteins la salle de bain, me concentrant sur le sifflement de l'eau de la pomme de douche et l'odeur de mon savon tandis que je me lave, faisant disparaître la sueur et la peur.

La mousse tourbillonne dans le syphon et je l'imagine emporter le dernier cauchemar avec elle, même si je sais que ça ne marche pas tout à fait comme ça.

Ça aide, cependant.

Lorsque je sors de la douche et que j'essuie la vapeur du miroir, j'ai l'air de moi-même à nouveau, la version que je suis depuis si longtemps maintenant. Mon visage anguleux est impassible et mes yeux ne laissent pas transparaître la douleur du cauchemar. Je peux encore la sentir, mais elle est plus facile à ignorer.

J'ai repris le contrôle, alors je passe un peigne dans mes cheveux, puis je m'habille et descends.

Le chien de River se précipite dans les escaliers pour me saluer dans les marches. Il gémit doucement avant de me lécher les mains pour me réconforter, j'imagine.

C'est comme s'il pouvait sentir ma détresse ou qu'il pouvait la sentir sur moi ou quelque chose comme ça. Mais les animaux sont comme ça. C'est pourquoi ils ne m'aiment généralement pas.

Je caresse la tête de Chien, me laissant aller à apprécier la sensation de sa fourrure douce sous mes doigts.

« Très bien, dégage », lui dis-je doucement après un moment en le poussant à redescendre dans les escaliers. Malgré ma méfiance du bâtard, j'ai fini par l'apprécier. Nous nous comprenons d'une certaine manière.

C'est un peu la même chose avec River.

Quand j'entre dans la cuisine, elle est là en train de verser du café dans une tasse de voyage et elle semble prête à partir.

« Où vas-tu ? » je lui demande, heureux de voir que ma voix est stable et neutre. Il y a à peine un flash du cauchemar quand je la regarde, ce qui n'est pas si mal. La dernière chose que je veux, c'est qu'elle voie que quelque chose ne tourne pas rond. Je ne veux pas en parler.

Mais River a l'habitude de ne pas vouloir parler. Je doute qu'elle me pousse à propos de ça.

« Je veux essayer d'obtenir cette liste d'invités », dit-elle en poussant ses cheveux par-dessus son épaule. Ses ongles sont d'une nouvelle couleur aujourd'hui. Une couleur que je ne l'ai jamais vue porter auparavant : un rose pâle qui brille légèrement sous la lumière. « Je me suis dit qu'en y allant à la première heure du matin, il y aurait moins de gens. »

Je hoche la tête, mon regard passant de ses ongles à son visage. « Je peux venir avec toi. »

Les mots sortent de ma bouche avant même que je réalise que je les ai prononcés. Quelque chose s'installe dans ma poitrine à l'idée d'aller avec elle, de m'assurer qu'elle est en sécurité.

Elle hésite un instant, comme si elle voulait me dire non. Je suis prêt à argumenter s'il le faut, mais elle finit par hocher la tête.

« Ouais, ok. »

On sort et elle se dirige immédiatement vers sa voiture.

Comparée aux autres dans l'allée et le garage, c'est une vraie merde. Bon sang, comparé à la *plupart des* autres voitures, c'est un tas de ferraille.

Elle est rouillée par endroits avec de la peinture écaillée. Elle était probablement d'un bleu foncé, mais maintenant elle est presque grise. On dirait qu'elle est plus vieille qu'elle et ça pourrait bien être le cas. Lorsqu'elle ouvre la porte côté conducteur, elle grince comme si la voiture elle-même n'avait pas envie d'être conduite.

Je ne dis rien, je marche vers le siège passager et je m'installe. Le cuir est usé mais confortable, et River claque sa porte quand elle entre, puis l'ouvre et la referme pour l'ajuster.

Lorsqu'elle démarre la voiture, rien ne se passe. Elle roule les yeux, réessaie de tourner la clé et le moteur essaie de démarrer sans succès.

« Allez, putain », murmure-t-elle, mais elle ne semble pas trop inquiète.

Elle appuie sur le frein à plusieurs reprises, puis sort de la voiture et soulève le capot. Elle passe une minute ou deux à jouer avec des trucs, puis elle referme le capot et remonte dans la voiture.

Si j'étais Gale, je ferais un commentaire sur le fait qu'elle fasse beaucoup de bruit si tôt le matin et dérange les voisins, mais je ne le suis pas, alors je ne le fais pas.

Pourtant, River me regarde quand même comme si elle s'attendait à ce que je dise quelque chose sur ses petits rituels de voiture, mais je ne le fais pas. Je la regarde juste tripoter et tourner la clé à nouveau avec un petit sourire sur les lèvres.

La voiture démarre tout de suite et River sourit en posant sa main sur le tableau de bord. « Ah. Nous y voilà. »

Il y a quelque chose dans son sourire et dans la façon dont elle savait exactement quoi faire pour faire démarrer sa vieille bagnole qui atténue un peu l'oppression persistante dans ma poitrine. C'est apaisant, d'une certaine façon. C'est apaisant d'être près d'elle.

River jette un coup d'œil avant de sortir de l'allée et remarque que je la regarde. Elle arque un sourcil et pose ses mains sur le volant. « Quoi ? »

« Rien. »

« Il est trop tôt pour me reluquer, Preacher. »

Je ne réponds pas. Je ne fais que me tourner pour regarder par la fenêtre alors qu'elle recule dans l'allée et commence à rouler.

Le Cristal n'est pas aussi loin de notre maison que de chez elle, mais c'est quand même un peu loin. Je m'installe en jetant à nouveau un coup d'œil à River.

Ses doigts sont crispés sur le volant et sa mâchoire serrée révèle sa tension. Il y a quelque chose de différent chez elle depuis la nuit du gala. Elle a toujours été un pétard, prête à exploser à la moindre étincelle, mais elle semble être plus tendue ces derniers jours.

Gale est pareil, mais c'est à cause du mystère à propos du corps d'Ivan et du fait que ce n'est pas réglé. Il déteste les choses en suspens, surtout quand elles peuvent se retourner contre nous.

Je pense que ce qui dérange River, ce n'est pas seulement le corps d'Ivan ou la possibilité que sa sœur soit en vie. Il y a autre chose.

Quelque chose qui la fait s'asseoir de manière rigide dans son siège et crisper périodiquement ses doigts autour du volant.

« Quel est ton plan ? » je lui demande, plus pour avoir quelque chose à dire que pour entendre ce qu'elle a en tête.

« Aller à l'hôtel, demander à quelqu'un de me donner la liste des invités », dit-elle sur un ton neutre. « Simple. »

« Tu penses qu'ils vont juste te la donner ? »

Elle hausse les épaules. « Je suis douée pour obtenir ce que je veux des gens. Je ne pense pas que ce sera un problème. »

Je fais un bruit dans ma gorge et River tourne ses yeux sombres vers moi. « Tu n'avais pas à venir, tu sais », dit-elle. « On n'est pas obligés de travailler ensemble là-dessus. Je sais que Gale pense que nous sommes liés ou quelque chose comme ça à cause de ce qui s'est passé au gala, mais je peux gérer mes trucs. »

En l'entendant dire ça, j'ai un flash de mon cauchemar. Je pense à elle, debout au milieu de la salle de bal, seule, essayant de se diriger vers moi avant de se faire attraper et tirer en arrière. Je pense au fait que je ne pouvais pas l'atteindre, que je ne pouvais même pas voir qui l'emmenait. Je ne pouvais rien faire pour l'arrêter ou la sauver.

La bile tente de remonter dans ma gorge, mais je la ravale, refusant que cela se voie sur mon visage. River est déterminée à travailler seule depuis que je l'ai rencontrée, et au début, c'est ce que je voulais aussi. Je ne voulais pas être mêlé à ses problèmes.

Mais maintenant, l'idée de ne pas l'avoir près de moi pendant qu'on s'occupe de ça est trop difficile à supporter. Si quelqu'un sait que nous sommes impliqués dans la mort d'Ivan, alors elle est en danger, et je dois la protéger.

Je ne lui démontre rien, cependant. Elle détesterait probablement ça si elle le savait. Au lieu de cela, je me contente de secouer la tête, la laissant interpréter ce petit geste comme elle le pense.

Elle pousse un soupir de frustration, mais ne discute plus. Peut-être qu'elle pense que nous sommes tous les quatre liés dans cette histoire et qu'elle ne veut pas avoir à nous repousser tous à nouveau, comme elle l'a fait lorsque Gale a exigé qu'elle revienne à la maison. Peut-être qu'elle veut juste se concentrer de résoudre ce problème pour ne plus avoir à y faire face.

Nous ne disons rien le reste du chemin jusqu'à l'hôtel. Elle se gare rapidement et nous sortons tous les deux. Nous nous dirigeons vers le grand bâtiment en essayant d'avoir l'air décontracté.

C'est beaucoup plus calme que le soir du gala. Il n'y a pas de voitures qui affluent et pas de valets à l'entrée. Le ruban de police qui était probablement là pendant la première nuit a déjà été enlevé.

« Est-ce qu'on entre directement par la porte d'entrée ? » je demande à River en la regardant.

Elle secoue la tête et détourne notre chemin sur le côté. « Non. Ce genre d'endroit a toujours une... »

Elle ne finit pas sa phrase, mais elle n'a pas besoin de le faire. Nous contournons le côté du bâtiment et trouvons une entrée latérale, maintenue ouverte par une pierre.

C'est près de la zone fumeur, donc probablement un gardien ou un employé est sorti pour une pause cigarette et ne voulait pas être enfermé dehors.

Au loin, je peux distinguer les sons d'une conversation et River affiche un sourire en saisissant la porte et en l'ouvrant, se glissant à l'intérieur alors que je la suis.

Nous laissons la pierre là où elle est et nous nous dirigeons vers le hall tranquille.

Cet endroit est l'un des hôtels les plus beaux et les plus

exclusifs de Détroit, dédié aux personnes qui veulent dépenser trop d'argent juste pour que le reste du monde sache qu'elles *le peuvent*. Mais comme nous sommes entrés par l'entrée du personnel, nous voyons le côté moins glamour de l'hôtel. Il n'y a pas de chambres au premier étage et nous passons devant des placards de maintenance et des portes fermées portant des noms comme *Grande salle de balle* et *Salon exécutif*.

L'endroit semble calme et vide. Après ce qui s'est passé au gala, je parie qu'il va falloir attendre un peu avant que quelqu'un veuille accueillir un grand événement ici, ce qui joue en notre faveur.

Nous sortons dans le hall juste à temps pour voir une femme à l'air pressé passer en trombe en tenant un portable avant de disparaître derrière la réception.

Dans le hall scintillant, il n'y a plus que le type a l'air ennuyé derrière la réception et un agent de sécurité qui nous regarde lorsque nous entrons. Il jette un coup d'œil au réceptionniste qui ne lève pas les yeux de son portable, puis secoue la tête et se déplace pour nous intercepter.

« Puis-je vous aider ? » demande-t-il.

Instinctivement, je le jauge. Il est plus petit que moi et un peu plus large, mais ce n'est pas du muscle à en juger par sa taille. Ses yeux sont fatigués et il a une arme à la ceinture. Il est difficile de voir dans l'étui si c'est un pistolet ou un taser, mais mieux vaut ne pas prendre de risque.

River ne s'arrête même pas. Elle lui fait un sourire que je n'avais jamais vu auparavant. C'est comme si elle se transformait en une autre personne devant moi et je cligne des yeux, me rappelant ce qu'elle a dit sur son aptitude à obtenir ce qu'elle veut des gens.

« Est-ce vrai ? » demande-t-elle en baissant la voix jusqu'à un murmure et en se penchant plus près de lui. « À propos de l'autre soir ? »

Le garde jette un coup d'œil autour de lui. « Je ne suis pas censé parler de ça. »

« Mais vous étiez là, non ? » continue River à voix basse et un peu essoufflée. « L'avez-vous vu ? Le corps ? »

Il secoue la tête. « Non, madame. J'étais ici dans le hall. »

River acquiesce. « Pour protéger tout le monde, c'est bien ça ? S'assurer que personne ne pouvait entrer pour blesser quelqu'un. Tout le monde est sorti sain et sauf, je parie. Vous avez l'air de savoir ce que vous faites. »

Elle pose une main sur son bras, comme si elle allait tâter son biceps ou quelque chose comme ça, et le garde fait pratiquement le beau. Je dirais qu'elle en fait un peu trop, mais apparemment, ça marche. Il n'y voit que du feu.

« Eh bien, je fais de mon mieux, vous savez », dit-il avec une fausse autodérision. « Avec la pièce remplie des personnes les plus importantes de Détroit, quelqu'un doit les garder en sécurité. »

Elle acquiesce à nouveau, comme si elle était tout à fait d'accord. « C'est juste tellement dingue ce qui s'est passé. Un corps dans un endroit comme celui-ci ? Comment l'ont-ils fait entrer ? Pourquoi l'ont-ils mutilé comme ça ? Il y a tant de questions. »

« Pourquoi êtes-vous si intéressée ? » demande le garde en plissant un peu les yeux.

River jette un coup d'œil autour d'elle comme si elle était sur le point de lui dire un secret. « J'adore vraiment ce genre de choses », murmure-t-elle. « Je tiens un blog sur les crimes et chaque fois que quelque chose comme ça se produit près de Détroit, je dois essayer d'obtenir tous les détails, vous savez ? C'est tellement fascinant. » Elle se mord la lèvre et fait tourner une mèche de cheveux autour d'un doigt. « Est-ce que vous pensez… ? Non, laissez tomber. »

Le garde suit chacun de ses mouvements des yeux. Il observe la façon dont ses dents s'enfoncent dans sa lèvre inférieure, les yeux brûlants. Ça me fruste, mais je maintiens une expression neutre et ne dis rien. River peut gérer ça.

« Quoi ? » demande-t-il. « Comment puis-je vous aider ? »

« Eh bien… je me demandais si vous aviez des informations sur les personnes qui étaient ici ce soir-là », poursuit-elle. « L'histoire serait plus captivante si j'avais des noms, vous savez ? Ou même juste des descriptions pour rendre l'histoire plus réelle pour mes lecteurs. C'est la première fois que j'ai un scoop pareil. Ça m'aiderait vraiment, mais je ne veux pas vous causer de problèmes. »

Sa main est toujours sur son bras et elle la fait glisser un peu, ce qui fait déglutir le gardien. Je peux le voir hésiter entre faire son travail et plaire à une jolie fille, et au final, la jolie fille l'emporte.

« Je ne devrais pas faire ça », dit-il en passant derrière son petit kiosque dans le coin. « Mais Dorothée, c'est elle qui est responsable ici. » Il fait une grimace qui en dit long sur ce qu'il pense de Dorothée. « Dorothée avait besoin de copies de la liste des invités pour la police et les agents fédéraux, vous savez. Elle m'a dit de les préparer, même si je lui ai dit que ce n'était pas mon foutu travail. Je ne suis pas le putain de copieur. La prochaine fois, elle va me demander de lui faire un café. Bref, j'ai fait un tas de copies parce que je ne voulais pas avoir à retourner en faire d'autres si elle en avait besoin. »

« Ouais. Ça a l'air d'être une vraie garce », acquiesce River.

« Oh, c'en est une. » Il rit un peu, puis sort un morceau de papier et le plie en forme de carré. Après une seconde de réflexion, il prend un stylo et griffonne quelque chose dessus avant de le tendre à River. « Je ne vous l'ai pas donné. »

Elle hoche la tête avec enthousiasme. « Bien sûr que non. Je ne vous ai jamais rencontré avant. Merci beaucoup pour votre aide. »

« Bien sûr. Hé, séjournez-vous ici ? »

« Hum », dit River. « Au troisième étage. »

« Peut-être que je vous verrai. Je termine à six heures aujourd'hui. »

River lui fait un clin d'œil et met le papier plié dans sa poche. « Peut-être que je descendrai vers cinq heures cinquante. »

Il lui fait un grand sourire et elle rougit. Elle lui fait un petit signe de la main avant de sortir par la porte d'entrée.

Dès qu'on est hors de vue, son regard coquet disparaît et elle roule des yeux.

« Il va attendre près de son poste toute la nuit, tu sais, en espérant que tu descendes pour le voir », lui dis-je.

River hausse les épaules. « Ce n'est pas mon problème. J'ai dit ce que j'avais à dire pour obtenir ce que je voulais. Sans aucune aide de ta part, d'ailleurs. » Elle me jette un coup d'œil avec un sourire taquin. « C'est une bonne chose que tu n'aies jamais eu à user de ton charme. Je ne pense pas que les gens aiment autant le regard vide. »

Je roule des yeux, mais c'est la seule réponse que je donne à ses taquineries. Avant, ça m'agaçait qu'elle soit si encline à taquiner. Mais maintenant, ça ne me dérange plus autant. Ça fait partie d'elle. Ça m'apaise, comme tout le reste chez elle.

« Monte dans la voiture », lui dis-je en lui faisant signe de me précéder tandis que je regarde par-dessus mon épaule pour m'assurer que personne ne nous suit de l'hôtel. Nous sommes en sécurité.

Elle monte dans la voiture et celle-ci démarre du premier coup, ce qui nous permet de partir facilement pour retourner vers la maison.

Le trajet du retour est plutôt silencieux. River semble perdue dans ses pensées, fixant la route et faisant parfois glisser sa lèvre inférieure entre ses dents. Je la laisse faire, aussi heureux de rester assis en silence avec elle que de l'entendre parler.

Dès que nous rentrons, Chien court, sautant partout et aboyant en nous voyant. Il court d'abord vers River, lui donnant des coups de tête sur les mains jusqu'à ce qu'elle cède et le gratte derrière ses douces oreilles brunes. Si un chien pouvait avoir l'air rempli de bonheur, alors c'est comme ça qu'il serait.

Puis il s'approche de moi et me fait subir le même traitement, me donnant pratiquement des coups de tête dans son empressement à recevoir des caresses. Je peux sentir les yeux de River sur moi pendant que je me baisse pour caresser le chien, mais elle ne dit rien et moi non plus.

Elle commence à monter les escaliers une seconde plus

tard, prévoyant probablement de disparaître dans sa chambre pour examiner la liste. J'ai envie de la rejoindre, qu'on la parcoure tous les deux pour essayer d'aller au fond des choses. Je pourrais facilement le justifier que c'est pour aider, parce que la situation est tendue et dangereuse. Gale approuverait. Probablement.

Je déteste l'idée que River essaie d'attraper ces enfoirés toute seule. Certains d'entre eux la vendraient au plus offrant dès qu'ils l'auraient attrapée et cette pensée me donne envie de la protéger.

Sans même y penser, mes pas suivent ceux de River. Je ne sais pas si j'ai l'intention d'aller dans sa chambre avec elle ou d'aller dans ma propre chambre, mais avant même que nous ayons atteint la moitié du hall à l'étage, un gloussement interrompt mes pensées.

La porte d'Ash est entrouverte et il n'y a aucun doute sur ce qui se passe dans sa chambre. C'est un son familier dans cette maison avec Ash qui divertit ses… amies ou peu importe comment il choisit de les appeler.

Je fais la sourde oreille avec l'intention de passer devant comme je le fais toujours, mais River se fige et se raidit.

11

RIVER

J'ai l'impression que mes pieds sont collés au sol. Tout mon corps semble figé sur place, comme si j'étais un personnage dans un film et que quelqu'un venait d'appuyer sur *pause*.

J'entends les sons des baisers et une femme avec une voix aiguë qui gémit et ricane. Je peux imaginer ce qu'il lui fait là-dedans. Embrasser son cou, faire glisser ses mains le long de sa poitrine. Peut-être de tripoter ses mamelons à travers son soutien-gorge.

Peut-être qu'elle est déjà nue et qu'il va l'embrasser de plus en plus bas…

Je secoue la tête, ne voulant pas de cette image dans ma tête. Mais c'est trop tard. Elle s'y est logée comme une bavure, l'image est bien nette dans mon esprit.

Quelque chose brûle en moi rien qu'en y pensant.

La dernière fois qu'Ash a invité une femme à la maison, je l'ai surprise en train de se faire tailler une pipe dans le salon comme si de rien n'était. C'était frustrant, même si la vue de ses doigts enfoncés dans ses cheveux et de sa tête renversée en arrière était un peu excitante. Mais surtout, j'étais juste irritée de devoir assister à un tel spectacle. Au beau milieu du salon qui était censé être un espace commun.

Je l'ai emmerdé cette fois juste parce que je le pouvais. Je l'ai emmerdé, lui et la fille qui le suçait, pour me venger d'Ash qui était en partie responsable de ma situation avec les gars.

Ça semblait juste à ce moment-là. Ils foutaient en l'air mes plans, foutaient en l'air la seule chose que j'avais besoin de faire plus que tout autre chose, alors Ash méritait de voir son après-midi de plaisir gâché. Seulement, ça a fini par être quelque chose de complètement différent.

Ce que je ressens maintenant est aussi différent.

Ce n'est pas de l'irritation ou de l'agacement. Ça remplit ma poitrine, c'est quelque chose de brûlant et impossible à ignorer. Ça inonde tout mon corps, faisant bourdonner ma peau et battre mon cœur jusqu'à ce que je puisse en entendre le lourd battement dans ma tête, comme un monstre à l'intérieur de mon corps, prenant le dessus sur moi.

Mes yeux se plissent et quelque chose en moi craque. Au lieu de passer la porte d'Ash pour aller dans ma propre chambre et m'y enfermer jusqu'à ce que j'arrive à gérer mes émotions, je me retourne et pousse sa porte.

Ash est sur le lit, ne portant que son pantalon, mais il est déjà ouvert : la fermeture éclair et les boutons sont défaits. La femme avec lui est une rousse avec des taches de rousseur recouvrant sa peau pâle. Elle est pratiquement nue, à l'exception d'une culotte noire en dentelle.

Ils ont tous les deux l'air choqués lorsqu'ils me remarquent dans l'embrasure de la porte, et les yeux de la femme s'écarquillent de stupeur et de confusion lorsqu'elle jette un coup d'œil entre Ash et moi.

C'est généralement à ce moment-là que je dirais quelque chose de sarcastique ou que je les insulterais tous les deux, mais le monstre en moi se moque du badinage, des commentaires sarcastiques et de tout le reste.

Il veut juste que cette salope sorte d'ici et s'éloigne d'Ash.

Je laisse le sentiment me propulser vers l'avant, faisant irruption dans sa chambre. Je saisis une poignée des cheveux brillants de la femme et l'entraîne loin d'Ash et hors de la pièce.

« C'est quoi ce bordel ? » hurle-t-elle, sa voix devenant encore plus aiguë alors qu'elle essaie de lutter contre ma prise.

Elle me frappe le bras et le poignet pour essayer de me faire lâcher prise, mais je la resserre et la tire vers les escaliers.

« Relâche-moi ! » crie-t-elle. « Qui es-tu, bon sang ? »

Je l'ignore et l'entraîne dans les escaliers. Elle trébuche, manquant de tomber alors que je la dirige vers la porte d'entrée.

Ash et Preacher sont sur nos talons, et les deux hommes me regardent ouvrir la porte et pousser la fille hors de la maison.

« C'est quoi ce *bordel* ? Tu ne peux pas faire ça ! Tu es, tu es une *salope*, tu sais ça ? » La femme se retourne pour me faire face sur le perron. Elle semble se rendre compte tout d'un coup qu'elle se tient là sans rien d'autre qu'une culotte et elle s'entoure de ses bras, me fixant de ses grands yeux gris.

Elle est en colère, mais elle est aussi effrayée.

Bien.

« Fous le camp », je lui grogne après.

« Donne-moi mes vêtements, au moins ! » répond-elle en jetant des regards autour d'elle, comme si elle voulait s'assurer que personne ne la voyait dans cet état. À part moi, Ash et Preacher, je suppose.

« Putain, qu'est-ce que je viens de dire ? » je lui réponds. « Si tu voulais tant garder tes vêtements, tu n'aurais pas dû les enlever ici en premier lieu. Maintenant, dégage et reste comme ça. Si jamais je te revois ici, tu vas le regretter. Je te le promets. »

Je lui claque la porte au nez avant qu'elle puisse dire un autre mot. Je l'ignore complètement. Je pivote et je me retourne pour faire face à Ash.

Mettre cette femme dehors ne m'a pas fait me sentir mieux. Ça n'a pas calmé le torrent d'émotions qui me traversait. Tout ça est encore en moi. Il y a un bourdonnement furieux dans ma tête, comme si une ruche d'abeilles avait été renversée et essayait de se défendre et de défendre son territoire. Je ne réfléchis pas, je ne m'arrête pas pour considérer quoi que ce soit, je réagis simplement à ce que je ressens et à la chaleur de la colère qui coule dans mes veines.

Ash est planté là, les bras croisés et me regarde fixement.

Deux personnes peuvent jouer à ce jeu, alors je lui lance un regard noir, lui montrant à quel point je suis énervée. « Putain, c'était quoi ça ? » je lui demande. « N'importe quelle salope fera l'affaire, c'est ça ? »

Ses yeux se plissent et ses sourcils s'abaissent. Il a laissé ses lunettes en haut dans sa chambre et je peux voir toutes les nuances d'or, d'ambre et de brun dans ses iris.

« C'est ce que tu voulais, non ? » réplique-t-il. « Ce qui s'est passé entre nous n'était rien. Juste une baise et rien d'important. Je voulais un autre coup et je n'avais pas envie d'avoir une seconde fois. »

C'est comme s'il venait de me gifler. Me renvoyer mes mots à la figure et ensuite faire comme si je n'étais rien. Comme s'il m'avait utilisée et que maintenant c'était fini.

« Oh, va te faire foutre », lui dis-je d'un ton glacial. « On sait tous que ça ne t'a jamais arrêté avant. Tout ce qui a un pouls n'est pas à l'abri de ta bite, apparemment. »

Il laisse tomber ses bras et ses mains forment des poings à ses côtés. Une partie de moi souhaiterait qu'il me frappe. Ou qu'il essaie en tout cas. Qu'il s'énerve pour que je puisse m'énerver à mon tour et me débarrasser d'un peu de cette colère dans mon corps.

« Je ne baise personne qui ne le veut pas », rétorque-t-il en prenant un peu de recul. « Et ce que je fais avec ma bite ne te regarde pas. Tu as clairement fait savoir ce que tu ressentais à ce sujet, donc je ne sais pas quel est ton foutu problème. »

« Mon problème, c'est toi ! »

Il grogne et s'éloigne en direction de la cuisine. Il y a une petite voix à l'arrière de ma tête qui me prévient que je devrais laisser tomber, mais elle est noyée dans un torrent par tout le reste de mon être qui me presse de suivre Ash.

Mes pieds bougent comme s'ils avaient une volonté propre et je le suis dans la cuisine. Dès qu'il m'entend arriver, il se retourne et me jette un regard dégoûté.

« Quoi ? » dit-il d'un ton cinglant. « Qu'est-ce que tu

fais, bon sang ? Tu n'as pas déjà assez gâché mon après-midi ? »

« Je suis sûre que tout le monde aime rentrer à la maison pour t'entendre fourrer ta bite dans la première chose qui a attiré ton attention aujourd'hui. »

« Tu es une hypocrite, River. »

« Excuse-moi ? »

« Tu m'as entendu ! » Il fait un pas vers moi cette fois. « Tu m'as bien fait comprendre que je n'étais qu'une autre baise pour toi. Alors qu'est-ce que ça peut bien te faire si je ramène d'autres femmes ici ? »

« C'est comme ça, c'est tout », je murmure, ma poitrine se soulevant alors que j'essaye de respirer. La colère grandit en moi au fur et à mesure qu'il pousse et je peux sentir quelque chose qui augmente, comme si c'était sur le point d'atteindre un point de rupture.

« Ce n'est pas une réponse », répond Ash. « Pourquoi ça a de l'importance, River ? Tout ce temps, j'ai essayé de faire en sorte que ça ait de l'importance pour toi et tu m'as fait ce coup au gala. Maintenant, tout d'un coup, tu te soucies de savoir dans qui je mets ma bite. »

Je secoue la tête et il se rapproche à nouveau. Il n'y a plus beaucoup de distance entre nous maintenant. Je peux lire la colère sur son visage si clairement, mais je ne recule pas. Je ne peux pas, maintenant que nous avons commencé ça.

« Pourquoi ça te dérange ? » demande-t-il encore. « C'est quoi ton putain de problème ? Tu veux que je ne couche avec personne maintenant ? Tu ne veux pas de moi, mais tu ne veux pas non plus que quelqu'un d'autre m'ait ? »

« Je n'ai pas dit ça ! » Les mots jaillissent de ma bouche avec force et j'inspire une fois.

« Alors qu'est-ce que tu dis ? » dit-il en hurlant presque. Comme s'il en avait marre de tout ça, comme s'il avait besoin d'une réponse. « C'est quoi le problème alors ? »

« Elle n'a pas le droit de toucher ce qui m'appartient ! »

La cuisine est silencieuse après que je prononce ces mots, laissant l'écho de ce sentiment dans l'air. J'aimerais presque pouvoir les retirer dès qu'ils sont sortis, mais c'est définitivement trop tard pour ça.

Ash me regarde fixement pendant une seconde comme s'il essayait de comprendre ce qu'il vient d'entendre, puis il réduit la distance entre nous en quelques pas et attrape mon menton d'une main.

Je lui donne un regard défiant en respirant difficilement par le nez.

Pendant une seconde, sa prise sur mon menton se resserre tellement que je peux sentir ses doigts s'enfoncer dans ma mâchoire. Puis il me tire plus près et écrase ses lèvres contre les miennes dans un baiser dur et chaud.

La pression de ses lèvres contre les miennes déclenche la chaleur entre nous qui a toujours été là. Même quand je ne voulais rien avoir à faire avec lui, il y avait toujours une chimie entre nous, impossible à nier, peu importe à quel point j'essayais de l'ignorer.

Il baisse ses mains pour me tripoter les hanches et les fesses, et je fais glisser mes mains sur son torse nu tandis que nous nous embrassons, les bouches et les langues se battant encore et encore.

Mes ongles effleurent ses mamelons et il gémit dans le

baiser, ripostant en mordant ma lèvre inférieure assez fort pour me faire haleter.

Je sens qu'il sourit et j'enfonce un peu plus mes ongles.

Avant, il y avait toujours la question persistante de savoir comment les choses se passeraient si on baisait. Tout le reste était tellement bien. Tous les faux départs. Mais maintenant, on sait à quel point c'est bon. On était tous les deux là l'autre soir à perdre le contrôle dans cette salle de bain. Le fait de savoir que c'est bon est présent dans la façon dont on se touche, la façon dont il saisit mon cul et me tire plus près en se frottant contre moi.

Ce serait déjà bien si ce n'était que le désir qui plane toujours entre nous, mais il y a plus que ça. Il y a des émotions et la possessivité croissante que je ressens quand il s'agit de lui.

C'est ce que je viens de dire et il ne s'est pas enfui, donc c'est peut-être ce qu'il voulait. Ça en a tout l'air, à en juger par la façon dont il me tripote. La façon dont il abandonne ma bouche pour commencer à embrasser mon cou, tirant sur mes vêtements comme s'il voulait me les arracher.

C'est plus désespéré que nos autres rencontres alors que nous nous frottons l'un contre l'autre comme ça, plantés là dans la cuisine.

Je peux sentir mon pouls battre dans tout mon corps, chassant cette jalousie et cette rage et les remplaçant par du désir. Mon cœur bat la chamade au rythme des mouvements d'Ash contre moi et ma chatte palpite de besoin. Ce n'est pas assez de sentir combien il est dur à travers son pantalon et ce n'est pas assez d'avoir ses mains sur moi à travers mes vêtements.

Je veux plus que ça. J'en ai *besoin*.

Je me sens consumée par le désir. Lorsque Ash laisse enfin mon cul tranquille pour tripoter ma poitrine, tripotant mes mamelons à travers les couches de vêtements, je gémis fort et en manque.

Un sourire en coin se dessine sur son visage lorsqu'il se retire, mais il y a toujours une pointe dans ses yeux ambrés. Il semble toujours en colère, presque comme s'il était poussé par le besoin de me prouver quelque chose ou de me punir pour avoir agi comme je l'ai fait.

Il s'attaque à nouveau à mon cou, et cette fois, il mord fort, ce qui me fait crier et me tortiller contre lui. Il ne brise pas la peau, mais je peux sentir son intention, et ma chatte devient plus humide.

Ses mains redescendent à ma taille et il ouvre rapidement mon pantalon pour pouvoir le baisser d'un coup sec. Puis il me hisse sur le comptoir de la cuisine en faisant glisser ses paumes sur mes cuisses maintenant nues.

« Ash », je halète, plus par besoin de dire son nom qu'autre chose.

Ses yeux sont encore si chauds, et sans ses lunettes, je peux voir l'or qu'il y a dans ses iris quand la lumière les frappe. Ils sont d'un ambre foncé maintenant, les pupilles écarquillées par la force du désir qui nous relie en ce moment.

Il se laisse tomber à genoux sur le sol de la cuisine et mon corps vibre à l'idée de ce qu'il s'apprête à faire. Avant même qu'il n'ait écarté mes jambes, je frémis déjà, et le premier contact de sa langue sur mon clito est comme un courant électrique qui me traverse à toute allure.

Je gémis plus fort et renverse la tête en arrière... puis je sursaute lorsque j'aperçois Preacher debout dans l'embrasure de la cuisine.

Dans le feu de l'action de ma dispute avec Ash, je n'ai pas remarqué que Preacher nous a suivis dans la cuisine. Je pensais qu'il était ailleurs dans la maison, dans sa salle de piano, peut-être, et qu'il n'avait pas envie de nous voir tous les deux nous disputer pour quelque chose dont il se moque probablement.

Mais il est là, debout dans l'embrasure de la porte, à nous regarder. Ses yeux sont difficiles à lire et son visage est aussi impassible que d'habitude, mais il y a quelque chose dans sa façon d'être si immobile et silencieux qui fait que mon cœur s'emballe encore plus vite.

Comme s'il se rendait compte de ce que je regarde, Ash lève les yeux d'entre mes jambes et aperçoit Preacher.

« Soit tu te joins à nous, soit tu dégages », murmure-t-il, ne perdant pas de temps avant de replonger et de continuer à lécher mon clito avec de longs et doux coups de langue.

J'ouvre la bouche, sans savoir si je veux gémir de plaisir ou dire quelque chose à l'un d'eux ou aux deux. Un bruit étranglé est tout ce qui sort de toute façon, alors je suppose que ça n'a pas vraiment d'importance. Je n'arrive pas à faire coopérer mon cerveau pour former des mots. Pas avec ce plaisir que me procure la bouche d'Ash sur ma chatte.

Mes yeux ne quittent pas Preacher, cependant. Quand je fais glisser mon regard le long de son corps, je peux voir qu'il est dur dans son pantalon. La bosse est visible et ça me donne des frissons. Pour quelqu'un qui a du mal à bander, la bite de Preacher semble bien fonctionner maintenant.

Il y a quelque chose dans ses yeux, quelque chose qui me fait penser qu'il veut rester et regarder, au moins.

Il jette un coup d'œil à Ash après que son ami lui ait lancé son ultimatum et il hésite. Quelque chose le fait hésiter, comme s'il n'était pas sûr de ce qu'il veut faire.

Mon estomac se serre à l'idée qu'il puisse rester, que je puisse les avoir tous les deux. En une fraction de seconde, ma tête se remplit d'un torrent d'idées de ce que nous pourrions faire ensemble en utilisant le comptoir de la cuisine, la table ou toute autre surface plane que nous pourrions trouver.

Mais Preacher se retourne et s'en va sans dire un mot. La déception m'envahit, mais ce n'est pas assez pour faire disparaître l'ambiance complètement. Et ça ne dure pas longtemps du tout avec la bouche d'Ash qui s'active entre mes jambes.

Il me suce de manière presque agressive avec ses lèvres et sa langue avec une pointe de dents.

Comme pour s'assurer que je n'oublie pas ce qui se passe, il m'attrape le cul, me traînant jusqu'au bord du comptoir jusqu'à ce que je n'aie plus d'endroit où aller. Tout ce que je peux faire c'est me frotter contre son visage pendant qu'il se régale de moi. Ses doigts s'enfoncent dans la chair de ma cuisse, presque assez fort pour être douloureux, et certainement assez fort pour me tenir en haleine. Je suis incapable de me concentrer sur rien d'autre que la façon dont il plonge sa langue dans mon trou humide.

Il suce mon clito et fait glisser ses dents contre lui, me faisant haleter. Mes hanches se pressent vers l'avant et je me mords la lèvre inférieure alors que le plaisir monte en moi dans une bouffée de chaleur.

C'est presque comme si Ash voulait passer sa frustration

sur moi de cette façon. Comme s'il me suçait la chatte en tant que punition et pour me retourner ce que j'ai dit contre lui.

J'ai dit qu'il m'appartenait. Et là, c'est un peu comme s'il essayait de prouver que je suis aussi à lui. Qu'au moins en ce moment, ma chatte est à lui... et qu'il peut en faire ce qu'il veut.

Le plaisir que me procure sa bouche sur moi est presque douloureux, mais je ne lui demande pas d'arrêter. Je n'essaie pas de m'éloigner. Au contraire, les mouvements brutaux, presque vicieux, ne font qu'augmenter mon désir. Je gémis son nom à bout de souffle alors que je sens mon orgasme grimper, la brûlure de l'extase devenant trop intense pour être ignorée.

Je crie presque lorsque l'orgasme me submerge, menaçant de me précipiter dans le vide et de me couper le souffle.

« Putain ! Oh, putain ! Ash ! »

Comme si jamais être punie, je pousse mes hanches vers l'avant, chevauchant son visage à travers le mélange de plaisir et de douleur.

Je ne veux jamais que ça s'arrête.

12

ASH

Les doigts de River se glissent dans mes cheveux, me tenant fermement tandis qu'elle se tortille et hurle son plaisir.

Je peux pratiquement goûter quand elle jouit, la façon dont elle est incapable d'arrêter de trembler, d'ignorer ce que je lui fais. Et j'aime ça. Je veux qu'elle le ressente. Je veux qu'elle sache que c'est moi qui lui fais ressentir ça et que *ça* veut dire quelque chose.

Alors je n'arrête pas.

Un orgasme n'est pas suffisant pour moi, et même si elle tremble encore après celui-là, je continue. Je suce ses plis, léchant chaque goutte sucrée et acidulée me prouvant qu'elle a joui pour moi.

Je sais qu'elle doit être sensible à la façon dont elle se tortille contre moi, mais cela ne m'arrête pas non plus. J'enfonce mes doigts plus profondément dans sa cuisse, puis j'enfonce les doigts de mon autre main dans sa chatte, utilisant son excitation pour glisser plus facilement deux doigts en elle.

« Ash ! » crie-t-elle, ses hanches bougeant fortement.

Je souris dans sa chatte, la savourant comme si je n'en avais pas assez. Elle a un goût divin et c'est comme si je m'y noyais. Sa saveur, son odeur, tout cela envahit mes sens et il m'est impossible de me concentrer sur autre chose. Tout ce que je veux, c'est qu'elle jouisse pour moi, encore et encore, pour sentir à chaque fois qu'elle perd le contrôle.

Je suis insatiable. Je ne me lasse pas de cette sensation, alors je continue à enfoncer mes doigts en elle tout en léchant et en suçant son clito et tous les autres endroits où je peux utiliser ma langue.

Il ne faut pas longtemps pour qu'elle me tire à nouveau les cheveux, probablement encore sous l'effet de son premier orgasme alors que je l'entraîne dans un second.

Elle essaie d'étouffer son cri de jouissance, mais elle ne fait pas un très bon travail, et je souris à nouveau, fredonnant contre elle alors qu'elle craque.

Je me retire enfin pour reprendre mon souffle et je lève les yeux vers elle. Son visage est rouge et ses cheveux argentés sont ébouriffés. L'une de ses mains est enroulée dans ses cheveux comme si elle avait besoin de quelque chose d'autre à quoi s'accrocher.

Ses yeux bleu foncé sont pratiquement noir de désir lorsqu'elle me regarde, et ils sont brumeux et perdus d'une manière qui ne fait qu'attiser le feu en moi. Elle peut prétendre tant qu'elle veut que ça ne veut rien dire, mais je peux voir à quel point elle est excitée, à quel point elle aime ça et à quel point elle est incapable d'y résister.

Elle n'est pas la seule étant donné que ma bite est si dure qu'elle fait mal là où elle est pressée contre le devant de mon caleçon.

La dispute a fait disparaître l'érection que j'avais plus

tôt, avant que River ne traîne Jennifer hors de la maison par les cheveux, mais elle est vite réapparue.

Avant que River n'ait le temps de se remettre de ce second orgasme, j'attrape ses cuisses et la met debout. Elle vacille un peu, l'air surprise. Ses lèvres s'entrouvrent comme si elle allait dire quelque chose, mais au lieu de lui en donner l'occasion, je la fais tourner sur elle-même et la penche au-dessus du comptoir, poussant son cul en l'air.

C'est un spectacle glorieux. Son cul est ferme et parfait et sa chatte est toujours trempée depuis que ma bouche l'a léchée.

Ma bite tressaute fort et je ne peux plus l'ignorer. Je baisse mon pantalon et mon caleçon et je saisis ma queue pour l'aligner. Le simple contact de ma propre main suffit à me faire siffler entre les dents, mais je ne me laisse pas distraire. Je ne serai satisfait que lorsque je serai en elle.

Alors je fais ce dont j'ai envie depuis la dernière fois qu'on a baisé. Je pousse mes hanches vers l'avant et je m'enfonce en elle, sentant sa chaleur humide m'envelopper comme si j'y appartenais.

« Bon sang », je gémis, fermant les yeux pendant une seconde. « C'est si bon, putain. Tellement serré. Comme si tu étais faite pour ça. »

River pousse ses fesses et je m'enfonce à nouveau dans elle, faisant résonner le son de nos peaux qui claquent. Elle gémit et j'attrape une poignée de son cul en serrant fort.

« Je te voulais depuis que ton cul parfait est entré dans notre maison », lui dis-je en serrant les dents. « J'avais envie de te plaquer contre un mur et de te faire oublier ton attitude. »

« Va te faire foutre », dit-elle, haletante. « Et je ne suis pas *entrée* dans la maison. »

Instinctivement, je lui donne une bonne fessée sur son cul nu. Parler de son attitude m'a donné l'idée qu'elle avait besoin d'une fessée, je suppose.

Je m'attends à ce qu'elle s'énerve, qu'elle me traite de connard, mais elle gémit à la place, se resserrant autour de ma queue.

C'est tout ce dont j'ai besoin pour continuer.

Je lui donne une fessée plus forte, pour qu'elle le sente vraiment. Le bruit de ma main rencontrant son cul résonne dans la cuisine, ainsi que le son de ma bite qui s'enfonce dans sa chatte humide, encore et encore.

La colère est toujours là au creux de mon estomac. Être à nouveau enfoncé en elle me fait penser au gala et à la façon dont elle m'a fait sentir que ce que nous faisions ne voulait rien dire. Comme si j'étais un connard qu'elle ne connaissait pas et qu'elle pouvait abandonner.

Je n'ai pas menti en disant que je l'ai désirée dès que je l'ai vue. Avec ses yeux brillants et provocants, ses cheveux argentés et ses tatouages. Ce n'est pas n'importe qui qui peut fixer Gale avec une arme sans broncher ou répondre à Pax et Preacher comme si de rien n'était.

Il y avait quelque chose en elle, même à l'époque, même si je ne savais rien sur elle. Mon attirance pour elle n'a fait que grandir au fur et à mesure que j'ai appris à la connaître.

Elle nous a gardé à distance ou du moins elle a essayé. Mais entendre qu'elle me veut ? Entendre que je lui appartiens ? Il ne m'en faut pas plus.

Cela ne fait pas disparaître complètement la colère ou ne change pas le fait que je déteste la façon dont elle a essayé de me repousser. Penser à la façon dont elle a essayé de creuser un fossé entre nous me pousse à la baiser plus fort.

Je la pousse jusqu'à ce que sa joue soit pressée contre le comptoir et je lui donne quelques fessées de plus. Son cul est rougeoyant d'un côté et j'enfonce ma bite en elle durement, m'assurant qu'elle peut sentir chaque centimètre.

« Tu aimes ça », je halète, me penchant pour le dire directement dans son oreille. « Te faire désirer. Agir comme si tu ne voulais pas de moi. Comme si tu ne voulais pas que ça signifie quelque chose. C'était un foutu mensonge, n'est-ce pas ? »

Je me retire d'elle jusqu'à ce qu'il ne reste que le bout de ma bite à l'intérieur et elle pousse un gémissement de déception.

Je lui donne une bonne fessée pour ça en attrapant son cul juste là où il est le plus rouge. River se dresse sur ses orteils, se tortillant comme si elle ne savait pas si elle veut s'éloigner ou repousser mon contact.

« Ça veut dire quelque chose ? » je lui demande en m'enfonçant en elle avec une force qui fait trembler les trucs sur le comptoir. Une bouteille d'eau roule et tombe, frappant le sol avec un bruit sourd.

Je ne regarde même pas pour voir où elle est allée. Je suis trop concentré sur ça, sur le corps de River et la façon dont il m'aspire à chaque fois que je me retire. Comme si sa chatte admettait à quel point elle me veut et à quel point ça signifie quelque chose même si sa bouche a du mal à le faire.

« Dis-moi », j'exige, la baisant par petits coups durs.

« Ash », murmure-t-elle. Elle essaie de se hisser sur ses

mains sur le comptoir, mais je la repousse vers le bas, la maintenant en place avec une main et ma bite en elle.

« Dis-le. Dis-moi que tu me veux. »

« Je te veux ! » s'écrie-t-elle. « Putain, Ash. J'ai envie de toi. S'il te plaît ! »

C'est de la musique à mes oreilles, alors je la baise encore plus fort en lui donnant des

fessées tout en la pénétrant.

Plus de trucs tombent du comptoir et je sais que les hanches de River doivent s'enfoncer dans le bord, mais je n'arrête pas. Je ne ralentis pas.

Je peux goûter mon propre plaisir dans le fond de ma gorge et le sentir monter au fond de mon estomac. Je vais jouir bientôt, mais ce n'est pas grave.

De la façon dont la chatte de River devient de plus en plus serrée autour de moi, je sais qu'elle va bientôt craquer, elle aussi.

C'est intense et complètement différent de la première fois que nous avons baisé, même si c'était incroyable. Je sais qu'elle baise les autres gars aussi, donc elle aime bien le sexe. Mais là, j'ai l'impression qu'elle me laisse réclamer une partie d'elle. Comme si elle *voulait que* je la revendique, de la même façon qu'elle semble m'avoir revendiqué. Comme si elle l'avait finalement accepté, même qu'elle avait du mal à l'admettre.

Je peux sentir la colère en moi s'estomper un peu, comme si je l'évacuais de mon propre système à chaque poussée dans River.

Finalement, elle hurle à nouveau, se serrant comme un étau autour de ma queue, sa chatte m'étranglant pendant qu'elle jouit à nouveau. Elle se secoue, se tortille sur le comptoir, remuant son cul contre moi.

Cela suffit à déclencher le plaisir en moi et je jouis, gémissant son nom alors que je me vide en elle.

On reste comme ça pendant un instant en respirant fort. Les battements de mon cœur rugissent dans mes oreilles et je peux sentir les battements du cœur de River à travers son corps là où nous sommes connectés. Nous avons tous les deux besoin d'un peu de temps pour redescendre, pour nous ressaisir.

Après un long moment, je me retire d'elle et je recule. Son excitation et la mienne se mélangent et glissent le long de ses cuisses, et son cul est rouge vif à cause des fessées que je lui ai données.

Ça n'a pas l'air de la déranger.

Ses genoux vacillent et elle flanche, s'affaissant sur le sol de la cuisine. Je sens que la gravité et l'épuisement me tiraillent aussi, alors je la suis, appuyant mon dos contre les placard sous le comptoir.

River hésite une seconde avant de se rapprocher et de se blottir contre moi. Sa tête vient se poser sur mon épaule et je peux sentir quand toute la tension qu'elle avait disparaît complètement.

Elle est simplement détendue, rassasiée et fatiguée contre moi, et j'aime cette sensation.

Nous commençons à respirer à nouveau normalement et mon cœur s'arrête de galoper comme un cheval en fuite.

Mes doigts se frayent un chemin dans ses cheveux, les éloignant de son front en sueur, puis effleurant les longues mèches argentées. Je trouve ça apaisant ce mouvement répétitif et ça doit être agréable pour River aussi parce qu'elle s'affaisse encore plus contre moi, laissant échapper un soupir satisfait que je ne l'ai jamais entendu faire auparavant.

Ce n'est pas sa façon habituelle de faire les choses. D'habitude, elle est toute en colère, détermination, feu et sex-appeal. Mais en ce moment, elle est calme et blottie contre moi, et d'une certaine manière, je me sens plus proche d'elle en cet instant que lorsque j'étais enfoncé en elle.

J'ouvre la bouche, sans même savoir ce que je veux lui dire, mais l'histoire commence à sortir avant même que je puisse décider si je veux continuer ou non.

« J'ai grandi dans un quartier vraiment merdique », lui dis-je en glissant mes doigts dans ses cheveux pendant que je parle.

Je sens qu'elle sursaute lorsque mes mots percent le silence de la cuisine et elle tourne la tête pour me regarder.

« Tu n'es pas obligé de me raconter ta vie, Ash », dit-elle, mais ses mots ne sont ni tranchants ni coupants. Ce n'est pas comme si elle disait qu'elle ne voulait pas l'entendre, mais juste que je n'étais pas obligé de la lui raconter.

Pourtant, une partie de moi sent que je *dois* lui dire. D'habitude, je ne me lance pas dans cette histoire avec les gens, sauf avec mes frères, qui savent à peu près tout de moi. Mais avec des inconnus ou des connaissances, je n'ai jamais ressenti le besoin de parler de mon passé. Je préfère le laisser derrière moi, quelque chose auquel je pense brièvement, mais que j'ignore généralement.

Mais avec River, c'est différent. Je veux qu'elle comprenne qui je suis et d'où je viens. Alors je m'éclaircis la gorge et je continue à fixer le réfrigérateur en face de nous.

« Ce ne sera pas toute l'histoire de ma vie », lui dis-je en laissant un sourire se dessiner sur mes lèvres. « Pour cette saga épique, nous aurons besoin d'une bouteille de whisky et de plusieurs heures. Mais... je veux te dire ceci. »

« Ok. » Elle me regarde à travers ses longs cils noirs, puis acquiesce et s'installe.

« Donc, comme je l'ai dit », je continue en faisant le tri dans mes pensées au fur et à mesure. « Un quartier merdique. Mais c'était l'un de ces endroits où il y avait un quartier plus sympa juste en face, tu vois ? Ils l'ont probablement installé là parce qu'il y avait un parc ou quelque chose comme ça et que les enfants pauvres peuvent jouer dans la rue, je suppose. J'ai toujours eu l'impression qu'ils voulaient juste s'assurer que nous voyions bien ce que nous n'aurions jamais en regardant ces enfoirés riches aller et venir dans leurs voitures de luxe et tout. »

Je peux l'imaginer quand j'en parle, même si je n'y suis pas allé depuis des années. La façon dont la route descendait en courbe depuis l'endroit où nous vivions, menant à un quartier pas si différent de celui où nous vivons maintenant. La façon dont les BMW rutilantes et les VUS de luxe allaient et venaient sur cette route, roulant à toute vitesse parce qu'ils n'en avaient rien à foutre de frapper un des enfants du quartier pauvre d'en face.

Ça me laisse un mauvais goût dans la bouche rien que d'y penser, mais je continue.

« Il y avait toutes ces femmes au foyer dans ce beau quartier. Elles étaient riches, elles s'ennuyaient et étaient toujours ivres à trois heures de l'après-midi. Certaines d'entre elles avaient des enfants, d'autres non. Elles me regardaient quand elles me voyaient dans mon jardin en train de tondre la pelouse ou de faire des courses. Elles ralentissaient et me reluquaient avant de continuer à rouler vers leur grosse maison. Je suppose que ma mère l'a remarqué. Ou elle savait juste à quel point ces salopes me voulaient. Alors elle a commencé à me prostituer. »

River cesse de respirer pendant un instant, mais elle ne dit rien. Elle met juste une main sur ma cuisse et je suis reconnaissant qu'elle ne me prenne pas en pitié. Je n'en veux pas.

« J'étais… avancé pour mon âge, je suppose. Déjà musclé et beau, même quand j'étais adolescent. Je ne sais pas si elles pensaient que j'étais plus âgé ou si elles s'en fichaient, mais les affaires étaient en plein essor, pour ainsi dire. » Je grogne. « Toutes ces femmes avec plus d'argent que je n'en avais jamais vu dans ma putain de vie. J'allais chez elles et je faisais ce qu'elles voulaient pendant quelques heures avant qu'elles ne me mettent dehors. Leurs maris ne pouvaient pas découvrir qu'elles les trompaient avec une ordure du coin. Ce serait la pire honte. »

« J'imagine », murmure River. « Mais ça aurait été mieux si c'était quelqu'un "de leur milieu", non ? »

Son commentaire me fait rire. « Probablement. Au moins, elles se feraient baiser par quelqu'un qui le "mérite". Mais à la place, c'était juste moi. J'étais bon, aussi. J'ai appris comment les satisfaire, comment les faire revenir pour en avoir plus. Cela faisait partie du marché, je suppose. C'était important qu'elles en redemandent parce qu'on avait besoin d'argent. Je n'en ai jamais vu un seul sou, mais je devais manger, on avait besoin d'électricité. Peu importe. C'était vraiment dur de comprendre comment les relations normales fonctionnaient. Les jeunes de mon âge allaient au bal de fin d'année et avaient des rendez-vous à la patinoire, et je suçais des femmes aussi âgées que ma mère au beau milieu de la journée. »

« C'est pourquoi tu... » River s'arrête comme si elle ne savait pas comment le dire.

Je hausse l'épaule contre laquelle elle n'est pas appuyée. « Je baise plus que les trois autres Rois réunis ? Probablement. J'aime une bonne baise. Ce n'est pas seulement à cause du traumatisme ou autre. Mais ça a définitivement changé ma perspective à propos de ce genre de choses. Je ne peux pas le nier. »

Elle fredonne pensivement et fait courir ses doigts le long de ma cuisse. « T'es-tu déjà fait prendre ? Par l'un des maris ? »

« Oh, ouais. L'un d'eux est rentré plus tôt que prévu alors que je baisais sa femme par derrière sur leur lit. Je ne sais pas s'il le savait à l'avance et voulait nous prendre sur le fait ou s'il a juste oublié son déjeuner, mais il est entré, nous a vus et a perdu la boule. Il m'a poursuivi hors de la maison pendant que j'essayais de remettre mon pantalon. J'ai réussi à le semer sur le chemin du retour chez ma mère et je me suis dit que j'allais faire profil bas et que ce serait fini. Il n'allait probablement pas dire à qui que ce soit ce qui s'était passé parce que ça aurait été mauvais pour son image. Mais je l'ai dit à ma mère et elle m'a jeté dehors. Elle a dit qu'elle ne voulait pas avoir à gérer ce drame. »

« Le drame *qu'elle avait* commencé. »

Je hausse encore les épaules. « Ouais. Elle ne gagnait pas le prix de la mère de l'année. J'ai vécu seul pendant un moment après ça. Je n'étais bon qu'à une chose, alors je me suis prostitué pendant un moment. Je gagnais assez d'argent pour survivre. Puis j'ai rencontré les autres gars, on s'est liés d'amitié et on s'est lancés en affaires. »

« Et ensuite c'est une autre histoire ? » demande River.

Je rigole. « Bien sûr, on peut faire avec ça. Jusqu'à ce qu'on ait une bouteille de whisky et plus de temps à perdre. »

Elle glousse. « Très bien. Je te prends au mot. »

Ça me convient parfaitement. J'aime l'idée d'avoir un jour un rendez-vous autour d'une bouteille de whisky. Ça me donne l'impression que River va demeurer dans nos vies, d'une certaine manière, en faisant des plans pour un jour futur où on sera bourrés et où on racontera nos vies.

Je tourne la tête pour passer mes lèvres sur ses cheveux argentés et respirer son parfum. Ce faisant, quelque chose d'autre me vient à l'esprit, et avant que je ne puisse m'inquiéter que ça la fasse fuir, j'ajoute : « Tu sais, tu me reprochais de baiser tout ce qui bougea, mais je n'ai baisé personne depuis que tu es venue vivre avec nous. »

Même si je ne peux pas voir son visage, je peux sentir ses sourcils s'élever. « Vraiment ? Tu es sérieux ? »

« Ouais. » Je rigole. « Même quand je ne me permettais pas de l'avoir, la seule chatte que je voulais était la tienne. »

13

RIVER

Même quand je ne me permettais pas de l'avoir, la seule chatte que je voulais était la tienne.

Les mots d'Ash semblent suspendus dans l'air pendant une seconde et mon souffle s'arrête alors que j'absorbe ce qu'il vient de dire. Ce n'est peut-être pas le genre de sentiment que la plupart des filles trouveraient mignon, mais ça me touche profondément. Toute son histoire m'éclaire sur qui il est et pourquoi, mais ses derniers mots me nouent l'estomac d'une manière à laquelle je ne suis pas habituée.

Ce genre de choses ne m'a jamais excité. Je n'ai jamais voulu être possédée ou traitée comme une sorte de prix. J'ai toujours eu des trucs à faire, des trucs bien plus importants que d'essayer de faire en sorte que quelqu'un veuille de moi après une nuit ou quelques heures. Bon sang, parfois même juste quelques minutes.

J'essaie de prétendre que les mots ne m'excitent pas, mais ils le font. Ils le font vraiment, putain.

Personne n'a jamais voulu de moi comme ça. Même pour les hommes qui m'ont enfermée, j'aurais pu être n'importe qui. Il ne s'agissait pas de moi, River. C'était juste parce qu'ils essayaient de punir mon père et que je correspondais à leurs goûts tordus.

Mais je ne suis pas n'importe qui pour Ash. Ses goûts ont toujours semblé pencher vers « n'importe quelle femme consentante », et je sais qu'il y a beaucoup de femmes qui correspondent à ce profil. Mais il les a toutes rejetées parce qu'il me voulait.

Ça commence à avoir du sens maintenant, ça explique pourquoi il m'a repoussé et a semblé me rejeter pendant si longtemps. Même quand je le suppliais pratiquement de me baiser.

Pas parce que je n'étais personne.

Parce que j'étais quelqu'un.

Parce qu'il ne voulait pas que je sois juste une autre baise qu'il pouvait avoir quand il voulait. Il voulait que ce soit spécial. Parce qu'il pense que je suis spéciale.

Mon cœur s'emballe à nouveau et je me glisse sur les genoux d'Ash. Il me regarde et je l'observe pendant une demi-seconde avant de céder à l'envie de l'embrasser.

J'enroule mes bras autour de son cou et je me perds en lui, l'embrassant profondément et longuement.

C'est un nouveau type de baiser entre nous qui n'est pas frénétique, qui n'est pas défiant et qui n'est pas seulement lié au plaisir sexuel. Ce baiser en dit long sur un tas d'autres choses aussi.

On vient juste de baiser, mais tout à coup, j'ai à nouveau besoin de lui. Je me frotte contre lui en gémissant.

Ash plonge sa langue dans ma bouche, l'emmêlant avec

la mienne et m'excitant encore plus. Je sens qu'il recommence à bander sous moi et ses mains parcourent mon dos et mes fesses pour me rapprocher de lui.

Son excitation et la mienne se mélangent ensemble, mais je n'en ai rien à foutre, et je peux dire qu'Ash non plus.

Il dépose des baisers le long de mon cou jusqu'à mon épaule, plantant ses dents dans la chair pour mordre assez fort pour me faire haleter. Puis il fait glisser ses mains le long de mon ventre jusqu'à ma poitrine et ces doigts agiles trouvent l'anneau de mon mamelon et le taquinent un peu, le tirant et me faisant me cambrer contre lui.

« Tu vas m'épuiser », murmure-t-il, son souffle effleurant ma peau.

« T'en plains tu ? » je lui réponds.

Ash rit et secoue la tête, ses yeux dorés brillent d'excitation et de bonne humeur. C'est tellement mieux que lorsqu'il me regardait avec dégoût et mépris. « Pas du tout. Viens ici. »

Il me tire à nouveau vers lui et sa queue se frotte contre ma chatte. Je suis encore si humide et ouverte pour lui qu'il ne faut que quelques secondes avant qu'il ne se glisse en moi comme si ma chatte était faite pour lui.

C'est tellement bon, et même si j'ai mal à cause de la force avec laquelle il m'a baisée tout à l'heure, ça ne m'empêche pas de bouger avec lui maintenant, de me balancer sur ses genoux, d'essayer d'enfoncer sa bite plus profondément en moi.

« Putain, River », gémit-il en baissant la tête pour poser son front contre mon épaule. « C'est tellement bon. Je savais que ça le serait. »

J'ai le souffle coupé par le sexe et les sentiments. Tout ce que je peux faire, c'est m'accrocher à lui et continuer de bouger. Chaque poussée enfonce sa bite plus profondément en moi, la frottant contre ce point qui rend ma vision un peu floue.

La cuisine est remplie des sons de nos respirations, de nos gémissements de plaisir et des bruits humides de notre baise. Je pourrais facilement succomber au plaisir comme ça, mais avant que je ne puisse le faire, Ash m'attrape par la taille et commence à me soulever. Il ne se retire même pas, et il ne me repose pas une fois qu'il est debout. Alors j'enroule mes jambes autour de sa taille et je le laisse me porter dans les escaliers.

À part Preacher, je ne sais pas si les gars sont à la maison, et clairement Ash ne se soucie pas qu'ils nous voient comme ça. Il va directement dans sa chambre et m'allonge sur le lit, se déplaçant avec moi et s'installant entre mes jambes pour pouvoir continuer à me baiser.

C'est un peu moins désespéré qu'avant, maintenant qu'on a mis au point certaines choses et qu'on s'est calmé, mais Ash est toujours aussi déterminé, s'assurant que je ressens chaque centimètre de sa bite quand il l'enfonce en moi.

« Putain, tu me prends comme si tu étais faite pour ça », halète-t-il en faisant rouler ses hanches dans un mouvement qui fait frotter la tête de sa bite contre ce point parfait à nouveau. « Je ferais ça toute la journée si on pouvait. Je te garderais ici dans mon lit, empalée sur ma bite. »

Je ris et soulève mes hanches, le rejoignant au milieu pour une poussée particulièrement profonde. « Il faudrait qu'on... Oh, mon Dieu, il faudrait qu'on mange à un moment donné », j'arrive à dire en gémissant quand il attrape ma hanche d'une main et écarte mes jambes de l'autre.

Il me baise fort et vite, frappant le lit contre le mur et se fichant visiblement du bruit.

« Je vivrais juste de ta chatte », répond-il en me regardant le désir brûlant dans ses yeux. « C'est tout ce dont j'ai besoin. C'est si serré et humide et parfait. »

« Tu es fou. »

« Peut-être. »

Mais ça ne m'empêche pas de le vouloir.

Des flames parcourent mes veines et je peux sentir l'éclat de la sueur sur ma peau. Après avoir joui autant dans la cuisine, je n'aurais pas pensé avoir encore la force de jouir à nouveau comme ça, mais Ash semble déterminé à me prouver le contraire.

Il se retire de moi un peu plus tard et je gémis de déception, ma chatte palpitant à cause du vide soudain. Ash se contente de sourire et me retourne, me poussant sur le lit pour que je m'allonge. Il attrape un oreiller et soulève mes hanches juste assez pour le faire glisser sous elles en inclinant mes fesses vers lui.

Quand il s'enfonce à nouveau, je murmure des jurons dans ses couvertures parce que *putain*. Dans cette position, je peux le sentir tellement plus profondément. Son corps est serré contre le mien, son poids m'immobilisant, alors tout ce que je peux faire c'est le laisser faire.

Il attrape mes poignets et me tire les bras par-dessus la tête, les tenant d'une main. Il n'est pas aussi costaud que Pax, mais je peux sentir sa force. Je pourrais peut-être me libérer si je me débattais, mais je ne veux pas me battre pour une fois.

« Tu es tellement serrée comme ça », murmure-t-il en léchant le contour de mon oreille. Sa voix douce et profonde suffit à me faire frissonner, et je serre mes murs intérieurs en représailles, ce qui le fait gémir bruyamment. « Oh, *merde*. » Il glousse brutalement. « J'aime t'avoir comme ça, tueuse. Avec ce besoin, humide et désespérée pour moi. Tu veux que je te fasse jouir ? »

« Putain, Ash. Cesse de me taquiner. »

« Qui te taquine ? » répond-il en enfonçant sa bite plus fort.

C'est bon, mais pas assez en même temps. Je suis juste là, si près de basculer dans le plaisir que je peux sentir tous les muscles de mon corps commencer à trembler.

« Je te donnerai ce que tu veux si tu le demandes », murmure-t-il en me mordillant l'oreille cette fois.

Oh, il est *vraiment en train de* me taquiner, cet enfoiré. J'essaie de me balancer contre lui, pour rendre ses coups plus profonds et plus durs, mais c'est impossible avec lui sur moi. Je gémis en me tordant sous lui, recherchant ce sentiment de bonheur et essayant de me faire jouir.

« Dis-moi ce que tu veux », répète Ash. Il mord à nouveau le lobe de mon oreille, puis mon cou, s'enfonçant en moi comme s'il avait tout son temps.

Je peux dire à sa voix tendue qu'il est proche aussi, loin d'être aussi calme qu'il le prétend.

On est dans une sorte d'impasse, mon entêtement contre sa personnalité taquine. Mais pour la première fois depuis longtemps, je veux céder. Je veux qu'il sache que je le veux. Que je veux jouir avec lui, à cause de lui.

« Je veux jouir », je gémis, les mots à moitié étouffés dans les couvertures. « S'il te plaît, Ash. »

Je peux le sentir sourire contre mon cou et il retire sa bite à moitié avant de s'enfoncer en moi une fois de plus. Il adopte un rythme rapide et dur, chassant son propre plaisir tandis qu'il me pousse vers le mien.

Mes mains forment des poings et je suis heureuse qu'il me plaque au lit parce que j'ai l'impression qu'il me *retient* aussi. Le plaisir me traverse et je crie son nom, mon corps se convulsant et se secouant, ma chatte se resserrant comme si elle voulait tout extraire d'Ash.

Il me suit, se perdant pendant que j'essaie encore de me rappeler comment respirer correctement. Sa bite s'épaissit alors qu'il se vide en moi, et je la sens pulser plusieurs fois jusqu'à ce qu'il se soit vidé.

On reste comme ça jusqu'à ce qu'il devienne trop lourd et que je commence à me tortiller sous lui. Il rit et roule plus loin. Je me redresse pour pouvoir le voir.

Il a l'air heureux, rassasié et ébouriffé, comme je dois l'être aussi. Une chaleur s'épanouit dans ma poitrine quand je le regarde, un sentiment auquel je ne suis pas du tout habituée.

« Merde. Tu me prends la tête, Ash. » Je me penche et lui pousse l'épaule, mais il n'y a pas de réelle colère dans mes mots et un sourire se dessine sur mes lèvres.

Il hausse les épaules, sans avoir l'air trop perturbé. « Ce n'est peut-être pas une mauvaise chose si nous nous rapprochons. Tu pourrais avoir besoin de quelques personnes de ton côté. Je ne fais pas confiance à beaucoup de gens, mais j'ai trois gars qui me sont chers et à qui je fais totalement confiance. Trois hommes que j'aime comme des frères. Qui as-tu ? »

J'ai le cœur serré en entendant sa question. Le ton doux de sa voix montre clairement qu'il n'a pas dit ça pour me blesser, mais la vérité est toujours là. J'ai fait en sorte de *ne* laisser *personne* entrer dans ma vie depuis longtemps.

« Avant, j'avais ma sœur », je murmure doucement. Je pense à Anna, à ce qu'elle était avant qu'on nous enlève et à ce qu'elle était pendant notre captivité. « Peut-être que j'en ai encore une, quelque part. Putain. » Ma gorge se serre et je gonfle mes joues en me forçant à expirer. « Je ne sais pas si je dois espérer qu'elle puisse encore être en vie ou non. Je les ai *regardés la* tuer. Je l'ai vue mourir. Une partie de moi est persuadée que je suis folle de penser l'avoir vue au gala. »

« Tu as dit que tu avais reconnu ses yeux ? » Ash tire sa lèvre inférieure entre ses dents, me regardant intensément.

« Ouais. Je le pensais. Mais je n'ai pu les voir qu'une seconde ou deux tout au plus, et elle portait un masque comme tant d'invités ce soir-là. Plus j'y repense, plus je me demande si j'ai bien vu ce que j'ai vu. Peut-être que c'était juste une illusion. Juste mon esprit qui me joue des tours. »

Ash se penche et m'embrasse, doucement mais avec détermination. Quand on se sépare, ses yeux me fixent. « Peut-être que tu as raison à propos de ça. Mais le truc avec les illusions, c'est qu'il y a toujours une part de vérité. » Les coins de ses lèvres se contractent. « Prends-le de la part de quelqu'un qui a passé un nombre incalculable d'heures à apprendre des tours de magie. »

En s'asseyant, il me montre ses mains avant de les mettre derrière son dos pendant une fraction de seconde.

Lorsqu'il les retire, elles sont toujours vides, jusqu'à ce qu'il touche mon oreille et sorte une pièce de monnaie de nulle part.

« Tu vois ? » dit-il doucement en faisant tourner la pièce sur le dos de ses doigts pour qu'elle capte la lumière. « Ce n'est pas parce que tu ne peux pas voir quelque chose que ça veut dire que ça n'existe pas. »

14

RIVER

Je n'ai jamais été une fan des câlins après la baise, mais je suis réticente à quitter le lit d'Ash après ce marathon sexuel. Je plante finalement un dernier baiser sur ses lèvres addictives, puis je quitte sa chambre et me glisse dans la mienne pour prendre quelques vêtements et m'habiller. J'ai encore des choses à faire aujourd'hui et j'ai vraiment envie de commencer à parcourir la liste des invités que j'ai extorquée au garde de sécurité de l'hôtel.

Dès que je sors dans le couloir, Chien vient vers moi en courant, avide d'attention. Apparemment, les heures que j'ai passées avec Ash ont été trop pour le cabot et il croyait que j'étais morte ou quelque chose comme ça, parce qu'il se colle contre moi, me regardant avec la langue pendante.

Soit ça, soit il sent que quelque chose dans mon état émotionnel a changé et il veut être proche.

Quelle que soit la raison, je l'emmène dehors avec moi où je m'installe sur le perron arrière. C'est une belle journée, chaude et ensoleillée, avec une légère brise qui bruisse dans les arbres qui bordent l'arrière du quartier.

Bien sûr, il y a des arbres partout dans un endroit comme celui-ci. Pas comme le béton et les bennes à ordures qui servent de jardin autour de chez moi.

Chien adore ça.

Il court dans l'herbe, jappant et se roulant sur le dos. Je fume une cigarette en le regardant courir et essayer de mordre les abeilles qui bourdonnent et sa propre ombre, amusée par ses pitreries.

Je suis agréablement endolorie d'avoir baisé Ash et je me sens plus légère.

Quand il me regardait à peine après le gala, je ressentais un poids, lourd et impossible à ignorer. Mais maintenant que la tension est passée, j'ai l'impression de pouvoir respirer à nouveau. Ça me faisait chier d'être en froid avec lui et je n'aimais pas ça.

Maintenant que les choses vont mieux entre nous, même si elles ne sont pas encore clairement définies, je peux à nouveau réfléchir et me concentrer. Ce qui est une bonne chose, car le problème du gala est loin d'être réglé. La liste des invités de l'événement me brûle les doigts, alors je la sors et l'examine enfin.

La liste est assez longue, ce qui fait sens étant donné le nombre de personnes qui semblaient être présentes ce soir-là, tous étincelants dans leurs vêtements de luxe et pensant être meilleurs que tout le monde. La plupart des noms ne me sont pas familiers, bien que certains me sautent aux yeux comme étant des personnes que je connais de réputation. Un type nommé Desmond Hunter, membre d'une vieille famille fortunée de Détroit. Une femme nommée Céleste Dupré qui je pense être une styliste. Et Alec Beckham, l'homme riche qu'Ash m'a indiqué. Des gens puissants de la même classe qu'Ivan, qui ont suffisamment de pouvoir et de statut dans la ville pour que leurs noms soient prononcés même dans les bas-fonds avec tous les criminels.

Je note les noms que je reconnais, même si je ne suis pas sûre que l'un d'entre eux s'abaisserait à être impliqué dans quelque chose comme ça. Pour autant que je sache, aucune de ces personnes n'est impliquée dans quelque chose de criminel. Elles ne sont que très riches.

Le chien aboie après quelque chose et je lève les yeux pour voir un oiseau perché sur la clôture arrière, qui le regarde avec sa tête penchée sur le côté. Le petit chien fait le même geste que l'oiseau et aboie à nouveau, mais l'oiseau ne s'envole pas, visiblement pas dérangé par cet animal bizarre qui aboie.

Je bloque les aboiements et retourne à la liste en fredonnant un petit air tout bas.

Mais alors que mon regard se pose à nouveau sur le papier, ma gorge se serre et je râle.

Je fixe le nom qui fige mon cœur dans ma poitrine.
Maduro.
Julian Maduro.

Le nom de famille me donne froid dans le dos malgré la température chaude. C'est une réaction immédiate et viscérale. Je frissonne presque violemment et j'inspire profondément, ce qui ne me calme pas du tout.

Ce n'est pas Julian que je connais, ou que je *connaissais, mais* son père. Lorenzo.

Des souvenirs surgissent si soudainement qu'on dirait qu'ils bloquent tout le reste. L'herbe, le soleil et les aboiements du chien disparaissent, remplacés par le bruit sourd de la musique de club et des lumières clignotantes. Je peux sentir les corps en sueur autour de moi, se pressant contre moi.

Vaguement, je suis consciente que tout est dans ma tête. Tout ce que je pense ressentir et entendre s'est passé il y a longtemps. C'est du passé et c'est fini.

Mais même cette pensée n'est pas suffisante pour empêcher les souvenirs de mon passé de me tirer vers le bas.

C'est le premier de la liste.

Le premier nom que je dois rayer.

Le besoin de vengeance brûle sous ma peau comme un feu, chaud et impossible à ignorer. Même lorsque je me contente de vaquer à mes occupations, d'acheter du pain et du lait, de me brosser les dents, d'aller aux toilettes, j'y pense.

Ils doivent tous mourir et il sera le premier.

J'ai les informations dont j'ai besoin pour le traquer. Il ne fait pas attention à ses allées et venues. Il n'est pas assez important pour penser qu'il pourrait se faire descendre par l'un des plus gros joueurs de Détroit ou il est juste trop stupide pour s'en soucier. Je l'ai observé pendant un moment, apprenant ses habitudes pour que, le moment venu, je sache tout ce qu'il faut savoir pour m'assurer qu'il ne s'échappe pas. Il traîne dans le même club tous les week-ends, gaspillant son argent dans des parties de poker et du scotch coûteux, essayant d'inciter les jeunes femmes à danser avec lui ou s'asseoir sur ses genoux.

Ça me donne envie de vomir et je suis plus convaincue que jamais qu'il doit mourir. Je rendrais service à tout le monde à ce stade, mais ce n'est pas pour ça que je dois le faire.

Je me fous du monde.

Je le fais pour ma sœur.

Le club est bruyant et la musique bat son plein. Les corps s'agitent sur la piste de danse et ça sent un mélange de la fumée de cigare du salon et des corps en sueur.

C'est censé être un endroit classe, exclusif. Mais si tu montres assez de liquide à la porte, ils te laissent entrer, facilement.

Mes poches sont un peu plus légères après avoir payé pour entrer, mais ça vaut le coup.

Parce qu'il est là.

Je le vois au bar en train de rire. Sa bouche est large et cruelle. Même quand il sourit, ça ne fait pas de différence. Je peux toujours voir la moquerie, la froideur dans ses yeux. Je me souviens encore de la façon dont il riait quand Anna pleurait. Quand il l'a jetée par terre quand il en avait fini avec elle et qu'il a ri encore plus fort quand elle a essayé de s'éloigner de lui.

La rage et l'amertume montent dans ma gorge, un cocktail âpre qui me donne un peu envie de vomir.

Mais je n'ai pas de temps pour ça.

Il faut que ce soit ce soir.

Lorenzo finit son verre et le repose sur le bar. Il se lève et fait un clin d'œil à un groupe de filles qui passent. Ce sont probablement des étudiantes. Elles continuent de marcher et il se dirige vers l'arrière du club.

Le panneau au-dessus du couloir indique les toilettes.

C'est parfait.

Je le suis, me mêlant à quelques groupes de personnes sur la piste de danse pour qu'il ne me remarque pas.

J'exagère, car il fait à peine attention à ce qui l'entoure de toute façon. Il traverse le couloir d'un pas assuré et disparaît dans les toilettes pour hommes, laissant la porte se refermer derrière lui.

J'attends quelques secondes faisant un compte à rebours à partir de dix dans ma tête avant d'ouvrir la porte et d'entrer. C'est plutôt chic pour des toilettes pour hommes avec des urinoirs d'un côté et des cabines de l'autre. Je peux sentir l'odeur du désodorisant qui masque les senteurs habituelles des toilettes et je peux sentir les battements de mon propre cœur sur ma langue. Ça semble vide, hormis la présence de Lorenzo, mais je vérifie toutes les cabines ouvertes juste pour être sûre. Heureusement, j'ai raison.

Je suis nerveuse. Déterminée, mais nerveuse. Mes mains tremblent un peu lorsque je sors de mon sac le butoir de porte que j'ai amené et que je le coince sous la porte. Personne ne va entrer maintenant. Je ne peux pas risquer d'être interrompue.

Je peux entendre Lorenzo fredonner distraitement et le bruit me remet ce goût aigre dans la bouche. Juste le son de sa voix me donne envie de vomir encore une fois. La façon dont il devait toujours remplir la pièce avec son putain de bruit. Comme si quelqu'un voulait l'entendre.

Il s'éclaircit la gorge et je m'active.

Je donne un coup de pied dans la porte de la cabine, brisant le verrou du matériau fragile. Lorenzo est là, assis sur les toilettes avec son pantalon baissé et les yeux écarquillés. Avant qu'il puisse dire un seul mot ou même bouger, je lève mon arme et vise sa tête.

Je pense à dire quelque chose, à m'assurer qu'il sait pourquoi il va mourir dans des toilettes ce soir, mais je décide de le tuer et d'en finir. J'appuie sur la gâchette...

Rien ne se passe.

Mon cœur s'effondre et mon sang se glace.

Putain, la sécurité est toujours là.

C'est une erreur stupide de débutant et je tâtonne une seconde pour l'enlever avant d'appuyer à nouveau sur la gâchette pour tirer. Le silencieux est vissé, donc ça fait à peine un bruit, mais cette seconde d'hésitation et d'erreur est suffisante pour que Lorenzo réagisse.

Dès que je tire, il se baisse et se jette sur moi, me bousculant et faisant dévier mon tir. La balle touche le mur arrière au lieu de sa tête, brisant un morceau du carrelage blanc.

Lorenzo est furieux et il se débat avec moi, essayant de me prendre l'arme. Je ne sais pas ce qu'il va faire s'il l'attrape. Probablement rien de bon. Définitivement rien de bon. La panique et l'adrénaline montent en moi, et tout devient plus net. Ma tête bourdonne. J'arrête de penser et commence à réagir, essayant de m'en sortir. Je ne peux pas le laisser quitter cette pièce en vie et je ne peux pas le laisser me tuer.

Je dois le tuer par tous les moyens possibles.

Mais il ne se laisse pas faire.

Il me repousse violemment et je m'écrase contre les lavabos, me cognant la tête contre le miroir situé au-dessus de la rangée de lavabos et le brisant.

L'arme tombe de ma main, s'écrasant au sol et frappant le mur de la salle de bains. Pendant une seconde, ma tête tourne à cause de la force du coup, mais quand je vois Lorenzo revenir vers moi, je me ressaisie pour reprendre le combat.

Je n'abandonnerai pas, putain.

Lorenzo dit quelque chose, mais je ne pense qu'au besoin

de l'achever. Je n'entends pas ses mots et ils se mêlent au rythme sourd de la musique à l'extérieur du club.

Il est probablement juste en train de me dire des injures de toute façon et je n'ai pas besoin de plus d'excuses pour l'achever.

Il essaye de me frapper et j'esquive. C'est maintenant à son tour de s'écraser contre le miroir et il fait tomber au sol plusieurs gros éclats de verre du cadre.

Je peux sentir les battements de mon cœur dans ma tête et je m'élance pour prendre un des éclats. Je me retourne subitement et je l'attaque. Je touche Lorenzo en plein dans le bras alors qu'il essaie de m'attraper, le tailladant du coude au poignet.

Il hurle de douleur lorsque l'éclat de verre traverse sa veste de costume et s'enfonce profondément dans sa peau. Il y a du sang partout. Des éclaboussures brillantes sur le carrelage blanc sous les lumières fluorescentes.

Il agrippe son bras, le sang s'écoulant entre ses doigts, et je profite de l'occasion pour en finir. Je me précipite et le poignarde cette fois-ci, transperçant sa belle chemise jusqu'à sa peau.

Le verre me coupe la main, mais je l'ignore.

Quand Lorenzo trébuche, je lui donne un coup de pied pour l'envoyer au sol. Il tombe à la renverse, s'écrasant contre la porte d'une des autres cabines. Ses yeux regardent partout et je ne le lâche pas. Je ne lui donne pas la chance de se remettre.

Je suis sur lui en une seconde, laissant tomber le gros morceau de verre et attrapant le devant de sa chemise. Elle est poisseuse de sang et de sueur, et j'utilise le tissu humide pour le soulever et le faire retomber. Sa tête frappe le rebord de la toilette avec un craquement répugnant et je relâche sa chemise pour attraper ses cheveux à la place.

Je suis sous le coup de l'adrénaline et de l'émotion, et je ne sais plus combien de fois je frappe sa tête contre la porcelaine. Encore et encore, jusqu'à ce qu'il ne soit plus qu'une loque sanglante et meurtrie.

Quand je m'arrête enfin, je ne me souviens plus s'il s'est débattu pendant que je faisais ça ou s'il est resté allongé là à encaisser. Mais dans tous les cas, il est mort quand je le lâche pour la dernière fois.

Ma poitrine se soulève alors que j'essaye de reprendre mon souffle. Je me lève, saisis le pistolet que j'ai laissé tomber dans la bagarre et tire deux fois, juste pour être certaine. Un tir dans sa poitrine et l'autre dans ce qui reste de son visage.

Je suis couverte de sang et de sueur, mais je parviens à sortir de la salle de bains sans être vue. Je descends le long couloir vers l'arrière du bâtiment jusqu'à ce que je trouve une porte de sortie menant à une ruelle sombre et humide.

Puis je cours dans l'obscurité pour m'éloigner de la scène.

Je cours et cours et cours, le sang couvrant mes mains.

Il fait si sombre que je ne peux rien voir. Je ne vois pas à un mètre devant moi, et même si je continue à courir, mes jambes maintenant le rythme, l'obscurité qui m'entoure finit par m'engloutir.

15

RIVER

Je me réveille dans un endroit doux et chaud, et il me faut un instant pour comprendre ce qui se passe. La panique s'empare de moi en premier et ma tête me hurle que ce n'est pas là que je suis censée être. Que quelque chose a mal tourné, que je me suis fait prendre et que c'est fini.

Mais alors que je force mon esprit étourdi à se concentrer, la partie rationnelle de mon cerveau me rappelle que ce qui s'est passé avec Lorenzo était il y a longtemps. C'est le moment présent et je dois être quelque part dans la maison avec les Rois du Chaos.

J'ouvre mes paupières qui semblent collantes et gonflées. J'aperçois alors les murs et le plafond de ma chambre chez eux qui me sont maintenant familiers. Le soulagement m'envahit de savoir où je suis. C'est dingue de penser que je suis soulagée d'être ici plutôt qu'ailleurs, mais je le suis.

Ce n'était qu'un rêve. Ou un flash-back. Ou un cauchemar. Un cauchemar d'un cauchemar.

De toute façon, tout ce qui tourne dans ma tête est déjà arrivé. C'est du passé. Ma liste est rayée.

J'entends du bruit, m'avertissant que je ne suis pas seule. Je tourne la tête pour voir les quatre hommes dans la chambre avec moi. Ils se tiennent près du lit, me regardant avec un air inquiet. Même Pax semble inquiet, plutôt que désinvolte et déséquilibré comme d'habitude.

Je suis heureuse de les voir. Le fait qu'ils soient ici signifie que je suis en sécurité et ce sentiment monte avant que je puisse l'arrêter ou y penser trop. C'est juste instinctif. Je suis en sécurité et je ne suis pas seule.

Mais je peux encore sentir la crise de panique qui bourdonne sous ma peau : cette sensation d'être envahie par des fourmis. Le flash-back ne cesse de revenir dans ma tête, et lorsque je ferme à nouveau les yeux, je vois soudain les toilettes baignant dans le sang. Mon estomac se retourne.

Je me lève du lit avec un gémissement et me précipite vers la salle de bain, arrivant à temps pour vomir directement dans les toilettes au lieu de le faire sur le sol.

Les gars me suivent. Je le devine à leurs pas qui se rassemblent dans la petite pièce derrière moi. Des mains froides et étonnamment douces lissent mes cheveux en arrière, les tenant à l'écart pendant que je vomis. Je pense que c'est Preacher, rien qu'à sa façon de se tenir, mais ça pourrait être n'importe lequel d'entre eux, et je leur en suis reconnaissante.

Finalement, la nausée passe et je m'éloigne de la cuvette.

Gale remplit un verre d'eau et me le donne. J'avale l'eau tandis que mes mains tremblent en tenant le verre. Me lever me semble trop difficile, alors je m'installe le dos contre la baignoire, respirant par le nez pour essayer de me calmer.

Aucun des gars ne parle, me donnant du temps pour me ressaisir. Dieu merci. Mais ils restent là, me regardant comme s'ils attendaient de savoir si je vais bien ou pas.

C'est une question à laquelle il est difficile de répondre.

Ils savent ce qui m'est arrivé vaguement, puisque j'ai rappelé à Ivan pourquoi il était sur le point de mourir lorsque je l'ai affronté dans leur sous-sol. Mais je ne leur ai jamais vraiment raconté les détails. Je ne leur ai jamais raconté toute l'histoire.

« Je ne sais pas par où commencer », dis-je, la voix rauque et rugueuse.

« Le début est généralement un bon endroit », fait remarquer Ash doucement.

Je lève les yeux vers lui et me rappelle qu'il y a quelques heures, nous étions assis ensemble sur le sol de la cuisine et qu'il me racontait son histoire. Alors peut-être qu'il a raison.

Le début, alors.

Je prends une grande inspiration, puis une autre, en regardant le carrelage brillant de la salle de bain. Ce sera plus facile à dire si je n'ai pas à les regarder pendant que je le fais. Je ferme les yeux, mais tout ce que je peux voir, c'est mon père debout au milieu du salon, refusant de me regarder. C'est mieux que de voir la tête écrasée de Lorenzo, mais pas vraiment.

Alors je garde les yeux ouverts à la place.

« Vous m'avez demandé, au début de toute cette histoire, pourquoi je menais une telle vendetta contre Ivan Saint-James », dis-je, les mots sortant lentement.

« Quelque chose à voir avec ta sœur. » Il y a une petite

ligne entre les sourcils de Gale et il me regarde attentivement. « Tu lui as parlé d'elle avant de le tuer. »

Je hoche la tête. « Ouais. Il... » *Putain, c'est difficile.* Je me lèche les lèvres et je réessaie. « Ivan était le dernier nom sur une liste de gens qui méritaient tout ce qu'ils ont reçu. Quand j'avais seize ans, mon père a fait chier une bande de mafieux. C'était un petit poisson dans un grand étang et il a essayé de jouer en dehors de sa ligue. Il a roulé les mauvaises personnes et ils n'allaient pas laisser passer ça. Et ces gens, ils n'étaient pas du genre à te tuer quand tu fous tout en l'air. Non, ça aurait été trop facile. Trop rapide, je suppose. Alors pour punir notre père, ma sœur Anna et moi avons été enlevées et retenues en captivité pendant... putain, je ne sais pas. Six mois environ. C'était dur de garder la notion du temps quand on était là. »

Je jette un coup d'œil aux Rois et ils sont tous silencieux, leurs visages durs tandis qu'ils écoutent. Je sais que mon histoire va leur parler. Ils savent tous ce que c'est que d'être exploité et blessé.

« C'était censé être pour punir notre père, mais ils ont commencé à s'amuser pendant que nous étions là-bas. Ils ont abusé de nous, nous ont violées et battues. Tout ce qu'ils pouvaient faire pour ne jamais nous laisser tranquille, ils l'ont fait. Et ils ont pris leur pied comme les putains de tordus qu'ils étaient. Ma sœur est morte là-bas. J'ai essayé de la protéger, mais ils l'ont quand même tuée. Ou, du moins... je pensais qu'ils l'avaient fait. Maintenant je ne sais plus quoi penser. »

Tout le monde est silencieux pendant un moment quand je termine, assimilant ce que je viens de dire. Même moi.

Puis Pax prend la parole. « J'aurais aimé te rencontrer plus tôt, parce qu'on aurait pu t'aider à éliminer ces salopards. » Il me fait un grand sourire, quelque chose ressemblant plus à son expression féroce habituelle passant sur son visage. « Non pas que tu aies eu besoin d'aide. »

Je me détends. Il veut me protéger, m'aider à faire tomber les gens qui m'ont fait du tort, mais il reconnaît aussi que je suis assez forte pour m'être protégée moi-même.

« Est-ce que... » Ash s'arrête comme s'il ne savait pas comment formuler sa question. « Est-ce que la mort d'Ivan te rattrape ? » demande-t-il finalement.

Je secoue la tête en grimaçant. « Non. Il méritait pire. C'était... J'examinais la liste des invités du gala et j'ai reconnu un des noms. Ça m'a foutu en l'air. Julian Maduro. »

Gale cligne des yeux. « Je ne l'ai même pas vu là-bas. »

Mes sourcils se lèvent, mon cœur battant un peu plus fort tandis que je penche la tête pour regarder l'homme aux larges épaules. « Tu le connais ? »

« Non, mais tout le monde a entendu parler de lui. De la famille. Après la mort de Lorenzo Maduro, Julian et sa sœur ont reconstruit la famille. Ils sont sacrément puissants maintenant, même après ce qu'ils ont perdu quand Lorenzo est mort. »

Je soutiens le regard de Gale aussi fermement que possible. « J'ai tué Lorenzo », lui dis-je. « Il était l'un des noms sur ma liste. Mon premier, en fait. »

Une foule d'émotions défilent sur son visage, aussi vite qu'un éclair. Je vois bien qu'il est surpris et peut-être même un peu impressionné, mais il ne dit rien. Il croise les bras et fronce les sourcils en réfléchissant. Puis il jette un coup d'œil à Preacher.

« Savais-tu que Julian allait être au gala ? »

Preacher secoue la tête.

« C'est un lien », poursuit Gale. « Je ne sais pas si les Maduro ont déjà travaillé avec Ivan, mais si son père et Ivan étaient copains quand il s'agissait de leurs hobbies pervers, alors... »

Personne n'a besoin qu'il termine cette phrase, mais Pax le fait quand même. « Tu penses que Maduro pourrait être celui qui a exposé le corps d'Ivan au gala. »

« C'est possible. Il a un lien, et s'il connaît River, alors le lien devient encore plus solide. »

« Cependant, il ne me connaît *pas* », dis-je en me mordillant la lèvre et en essayant de faire fonctionner le côté analytique de mon cerveau pour ne pas faire une crise de panique. « Il n'était jamais là quand Lorenzo et les autres s'amusaient avec nous. Je ne l'ai jamais rencontré. Pour autant que je sache, il n'a aucune idée de qui je suis. »

« Ça pourrait être moins personnel que ça », dit Preacher. « Son père est mort dans... des circonstances mystérieuses. Tout le monde savait que c'était un meurtre, mais personne ne savait qui l'avait commis ou pourquoi exactement. Et puis la même chose arrive à Ivan. Peut-être que Julian suppose, à juste titre, que les deux choses sont liées et veut inciter la personne qui a fait ça à se révéler. »

« Pour quoi faire ? » demande Ash. « Pour se venger ? Je doute fort qu'il appelle la police ou quoi que ce soit. »

« Ça pourrait être la vengeance », répond Gale avec un haussement d'épaules. « River avait une liste de personnes à tuer parce qu'elles ont tué sa sœur. Qui dit que Julian

Maduro n'a pas une mission similaire pour venger son père ? »

« Ce n'est pas la même chose », dis-je sur un ton tranchant. « Lorenzo Maduro était un putain de connard. Ma sœur n'était qu'une enfant. »

Les lignes dures de son visage s'adoucissent. « Je sais. Je ne dis pas que c'est la même chose, je ne fais que suggérer des idées pour un motif. »

« Alors qu'est-ce qu'on fait ? » Ash jette un coup d'œil à tout le monde dans la petite salle de bain. « Comment savoir si Julian était impliqué dans l'exposition du corps d'Ivan ? »

« Le moyen le plus simple serait probablement de lui rendre visite, comme nous l'avons fait avec les Diables du Diamant », dit Preacher. « Nous pourrions inventer une excuse pour demander à le rencontrer et le sonder. »

L'idée de voir cet homme me lève le cœur, et pendant une seconde, je pense que je vais vomir une fois de plus. Je me ressaisis en laissant échapper un souffle saccadé.

Voir un membre des Maduro, n'importe qui ayant un lien avec Lorenzo, ne fera que raviver de mauvais souvenirs. Mais je ne vais pas rester assise ici pendant que les gars font tout le travail. Je suis dans le coup aussi.

Je leur dis « Je viens avec vous » et je suis heureuse que ma voix ne tremble pas en le disant. Je lève les yeux, les mettant presque au défi de me dire non.

Ils échangent un regard et je peux voir leur réticence. Mais après un long moment, Gale acquiesce.

« D'accord. Tu peux venir. »

16

PAX

Quand Gale dit qu'on va rencontrer Julian, il ne veut pas dire dans quelques jours. Il veut dire immédiatement. C'est un homme d'action et j'aime ça. J'ai toujours aimé ça. On n'attend pas, on ne se tourne pas les pouces. On va juste avoir une petite discussion sympa avec lui à propos du gala et voir si on peut découvrir ce qu'il sait et ne sait pas.

Mais nous ne sommes pas stupides et je ne vais pas y aller sans aucune arme.

Avant de partir, je descends à la cave pour prendre quelques-unes de mes armes les plus... non conventionnelles. Des trucs qui ne sont pas comme des flingues ou des gros couteaux, mais plus petits et plus faciles à dissimuler.

Je touche un scalpel et l'envie de l'utiliser grimpe en moi.

Je n'ai pas arrêté de penser à l'histoire de River depuis qu'elle l'a racontée et je m'imagine avoir Lorenzo ici, enchaîné au mur. Ou n'importe lequel des autres hommes qui ont fait du mal à River et à sa sœur. Même Ivan ferait l'affaire à nouveau. Je veux qu'ils souffrent. Je veux qu'ils paient. Je veux qu'ils ressentent ne serait-ce qu'une parcelle de la douleur qu'ils ont fait subir à mon petit renard.

Je parie qu'ils me supplieraient tous avant la fin. Ils essaieraient de me payer ou de m'offrir une sorte de pot-de-vin. Ils n'ont pas la moindre dignité parce que c'est comme ça que sont les gens comme eux.

Je sais que je ne suis pas un type bien. J'ai tué et torturé des gens, mais pas des enfants. Je n'ai jamais essayé de faire payer un innocent pour la merde que quelqu'un d'autre avait faite. Et de penser que c'est arrivé à River m'enrage. Elle est forte et peut se défendre maintenant, mais à l'époque ? Avant même qu'elle n'explore ce monde ?

C'est probablement une autre histoire.

La rage grandit en moi comme un monstre affamé et je laisse les images défiler dans mon esprit, savourant chacune d'entre elles comme un bon whisky. Je pense à avoir ces six connards dans mon sous-sol, à les blesser chacun à leur tour et à faire en sorte que les autres regardent et attendent. Je parie qu'ils seraient prêts à chier dans leur pantalon, se demandant si je vais leur faire la même chose ou si ce sera pire tandis que j'avance. Je pense à prendre une paire de pinces et à l'utiliser pour arracher leurs dents, une par une. Traîner des couteaux, des scalpels et des lames de rasoir le long de leurs bras et regarder le sang couler. À écraser leurs doigts avec un marteau jusqu'à ce que leurs os soient réduits en morceaux et qu'ils ne puissent plus jamais enlever une autre fille.

Ce sont des rêveries joyeuses et je fais tourner le scalpel

dans ma main, mon sourire grandissant tandis que je me laisse un peu emporter par cela.

Mais je n'ai pas le temps de me perdre dans des fantasmes. Le plaisir devra attendre pendant que nous allons recueillir des informations. Je soupire et continue de m'armer en prenant des pinces pour aller avec les autres choses que j'ai, puis je remonte à l'étage où les autres ont fini de se préparer.

Gale a un air que je reconnais bien, entre l'énervement et la réflexion. Je sais qu'il pense à ce que River nous a dit, tout comme moi. Il la regarde de temps en temps comme s'il voulait dire quelque chose, mais il demeure silencieux.

Elle a l'air déterminée, mais aussi plus pâle que d'habitude. Mieux que lorsque nous l'avons trouvée dehors, affalée sur l'herbe, avec le chien qui aboyait à tue-tête et qui alternait entre lui courir autour et la toucher pour essayer de la faire se lever. Il y a quelque chose, pas vraiment fragile mais délicat dans ses yeux, mais je ne fais aucune remarque. Je sais pourquoi elle veut faire partie de tout ça, alors je lui fais un sourire et nous nous dirigeons vers la voiture.

Julian Maduro possède un ring de boxe dans la ville, alors nous nous y rendons pour le rencontrer à son travail.

Il y a quelques voitures dans le parking et on se gare avant d'entrer. Sans en discuter ou se coordonner, nous entourons River pour la protéger. C'est une seconde nature pour moi de m'assurer qu'elle n'est pas exposée et seule. Mes frères le font probablement de manière aussi instinctive.

Je regarde autour de la pièce dans laquelle nous entrons, croisant le regard de tous ceux qui nous observent, les défiant pratiquement de nous emmerder.

Honnêtement, j'espère que quelqu'un le fera.

J'ai ce sentiment sous la peau qui est comme un monstre qui fait les cent pas dans sa cage. Qui veut être libéré. Je veux dépenser cette énergie et foutre le bordel. Je veux une bagarre à mort, alors j'espère que quelqu'un relèvera mon défi.

Gale me jette un regard d'avertissement, comme s'il savait exactement ce que je faisais et je lui réponds par un sourire.

Il n'est pas drôle, mais au moins il me laisse céder à ma folie parfois quand j'en ai besoin. Quand c'est le bon moment. Il me laisse torturer ceux qui le méritent, donc je sais qu'il sait ce que je ressens.

Mais ce n'est ni le moment ni l'endroit, et nous avons d'autres chats à fouetter.

« Je peux vous aider ? »

Un grand homme s'approche de nous en posant la question, les bras croisés. Il nous examine, et s'il sait qui nous sommes, cela ne se voit pas sur son visage. Ses yeux glissent sur River pendant une seconde, mais son expression ne change pas.

« On aimerait parler à Julian », dit Gale.

Le videur, ou peu importe qui c'est, jette un regard à Gale. Gale ne dit rien d'autre, n'explique rien, il reste planté là avec son air autoritaire. Il y a une raison pour laquelle nous le considérons tous comme le leader de notre petite famille. Il sait comment gérer ce genre de choses.

Finalement, le videur acquiesce et se retourne sur son talon pour aller ouvrir une porte un peu plus loin dans un couloir à l'arrière du bâtiment. Il passe brièvement la tête à l'intérieur, puis ressort.

« D'accord, il peut vous rencontrer », dit-il en nous faisant signe de le suivre.

On garde la même formation en s'assurant que River reste au milieu de notre groupe alors qu'on se dirige vers le bureau de Julian.

Une femme aux cheveux blonds attachés en queue de cheval et au nez droit et pointu se lève lorsque nous entrons. Elle passe devant nous, nous jetant un regard froid en quittant le bureau.

« Ma sœur, Nathalie », dit Julian en guise d'introduction. Puis il indique l'embrasure de la porte avec son menton. « Fermez la porte. »

Gale me jette un coup d'œil, alors je le fais.

Il y a une chaise en face du bureau de Julian et le type fait un signe de la main comme s'il se fichait de qui la prend. Gale s'assoit et on se tient tous debout derrière lui. Je parie qu'il a l'air puissant, assis là avec nous comme renfort, alors que Julian est seul de son côté du bureau.

Mais c'est le territoire de Julian, donc on ne devrait pas être trop confiants. Même moi je le sais.

« J'avoue que je suis surpris d'avoir une visite de ta part », dit l'homme en s'adressant à Gale, mais en nous jetant un coup d'œil à tous. « Je te connais de réputation, mais je n'étais pas sûr que nous aurions un jour le plaisir de faire des affaires ensemble. Puis-je faire quelque chose pour toi ? »

On sait tous pourquoi on est là, mais on ne peut pas demander à Julian si c'est lui qui a exposé le corps découpé d'Ivan au gala. Cependant, Gale a toujours un plan et on le laisse gérer ça.

« Nous étions au gala l'autre soir, tout comme toi », dit

Gale en s'adossant à sa chaise. « Après la tournure surprenante des événements ce soir-là, nous avons commencé à discuter. La mort d'Ivan Saint-James a laissé un vide assez important dans la ville, n'est-ce pas ? »

Julian acquiesce. Ses cheveux sont d'un blond plus foncé que ceux de sa sœur, mais l'air de famille entre eux est facile à lire dans ses traits. « Bien sûr. Chaque fois qu'une personne aussi bien connectée et établie meurt, tous les petits enfoirés sortent pour essayer de prendre sa place. »

« Exactement. Nous étions inquiets de voir un nouveau joueur s'impliquer ici. Quelqu'un qui n'a pas fait ses preuves et qui ne sait pas comment on fait les choses à Détroit. Nous pensons que celui qui a tué Ivan et exposé son corps comme ça pourrait essayer de prendre sa place et son pouvoir. »

« Alors pourquoi me parles-tu de ça ? » demande Julian, l'air à la fois méfiant et rusé.

« Si cela se produisait, cela aurait des répercussions sur toutes les opérations mafieuses à Détroit », dit Gale. « Toute personne faisant des affaires serait affectée. Donc on essaie de savoir si quelqu'un sait quelque chose sur qui pourrait être ce nouveau joueur. »

Julian s'adosse à sa chaise comme Gale. Il a un air suffisant et il ne semble pas dérangé par ce que Gale vient de dire.

« Je ne sais pas qui s'en est pris à Ivan », dit-il. « Bien que je puisse penser à de nombreuses raisons pour lesquelles quelqu'un le ferait. Il était arrogant et avide de pouvoir, faisant de lui une cible parfaite. Sa mort ne me dérange pas tant que ça, mais le fait que son corps ait été exposé comme ça ? Ça m'a foutu en l'air. »

« Oh, vraiment ? Pourquoi ? » demande Gale. « Tu n'as pas l'air d'être du genre sensible. »

Julian grogne et secoue la tête. « Ce n'est pas le fait qu'il ait été découpé en morceaux. C'est qu'il ait été tué. J'avais un marché qui devait être conclu, et ça empiétait peut-être un peu sur le territoire d'Ivan, mais peu importe. Il est mort. Mais l'acheteur a eu peur en voyant Ivan comme ça. Il a pensé qu'il était peut-être le suivant. Le fait est que ça m'a coûté cher. Celui qui a eu la bonne idée d'exposer le corps d'Ivan sur un piédestal comme ça est un connard et il vaut mieux pour lui que je ne le trouve pas. »

« Je suis sûr que beaucoup de gens ressentent la même chose », fait remarquer Gale.

Il hausse les épaules. « Peut-être, peut-être pas. Dans tous les cas, je n'ai pas d'informations pour toi. » Il reprend son air suffisant et s'avance à nouveau. « Et si j'avais des informations, je ne suis pas sûr que je les partagerais. Ça aide d'avoir le dessus dans des situations comme celle-ci, tu ne penses pas ? »

Julian fait un clin d'œil à Gale et je dois me retenir de ne pas sauter par-dessus le bureau pour lui casser la gueule. Non pas qu'on ait besoin de ses infos à ce stade. Il vient d'admettre que ce n'est pas lui qui a sorti le corps d'Ivan de la rivière et l'a exposé au gala. Puisqu'il est furieux et que ça a foutu en l'air son affaire, ça ne ferait pas de sens que ce soit lui.

Gale lui sourit en retour. C'est son sourire de prédateur, celui qu'il affiche généralement avant qu'il ne s'en prenne à quelqu'un. Une partie de moi souhaiterait que Julian *soit* impliqué dans tout ça, pour qu'on ait une raison de s'en prendre à lui. Comparé à notre escapade au quartier général des Diables du Diamant, cette réunion est ennuyeuse à mourir.

« Je comprends », dit Gale sur un ton glacial, mais pas impoli. « J'espère que ton marché se fera quand les gens cesseront d'avoir peur à cause de la mort d'Ivan. »

Julian hausse encore les épaules. « Ce sera quelqu'un d'autre, un jour ou l'autre. C'est comme ça que ça marche, on dirait. Vous devenez trop puissant et quelqu'un vous élimine. Ivan était un enfoiré parano, mais il n'avait pas entièrement tort de l'être, en fin de compte. Quelqu'un voulait vraiment le tuer. Et puis quelqu'un était assez malade pour transformer son cadavre en *œuvre d'art*. » Il tambourine ses doigts sur son bureau. « Ça arrive. Tout ce que tu peux faire, c'est t'assurer que tu n'es pas le prochain sur la liste. »

Il sourit à Gale et Gale fait de même, tout en agressivité polie. C'est idiot, parce que personne ne va commencer à déconner ici. Julian essaie seulement d'avoir l'air plus puissant. Aucun de nous n'a peur de lui.

Je regarde River, mais elle ne démontre rien. Elle regarde Julian, mais c'est comme si elle ne le voyait pas vraiment. Seulement ceux qui la connaissent bien peuvent le remarquer, mais je suis certain que son esprit est ailleurs. Du moins pas sur la conversation que nous avons avec lui en ce moment.

Gale et Julian parlent un peu plus de l'état des choses dans la pègre de Détroit, discutant de la manière dont cela est susceptible de changer maintenant qu'Ivan n'est plus là, mais je n'écoute pas. Personne ne se fait frapper, poignarder ou foutre en l'air aujourd'hui, alors je ne me sens pas obligé de savoir tout ce dont ils parlent. L'un des autres doit écouter, et si c'est important, il me le dira.

Finalement, Gale recule sa chaise et se lève. Il fait un signe de tête à Julian qui ne se lève pas et ne nous montre pas la sortie, mais retourne à son ordinateur.

Putain d'enfoiré.

Nous sortons du bureau et retournons dans la partie principale du bâtiment où se trouve le réseau. On ne reçoit que quelques regards curieux alors que nous nous dirigeons vers la porte. Mais juste avant que nous ne sortions, River jette un coup d'œil de côté et se raidit, s'arrêtant dans son élan.

Son visage pâlit et sa mâchoire s'ouvre. Sortant de la petite formation de corps qui l'entoure, elle se dirige vers une femme dans le coin du gymnase qui nous tourne partiellement le dos.

Il y a quelque chose de quasiment maniaque dans ses yeux alors qu'elle tend une main, la posant sur le bras de la femme. « Anna... »

La femme se retourne et River cesse de parler. Quoi qu'elle voie sur son visage, l'expression de River disparaît comme si quelqu'un avait claqué une porte sur ses émotions. Elle secoue la tête et recule rapidement, l'air secouée et un peu perdue.

« Je suis désolée. Je pensais que tu étais quelqu'un d'autre », dit-elle.

« Oh. Ok. »

La femme semble confuse et un peu frustrée, mais elle lui fait un signe avant de retourner à ce qu'elle faisait.

Quand River revient vers nous, son visage est toujours figé. Nous ne disons rien et nous dirigeons vers la voiture en silence. Elle grimpe sur le siège arrière entre Ash et moi, tordant un peu le cou pour regarder le bâtiment pendant que Gale démarre la voiture et s'éloigne.

« Je pensais que c'était elle », se murmure-t-elle à elle-même. « J'étais tellement convaincue. »

17

RIVER

J'ai l'impression que mon estomac se retourne encore et encore alors que nous roulons dans les rues de Détroit.

Je me sens malade et sous le choc. Voir Julian était vraiment horrible. Ça m'a rappelé tellement de souvenirs. Même si je ne l'avais jamais vu avant, il ressemble assez à son père pour me rappeler mon ancien ravisseur. Je me souviens du visage de Lorenzo *dans les moindres détails*. Il était toujours là, toujours en train de me toucher, toujours avec ce stupide sourire suffisant. Comme celui de Julian quand Gale lui parlait.

Et ensuite, quand nous sommes partis, j'étais tellement sûre d'avoir vu Anna. Juste de côté, en profil, j'étais certaine que c'était ma sœur.

Mais j'avais tort.

C'était juste une femme inconnue qui a probablement pensé que j'étais folle.

Et peut-être que je le suis. J'ai vraiment l'impression de devenir folle. J'ai tué le dernier sur ma liste, mais je n'ai pas l'impression que c'est fini. C'est comme si le fantôme d'Anna me hantait, comme si les démons dans mon esprit refusaient de me laisser tranquille.

Je continue de penser que je vois Anna, mais ce n'est pas elle. Elle est morte et je ne la reverrai jamais. C'était le but de la liste, et maintenant que nos anciens ravisseurs sont tous morts, Anna est censée reposer en paix.

Mais j'ai l'impression que je vais voir son visage sur toutes les femmes qui lui ressemblent, même vaguement. Je vais me rappeler constamment de mon passé, de ma perte. Du fait que je n'ai pas pu protéger ma propre sœur.

J'ai tué six hommes méchants et vicieux, soit de mes propres mains, soit par l'intermédiaire de quelqu'un d'autre, au cours des dernières années. Mais il était trop tard pour sauver la vie d'Anna.

Je me suis toujours dit que je me vengeais en les tuant. C'était pour les faire souffrir pour ce qu'ils nous ont fait, ce qu'ils *lui ont fait*, mais peut-être que ce n'était pas ça. Ou du moins, pas réellement. Je voulais qu'elle soit en paix, qu'elle sache, peu importe où elle est maintenant, ce que j'avais accompli et que sa mort était vengée.

Mais il y avait une partie de moi qui essayait probablement de ramener Anna, aussi. Comme si tuer tous ces hommes pouvait effacer tout ce qui s'était passé et qu'on pouvait être à nouveau ensemble.

Mais ce n'est pas comme ça que ça marche.

Peu importe le nombre de morts, on ne peut pas ramener quelqu'un à la vie.

La voiture tangue légèrement lorsque Gale s'arrête dans l'allée et je réalise soudainement que nous sommes rentrés à la maison. Je ne me souviens même pas de la majeure partie du trajet. Je sors de la voiture avec les autres, étourdie et déséquilibrée. C'est le bordel dans ma tête. Je suis vaguement consciente de tout ce qui se passe autour de moi, mais je ne remarque rien. J'entends Pax dire quelque chose à Gale et la bouche de Gale bouge en répondant, mais je n'arrive pas à comprendre les mots. Ils semblent creux et faibles, comme s'ils venaient de très loin.

« River ? »

Le son de mon nom me tire de ma torpeur suffisamment pour que je puisse regarder Preacher.

« Tu vas bien ? » demande-t-il.

Les autres me regardent aussi avec inquiétude, ayant réalisé à quel point j'ai probablement l'air bizarre, mais je me contente de secouer la tête. « C'est bon. »

Ils n'insistent pas, alors je passe devant eux lorsque nous entrons dans la maison, puis je monte dans ma chambre.

Mes mains tremblent en fermant la porte et, lorsque je m'assois sur le lit, je sais immédiatement que je ne me calmerai pas de cette façon. Je suis trop agitée. Les choses empirent trop rapidement pour que je puisse y faire face.

Le corps d'Ivan.

Voir Anna — ou *ne pas* la voir et être si convaincue que c'était elle.

Voir Julian.

Penser à Lorenzo constamment.

J'ai l'impression qu'un millier d'émotions différentes me remplissent, se pressant contre ma peau comme si elles allaient me déchirer de l'intérieur.

Désespérée de faire cesser le torrent, je vais à ma table de nuit et trouve mes lames, là où je les ai rangées quand j'ai emménagé ici pour la deuxième fois. Le métal est froid entre mes doigts alors que j'enlève mon pantalon et que je m'installe sur le lit. Cela m'apaise suffisamment pour que je puisse prendre une profonde inspiration et appuyer la lame de rasoir sur ma cuisse. Je fais une entaille, lisse et droite, et il faut une seconde pour que la douleur s'installe et que le sang remonte à la surface. Il est clair et net contre ma peau. C'est presque joli. Je me concentre sur lui en essayant d'oublier tout le reste.

Ça marche un peu, mais pas assez. Alors je coupe à nouveau en faisant une autre entaille parallèle à la première.

Ma cuisse est douloureuse et je savoure cette sensation, ajoutant une troisième entaille aux deux premières.

Avant que je puisse tracer une quatrième ligne, la porte s'ouvre et Gale entre.

Avant, je lui aurais crié après pour avoir fait irruption dans ma chambre ou j'aurais essayé de cacher ce que je fais. Pas parce que j'en ai honte, mais parce que ce ne sont pas ses affaires. Je n'essaie pas de le cacher ou de prétendre que je faisais autre chose. J'en ai fini d'essayer de cacher mon côté dérangé. Surtout à ces gars qui le sont tout autant.

Gale reste dans l'embrasure de la porte un moment, me regardant avec ses yeux verts, brillants et perspicaces.

Je le regarde fixement en levant le menton d'un air défiant. Comme si je le mettais au défi d'avoir pitié de moi ou de me juger. Je sais quoi lui dire s'il essaie de le faire.

Mais il ne le fait pas.

Il entre complètement dans la pièce et ferme la porte derrière lui. Quand il s'avance vers le lit et me prend la lame des mains, je ne résiste pas. Je la lui remets.

Il jette un coup d'œil à la petite lame d'argent qui est recouverte de mon sang. Puis il la pose sur la table de nuit et regarde les coupures sur ma jambe. Il fait glisser un doigt dans le sang qui commence à s'écouler des lignes nettes, et pendant une fraction de seconde, je pense qu'il va écrire « à moi » sur ma peau, comme Pax l'a fait.

Au lieu de cela, il lève son doigt ensanglanté et l'étale sur mon visage, le faisant glisser sur mes joues comme une peinture de guerre. Ses yeux sont déterminés quand il me regarde.

« Es-tu ruinée ? » demande-t-il.

Mon cœur s'emballe un peu à ses mots. Il m'a déjà posé cette question et il n'y a pas de réponse facile en ce moment. Il y a tellement de choses dans ma tête, tellement de choses qui défilent que c'est difficile d'y voir clair. Je pense à Lorenzo, Ivan et Anna, et je les vois dans ma tête, se tenant là et attendant comme s'ils voulaient aussi connaître la réponse. Ce serait si facile de s'enfoncer dans la douleur des souvenirs, de laisser ce sentiment tremblant et affreux prendre le dessus.

Je suis épuisée. J'ai travaillé dur pendant si longtemps, essayant de rayer chaque nom de ma liste pour que ma sœur me pardonne de ne pas avoir été capable de la protéger quand elle avait besoin de moi. Même maintenant que c'est fait, je n'ai pas l'impression de pouvoir me reposer. Je me sens hantée. Traquée. Comme si j'allais être pourchassée pour le reste de ma vie.

Malgré tout, je me souviens que j'ai réussi à survivre. Je les ai tous tués, peu importe de quelle manière cela devait se produire. Ils n'ont pas eu le dessus sur moi. Ils se croyaient tous intouchables, tellement sûrs avec leur putain d'arrogance. Et maintenant, ils n'ont plus rien.

Et j'ai fait ça. *Moi*. Je leur ai fait payer, comme je l'ai toujours voulu. Même si ça n'a pas ramené ma sœur, aucun d'entre eux ne fera plus jamais de mal à personne.

Je prends une profonde inspiration en essayant de m'accrocher à cette idée.

« Non », je murmure à Gale. « Je ne le suis pas. »

Il acquiesce et ses yeux brûlent. « Exactement. Tu n'es pas ruinée. Tu es une guerrière. »

Comme s'il essayait de consacrer ces mots, il se penche, une main glissant derrière mon cou pour m'embrasser.

Sa paume est ferme sur ma nuque et ses doigts glissent dans mes cheveux. Quand nos bouches se touchent, il me tire encore plus près, pressant ses lèvres contre les miennes avec une intensité douloureuse.

Je laisse échapper un léger souffle au toucher et je savoure cette sensation. Je préfère sentir Gale que les démons qui me griffent, alors je me concentre sur lui.

Ses mains parcourent mon dos, me tirant plus près, et je le touche en retour. Ses épaules, son torse, son ventre, puis plus bas, là où je peux sentir qu'il commence déjà à bander dans son jean.

La chaleur entre nous explose, menaçant de nous brûler vifs tous les deux, mais nous ne nous arrêtons pas. Nous avons déjà fait l'amour, mais ça fait un moment, et nous avons tous les deux dressé nos murs et nos gardes après ça. Mais il n'y a rien entre nous à cet instant.

Il le sait déjà. Il m'a déjà vu en difficulté, essayant de lutter contre les sentiments qui me retiennent et me perturbent.

Je ne peux pas me cacher de lui.

Je ne peux pas lui cacher ma douleur, mes démons ou le fait que je le désire tellement en cet instant.

Gale rompt le baiser après ce qui semble être une éternité, et je suis à bout de souffle, le regardant fixement tandis qu'il m'observe avec ses yeux vert foncé. On dirait qu'il veut me dévorer et ne sait pas par où commencer. Mais il ne lui faut qu'une seconde pour prendre une décision, car il se remet à bouger rapidement, embrassant mon cou et descendant le long de mon corps en me plaquant le dos contre le lit.

Mes jambes pendent sur le bord et Gale s'installe entre elles. Même à genoux, c'est toujours un prédateur. Il contrôle la situation et je n'arrive pas à trouver la motivation d'y voir un problème.

Pas quand il me regarde avec une expression vorace qui me fait frissonner.

Il glisse ses doigts dans ma culotte et la fait descendre avant de la lancer de côté. Avec ses grandes mains, il écarte mes jambes, et je ne peux rien lui cacher comme ça.

Je n'en ai même pas envie.

Je suis déjà trempée, rien qu'à cause de ses mains sur moi, de sa bouche sur moi. Je sais qu'il le voit clairement. L'odeur de mon excitation imprègne l'air et il se penche vers ma chatte, ses doigts s'enfonçant dans mes cuisses.

Sa bouche est aussi bonne sur ma chatte qu'elle l'était sur mes lèvres et je me cambre vers lui en gémissant son nom.

Il grogne et le son se répercute en moi, améliorant d'autant plus la sensation. Il me chatouille le clito avec sa langue et ma main descend jusqu'à ses cheveux, juste pour avoir quelque chose à quoi m'accrocher.

Il me dévore comme s'il était à un festin, ne laissant aucun coin de ma chatte inexploré. Je gémis son nom encore et encore, me tordant sur le lit alors qu'il me lèche et me suce, comme s'il voulait savourer chaque parcelle de moi.

Les sensations se répandent en moi, le plaisir brûlant au centre de mon corps comme une fournaise. Mes doigts se resserrent dans ses cheveux et il gémit en moi, ses hanches s'élançant.

Il n'y a rien contre lequel il puisse se frotter. Quand il lève son visage, ses lèvres brillent de mon excitation, et je peux voir dans ses yeux à quel point il veut me baiser.

Me sucer n'est pas suffisant.

Il attrape mes hanches et me fait basculer sur le ventre facilement. J'ai le souffle coupé quand j'atterris, et avant que je puisse me retourner vers lui, Gale saisit mes fesses et m'ouvre encore plus pour lui.

Mon visage s'enfonce dans les draps, étouffant le son de mon gémissement, mais putain, ça fait du bien. Il me tripote comme bon lui semble et je devrais m'y opposer, mais j'ai trop besoin de ça pour laisser mon côté têtu tout gâcher.

« Je vais te baiser ici », grogne-t-il en lâchant mon cul d'une main pour pouvoir frotter le trou serré.

Je hoche la tête, presque frénétiquement. Le simple contact de son doigt provoque des étincelles de plaisir électrique en moi et je frissonne à l'idée qu'il y enfonce sa bite et me prenne. J'en ai tellement envie.

Je veux tout ce qu'il peut me donner. Je suis si désespéréc de jouir et d'avoir mal.

« Touche-toi », ordonne-t-il, son ton me commandant d'obéir.

« Putain », j'arrive à dire et ma voix est rauque. Je fais ce qu'il dit, glissant une main entre mon corps et le lit pour pouvoir frotter ma chatte.

Je suis déjà tellement trempée et les doigts de Gale effleurent brièvement les miens entre mes jambes pour recueillir mon excitation. Il m'écarte à nouveau, je l'entends et je le sens quand il crache sur mon trou.

C'est comme un choc électrique, c'est sale et brut. Je craque presque en gémissant profondément et en frissonnant sous son contact.

Gale grogne, comme si ça l'amusait. « Bonne fille », murmure-t-il et il commence à mettre un doigt en moi.

C'est serré. Je m'efforce de me détendre, mais je suis tellement tendue que j'ai l'impression que chaque cellule de mon corps vibre.

La simple sensation de sa brèche suffit à me couper le souffle et je me tortille, luttant contre l'envie de me pousser vers lui.

« C'est ça », grogne-t-il en enfonçant son doigt plus profondément. « Prends-le pour moi. Continue à te toucher. »

Je fais le tour de mon clito avec un doigt, gémissant doucement quand Gale ajoute un autre doigt dans mon cul.

Je me sens déjà pleine rien qu'avec ça et je sais que sa bite va être encore plus difficile à prendre. Il est rude et dominateur, mais prend son temps quand même, s'assurant que je suis bien étirée en ajoutant un troisième doigt.

C'est suffisant pour me faire frissonner, mes doigts bougeant rapidement sur ma chatte en même temps qu'il baise mon cul avec ses doigts.

Il y a un gémissement aigu dans l'air et il me faut une seconde pour réaliser que ça vient de moi. Je suis à bout de souffle et je le supplie, le faisant glousser d'un son bas et profond.

« C'est ce que tu veux ? » demande-t-il en retirant ses doigts.

Je lève la tête et le regarde par-dessus mon épaule. « Gale, s'il te plaît. »

« S'il te plaît, quoi ? » demande-t-il. « Dis-le. » La main qu'il a toujours sur mes fesses s'enfonce plus profondément dans la chair et j'ai l'impression de perdre la boule tant je le désire en ce moment.

« S'il te plaît, baise-moi », je prononce. « S'il te plaît, baise mon cul. »

Je n'ai jamais supplié quelqu'un comme ça avant ces gars-là et je n'en ai même pas honte en cet instant. Pas alors que je suis si excitée et désespérée pour qu'il me donne ce que je sais que nous voulons tous les deux.

« Bonne fille », répète-t-il et en l'entendant dire ça, mon cœur bat plus vite.

Et puis il se glisse enfin en moi. Sa bite est si grosse et épaisse que c'est presque douloureux quand il me pénètre. Il m'a ouvert, mais même trois doigts n'ont pas suffi à me préparer pleinement à ce que je ressens lorsqu'il s'enfonce dans mon trou.

Quand ses hanches se pressent finalement contre mon cul, sa bite enfouie en moi, je suis en sueur et essoufflée. Je marmonne des mots étouffés et incohérents alors que la sensation me submerge.

C'est comme si je pouvais le sentir partout et la brûlure de l'étirement est intense.

Mes doigts tournent toujours autour de mon clito, et je sens que je suis déjà sur le point de craquer, mais Gale attrape mes poignets avant que je ne puisse m'approcher davantage. Il les plaque dans le bas de mon dos, tenant mes bras pour pouvoir contrôler mes mouvements.

Je suis forte, mais quand je tords mes poignets pour tester la prise de Gale, il ne cède pas. Il est plus fort et clairement déterminé à me garder où je suis.

Ça fait palpiter ma chatte d'autant plus. C'est si bon de l'avoir enfoncé dans mon cul, mais ma chatte est vide. Je souhaite pendant un instant être pleine là aussi, mais Gale ne me laisse pas beaucoup de temps pour y penser. Il pousse lentement et peu profond, pour m'habituer à la sensation qu'il me baise le cul. Puis il se retire et revient avec une force qui me coupe le souffle.

Ses doigts sont serrés sur mes poignets, et il s'enfonce en moi avec force et rapidité, me baisant à un rythme presque brutal.

Je ne peux rien faire d'autre que d'encaisser, clouée au lit et empalée sur sa queue. Je ne voudrais être nulle part ailleurs en ce moment et j'essaie de reprendre mon souffle, de trouver un certain équilibre, mais c'est impossible. Pas quand il me baise si fort et si brutalement que le lit bouge sous nos corps.

La pièce est remplie du bruit de nos corps qui se frappent quand ils se rencontrent, ainsi que des grognements de Gale et de mes gémissements de plaisir.

« S'il te plaît, s'il te plaît, s'il te plaît », je crie, bien que je ne sache même pas pourquoi je le supplie à ce stade. J'en veux plus.

C'est tout ce sur quoi je peux me concentrer, tout ce à quoi je peux penser. Je ne pense à rien d'autre qu'à la pression de la bite de Gale et à la façon dont elle me donne l'impression de craquer, mais de la meilleure façon possible.

« N'arrête pas », je halète. « S'il te plaît. Putain. N'arrête pas. »

« Je ne m'arrêterai jamais, putain », grogne-t-il, s'enfonçant en moi si brutalement que j'oublie comment respirer pendant une seconde. « Pas avant d'en avoir fini avec toi. »

Son corps se penche sur le mien et je sens son souffle laborieux sur ma nuque. Je sens la sueur sur son corps se mêler à la mienne. Le lit grince sous nous et je me cambre sous Gale, essayant de l'enfoncer plus profondément.

Je perds la notion du temps, me perdant dans le plaisir mêlé à la douleur. Au bout d'un moment, les poussées de Gale deviennent erratiques, et je sais qu'il est proche. Je gémis à nouveau à l'idée qu'il me remplisse le cul de son sperme. Je ne peux qu'imaginer le bruit que je fais.

Ma chatte palpite de besoin et comme si Gale pouvait lire dans mes pensées ou déchiffrer les mouvements de mon corps, il me tire vers le haut, me redressant jusqu'à ce que nous soyons tous les deux à genoux, mon dos plaqué contre son torse.

Il enroule un bras autour de moi, me maintenant en place, tandis que son autre main trouve ma chatte trempée. Et oh, putain *oui*. C'est ce que je voulais. C'était l'élément manquant.

Il n'y a aucune résistance quand il enfonce ses doigts en moi et je gémis quand il commence à baiser ma chatte avec ses doigts tout en baisant mon cul.

« Oh, mon dieu », je halète, me secouant contre lui. « Oh putain. Gale... »

Il gémit et mord mon épaule. Je sens quand il craque, jouissant dans mon cul et me remplissant.

Il n'arrête pas de pousser avec sa bite ou ses doigts, et je le suis.

Je me brise en mille morceaux, me secouant, me tortillant et criant presque son nom alors que mon orgasme me frappe de plein fouet.

18

RIVER

Mon cœur bat furieusement dans ma poitrine tandis que la bite de Gale donne une dernière impulsion en moi. Je peux sentir la sueur refroidir sur ma peau et mon corps est agréablement endolori. Dès qu'il se retire, nous nous effondrons sur le lit à côté l'un de l'autre. J'écoute sa respiration qui ralentit progressivement et redevient normale.

Je n'ai pas l'habitude de ça. Rester après une baise, s'allonger côte à côte pendant que l'autre personne reprend ses esprits. Mais je ne déteste pas ça.

« Tu avais raison », je murmure, rompant le silence après un moment. « Les démons ne sont pas partis juste parce que j'ai tué Ivan et rayé son nom de ma liste. Mais... je ne sais pas comment vaincre mes démons. Comment les bannir. »

« Moi non plus », admet Gale. « Mon père est mort il y a longtemps. En gros, il s'est saoulé à mort. Mais savoir qu'il n'existe plus n'empêche pas toujours les démons de me hanter. »

« Que s'est-il passé ? » je lui demande, ne sachant pas s'il va me le dire.

Il est silencieux pendant quelques secondes et je reste immobile, lui laissant la chance de décider s'il veut répondre ou non.

Après un moment, il soupire et reprend la parole.

« Mon père était un ivrogne. Il nous battait tout le temps, ma mère et moi. Quand il était en colère. Quand il n'avait plus d'alcool. Quand il en avait envie, en gros. Il criait et hurlait, nous traitait de toutes sortes de choses. Il s'assurait qu'on savait qu'on n'était rien pour lui et il nous traitait comme tel. Je le détestais tellement, mais j'étais proche de ma mère. Je... l'aimais beaucoup. »

« L'a-t-il tuée ? »

Gale secoue la tête. « Elle est morte d'une overdose quand j'avais dix ans et les choses ont empiré après ça. Meredith me laissait venir chez elle quand ça n'allait vraiment pas, mais même ça n'a pas suffi après la mort de ma mère. Je me suis enfui peu de temps après. J'ai essayé de rester en contact avec Meredith quand je le pouvais et j'ai commencé à prendre soin d'elle quand j'ai été en mesure de le faire. »

Ça explique beaucoup de choses sur ce que j'ai vu quand on était chez elle. « Je voyais bien que vous étiez assez proches. »

« Elle était la seule à s'occuper de moi », explique Gale. « J'avais l'impression que je lui devais d'être là pour elle. Et je le voulais. Même après tout ce temps, j'aurais aimé tuer mon père. J'aurais aimé pouvoir me tenir au-dessus de lui et le faire se sentir aussi faible, petit et inutile qu'il m'a toujours fait me sentir. J'aurais aimé que ce soit moi et non son foie de merde qui le tue. Mais je sais que même si j'avais eu ce que je voulais, les démons seraient toujours là. Le tuer n'aurait pas effacé ce qu'il m'a fait. Ça n'aurait pas permis de remonter le temps et d'arranger les choses. Ce n'est pas comme ça que ça marche. On ne se débarrasse pas facilement des démons. »

Je me retourne pour me redresser sur un coude et le regarder. Son visage n'est pas aussi impassible que je l'aurais cru. Il a l'air... fatigué, mais expressif, et je me penche pour l'embrasser.

Gale m'embrasse en retour et me tire vers lui. Nous ne sommes pas doués pour les mots, mais le baiser en dit plus que ce que nous pourrions ou voudrions dire à haute voix. Je fredonne et il glisse sa langue contre mes lèvres, m'incitant à les ouvrir pour qu'il puisse la glisser dans ma bouche.

On s'embrasse comme ça pendant un moment, d'un baiser chaud et lent et si profond que j'ai l'impression que je pourrais m'y perdre, jusqu'à ce qu'on ait besoin de respirer et qu'on se sépare enfin.

« Eh bien. » Je me mords la lèvre inférieure, goûtant Gale sur ma peau. « On peut oublier le marché qu'on a passé, je suppose. »

Il pouffe de rire. « C'est définitivement trop tard pour ça maintenant. »

On dirait qu'il veut dire quelque chose d'autre, mais au lieu de cela, il pousse une mèche de mes cheveux argentés et emmêlés derrière mon oreille. Je savoure son contact, ignorant la petite voix qui me dit que c'est trop intime, trop *confortable*. Je me sens un peu comme un chat quand je me frotte contre sa main. Il attrape mon menton et rapproche mon visage du sien pour un autre baiser.

Quand nos lèvres se rencontrent, mon estomac émet un fort grognement. Gale glousse, souriant contre ma bouche.

« As-tu faim ? »

« Ouais, je suppose que oui. »

« Viens. Allons te chercher quelque chose à manger. »

Il me gifle légèrement les fesses, puis descend du lit et se rhabille. Je n'ai pas eu faim depuis le gala, pas vraiment, alors c'est agréable d'avoir à nouveau envie de manger. Je m'habille aussi et nous descendons chercher quelque chose.

Ash et Preacher sont dans la cuisine, et ils lèvent tous les deux les yeux quand nous entrons. Ash nous fait un grand sourire moqueur en battant des cils tout en s'appuyant sur la table de cuisine.

« J'ai entendu des sons *intéressants* venant d'en haut », dit-il. « On aurait dit que quelqu'un était en train de mourir, donc ça devait être bon. »

Gale roule des yeux et fait un doigt d'honneur à Ash. Je jette un coup d'œil à Preacher, mais s'il pense quelque chose à propos de ce qu'Ash insinue, c'est impossible à dire. Son visage est impassible comme d'habitude et il continue à manger comme s'il n'y avait rien d'anormal.

Je me dirige vers le réfrigérateur et sors quelques restes et les mets au micro-ondes parce que je n'ai pas l'énergie pour cuisiner. Alors que Gale commence à préparer un sandwich, Pax entre dans la maison.

« Comment ça s'est passé ? » demande Gale en jetant un coup d'œil à l'homme costaud et tatoué.

Pax ouvre la bouche comme s'il allait répondre à son frère, mais il me voit et plisse les yeux. Ses narines se dilatent, comme s'il pouvait sentir le sexe sur moi, et honnêtement, c'est possible. Pax a un putain de sixième sens pour ce genre de truc. La violence, la luxure et le sexe. Toutes les choses obscènes. En plus, je suis sûre que j'ai l'air d'avoir été baisée récemment.

Il a l'air frustré d'avoir manqué quelque chose et je roule les yeux. « Quoi ? »

Au lieu de répondre à la question de Gale ou à la mienne, il s'approche de moi et lèche le sang sur mon visage, là où Gale l'a étalé.

Ce n'est pas la première fois qu'il fait quelque chose comme ça et je me souviens très bien d'avoir été enchaînée dans leur sous-sol. J'ai l'impression que ça fait une éternité. Mais cette fois, c'est différent. Cette fois, c'est sexuel et Pax m'attrape la mâchoire, me maintenant en place tandis qu'il fait glisser sa langue sur ma peau. Je frissonne et je déglutis en dépit de la boule soudaine dans ma gorge, soudainement fixée sur la sensation chaude et rugueuse de sa langue sur mon visage.

Gale roule les yeux et soupire en secouant la tête devant le spectacle. « Pax », dit-il fermement en essayant d'attirer l'attention de son ami.

« Quoi ? » répond Pax, ne me relâchant pas.

« Qu'as-tu découvert ? »

Cela semble atténuer l'impulsion qu'il a. Il me fait un sourire avant de me relâcher et de reculer pour pouvoir s'adresser à Gale. « Julian ne mentait pas. Il avait passé un marché avant la mort d'Ivan. Ça aurait été stupide d'étaler le corps comme ça s'il voulait que ça marche. »

Gale acquiesce alors que nous recevons tous cette information.

« Merde », je marmonne en lançant un regard noir au micro-ondes qui fait du bruit pour me rappeler que mon repas est prêt. « Ça nous ramène directement à la case départ alors. »

« Ton idée est toujours bonne », dit Preacher qui prend la parole pour la première fois depuis que nous sommes entrés dans la cuisine. « Aucun d'entre nous ne s'attendait réellement à ce que la réponse soit le premier nom sur la liste. Il faudra creuser plus que ça. »

Il a raison, mais j'espérais que ce serait facile pour une fois. « Ouais, je suppose. »

« On va continuer à examiner la liste », me dit sérieusement Gale en croisant mon regard. « Et nous enquêterons sur tous ceux qui semblent prometteurs. »

« D'accord », j'acquiesce. Il n'y a rien d'autre à faire.

Mais ça ne semble toujours pas suffisant.

19

RIVER

Notre enquête se poursuit au cours des jours suivants et elle avance à la vitesse d'un escargot.

Il y a beaucoup de noms sur la liste et il pourrait y avoir de nombreuses raisons pour lesquelles l'un d'entre eux aurait révélé le corps d'Ivan comme ça. Gale a des contacts, des gens qui peuvent lui fournir des informations sur les personnes que nous essayons d'identifier, mais nous devons quand même être prudents.

Ils sont tous puissants d'une manière ou d'une autre, et bien que les Rois du Chaos puissent trouver des raisons de rencontrer certaines personnes, comme ils l'ont fait avec les Diables du Diamant et Julian Maduro, ce n'est pas une option pour la plupart d'entre eux.

Après avoir eu ce moment avec Gale après notre visite à la salle de gym de Julian, je me sens un peu mieux. Je me sens moins dingue d'être hantée par mes démons, au moins. Entendre que quelqu'un comme lui traverse encore les mêmes choses que moi m'a beaucoup aidée. Mes démons ne sont pas morts et je commence à comprendre qu'ils ne le seront probablement jamais... mais je peux enfin accepter qu'Anna *le soit.*

Je ne l'ai pas vue au gala. C'était juste mon esprit qui me jouait des tours, comme il l'a fait à la salle de gym de Julian. Je venais tout juste de tuer Ivan, le dernier nom sur ma liste, donc ce n'est pas étonnant *que* j'aie cru la voir. Je voulais la voir. Je voulais qu'elle soit de retour parce que c'était fini.

Mais je sais que ce n'est pas ce qui s'est passé et je peux travailler pour surmonter ça.

Du moins... cette partie-là.

Maintenant que je ne pense plus à ma sœur tout le temps et que je ne m'imagine pas la voir partout, mon esprit ne fait que penser à Julian. Je ne peux pas m'empêcher de repasser notre visite avec lui encore et encore dans ma tête, me rappelant la façon dont il ressemblait tellement à son père. Il avait la même expression stupide et suffisante. Cela a fait remonter tous les souvenirs de ma captivité, comme si je pouvais encore sentir leurs mains sur moi, même si cela fait si longtemps.

Je ne peux pas m'empêcher de penser à lui, de me demander à quoi ressemble sa vie. Je me demande s'il est aussi mauvais que son salaud de père.

Avant, je ne savais rien de lui et c'était voulu. Je ne voulais rien savoir de quelqu'un qui était proche de l'un des hommes responsables de ce qui m'est arrivé. Mais maintenant que je sais où il se trouve, j'ai terriblement envie d'y aller et de m'assurer qu'il n'est pas un monstre comme son père.

Alors je ne me retiens pas.

C'est mieux que de rester assise à ne rien faire en

attendant de trouver une piste. Je me dis qu'il a vraiment menti et que Pax a juste loupé quelque chose quand il cherchait des infos. Peut-être que ça vaut la peine de le suivre et de le découvrir.

Je sais que c'est une piètre excuse. Je le fais juste parce que j'ai l'impression que je vais devenir dingue si je ne fais pas *quelque chose*. Si je ne canalise pas la rage impuissante qui remplit mes veines parfois.

Alors je commence à le suivre partout et je n'en parle pas aux gars. Ça fait presque… du bien de le faire. D'avoir à nouveau une cible. J'ai passé tant d'années à toujours avoir quelqu'un à suivre que ça me semble familier et réconfortant d'en avoir un à nouveau.

Je garde mes distances, sans jamais le laisser me voir, mais je l'observe, suivant ses mouvements. Une partie de moi essaie de découvrir s'il est aussi malade que Lorenzo l'était : s'il garde une pauvre fille captive, tout comme son foutu père l'a fait.

S'il le fait, il le cache bien. Il va sur le ring de boxe, sort pour des déjeuners chics avec des gens en costume qui ont l'air d'être armés. Il va dans des clubs, des spas et des hôtels pour faire des affaires, se détendre ou peu importe.

Je vois sa sœur assez souvent quand je le suis. Elle est généralement présente lorsqu'il fait des affaires et fait clairement partie des rouages de leur organisation. Ils sont proches, évidemment, et ils gèrent l'entreprise ensemble, comme une machine bien huilée. Julian a toujours l'air suffisant, comme s'il était meilleur que tout le monde, mais il y a quelque chose de différent quand il parle à Nathalie. Comme s'il la respectait vraiment ou quelque chose comme ça.

Chaque jour suivant notre rencontre, je sors et je suis un peu Julian tandis que les gars suivent d'autres pistes. Chacun suit une piste différente et donne ensuite un rapport. Chaque soir, nous nous assoyons dans la cuisine et nous parlons de ce que nous avons trouvé.

Ou ce que nous *n'avons pas* trouvé, ce qui est plus souvent le cas.

Je peux sentir leur frustration dans l'air lorsque nous avons ces discussions. Nous pensions tous que nous aurions fait plus de progrès.

Je suis censée suivre des pistes de la même manière qu'eux, et je le fais quand j'en trouve une, mais je garde aussi un œil sur Julian pour m'assurer que rien ne m'échappe.

Presque deux semaines après notre visite à la salle de gym de Julian, je suis à nouveau seule à la maison, effectuant quelques recherches sur son ring de boxe. On dirait un business légal, mais Péché et Salut l'est aussi, et je sais que les gars l'utilisent comme couverture pour leurs autres affaires. Julian fait probablement la même chose, alors je veux essayer de découvrir ce qu'il fait vraiment.

Je suis en train de faire mes recherches quand quelqu'un frappe à la porte. Le chien commence à devenir fou comme il le fait chaque fois que quelqu'un qu'il ne connaît pas vient à la maison. Je soupire et ferme l'écran de mon ordinateur, me levant pour aller voir qui est à la porte.

« Calme-toi, on t'entend tous », je marmonne au clébard, puis je soupire intérieurement quand je vois l'agent Carter. C'est l'agent du FBI qui est venu à la maison après le gala et il se tient là, l'air impatient.

Je prends une inspiration et affiche mon meilleur faux sourire avant d'ouvrir la porte.

« Agent Carter », dis-je. « Je ne m'attendais pas à vous revoir ici. »

Il lève un sourcil. « Vous ne vous y attendiez pas ou vous espériez ne pas me revoir ? »

Je le laisse entrer et je ferme la porte sans répondre à sa question.

« Comment se passe l'enquête ? » Ma voix est sympa et neutre. Ce n'est probablement pas une bonne chose qu'il soit de retour ici, après nous avoir interrogés et n'avoir pas obtenu ce qu'il voulait. Ça me rend nerveuse qu'il soit revenu et je me demande ce qu'il peut bien vouloir cette fois. Mais ce n'est pas comme si je n'avais jamais menti. J'ai perfectionné mon air innocent au fil des ans, alors je peux l'afficher pour cet homme.

« Ça avance », me dit-il et son ton est assez tranchant pour me faire comprendre qu'il n'a pas envie d'en parler.

« Avez-vous des pistes ? » je lui demande.

« C'est classé confidentiel. »

C'est un non catégorique. Mais alors pourquoi est-il venu ici s'il ne veut pas parler de l'enquête ?

Ses yeux se posent sur moi, et je maintiens une expression neutre et impassible, ne lui donnant rien. « Je suis content de vous avoir surprise seule à nouveau », dit-il après un moment.

« Pourquoi ça ? »

« Je ne suis pas sûr de votre implication réelle avec ces hommes ou de la raison de votre présence ici. Mais si vous avez besoin d'aide… » Il s'interrompt comme s'il s'attendait à ce que je dise quelque chose, mais je ne fais que cligner des yeux. Il secoue la tête et continue. « Si vous avez besoin d'aide et que vous êtes prête à m'aider, alors nous pourrions trouver un arrangement. »

« Un arrangement », je répète d'un ton neutre.

Carter acquiesce. « Oui. Je ne crois pas que ces hommes soient réglos et je ne pense pas que vous vouliez vraiment être prise avec eux dans le jeu qu'ils mènent. »

C'est difficile de ne pas rire ou de ne pas lui dire d'aller se faire foutre, mais je maintiens mon sourire neutre. « Agent Carter, je vous promets que je suis ici parce que je le veux. Quoi que vous pensiez de ce qui se passe entre ces hommes et moi, j'ai été honnête avec vous la dernière fois. Je suis ici de mon plein gré et j'y *resterai* de mon plein gré. Donc je n'ai pas besoin de votre aide. Il n'y a rien que je puisse faire pour vous, de toute façon. »

Je suis tout à fait agréable et à l'aise, mais dans ma tête, je lui dis d'aller se faire foutre et je m'imagine lui claquer la porte au nez après l'avoir mis dehors. Je n'aime pas son hypothèse selon laquelle il pourrait me faire dénoncer les gars, comme si j'étais le maillon faible de ce groupe, celui qui est le plus susceptible de les trahir. Peut-être que ça aurait été vrai autrefois, mais ce n'est plus le cas aujourd'hui et son insinuation me met en colère.

Carter a l'air déçu. Je ne sais pas vraiment à quoi il s'attendait. À ce que je me mette à lui révéler toutes les choses terribles que les gars ont faites et que je me précipite dans ses bras en le suppliant de me protéger ?

Je ne sais pas ce qu'il voit en moi qui lui ferait penser que j'ai besoin de son aide, mais mieux vaut lui enlever cette idée.

« D'accord », dit-il en cédant quand il est clair qu'il

n'obtiendra rien d'autre. « Je voulais juste... vous faire l'offre. Vous pouvez me joindre à tout moment si vous obtenez de nouvelles informations ou si vous vous souvenez de quelque chose qui pourrait aider. »

Il me tend sa carte et je la prends. Je réussis même à ne pas la déchirer en mille morceaux et à ne pas les lui lancer à la figure. Je mérite une médaille.

« Merci », lui dis-je. « Je le ferai. »

Carter hoche la tête et se dirige vers la porte. Je ne me détends pas avant qu'il ne soit parti.

Je pousse un petit soupir et laisse tomber sa carte sur la table, me demandant si je ne devrais pas sortir mon briquet et la brûler de manière symbolique.

Mais avant que je puisse me laisser aller à mes penchants pyromanes, des bras puissants m'entourent par derrière et le nez de quelqu'un frôle mon cou. Sans même me retourner, je sais que c'est Pax. Il y a juste quelque chose dans sa façon de me toucher qui me fait immédiatement penser à lui.

« T'es-tu faufilé dans ta propre maison ? » je lui demande, sans m'éloigner. « Parce que je sais que tu n'étais pas là avant. »

Il pouffe de rire. « J'ai vu sa voiture et je me suis faufilé à l'arrière pendant que tu lui parlais. J'ai entendu ce que tu as dit. »

« Quelle partie ? »

« La partie sur le fait que tu es ici parce que tu veux y être. J'aime ça, petit renard. Tu nous appartiens maintenant et tu viens juste de le confirmer. »

Je roule les yeux, mais je ne suis pas fâchée. « Ce n'est

pas exactement comme ça que ça s'est passé. Je devais juste lui dire quelque chose pour qu'il parte. »

« Vraiment », murmure Pax. Plutôt que de me dire que je mens, il embrasse mon cou et me tient dans ses bras, se frottant contre moi.

Sa bite durcit à ma proximité et je ne peux empêcher la petite montée de chaleur dans ma poitrine. Pax est tellement réactif. Il répond aux stimuli plus sincèrement et plus immédiatement que les autres gars, alors bien sûr, ça le fait bander. Le fait que nous soyons tous les deux proches, combiné à son élan possessif, le fait bander.

Il fut un temps où ça m'aurait fait chier. Ce n'était il y a pas si longtemps. Il y a une semaine ou deux, j'aurais probablement voulu l'engueuler et lui dire de me laisser tranquille parce que je n'appartiens ni à lui ni à aucun des gars.

Mais maintenant, je n'ai plus l'impression que la corde se resserre autour de mon cou en l'entendant. Maintenant, les battements de mon cœur s'accélèrent quand je pense à Ash dans cette cuisine, à Gale qui me penche sur mon lit, au regard attentif de Preacher, à Pax et à… tout ce qui fait de lui Pax.

Je me retourne dans ses bras, je rencontre ses yeux sombres, et je vois la chaleur que je ressens dans mon corps se refléter dans son regard. Il a l'air affamé et il fait glisser ses mains le long de mon corps, jusqu'à mes fesses, qu'il tient fermement.

Il y a un petit grognement dans sa voix quand il reprend la parole et je frissonne au son et à la façon dont il vibre en moi.

« Tu aimes ça », dit-il. « Nous appartenir. Tu résistes

parce que c'est ce que tu fais, ce que tu es. Tu es une combattante. Mais tu aimes quand même ça. Tu le ressens ici. »

Il glisse une main entre mes jambes, saisissant ma chatte à travers mon jean. Mon souffle s'arrête, et je me balance vers lui, incapable de me retenir d'en vouloir plus.

Encore une fois, il n'a pas tort. Je ne prends même pas la peine de le nier.

Au lieu de ça, je le tire vers moi pour l'embrasser passionnément.

Il rapproche mon corps du sien et coince sa cuisse épaisse et musclée entre mes jambes. Mon clito se frotte contre sa jambe, et mon dos se cambre tandis que je me frotte à sa cuisse sans vergogne. Pax glousse contre mes lèvres, baissant une main pour agripper mes fesses et m'aider à me frotter contre lui, tandis que je pourchasse l'orgasme que je désire soudain plus que tout au monde.

20

RIVER

Quelques jours passent et nous continuons à parcourir la liste des invités du gala, même si nous ne trouvons rien la plupart du temps.

Les gars n'ont rien trouvé et je suis... toujours en train de suivre Julian.

C'est devenu une habitude et c'est malsain. Je peux me l'avouer à moi-même. C'est une sorte de béquille pour apaiser mon désarroi intérieur et m'empêcher de me sentir si perdue. Comme si sans personne à traquer et à chasser, je n'aurais pas de but. Aucune raison de continuer.

Je réalise pendant tout cela que je n'ai jamais vraiment planifié ce qui se passerait après avoir rayé le dernier nom de ma liste. Cet objectif était tout ce qui me motivait, me poussait à aller de l'avant, et je n'ai jamais vraiment pris le temps de penser à quoi ressemblerait la vie après. Pour être complètement honnête, je peux admettre que je ne pensais peut-être pas qu'il y *aurait une* vie après.

J'étais totalement d'accord avec l'idée de me détruire pour que ce soit fait, même si cela signifiait qu'il ne resterait plus rien de moi après. Même si je mourais en le faisant, tant que j'emmenais le dernier connard avec moi.

Mais c'est fini et *il* reste quelque chose. Quand je pense à arrêter ce que je fais, je ressens cette sensation d'anxiété que même l'automutilation ne peut pas réparer.

Je continue donc à suivre Julian, à observer ses allées et venues. Ses routines deviennent les miennes.

J'ai honte de la façon dont ça me rend stupide, cependant. Cette incapacité à lâcher prise et à passer à autre chose. Je n'ai pas dit aux gars ce que je faisais. Pas même à Pax et Gale, qui pourraient comprendre, mais pour des raisons différentes. Les choses entre nous ont été étrangement bonnes ces derniers temps, ce qui est étrange, mais agréable. Rentrer à la maison quand j'ai fini de suivre Julian fait du bien et je ne veux pas gâcher ça.

Aujourd'hui, je le suis en voiture. En général, il fait des affaires, se rend à divers endroits et y reste un moment avant de repartir. Sa sœur est souvent là aussi et on dirait que cette femme est comme une sorte de mannequin qui prend vie. Je crois que je ne l'ai vue faire que deux expressions faciales pendant tout le temps où j'ai suivi son frère.

Mais cette fois, elle n'est pas avec lui, et il va à un endroit où je ne l'ai jamais vu aller. Cela attire mon attention. Peut-être qu'il ne s'agit pas de ses affaires légales, mais de quelque chose en rapport avec celles qui sont illégales. Je ne suis pas sûre de ce que c'est exactement et mes recherches n'ont pas encore porté leurs fruits.

La plupart du temps, je reste en retrait, le surveillant de loin, mais je le suis un peu plus agressivement maintenant, ne voulant pas le perdre de vue.

Je me tiens assez en retrait pour ne pas être vue, mais je ne le laisse pas s'éloigner trop.

Sa voiture emprunte une rue latérale sinueuse dans un quartier délabré de la ville, puis s'arrête devant un bâtiment que je ne reconnais pas. L'endroit semble désert, mais je suis en état d'alerte. Il y a beaucoup d'ombres où des choses pourraient se passer. C'est l'un de ces endroits de Détroit qui est délabré, car aucun commerce n'est venu remplacer ceux qui se sont relocalisés.

C'est l'endroit idéal pour faire des transactions secrètes sans que personne ne s'en aperçoive.

En me calant dans mon siège, je regarde Julian sortir de sa voiture. Il marche jusqu'au bout de la rue et s'arrête, jetant un coup d'œil des deux côtés avant de tourner le coin et d'avancer dans la rue transversale.

Merde.

J'envisage brièvement de redémarrer ma voiture et de le suivre par-là, mais maintenant qu'il est sorti de son véhicule, il serait plus difficile de rester discrète dans le mien.

Je me demande s'il rencontre quelqu'un ici ou s'il récupère quelque chose. Ou peut-être qu'il jette un coup d'œil à l'endroit pour voir si ça peut servir à quelque chose qu'il a en tête et dont je ne sais rien. Ça pourrait être n'importe quoi et la curiosité me tiraille. Je me glisse hors de ma voiture et ferme la porte discrètement. Je traverse la rue pour mettre un peu plus de distance entre nous, puis je commence à suivre lentement la route que Julian a prise.

Quand j'arrive au coin où il a tourné, je jette un coup d'œil subrepticement dans la rue. Julian est devant moi, dos à moi et suffisamment loin pour qu'il ne sente pas ma présence. En restant près des bâtiments d'un côté de la rue, je commence à le suivre.

Mais je ne fais que cinq pas avant qu'un corps s'écrase sur le mien.

Merde.

L'adrénaline monte en moi et je réalise immédiatement que ce n'est pas une attaque sans rapport. Julian a dû réaliser que je le suivais. Il est plus malin que son père alors, parce que Lorenzo n'a jamais su jusqu'au moment où je l'ai tué.

L'homme qui m'a attaqué me serre dans ses bras, et alors que je lutte contre sa prise, un autre homme le rejoint, tous deux essayant de m'éloigner de la rue. Je me débats instinctivement, donnant des coups de pied et griffant leurs mains jusqu'à ce qu'ils me lâchent. Je réussis à m'éloigner, mais ils sont de nouveau sur moi une seconde plus tard.

« Non », je grogne et le son est sauvage et furieux, comme un animal piégé. « Non ! »

Je ne me laisserai pas faire sans me battre. Je ne le fais jamais, putain.

Mes membres se tendent encore plus contre l'emprise de mes ravisseurs et je parviens à donner un coup de tête à l'un d'entre eux. Il pousse un gros juron, mais son ami me frappe durement dans les reins en représailles et je grogne sous le coup de la douleur.

« Contrôlez-là. »

Quelqu'un prononce ces mots d'un ton glacial, interrompant les grognements et les jurons étouffés alors que j'essaie de repousser mes agresseurs. Je réalise alors que Julian se tient tout près.

Il savait qu'il était suivi. J'en suis convaincue

maintenant. Il m'a attirée dans un piège, me conduisant dans une partie désolée de la ville pour que ses hommes de main puissent m'attaquer. Ma poitrine se soulève tandis que j'halète et mon cœur semble sur le point d'exploser. Je donne tout ce que j'ai pour me libérer de leur emprise, mais ils m'ont surprise et ils sont trop nombreux.

Une aiguille pointue me pique le cou, et bien que je n'aie aucune idée de ce qu'ils m'injectent, j'en ressens immédiatement les effets. Le monde vacille autour de moi, scintillant comme un mirage.

« Emmenez-la à la maison », ordonne Julian.

C'est la dernière chose que j'entends.

21

GALE

« Eh bien, c'était un échec », dit Ash en se penchant sur le siège passager de ma voiture. Il a un pied en l'air sur le tableau de bord, agissant comme si l'endroit lui appartenait, tout en faisant tourner une pièce de monnaie dans ses mains.

Mes doigts se crispent sur le volant. L'envie de m'énerver est forte, mais je prends une profonde inspiration et la laisse sortir lentement.

Ce n'est pas la faute d'Ash si ça ne marche pas.

Il cherche des réponses comme nous tous et je sais que son attitude désinvolte n'est que sa façon de faire face à des choses qui ne fonctionnent pas comme nous le voudrions tous.

Ça ne veut pas dire qu'il s'en fiche.

« Une perte de temps », je lui réponds finalement en m'engageant dans l'allée de notre maison.

« Pas totalement », rétorque Ash. « Un nom de plus à rayer de la liste. »

Il veut bien faire, et c'est un plus, mais ce n'est pas

réconfortant. Nous avons rayé des noms de la liste des invités depuis plus d'une semaine maintenant et nous n'avons toujours rien. Connaître tous ceux qui *n'ont rien à* voir avec le corps d'Ivan exposé comme une pièce de viande n'est pas vraiment utile quand on veut savoir qui est derrière tout ça et ce qu'ils veulent.

Je suis agité et je peux le sentir sous ma peau. Cela me rend nerveux, la rage qui mijote habituellement en moi est beaucoup plus proche de la surface que je ne le souhaite.

River ressent la même chose ces derniers temps. J'ai pu le sentir en elle quand nous parlons et dans sa façon de rôder autour de la maison, comme si elle cherchait quelque chose qu'elle ne peut pas trouver.

Même si j'aurais détesté l'admettre lors de notre première rencontre, nous sommes très semblables. Et je me reconnais suffisamment en elle pour savoir que, même si elle n'est plus à bout, elle ne va toujours pas bien.

La mort d'Ivan est encore fraîche, tout bien considéré, et le choc de découvrir que le tuer ne fait pas disparaître les démons est encore assez nouveau pour elle. Même si elle n'est pas aussi énervée que lorsque je l'ai trouvée en train de se couper la jambe, elle a toujours ce regard hanté la plupart du temps.

Je lui ai proposé de suivre ses pistes avec elle, pour qu'elle puisse parler à quelqu'un, pour m'assurer qu'elle n'est pas seule à affronter la situation. Mais elle me rejette toujours.

On est tous en train de travailler dur pour essayer de comprendre ce qui se passe avant que ça nous explose à la figure. Je veux des réponses.

Je veux m'assurer que ça ne va pas foutre en l'air tout ce

pour quoi mes frères et moi avons travaillé toutes ces années, mais je veux aussi des réponses pour River.

Je veux pouvoir les lui présenter sur un plateau d'argent. Avec quelques têtes si nécessaire. Pour faire disparaître cet air qu'elle a et la faire se sentir mieux. Je veux vaincre ses démons à mains nues s'il le faut. Au fond de moi, je sais que ce n'est aucunement comme ça que ça marche, mais ça ne m'empêche pas de le vouloir.

« Hé. » La voix d'Ash attire mon attention. Il lance la pièce en l'air, puis l'attrape avant de la glisser dans sa poche. « On va trouver une solution. »

C'est facile d'oublier qu'Ash est aussi bon que nous pour lire les gens. Il fait partie de notre fraternité depuis assez longtemps pour nous voir de la même façon que nous le voyons, et il peut probablement dire que je suis déstabilisé et mécontent.

« Ouais », je réponds. « Nous le ferons. Nous devons le faire. Il n'y a pas d'autre choix. »

« Il y a beaucoup d'autres choix », dit-il en haussant les épaules. « Juste aucun que nous soyons prêts à accepter. »

Je lui fais un signe de tête et il me fait un sourire avant d'ouvrir sa porte et de sortir de la voiture. Je le suis et nous nous dirigeons à l'intérieur de la maison.

Le sentiment d'inquiétude ne disparaît pas, et ce que je veux vraiment faire, c'est trouver River et enfouir mon visage dans ses cheveux.

Je veux me gaver de son parfum, à la fois le parfum légèrement fruité de ce qu'elle utilise dans ses cheveux et son parfum naturel. Fort et doux à la fois, et tellement addictif. Parce que c'est ce que c'est. Je suis en train de devenir accro à elle et je ne peux plus le nier. Je n'en ai pas vraiment envie.

Elle m'a laissé voir tellement de choses à propos d'elle et je lui en ai montré plus que je n'en ai jamais montré à quiconque en dehors des trois autres hommes en qui j'ai totalement confiance. Cela ne peut pas être oublié, et même si ça pouvait l'être, je ne pense pas que je le voudrais.

Elle en fait partie. Elle est l'une des nôtres.

Ce fait est encore plus évident lorsque son chien sort en courant de la cuisine pour nous accueillir en aboyant joyeusement lorsque nous rentrons à la maison. Il fut un temps où j'aurais voulu le chasser à coups de pied, énervé qu'il soit chez nous, mais il ne fait qu'indiquer que River vit ici, et nous y sommes tous rendus habitués.

Ash sourit et se penche pour caresser le chien en frottant l'arrière de ses grandes oreilles brunes, ce qui lui vaut un regard d'adoration.

« Te voilà, Toutankhamon », dit-il. « On t'a manqué ? Ah, je parie que oui. »

« Toutankhamon ? » je lui demande.

Il hausse les épaules. « Demande à Pax. Ça doit être un truc d'intello, mais je l'ai entendu appeler le cabot comme ça ce matin quand il a refusé de manger un vieux hot-dog. Comme s'il était trop bon pour ça, alors qu'on l'a tous vu lécher son propre cul. » Il sourit au chien qui se gratte encore derrière les oreilles. « N'est-ce pas, mon garçon ? Tu ne te lèches pas le cul ? »

La queue du chien remue si fort qu'elle cogne contre le sol, et même s'il ne comprend pas qu'Ash se moque de lui, il est au paradis étant donné l'attention qu'il reçoit.

Je les laisse faire, entrant dans la cuisine. C'est

silencieux et mes pas semblent forts lorsque j'entre. Pax est assis à la table en train de manger et de regarder quelque chose sur son portable.

« Comment ça s'est passé ? » demande-t-il, sans me regarder.

Je secoue la tête. « Impasse. Un autre nom à rayer de la liste. Où est River ? »

« Sortie », répond-il après une bouchée de pâtes.
Merde.

« Où ? »

Pax hausse les épaules. « Je n'ai pas demandé. Elle a dit qu'elle reviendrait plus tard. Probablement en train de suivre une piste ou autre. »

J'expire un souffle par le nez et je chasse la déception qui monte en moi. Peu importe. Elle fait ses propres trucs et elle essaie aussi d'aller au fond des choses.

Je vais au frigo et je fouille jusqu'à ce que je trouve une bouteille d'eau et un fruit, puis je les emporte dans la bibliothèque. Cela m'aide de m'occuper, alors je marque le nom qu'Ash et moi avons suivis sur la liste qui est maintenant au mur, puis je m'assois sur l'une des chaises avec un livre.

C'est l'un de ceux *dont* les pages ne sont *pas* collées à cause de la petite crise de River et j'ai l'impression que ça fait des mois qu'elle a fait ça. Comme si c'était arrivé avec quelqu'un d'autre.

Je suppose que mes sentiments à son égard ont tellement changé avec le temps que je n'éprouve plus aucun ressentiment.

Maintenant, j'aimerais juste qu'elle soit là.

Je lis un peu, en prenant des notes dans la marge, et puis

quand je m'en lasse, je sors ma tablette et je commence à revoir quelques chiffres pour le club.

Ce sont des trucs qui doivent être faits, des trucs qui font partie de ma routine habituelle, mais je sais qu'une partie de moi attend juste le retour de River. Qu'elle rentre à la maison.

La fenêtre de la bibliothèque donne sur l'allée, et chaque fois qu'une voiture passe devant, j'attends de voir si elle va tourner dans l'allée. Elles ne le font jamais et ça me met sur les nerfs.

Il est tard maintenant, la lumière est plus dorée et inclinée alors que l'après-midi se transforme en soirée. L'inquiétude commence à me ronger.

Où est-elle, putain ?

Il se fait de plus en plus tard, et finalement, je me lève et retourne voir les autres. Preacher et Ash sont dans le salon, et regardent quelque chose à la télé, et Pax sort de la cave comme s'il avait été convoqué.

Ils jettent tous un coup d'œil à mon visage, puis Ash fronce les sourcils.

« River n'est pas encore rentrée. »

« On aurait entendu sa voiture », dit Preacher. « Elle gronde comme si elle fonctionnait au diesel. »

« Elle devrait déjà être rentrée », dis-je en faisant un peu les cent pas.

« À moins que sa piste soit vraiment bonne ? » lance Pax. Nous le regardons tous et il hausse les épaules. « C'était juste une idée. »

Et il n'est pas impossible qu'elle soit tombée sur une bonne piste et qu'elle ait décidé de remonter jusqu'à une source ou une preuve, mais même dans ce cas, c'est dangereux de faire ça toute seule. Elle nous aurait contactés. Elle ne serait pas restée seule pendant si longtemps et nous faisons tous en sorte de nous contacter les uns les autres.

Le chien vient à la porte du salon, gémissant pour attirer l'attention, et je réalise que c'est parce que c'est l'heure de son repas du soir. River ne rate jamais ça. Elle râle et se plaint du chien tout le temps, mais elle prend quand même soin de lui.

Quelque chose me tord les tripes en sortant mon portable de ma poche pour l'appeler. Nous avons tous son numéro, puisque nous avons coordonné notre enquête et que je voulais un moyen de rester en contact. Les doigts de ma main libre tapotent contre ma cuisse pendant que le portable sonne, et quand il tombe sur la messagerie vocale, je raccroche et réessaie.

C'est la même chose.

Pas de réponse.

« Il lui est arrivé quelque chose », dis-je, la voix tendue. Je ne sais pas comment je le sais. « Sinon, elle serait déjà rentrée. »

C'est comme si le fait de le dire à voix haute confirmait ce que nous pensions tous et que la peur nous envahissait tous. Je peux le sentir. Je peux le voir sur le visage de mes frères et dans leur langage corporel, même chez Preacher qui est habituellement plus difficile à cerner que ça.

« Ok, alors on va la chercher », dit Ash. Je peux voir qu'il essaie de rester calme, d'être la voix de la raison ou quelque chose comme ça. Ce n'est pas son rôle habituellement, mais je suppose que lorsqu'il s'agit de River, c'est ce qu'il pense devoir faire.

Elle nous a tous changés d'une manière ou d'une autre, faisant de nous des versions différentes des personnes que nous étions avant qu'elle n'entre dans nos vies. C'est difficile de savoir si c'est pour le meilleur ou pour le pire, mais en ce moment, ça n'a pas vraiment d'importance.

Nous devons simplement la retrouver.

« Quel nom devait-elle vérifier aujourd'hui ? » demande Preacher.

J'ouvre la bouche, mais je réalise que je ne sais pas. Elle ne l'a jamais dit. Je regarde Pax qui hausse les épaules et secoue la tête. Ash ne sait rien non plus.

« Elle était au milieu quelque part, je crois », dis-je. « Putain. Je ne suis pas sûr. »

« Super. Ça élimine pleins de possibilités », marmonne Pax. « Nous ne pouvons pas simplement errer dans les rues à sa recherche. Nous avons besoin de réduire les possibilités plus que ça. »

« On pourrait essayer de suivre sa voiture », dit soudain Preacher. « On sait qu'elle est partie d'ici avec, donc si on peut la localiser grâce aux caméras de circulation ou de sécurité, on peut au moins savoir ce qu'elle a traversé et quand. »

Je hoche la tête. Ça semble ridicule, mais c'est tout ce que nous avons. Pax a raison de dire que parcourir les rues en criant le nom de River ne va rien changer. Et nous avons déjà fait affaire avec un hacker qui pourrait être capable d'accéder aux images dont nous avons besoin.

« Je vais appeler Tommy », dis-je d'un air grave en tapant un nouveau numéro sur mon portable.

22

RIVER

Ma tête palpite alors que je reprends conscience.

Mon corps me fait mal comme si je m'étais battue et j'ai l'impression d'avoir été écrasée par un camion tant ma poitrine est lourde. Il me faut une seconde pour que je me rappelle tout ce qui s'est passé et c'est un véritable choc quand j'y parviens. Je me souviens très bien d'avoir suivi Julian et de m'être fait attaquer par ses hommes.

Je les ai combattus, mais ce n'était pas suffisant.

Ils m'ont pris.

J'ouvre les yeux et regarde autour de moi frénétiquement, la peur me traversant quand je réalise que je suis enchaînée dans une cave quelque part.

Ce serait presque drôle que ça m'arrive aussi souvent, si ce n'était pas aussi terrifiant.

Mais c'est pire que lorsque les gars m'ont enfermée dans leur sous-sol. Je n'avais aucune idée de qui ils étaient et la situation me mettait à cran. Rien de tout cela n'était lié à mon passé et j'étais presque sûre de pouvoir m'en sortir, même si je devais tuer un ou plusieurs d'entre eux pour y arriver.

Maintenant, je suis enfermée dans un sous-sol par le fils de l'homme qui m'a réellement retenue captive quand j'étais adolescente. Enchaînée par quelqu'un qui lui ressemble assez pour que s'il descendait maintenant, il serait difficile de faire la différence. Et je n'ai aucune idée de ce qu'il me veut. Il veut probablement me punir de l'avoir suivi, mais il y a tellement de façons de le faire. Je ne sais pas quel genre de personne il est. Je ne sais pas ce qu'il va faire et je déteste ça.

C'est comme si les deux cas étaient superposés, ma captivité d'il y a des années et ma captivité actuelle. Ce sous-sol devenant celui où j'étais retenue lorsque j'étais plus jeune et sans défense.

Les chaînes sont semblables, lourdes et impossibles à arracher du mur. Je suis différente maintenant, je ne suis plus la jeune fille effrayée que j'étais à l'époque, mais il est plus difficile de m'en souvenir alors que je suis dans la même position, que je ne sais pas ce qui va se passer et que j'ai l'impression d'avoir été battue à mort. Je suis plus consciente que jamais de la fragilité du corps humain, de la facilité avec laquelle on peut en tuer un, et cela me fait me sentir fragile et impuissante.

Anna n'est pas là cette fois.

Ce n'est que moi qui suis enchaînée ici, mais ça ressemble trop à ce qui s'est déjà passé.

J'aspire de petites bouffées d'air. Je fais pratiquement de l'hyperventilation et j'ai une crise de panique plus vite que je ne l'ai fait depuis des années. Mes respirations sont courtes et rapides, et je peux sentir mon cœur battre dans ma gorge.

Non. Non. Je dois sortir d'ici. Je ne peux pas rester ici.

J'ai beau essayer de la refouler, l'angoisse augmente, me donnant une sensation de chaleur et de froid en même temps.

J'ai l'impression que je vais me noyer dedans. Comme si elle remplissait mes poumons et qu'il était impossible de respirer.

Je tire sur les chaînes, essayant de faire tout ce que je peux pour me libérer. Mes bras sont tenus en biais, tendus de chaque côté, et il est difficile de faire levier, mais cela ne m'empêche pas d'essayer. Je sens quelque chose s'étirer dans un bras pendant que je me débats dans les chaînes, mais cela ne m'arrête pas.

Je me fiche de savoir si je me blesse, car je dois sortir d'ici.

Ma voix est à peine perceptible et un chant presque involontaire de « Non. Non. Non. Non, non, non, non » s'échappe de mes lèvres. C'est déchiré et désespéré alors que je me débats.

J'essaie le même truc que j'ai utilisé pour me libérer des chaînes chez les gars en essayant de libérer mes mains, mais ces manilles sont trop serrées. Trop bien faites. Tout ce que je fais, c'est m'écorcher les poignets encore plus et le sang qui coule n'est pas suffisant pour m'aider à les faire sortir.

« Non », je gémis en serrant mes mains en poings. « Non, non, non. »

Mes joues sont mouillées de larmes et je respire profondément en essayant de ne pas m'évanouir à nouveau. Si je m'évanouis ici, qui sait ce que Julian me fera ?

Je dois être capable de me défendre.

Je ne peux pas le laisser faire *ça*, peu importe ce que c'est.

Je dois…

Le bruit de pas dans les escaliers attire mon attention et j'arrête de bouger. Mon pouls bat la chamade dans ma poitrine, dans mon cou, dans ma tête. Je me crispe. Ma mâchoire est si serrée que mes dents grincent douloureusement l'une contre l'autre.

Je m'attends à ce que ce soit Julian qui vienne faire ses demandes, me narguer ou tout simplement me tuer. Je m'attends à voir cet air suffisant sur son visage alors qu'il se réjouit du fait qu'il a compris que je le suivais et qu'il a réussi à me piéger.

Peut-être qu'il sait que j'ai tué son père. Peut-être qu'il veut se venger.

Mais lorsque la personne ouvre la porte et entre dans la pièce du sous-sol, mon cœur s'arrête.

Ce n'est pas Julian.

C'est Anna.

Tout semble se figer sur place, comme si le temps s'était arrêté, et je ne peux que la regarder fixement. Pendant une seconde, je n'en crois pas mes yeux. Je cligne des yeux, m'attendant à ce que le fantôme de ma sœur disparaisse ou que ce soit quelqu'un d'autre à la place. Que mes yeux m'aient joué des tours, comme ils l'ont fait tant de fois auparavant.

Mais j'ai beau cligner des yeux et la fixer, c'est toujours Anna. Je reconnaîtrais son visage n'importe où. Je connais ces yeux.

Elle est plus âgée et habillée de beaux vêtements que je ne l'ai jamais vus porter auparavant, mais elle est toujours reconnaissable.

Anna est en vie.

La voir se tenir là, voir son visage, fait remonter encore plus de souvenirs. Ils m'envahissent comme un putain de tsunami et je me rappelle la dernière fois que je l'ai vue. Comment je l'ai regardée être battue et abusée au point d'en mourir. Comment j'ai été retenue et *obligée de* regarder, la suppliant de se relever quand elle est tombée et sentant quelque chose se briser en moi quand elle ne l'a pas fait. Je me souviens de toutes ces fois où j'ai essayé de la protéger. Comment j'ai essayé de les intéresser à moi pour qu'ils la laissent tranquille. Je me souviens de l'avoir écoutée pleurer la nuit, d'avoir entendu ces trous du cul rire de sa faiblesse. Je me rappelle l'avoir laissé tomber et avoir quitté cet enfer seule, sachant que je ne reverrais jamais ma sœur.

Je recommence à me débattre et je ne sais pas si j'essaie d'échapper aux souvenirs ou de me rapprocher d'Anna, mais je ne peux pas rester immobile. Je suis comme un animal en cage, essayant de me libérer comme je peux. Mes poignets m'élancent, car ils sont encore plus coupés par les manilles, mais je m'en fiche.

Il y a trop de douleur, de rage et de choc, et j'ai besoin de me libérer de ces chaînes.

Anna se précipite vers moi, les mains tendues comme si elle voulait me toucher, mais n'en était pas sûre. « River », siffle-t-elle et le simple fait d'entendre sa voix est comme un choc. Combien de fois a-t-elle dit mon nom comme ça ? Me suppliant d'être prudente, de me calmer. De l'aider.

Un sanglot s'échappe de ma gorge et je tire plus fort sur les chaînes, cette fois en sachant que je veux l'atteindre.

« Non », dit-elle fermement. « Tu dois te calmer. Il faut que tu te taises. Tu vas te faire du mal. »

J'ouvre la bouche, mais aucun mot n'en sort. Juste un son comme un animal blessé, désespéré et en douleur.

C'est ma sœur. Ma putain de sœur est juste là en face de moi. C'est Anna. Son visage, ses yeux, sa voix. La dernière fois que je l'ai vue, elle était mince et frêle, mais elle a l'air en meilleure santé maintenant. Comme si elle avait mangé et pris soin d'elle.

Mais il y a quelque chose d'étrange dans sa posture quand elle essaie de me faire taire. Quelque chose de meurtri et d'hanté en elle, comme si les cicatrices qu'elle porte à l'intérieur étaient si profondes qu'elles se manifestaient aussi dans son apparence extérieure.

Elle ouvre la bouche pour parler à nouveau, puis la referme, son regard se dirigeant vers la porte alors qu'on entend un bruit sourd venant de l'escalier.

Mais encore une fois, ce n'est pas Julian qui descend les marches.

Au lieu de cela, un enfant entre dans l'embrasure de la porte. Un petit garçon avec des yeux endormis et l'air confus.

« Maman ? » demande-t-il, la voix douce et fatiguée.

Anna se raidit et s'éloigne de moi, se tournant pour regarder par-dessus son épaule. « Retourne te coucher, mon cœur », lui dit-elle.

Mes yeux s'écarquillent et je cesse de me débattre immédiatement. Ce nouveau choc l'emporte sur tout, même sur l'apparition d'Anna après tout ce temps. Je deviens immobile et rigide, fixant le dos de ma sœur qui regarde l'enfant.

Son enfant.

23

RIVER

J'ai l'impression qu'un poids lourd pèse sur ma poitrine alors que je regarde Anna se tourner et marcher vers le petit garçon qui se tient dans l'embrasure de la porte qui mène à l'escalier du sous-sol. Elle s'agenouille pour le regarder dans les yeux, repoussant les mèches de cheveux de son visage. C'est le même blond que le sien, que celui de notre père, et ça fait encore plus mal à voir.

Il lève les yeux vers elle et attrape son t-shirt, le saisissant comme s'il voulait s'accrocher à elle de toutes ses forces.

Je comprends parfaitement.

Il ne doit pas avoir plus de trois ou quatre ans, et le fait de réaliser cela me lève le cœur encore plus.

« Tu es censé être au lit », lui dit Anna, d'une voix douce et posée.

Le gamin marmonne quelque chose qui ressemble à « j'ai fait un mauvais rêve » et Anna le tire plus près. Elle lui chuchote quelque chose à l'oreille, trop bas pour que je comprenne, et il s'accroche à elle.

Ses yeux sont toujours endormis et méfiants. Elle l'empêche de me voir avec son corps. Finalement, l'enfant acquiesce et Anna embrasse son front puis le renvoie.

Elle reste accroupie pendant une longue seconde, le dos toujours tourné vers moi, comme si elle se ressaisissait. Puis elle se lève et se retourne vers moi. Je vois de la douleur et de la honte dans ses yeux, comme si elle ne savait pas comment me faire face.

Lorsqu'elle lève la main pour pousser une mèche de cheveux blond de son visage, je remarque la bague à son doigt qui brille dans la faible lumière.

C'est comme un coup de pied dans l'estomac quand je réalise qu'elle doit être mariée à Julian.

« Anna », je soupire, ne sachant pas trop quoi dire. Julian ? Après tout ce que son père nous a fait subir ? Pourquoi lui ? Pourquoi l'a-t-elle fait si elle était vivante pendant tout ce temps ?

Il y a tant de questions qui tourbillonnent dans ma tête, menaçant de me faire sombrer à nouveau et de me noyer dans la même panique qu'auparavant. J'ai l'impression que mon cœur se brise et je suis encore sous le choc de tout ce que je viens d'apprendre. Quand je me suis réveillée ici, je ne m'attendais pas à tout ça.

Essayant de ne pas paniquer, je choisis une seule question. C'est probablement la plus importante du groupe et je parviens à la prononcer.

« Comment ? »

Anna détourne le visage et je la regarde prendre une grande inspiration. Elle baisse les yeux vers le sol en béton pendant une seconde, puis les relève vers moi. Ses yeux sont hantés, et maintenant que l'enfant est parti — son enfant, je me rappelle — elle a de nouveau cette posture recroquevillée sur elle-même. Comme si elle s'attendait à être frappée ou à se faire crier après.

Ça correspond à l'apparence qu'elle avait la dernière fois que je l'ai vue, mais c'est la seule chose qui colle.

« Je… ne suis pas morte ce jour-là. Quand nous étions captives. »

C'est évident, mais je ne le dis pas. Je continue à la regarder, la pressant silencieusement de s'expliquer. Une partie de moi craint que si je détourne le regard, elle va disparaître, comme si elle était une hallucination provoquée par le voyou de Julian qui m'a frappé la tête trop fort.

Elle prend une autre grande inspiration. « Je ne suis pas morte. Lorenzo a réussi à faire en sorte qu'un docteur m'examine et ils m'ont empêchée de succomber à mes blessures. Ils n'ont juste jamais dit à toi ou à papa que j'étais encore en vie. »

Je forme des poings avec mes doigts en pensant à ça. Tout ce temps. Pendant tout ce temps, ma sœur était vivante et personne ne me l'a dit.

« Il m'a fallu beaucoup de temps pour retrouver mes forces. J'étais dans un sale état. Des os cassés, une mauvaise commotion. Ils ont dû faire beaucoup pour me garder en vie. Pendant ce temps, ils t'ont ramenée à papa, mais ils m'ont gardée captive plus longtemps. »

« Pourquoi ? » Je prononce la question, même si honnêtement je ne suis pas sûre de vouloir connaître la réponse.

Anna lève les yeux vers mon visage, puis les détourne à nouveau. « Lorenzo a dit… il a dit que je lui étais redevable puisqu'il m'a sauvé la vie. Pour les frais du médecin, les traitements, les analgésiques et tout le reste. Il avait toute une liste, mais je ne m'en souviens pas vraiment. Je voulais juste rentrer chez moi et en finir avec tout ça, mais ensuite Julian est arrivé… »

Sa voix flanche à ce moment-là et je tends la main comme si je pouvais la toucher, la réconforter en quelque sorte. Mais les chaînes m'empêchent de le faire. Elles cliquettent tandis que les manilles s'enfoncent dans mes poignets ensanglantés. La frustration bouillonne dans mes tripes, car même si je suis si près, je ne peux rien faire pour l'aider.

« Qu'est-ce qu'il voulait, putain ? » je lui demande.

« Moi », dit Anna et sa voix semble presque creuse. « Lorenzo avait beaucoup d'exigences. Il avait besoin que Julian ait un héritier, pour perpétuer le nom de la famille. Il lui mettait la pression depuis un moment, et… et j'étais juste là. Et j'avais une dette. »

« Donc Julian… t'a épousée. » Les mots ont le goût de cendre dans ma bouche. C'est amer et terrible. Je n'arrive pas à croire ce que j'entends, même si la preuve est devant moi.

Anna hoche la tête, puis regarde à nouveau le sol.

Même maintenant que j'ai une explication, il y a tant de questions que je veux lui poser. Mon esprit tourbillonne. Ma sœur est en vie. Elle est mariée à Julian. Le soulagement, l'horreur et la colère me tiraillent, devenant incontrôlables comme une tempête. Je ne sais pas quelle émotion choisir, car elles sont toutes trop fortes.

Avant que je puisse choisir une façon de ressentir ou de poser un des millions de questions dans ma tête, la porte du sous-sol s'ouvre à nouveau, et cette fois c'est Julian qui descend.

Ses pas sont lourds dans l'escalier et il entre dans la pièce avec un regard condescendant. L'air suffisant a disparu et il regarde Anna, sa femme, comme si elle n'était rien de plus qu'une nuisance pour lui.

Ça me donne envie de le gifler, mais je suis toujours enchaînée au mur et dans le pétrin. Je ne peux pas faire grand-chose.

« Tu n'es pas censée être ici », dit-il à Anna, les yeux rivés sur elle.

Son ton est neutre, et il ne fait pas un geste pour la frapper ou même s'approcher trop près, mais Anna semble tout de même s'éloigner de lui.

« J'ai juste... » commence-t-elle à dire, puis elle s'interrompt, s'entourant de ses bras dans une sorte de câlin.

« Je m'en fiche », dit Julian sur un ton tranchant. « Tu le sais très bien. C'est à moi de m'occuper d'elle et ça ne te concerne pas. »

Chaque mot semble la faire reculer encore plus, jusqu'à ce qu'elle soit pratiquement recroquevillée loin de lui. La voir comme ça, intimidée et docile, me brise le cœur. Je me souviens quand elle était joyeuse et pleine de vie, où il n'y avait rien de mieux que le son de son rire ou de la voir grimper à un arbre juste parce qu'elle le pouvait.

Elle n'a jamais été aussi téméraire que moi, mais elle n'avait pas peur. Elle n'était pas docile.

Ce que Julian lui a fait subir et ce que Lorenzo lui a fait quand je la croyais morte, a transformé Anna en quelqu'un que je reconnais à peine.

« Que vas-tu lui faire ? » demande Anna. Ses yeux se tournent vers moi, puis s'éloignent et reviennent vers Julian.

Il lui sourit, mais il n'y a aucune chaleur. C'est juste un sourire glacial, comme si elle était un enfant stupide ou quelque chose comme ça. « Ça va aller », dit-il. « Je sais que c'est ta sœur. J'ai reconnu la ressemblance entre vous quand elle est venue me voir avec les Rois du Chaos. »

Putain.

Je m'en veux d'être allée à son putain de ring avec eux, même si je n'avais aucun moyen de savoir qu'il ferait le rapprochement. Jusqu'à aujourd'hui, je n'avais aucune idée que Julian savait qui nous étions, Anna et moi.

« J'aurais été heureux de la laisser tranquille », dit-il en affichant un air de remords que je ne crois aucunement. « Mais elle a insisté pour me suivre. Alors je devais faire quelque chose. Ta sœur est trop curieuse pour son propre bien. »

Anna m'observe à nouveau et me donne presque le même regard qu'elle avait l'habitude de me lancer quand nous étions plus jeunes et qu'elle me trouvait en train de faire quelque chose de stupide : me battre avec des gens plus forts que moi, me mettre dans des situations difficiles, le genre de choses que j'aurais dû savoir qu'il ne fallait pas faire.

Ça me fait mal de le voir et je ne veux rien de plus que de tordre le cou de Julian et d'emmener Anna loin d'ici. Les gars l'accueilleraient probablement, si je le leur demandais. Ils la garderaient en sécurité.

Anna aimerait Chien et elle serait loin de toute cette merde.

Mais c'est juste un putain de fantasme, puisque je suis

enchaînée au mur et que Julian se tient entre la sortie et moi.

« Tu ne lui feras pas de mal ? » demande Anna en se redressant un peu pour regarder son mari dans les yeux.

Julian fronce les sourcils, l'air frustré par la question. « Bien sûr que non je ne lui ferai pas de mal. Je vais juste m'assurer qu'elle sache que suivre les gens est impoli et imprudent. Nous aurons une discussion et c'est tout. Remonte avec moi maintenant. Je m'occuperai d'elle plus tard. »

Il pose une main sur son épaule et Anna ne recule pas. Elle ne se penche pas non plus vers lui. Elle reste plantée là, comme une putain de statue.

Je peux lire l'hésitation dans sa posture, la voir résister à son ordre. La peur m'envahit d'un coup. Je ne connais pas Julian aussi bien que son père, mais je le connais suffisamment pour deviner que ça ne se passera pas bien pour Anna si elle essaie de me protéger à cet instant. Si elle insiste pour rester ici ou refuse d'aller avec Julian, je ne sais pas ce qu'il lui fera.

Je ne veux pas qu'elle soit blessée à cause de moi.

« C'est bon, Anna », dis-je en parlant rapidement. « Tu peux partir. S'il te plaît. »

Je ne prends pas la peine de cacher la peur en prononçant le dernier mot, la laissant transparaître dans mon ton. Le regard d'Anna passe de moi à Julian, l'inquiétude remplissant ses yeux bleus familiers.

Je ne suis pas sûre qu'elle croie à sa promesse. Honnêtement, je ne suis pas sûre *de* le croire *moi-même*. Il tuerait n'importe qui pour les « affaires », mais je ne sais pas s'il me considère comme faisant partie de cette catégorie. Je ne peux pas dire si sa parole vaut quelque chose, surtout vu la façon dédaigneuse dont il traite Anna.

« Ça va aller », j'ajoute, comme si le fait de répéter ces mots assez souvent les rendait vrais.

Elle se mordille la lèvre, hésitant suffisamment longtemps pour que je sente que Julian commence à s'impatienter. Ses doigts s'agitent légèrement et la bile monte dans ma gorge. S'il frappe Anna maintenant, alors que je suis enchaînée au mur et incapable de l'aider, je ne sais pas ce que je ferai.

« Ok », dit-elle finalement. « Allons-y. »

Mais malgré son accord, elle reste là où elle est jusqu'à ce que Julian la pousse physiquement à monter les escaliers, une main dans le bas de son dos.

J'ai envie de l'appeler, de l'empêcher de me quitter, mais je presse mes lèvres ensemble. Si j'énerve Julian maintenant, je ne sais pas ce qu'il pourrait lui faire et je ne suis pas en mesure de l'aider. Je refuse d'être la cause de la souffrance d'Anna plus que je ne le suis probablement déjà.

Ils disparaissent tous les deux dans les escaliers et la porte se referme derrière eux et se verrouille pour faire bonne mesure avec un clic qui résonne dans le sous-sol humide.

Dès qu'ils sont partis, je recommence à essayer de me libérer. Le poids sur ma poitrine est toujours là, menaçant toujours de m'étouffer, et il est plus difficile que jamais de respirer. J'essaie encore une fois de dégager mes mains des manilles, mais je ne fais que m'écorcher les poignets encore plus qu'ils ne le sont déjà.

Ma tête tourne à cause de ma respiration rapide et des restes de ce que les hommes de main de Julian m'ont injecté quand j'ai essayé de les combattre. Tout ce que j'ai appris au cours des quinze dernières minutes tourbillonne dans mon cerveau, rendant mes pensées décousues et chaotiques. Je sens mon pouls dans mes tempes battre lourdement, comme si ma tête était une bombe à retardement prête à exploser.

Ma vision devient floue, et même si j'essaie de m'accrocher à la réalité, elle s'échappe comme une ombre.

24

RIVER

Je n'ai aucune idée du nombre d'heures qui se sont écoulées depuis que Julian et ma sœur ont quitté le sous-sol. Je sais seulement que c'est probablement toujours le jour où Julian m'a enlevée. Ou la nuit. Il n'y a pas de fenêtres dans ce sous-sol, et je navigue dans une sorte de brouillard alors que le reste des drogues qu'on m'a injectées se promène dans mon système.

Parfois, je ne me souviens pas de l'endroit où je suis quand je reviens à moi, puis je regarde autour et tout me revient dans un tourbillon d'anxiété, de choc et de colère. Parfois, cela suffit à me faire perdre conscience et tout redevient noir.

Je suis affalée dans les chaînes, épuisée et tous mes membres me semblent plus lourds qu'ils ne le sont. S'il n'y avait pas les chaînes, je serais probablement déjà en tas sur le sol froid en béton. Je ne peux pas me libérer. Mon corps souffre d'avoir essayé. Je peux sentir le sang sécher sur mes poignets et les larmes sécher sur mon visage à force d'essayer de me libérer.

Julian va redescendre à un moment donné. J'en suis sûre, même si je n'ai toujours aucune idée de ce qu'il compte faire de moi.

Il a promis à Anna de ne pas me faire de mal, mais s'il est comme son père, c'est une fausse promesse.

J'espère qu'il n'obligera pas Anna à regarder s'il décide de me tuer. Je ne veux pas qu'elle voit ça. La regarder mourir, ou penser que je l'ai fait, m'a consumée pendant les dernières années et je ne veux pas qu'elle subisse cela.

Penser à Anna me donne un petit regain d'énergie et je me ressaisis du mieux que je peux pour essayer de me libérer. C'est plus difficile maintenant que je suis épuisée, mais je ne veux pas abandonner. Je refuse de céder sans me battre.

Pax avait raison. Je suis une combattante. C'est ce que je suis de tout mon être.

Je pense que je fais un peu de progrès sur la manille qui retient mon poignet gauche, mais avant que je puisse en faire plus, la porte du sous-sol s'ouvre à nouveau. Je lève les yeux si vite que j'en ai la tête qui tourne, et mon estomac se noue quand Julian entre dans la pièce.

Il a une arme à la main, et alors que la porte se referme derrière lui, il la pointe sur moi. Sa main est stable et il pointe le canon directement sur ma poitrine.

Putain. Je suppose que ça répond à la question de savoir s'il a l'intention de me tuer.

Je prends une profonde inspiration, m'attendant à ce que ce soit la fin. Il va tirer d'une seconde à l'autre, m'enlevant la vie d'une seule balle. J'ai presque envie de fermer les yeux, mais je refuse de lui donner la satisfaction de me voir ainsi, alors je fixe directement le canon de l'arme à la place.

Les secondes semblent s'étirer à l'infini, mais il ne fait rien. Son doigt ne bouge pas sur la gâchette. Mon cœur bat si fort que je suis sûre qu'il peut l'entendre. Je suis sûre qu'il peut sentir ma peur dans l'air, mais il ne fait toujours rien.

Puis il se dirige vers moi. Instinctivement, je recule. Il ne dit rien, il commence juste à me détacher du mur.

Mes bras tombent. Ils sont lourds et douloureux d'avoir été maintenus comme ça et de mes efforts pour m'échapper. Je ne sais pas ce qui se passe ici. *Ne* va-t-il *pas* me tuer ?

Julian recule tout en gardant son arme pointée sur moi. « Bouge », dit-il en faisant un signe de tête vers les escaliers.

J'ai la peur au ventre, car déplacer un captif à un nouvel endroit se termine rarement bien pour eux. Il a peut-être l'intention de m'emmener ailleurs et de m'assassiner là-bas pour ne pas avoir à s'occuper de sortir mon corps de chez lui plus tard.

Je pense à essayer de l'attaquer et de m'enfuir, mais je décide d'attendre. J'ai agi de façon irréfléchie et je me suis retrouvée dans cette situation, alors je dois être plus rusée maintenant. Mes membres sont encore douloureux et à moitié endormis d'avoir été enchaînés, donc je devrais attendre d'être plus stable. S'il me conduit quelque part, peut-être qu'il n'y aura que nous deux. Peut-être qu'il sera arrogant et me sous-estimera comme tant d'hommes l'ont fait auparavant, et je pourrai utiliser cela à mon avantage, en trouvant une ouverture dans ses défenses.

Plutôt que d'essayer de cacher à quel point je suis épuisée et crevée, je le démontre en traînant les pieds et me courbant un peu tandis que Julian me pousse vers l'escalier, son arme toujours pointée sur moi. S'il pense que je suis sur le point de m'effondrer, ça m'aidera quand le moment sera venu de l'affronter.

Je l'entends derrière moi alors que je monte les escaliers, et quand je jette un coup d'œil subreptice par-dessus mon épaule, je vois que même s'il reste proche, il a mis assez de distance entre nous pour que je ne puisse pas l'atteindre si j'essayais de me défendre.

Il est définitivement plus intelligent que son père. Peut-être que la mort de Lorenzo lui a appris quelques leçons importantes sur la façon de rester sur ses gardes.

Espérant que je pourrai l'inciter à baisser sa garde, je laisse ma tête s'affaisser encore plus lorsque nous atteignons le sommet de l'escalier et débouchons sur un couloir.

« Par là. Allez. »

Julian fait un geste et je commence à marcher dans la direction qu'il a indiquée en jetant un coup d'œil autour de moi pour essayer de deviner où je suis.

« Là-dedans. »

S'exprimant toujours par des commandes courtes et brutales, Julian indique une pièce au bout du couloir. Je ne sais pas s'il mène à l'entrée ou à un garage, mais je suppose qu'il m'emmène à sa voiture.

Mais je me trompe. En tournant au coin, je me retrouve dans un petit salon. Quelques gardes de Julian sont postés contre les murs et au beau milieu de la pièce se trouvent...

Gale, Ash, Preacher et Pax.

Ils se tiennent debout, les visages durs et tendus.

Mon cœur s'écrase contre mes côtes en les voyant, mon corps tout entier trésaillant comme si je recevais une décharge électrique.

Avant, ils n'étaient rien pour moi. Juste quatre connards qui m'empêchaient d'accomplir ce que je devais faire. Des gens qui me retenaient captive, dont je voulais m'éloigner dès que possible. Mais c'est différent maintenant.

Le soulagement m'envahit en les voyant et je sens mes yeux s'emplir de larmes, comme si j'étais sur le point d'éclater en sanglots tellement je suis contente qu'ils soient là.

Julian me pousse brutalement vers les hommes et je trébuche un peu, ressentant encore cette sensation de picotements due au fait d'avoir été au même endroit pendant si longtemps. L'arme de mon ravisseur est toujours dégainée, toujours pointée sur moi, mais je me sens mieux d'être loin de lui et plus près des hommes.

« Vous devriez mieux contrôler votre copine », dit-il d'un ton suffisant. Comme s'il s'en fichait, mais qu'il proférait quand même la menace. Il y a une pointe dure, cependant, qui perce à travers ce ton calme. « Si je l'attrape à interférer dans mes affaires à nouveau, je ne lui donnerai pas seulement un avertissement. Je la tuerai à vue. Est-ce que c'est clair ? »

Il le dit comme s'il parlait de n'importe quoi, mais je sais qu'il le pense. Je me demande comment les gars l'ont convaincu de ne pas me tuer *cette* fois-ci, mais j'aperçois alors un sac remplit de liquide à moitié ouvert sur la table à côté.

« On est d'accord ? » demande Julian à nouveau en mettant un peu plus de force dans la question cette fois. « Votre argent vaut autant que celui des autres pour moi, mais il n'y a pas de prix assez élevé pour que je la laisse s'en tirer deux fois avec ces conneries. »

Ça répond à la question, alors. Ils l'ont payé pour me laisser partir. Et à en juger par la taille du sac, ce n'était pas une petite somme.

Gale et Ash tendent la main vers moi et m'attirent plus près de leur groupe. Rien que leur contact me détend, et même si la situation est extrêmement tendue, et que nous ne sommes pas encore tirés d'affaire, les avoir près de moi me fait me sentir beaucoup mieux.

« Oui. C'est clair », dit Gale, et sa voix est tout aussi froide et encore plus dure que celle de Julian.

Pax regarde dans la pièce comme un prédateur maîtrisé. Un lion dans une pièce remplie de proies, à peine retenu par quelqu'un de plus fort. Il veut arracher des têtes, et je parie que c'est seulement la possibilité que nous ne nous en sortirons pas vivants qui le retient. Ça ou Gale qui lui a dit de ne pas faire de bêtises. On dirait qu'il en a envie de toute façon.

« Bien », dit Julian, tout aussi intense que Gale. Il ne se dirige pas vers notre petit groupe, il ne bouge pas du tout, mais il y a quelque chose dans son changement d'attitude qui semble lui faire prendre plus de place tout d'un coup. « Je ne veux pas créer de problèmes avec vous. Les Rois du Chaos sont respectés à Détroit et vous faites de bonnes affaires. Je ne veux pas de guerre. Mais vous feriez mieux de ne pas me créer d'ennuis. Je suis prêt à laisser passer ça... pour cette fois. Mais si ça se reproduit, je ne le ferai pas. »

Les yeux verts de Gale le fusillent du regard et il incline la tête. La même haine et la même colère se dégagent des autres hommes. Même Preacher semble être à deux doigts d'exploser.

« Bien », dit Gale. « On est d'accord. »

Julian acquiesce. « On est d'accord. » Il jette un coup d'œil à l'un de ses voyous se tenant sur le côté. « Fais-les sortir. »

Le gars s'avance et pointe son arme vers ce qui doit être le hall d'entrée. On sort en file, les gars se rapprochant autour de moi pour essayer de me protéger.

Alors que nous nous dirigeons vers la porte, je jette un coup d'œil autour de moi, et mon cœur s'arrête quand j'aperçois Anna. Il y a un escalier dans le salon qui mène à la partie supérieure de la maison, et elle est tout en haut, observant notre petite procession.

Ses yeux sont grands et tristes, et elle s'entoure à nouveau de ses bras, comme si elle avait désespérément besoin d'un câlin.

Même après tout ce que Julian vient de dire, je veux aller vers elle. Je veux la prendre dans mes bras et l'emmener avec nous. Je veux la sauver de cette merde et l'aider. Je suis figée sur place, levant les yeux vers elle, et Ash m'attrape le bras et me tire en avant. Il a un air sinistre et ses doigts sont serrés sur mon poignet.

On n'a pas d'autre choix que de partir et je déteste ça.

Je *déteste* ça, putain.

Nous sortons de la maison sans nous faire tirer dessus et nous nous dirigeons vers la voiture dans laquelle les gars sont arrivés. Je me glisse au milieu du siège arrière comme d'habitude, avec Pax et Ash de chaque côté de moi. Gale démarre la voiture et nous nous éloignons de la grande maison. Une fois que nous sommes un peu plus loin, je prends enfin une profonde inspiration, laissant le soulagement m'envahir. Je ressens trop d'émotions, bonnes et mauvaises, pour pouvoir les nommer, et elles pèsent sur moi jusqu'à ce que je sente qu'il n'y a plus de place pour mes organes internes.

Mon corps me fait mal de la tête aux pieds. J'ai des bleus de la bagarre avec les hommes de main de Julian, ainsi qu'une bosse sur la tempe, là où l'un d'eux m'a frappée pour m'assommer. Mes poignets sont abîmés à force de lutter, et mes bras sont douloureux au niveau des articulations à cause de mes tentatives pour les libérer. En plus de ça, c'est le fouillis dans ma tête.

Tout ce que j'ai appris aujourd'hui tourbillonne encore dans mon esprit, et les souvenirs d'être détenue par Lorenzo et Ivan et le reste de leurs putains d'amis sont encore trop proches de la surface.

Je veux y retourner pour Anna plus que tout. Je veux dire aux gars de faire demi-tour, leur dire que j'ai besoin qu'ils m'aident à la récupérer. Je ne fais pas confiance à Julian, et même si elle est avec lui depuis si longtemps et qu'il ne l'a pas tuée, ça ne veut pas dire qu'il la traite bien.

Je n'arrive pas à chasser de ma tête le souvenir de sa posture courbée et de ses yeux affolés. Il ne prend pas soin d'elle et elle a peur de lui. Ma sœur est vivante et effrayée, piégée dans un mariage avec le fils d'un homme qui l'a presque tuée.

Si on retourne à la maison, Julian nous fera tuer à vue, comme il l'a promis. Le dernier espoir d'Anna, la dernière personne qui se battra pour elle, aura disparu.

Mais je dois faire *quelque chose*.

Les gars sont silencieux alors que nous rentrons à la maison. Gale a les mains crispées sur le volant, comme s'il se retenait à peine. Pax fait craquer ses articulations à côté de moi, regardant par la fenêtre comme s'il voulait aussi dire à

Gale de faire demi-tour, même si ce serait du suicide de commencer à se battre avec Julian maintenant. Ash est tendu et renfrogné, et il n'arrête pas de me toucher d'une main pendant qu'il joue à pile ou face avec une pièce dans l'autre main, comme si ses doigts ne pouvaient pas rester immobiles.

Honnêtement, je suis reconnaissante pour sa main sur ma jambe, mon bras, mes cheveux. Ça me calme. Ça m'empêche de me perdre dans les souvenirs, le choc et le désespoir que je ressens.

Je ne peux pas voir le visage de Preacher, assis sur le siège passager avant, mais je vois bien qu'il est furieux. Son corps est complètement tendu. De temps en temps, il serre et desserre sa main, et quand je regarde attentivement alors que nous passons sous un lampadaire, ses doigts tremblent.

C'est vraiment inhabituel pour lui et il doit être vraiment énervé pour que ça se voit à ce point.

Son agitation ne fait qu'augmenter alors que nous traversons le quartier où demeurent les gars et que nous empruntons la route sinueuse qui mène à leur maison. Une fois rendus dans l'allée et que Gale a coupé le moteur, Preacher sort de la voiture.

Je m'attends à moitié à ce qu'il se dirige vers la maison et entre à l'intérieur pour se calmer, mais au lieu de cela, il ouvre la porte d'Ash et lui demande d'un coup de tête de sortir.

Ash le fait, et s'il pense que Preacher agit bizarrement, il ne le dit pas. Il s'écarte juste du chemin.

Les yeux de Preacher brûlent lorsqu'il m'attrape le bras et me tire hors de la voiture, et je suis trop abasourdie pour résister.

25

RIVER

Je suis encore trop hébétée pour faire quoi que ce soit quand Preacher me traîne hors de la voiture. Et trop *surprise*, pour être honnête. Preacher n'est jamais comme ça. Pax, bien sûr. Même Gale et Ash peuvent céder à leur colère et agir sans réfléchir de temps en temps, mais pas Preacher. Ce n'est pas lui qui perd le contrôle habituellement.

Mais pour l'instant, ça ne semble avoir aucune importance.

C'est comme si un interrupteur avait été tourné dans sa tête. Comme s'il était possédé par quelque chose de furieux et d'insistant et qu'il n'essayait pas de le combattre.

La fureur irradie de lui alors qu'il me traîne dans la maison et claque la porte avant même que les autres gars puissent entrer.

Il me plaque pratiquement contre le mur le plus proche, m'examinant d'un regard perçant. Sa poitrine se soulève en respirant fort et je ne l'ai jamais vu exprimer autant de colère et d'émotion.

« Sais-tu à quel point c'était *stupide* ? » grogne-t-il, la voix rauque. Il est à quelques centimètres de mon visage, me fixant comme s'il pouvait voir à travers moi. « À quoi tu pensais, bordel ? »

J'ouvre la bouche, mais rien ne sort. Je suis trop surprise par son attitude et trop fatiguée pour trouver des excuses. Vu l'état dans lequel il est, je ne pense pas qu'il les accepterait de toute façon.

« Essaies-tu de te faire tuer ? » demande-t-il quand je ne réponds pas.

« Non », dis-je. Le mot est rauque et à peine audible. Ma gorge est sèche à cause de mon emprisonnement dans ce sous-sol pendant tout ce temps et j'avale pour essayer d'obtenir un peu de salive.

« Alors *quoi* ? » dit Preacher sur un ton tranchant. « Tu as suivi ce connard sans dire à personne où tu allais, bordel. Est-ce que tu essaies de faire en sorte qu'on ne puisse pas te protéger ? »

Il est pratiquement en train d'écumer de rage et je secoue la tête, ne sachant pas trop quoi dire ou quoi faire pour qu'il se calme. Il est évident que ma disparition l'a affecté et il cède à ses sentiments comme je ne l'ai jamais vu faire auparavant.

Alors que je n'ai pas de réponse à lui donner, Preacher laisse échapper un bruit de frustration. C'est profond et guttural. Il m'attrape à nouveau le bras, et à présent, les autres gars sont entrés aussi. Pourtant, aucun d'entre eux ne l'arrête alors qu'il me traîne dans les escaliers. Ils se contentent de regarder et de ne rien faire.

Je ne fais rien non plus. Mon cœur bat à nouveau la chamade dans ma poitrine et j'ai l'impression d'avoir couru deux marathons consécutifs, mais je ne résiste pas lorsqu'il me traîne dans sa chambre et claque la porte derrière nous.

Le bruit sourd résonne dans la pièce et je reste plantée là, les yeux écarquillés en le regardant traverser jusqu'à sa commode.

Il fouille dans un tiroir pendant quelques secondes, puis se retourne avec une poignée de cravates. Il semble toujours possédé et hors de lui, comme s'il était une personne complètement différente.

« Mets-toi sur le lit », dit-il d'un ton sec et je me précipite pour le faire, une partie primitive de mon cerveau répondant à l'ordre dans sa voix. Je suis à peine installée au centre de son lit qu'il me tombe dessus.

Ses mains sont rugueuses lorsqu'il me pousse sur le dos et attrape mes bras, les tendant vers les deux coins du lit.

Ils me font mal parce qu'il me malmène, mais je ne crie pas. Je ne bronche même pas lorsque Preacher utilise ses liens pour m'attacher à la tête de lit. Le tissu est doux, au moins, mais il les attache fermement autour de mes poignets, puis autour des montants du lit pour me maintenir en place.

« Je *ne* te laisserai *pas* partir », grogne-t-il. « Je ne vais pas les laisser te prendre. Je ne laisserai personne te faire du mal. » Il fait le dernier nœud violemment, puis tire dessus pour s'assurer qu'il ne va pas se défaire. « Je te garderai enfermée s'il le faut, mais je ne te perdrai pas. »

Il est difficilement compréhensible. Il bafouille d'une manière qui me fait douter s'il me parle ou s'il envoie simplement les mots dans l'univers. C'est bas et marmonné, comme un mantra, et je me rends compte que quelque chose dans tout ça l'a traumatisé. Ça a dû faire remonter une vieille blessure, une vieille perte et une vieille douleur. Il est torturé et a le cœur brisé, et ça prend le dessus sur son calme habituel.

Je comprends ça.

Je *reconnais* ça.

Parce que c'est le bordel dans ma tête aussi.

Voir ma sœur, penser que Julian allait me tuer… c'est trop, et ça m'a secouée et perturbée. Chaque fois que je pense au mensonge qu'a dit Julian à Anna, à la façon dont il lui a dit que tout irait bien, tout en sachant qu'il allait me tuer, j'ai envie de crier. Je pense à ce que ma sœur a dû traverser, comment elle a été seule pendant toutes ces années, et j'ai envie de casser quelque chose. C'est trop, en plus de tout le reste qui me faisait déjà chier, et je n'ai aucune idée de la façon de repousser les démons qui rugissent dans ma tête.

Alors je ne me bats pas contre Preacher. Je le laisse m'attacher, je le laisse se mettre sur moi avec ces yeux bleus glacés brûlants que je reconnais à peine. Une partie de moi pense que j'en ai besoin autant que lui, d'une certaine façon. Pour ressentir autre chose que la perte, la peur et la colère avec lesquelles j'ai dû composer ces dernières heures. Et même ces dernières années, bon sang !

J'ai besoin que sa douleur se mélange et se mêle à la mienne. J'ai besoin de sentir sa volonté fébrile de me protéger, de la laisser m'ancrer et me rappeler qu'il y a des gens dans ce monde qui veulent m'aider. Quelque chose que je n'ai jamais eu auparavant.

Le fait que son instinct protecteur soit violent et presque déséquilibré n'a pas d'importance. Ça me donne quand même ce dont j'ai besoin. Ça nourrit la partie en moi qui en a besoin depuis si longtemps, que je le réalise ou non.

J'inspire et je lève les yeux vers lui. Ses yeux sont brûlants et ses mains me touchent durement. Il les fait glisser sur mon visage et mes épaules, comme s'il essayait de s'assurer que je suis vraiment là et en un seul morceau.

« Défoule-toi sur moi », lui dis-je, les mots sortant avant même que je ne le réalise. «Laisse-toi aller, Preacher. Baise-moi. Si ce n'est pas avec ta bite, alors avec autre chose. »

26

PREACHER

Ma poitrine se soulève alors que je regarde River.

Je suis en train de perdre le contrôle et ce n'est pas un sentiment qui m'est familier.

J'ai mal à la tête et mes pensées tourbillonnent à l'idée que j'aurais pu la perdre ce soir. J'aurais pu ne jamais la revoir.

C'est ce qui m'a poussé à l'attacher au lit. Parce que j'ai *besoin* qu'elle soit en sécurité. J'ai besoin qu'elle soit là où je peux garder un œil sur elle.

Penser qu'elle était partie, sans que je puisse la protéger, a touché cette blessure brute et béante laissée dans ma poitrine par la mort de Jade. Blessure qui n'a jamais vraiment guéri. Elle s'est refermée, peut-être... mais ensuite River est arrivée et l'a transformée en quelque chose d'autre.

On a tous paniqué quand on a réalisé qu'elle était partie et qu'on n'avait aucune idée de l'endroit où elle était. Attendre pendant que Tommy essayait de retrouver sa voiture était une véritable torture. La bête à l'intérieur de ma tête, que j'ai travaillé si dur à garder sous contrôle, était impossible à contenir.

C'est impossible maintenant.

Elle me contrôle, me pousse à la toucher, à la tenir et à la garder ici. Pour m'assurer qu'elle sait qu'elle ne peut pas m'échapper. Même si quelqu'un veut la prendre, il devra me passer sur le corps pour l'atteindre, et ce ne sera pas très joli.

Baise-moi.

Ses mots me frappent comme des coups de poing au ventre. Ma bite tressaute dans mon pantalon, devenant un peu dure à l'idée de faire passer cette colère et cette rage sur son corps, de la déverser en elle et de voir si cela suffit à la faire craquer.

C'est ce que je veux. Je veux qu'elle perde la tête pour moi. Je veux qu'elle sache qu'elle a sa place ici et que personne ne changera ça. Pas même *elle* avec ses actions stupides et imprudentes.

Je veux la posséder en ce moment. Elle est étalée sur le lit, si parfaite et si belle. Même avec ses cheveux en bataille et le sang et les bleus qui montrent l'épreuve qu'elle a traversée, elle est toujours magnifique.

Elle n'est pas Jade, et pendant longtemps ça me faisait chier de ressentir quelque chose pour elle. Mais je ressens quelque chose. Je ne peux pas le nier. Je ne briserais pas toutes mes foutues règles pour elle si ce n'était pas le cas.

Ce n'est pas Jade, c'est *River* et elle me bouleverse.

Ses yeux bleu foncé me fixent et je n'y lis aucune peur. Elle n'a pas peur de moi. Elle n'a jamais eu peur de moi.

Même pas quand j'ai essayé de lui faire comprendre que je la tuerais si elle faisait un pas de travers et pas maintenant non plus.

Mais je peux voir qu'elle est tout autant bouleversée. La douleur, la colère et la perte tourbillonnent dans les profondeurs sombres de ses yeux. C'est comme si elle me suppliait de le faire, de lui faire ressentir autre chose que ce qu'elle ressent en ce moment.

Elle est excitée. Je remarque que ses mamelons sont durs à travers le tissu fin de son t-shirt tandis que sa respiration s'accélère. Elle se tortille dans ses liens, comme si elle essayait de se rapprocher de moi, de m'inciter à aller jusqu'au bout de ce qu'elle a demandé.

Mon pouls bat la chamade et mon sang est chaud, et finalement... je cède. Je m'élance en avant, je recouvre son corps avec le mien, la plaquant sous moi.

Elle halète, et je l'embrasse fort et rapidement. Comme si je voulais la dévorer.

Je mords ses lèvres, puis je plonge ma langue dans sa bouche et j'explore chaque centimètre comme si je voulais m'y installer. Mes mains descendent le long de son corps, tâtonnant et attrapant, la touchant partout.

Je ne fais pas attention et je ne me soucie pas qu'elle ait mal ou qu'elle soit fatiguée. C'est un besoin primitif de la toucher, brutalement et sauvagement.

River réagit tellement bien à ça, aussi. Elle se cambre contre moi, luttant contre les liens qui la retiennent. Son corps frémit sous le mien et je fais glisser ma bouche dans son cou, lui donnant des baisers jusqu'à son épaule, déchirant son t-shirt pour accéder à sa peau.

Le t-shirt se déchire facilement et je l'arrache, puis je fais de même avec son soutien-gorge, exposant son corps à mes yeux. Elle est tatouée, couverte de cicatrices et tellement magnifique.

Ses seins sont juste là et ses mamelons sont durs, me montrant à quel point elle aime ça. Je me jette sur eux aussi, embrassant sa poitrine et en prenant un dans ma bouche pendant que je pince et tire sur celui qui est percé.

« Preacher », gémit River tandis qu'elle tremble. « Putain. »

Je lui pince le téton plus fort, et elle hurle presque de douleur et de plaisir. Le son monte directement à ma tête et à ma bite, et mon propre corps palpite du besoin urgent de continuer.

Son pantalon me gêne, alors je l'arrache d'un coup sec, le faisant glisser le long de ses jambes avec ses sous-vêtements, puis je le jette au sol. River fait un bruit, et comme elle n'écarte pas immédiatement les jambes, je les ouvre grands de mes mains.

Ses yeux sont tout aussi grands et elle me regarde comme si elle n'était pas sûre de ce que je vais faire ensuite. Mais elle ne me dit pas d'arrêter. Elle ne résiste pas. Alors je continue.

Je frotte son clito, heureux de constater qu'elle est déjà trempée pour moi. Son corps réagit, devenant plus trempé, et elle se tortille dans les liens, se cabrant comme si elle en voulait plus. Sa poitrine se soulève et elle gémit, essayant de se frotter sur ma main.

Je la repousse sur le lit et l'y maintiens avec une main à plat sur son ventre. Je sens qu'elle résiste contre ça, mais je suis plus fort qu'elle et je la maintiens plaqué sur le dos.

Avec ma main libre, j'enfonce deux doigts dans sa chatte, les enfonçant directement dans cette chaleur humide.

« *Preacher !* » Elle gémit encore mon nom et rien que le son me monte à la tête.

J'enfonce mes doigts encore plus profondément en elle, les poussant plusieurs fois, mais ce n'est pas suffisant. Ça ne me satisfait pas. J'ai besoin de la baiser plus, plus profondément. Plus fort. Mes yeux parcourent la pièce, à la recherche de quelque chose pour combler ce besoin. Après une seconde de recherche, mon regard se pose sur la barre d'affûtage, que j'utilise pour garder mes lames de couteau affûtées, sur mon bureau. La tige elle-même est un fin cylindre de métal, mais le manche est long, lisse et suffisamment épais pour que je sache qu'elle le sentira. Je l'attrape immédiatement, quelque chose de sauvage gonflant dans ma poitrine alors que mes doigts s'enroulent autour de la poignée polie.

Parfait.

River me regarde avec ses beaux yeux écarquillés lorsque je retourne sur le lit, et si je pensais y aller lentement et doucement, ce n'est plus le cas. Je m'agenouille entre ses jambes, je l'écarte et j'enfonce la poignée en elle. Son corps le prend si bien, comme s'il était fait pour ça, et il est enivrant de voir la poignée disparaître dans sa chatte humide. Je ne peux pas regarder ailleurs.

Elle crie quand je le sors lentement, essayant de se cambrer à nouveau, mais je la maintiens en place et j'enfonce le manche lisse dans sa chatte encore et encore.

« Non », je grogne, la voix dure. « Tu ne vas pas bouger et tu vas encaisser. »

Elle l'a demandé, après tout. Elle voulait que je déverse

cette agression sur elle, alors c'est ce que je vais faire. Je vais continuer jusqu'à ce que tous ces sentiments sortent de moi. Jusqu'à ce qu'il y ait une sorte de satisfaction, même si ce n'est pas une satisfaction physique.

« Tu as compris ? » je lui demande.

Elle hoche la tête avec empressement et j'adopte un rythme plus soutenu.

« Je veux l'entendre », dis-je d'une voix forte et intense. « Dis-moi que tu as compris. »

« Oui », elle halète. « Putain. Je comprends. Oh mon dieu ! »

Elle ne peut pas rester immobile, son corps se tord et se tortille. Les liens s'enfoncent dans sa peau quand elle fait bouger ses poignets, mais les nœuds ne cèdent pas. Elle n'ira nulle part tant que je n'en aurai pas fini avec elle.

Le manche de la barre à aiguiser fonctionne à la place de ma bite. Il la remplit suffisamment pour que je sache qu'elle le sente et je ne suis pas du tout tendre. Je l'enfonce en elle encore et encore, aussi profond que possible.

Ma bite palpite dans mon pantalon, un torrent d'émotions me traversant tandis que je la regarde la prendre. Toute cette colère est encore là, tout ce besoin possessif de la réclamer et de m'assurer qu'elle sait où est sa place. Ça m'excite, mais ce n'est pas assez pour rendre ma bite assez dure pour la baiser.

Pas de la façon dont je le veux.

« Oh mon Dieu », gémit River. Elle ferme les yeux et j'enfonce le manche profondément et durement, la baisant presque comme une punition.

« Regarde-moi », je grogne. « Ouvre tes putains d'yeux. »

Elle le fait, les ouvrant immédiatement. Ils sont brumeux de désir, la luxure éclipsant finalement une partie de la douleur qui était là avant.

« Bien », lui dis-je. « Ne regarde pas ailleurs. »

Comme pour m'assurer qu'elle obéit à mon ordre, je saisis une poignée de ses cheveux, soulevant sa tête pour qu'elle puisse regarder son propre corps et voir ce que je lui fais. Pour qu'elle puisse regarder l'épaisseur lisse du manche s'enfoncer dans sa chatte encore et encore.

Elle laisse échapper un gémissement et je peux dire qu'elle est proche. Sa chatte se serre autour de l'intrusion et il devient plus difficile de le pomper en elle.

Mais je ne m'arrête toujours pas.

« S'il te plaît », elle halète. « *S'il te plaît*, oh mon Dieu... »

« C'est ça », je grogne. « Jouis pour moi. Jouis tout de suite. »

Peut-être est-ce l'ordre ou le fait que j'enfonce le manche encore plus profondément en elle pendant que je parle, mais elle fait ce que je dis. Elle se convulse, gémit et s'effondre alors qu'elle jouit violemment.

Elle est magnifique comme ça. En sueur et sans défense, elle jouit parce que je le veux. Parce qu'elle voulait que je fasse ça.

En la regardant jouir, je sens que mon propre corps commence à réagir. Un mélange de bonnes et mauvaises émotions tourbillonne en moi, toutes intenses. Il y a la luxure et le désir pour elle, mêlés à la peur et à la colère de penser que j'allais la perdre. C'est comme si les émotions se battaient pour voir laquelle prendrait le dessus et elles m'entraînent avec elles.

Je baisse une main et me touche à travers mon jean, me pressant contre ma main. Ma bite palpite rien qu'à ce contact et j'aspire en serrant les dents. River regarde, suivant toujours mon ordre de ne pas regarder ailleurs. Elle a l'air affamée, comme si elle était désespérée de me voir craquer, et je sors ma queue.

Je veux lui donner ce qu'elle veut.

Ce que nous voulons tous les deux.

Le besoin s'abat sur moi, aussi féroce et insistant qu'un ouragan. Je me caresse, me masturbant avec des coups rapides, tout en regardant le corps de River qui s'offre à moi : ses seins, son ventre, ses cuisses. Je m'imagine en train de peindre ce corps avec des jets de mon sperme, l'éclaboussant de ma libération comme une autre façon de revendiquer et de m'assurer qu'elle sait qu'elle est à moi et que sa place est ici avec moi.

C'est si proche...

Je peux presque le goûter.

Je peux sentir la chaleur brûler dans mon ventre, sentir la façon dont elle chauffe mes couilles. C'est tellement proche, mais pas encore tout à fait là. Je me branle plus vite et plus fort, faisant une pause seulement pour recueillir un peu de l'excitation de River sur la paume de ma main pour faciliter mes mouvements.

Mais je n'arrive pas à y arriver. Les monstres dans mon âme qui m'ont torturé pendant si longtemps me hantent encore et c'est impossible d'atteindre ce que je recherche désespérément.

Ma bite commence à ramollir un peu dans ma main, et l'orgasme qui était si proche commence à reculer peu à peu, me laissant froid alors que la chaleur brûlante s'estompe.

« Merde », je gémis d'une voix rauque et étouffée.

Je relâche ma prise sur ma bite et m'effondre sur River, enfouissant mon visage dans son cou pour la respirer.

Peut-être que je ne peux pas encore la réclamer.

Mais je ne veux toujours pas la laisser partir.

27

RIVER

Nous restons immobiles pendant un petit moment, le grand corps de Preacher s'affaissant sur le mien.

J'ai un peu l'impression que mon corps a été passé dans un foutu hachoir à viande, mais c'est *bon*, d'une certaine manière. C'est mieux que le désespoir qui menaçait de me noyer plus tôt.

En plus, je me sens plus proche de Preacher que jamais auparavant. Comme si plus de barrières étaient tombées entre nous. Je l'ai vu dans son état le plus sensible, tout comme il m'a vue. On ne s'enfuit pas en hurlant, donc c'est probablement un bon signe.

Mes poignets me font mal là où ils sont attachés et je dois me racler la gorge plusieurs fois pour que ma voix fonctionne après tout ça.

« Peux-tu me détacher ? » je lui demande.

Preacher aspire un souffle et se redresse. Ses doigts vont immédiatement vers les nœuds qui me maintiennent en place pour me relâcher.

Je vois de la culpabilité dans ses yeux, ses émotions sont

toujours bien visibles. « Je suis désolé », dit-il, la voix rauque. « Je n'aurais pas dû... »

Il a l'air horrifié par lui-même alors qu'il me libère et je pousse un petit soupir de soulagement lorsque mes bras descendent et que je peux à nouveau les bouger.

« C'est bon », je murmure en retour. « Je sais que tu avais besoin de ça. J'en avais besoin aussi, d'une certaine façon. J'avais besoin de tout ce que tu m'as donné. »

Pleins de choses enfouies se lisent dans la profondeur de ses yeux et il soulève mes poignets un par un, embrassant la peau meurtrie et abîmée. C'est un tel contraste par rapport à la façon rude et brute dont il m'a traitée plus tôt et je le tire vers le lit pour qu'il puisse s'allonger avec moi.

« Quoi... c'était quoi ça ? » je lui demande après un moment.

Il a une main dans mes cheveux et l'autre est sur ma hanche, touchant ma peau nonchalamment. Ma main agrippe toujours le tissu du t-shirt qu'il porte et je me sens à l'aise allongée avec lui.

Preacher prend une grande inspiration, mais il ne me demande pas de développer. Il sait ce que je demande et j'attends de voir s'il va répondre.

« Ce soir, ça... m'a touché personnellement », dit-il finalement. « Je pensais que j'allais te perdre, comme je l'ai perdue. En n'étant pas là quand elle avait besoin de moi. »

Ma poitrine se serre alors que je commence à comprendre de quoi il parle. Quelqu'un qu'il a perdu. Celle dont la perte l'a laissé tel qu'il est maintenant, brisé et endommagé. Il ne m'a jamais dit que c'était une femme, mais je suis certaine que c'est ça. Il l'a mentionnée le jour où, dans la salle de piano, j'ai essayé de le faire réagir en m'assoyant sur le piano et en me touchant pendant qu'il essayait de jouer.

« Que lui est-il arrivé ? » je chuchote.

Il lui faut quelques secondes pour sortir les mots. « Jade était la première et la seule fille que j'ai aimée. Elle était… gentille et intelligente. Marrante. Elle aimait les animaux. Elle voulait être vétérinaire un jour et elle économisait pour pouvoir aller à l'école pour ça. Elle venait d'un quartier pourri de Détroit et avait une mauvaise famille. L'histoire habituelle, tu sais. Son père se droguait et devait de l'argent à plus de gens qu'il pensait. Mais Jade n'a jamais laissé ça la briser. Elle ne s'est jamais laissé abattre. Elle avait toujours un sourire sur le visage quand je la voyais et elle était toujours optimiste. »

Je ressens un bref élan de jalousie, rien qu'en entendant la façon dont il parle d'elle, mais je le repousse, le laissant finir son histoire.

« C'était ma faute. Jade n'aurait jamais fait de mal à personne, mais je l'ai fait tuer. J'ai énervé un gang local et j'étais complètement dépassé. Ils m'ont tabassé, et comme si ça ne suffisait pas… ils l'ont tuée devant moi pour être sûrs que je comprenne le message. »

Il a l'air d'avoir le cœur brisé quand il le dit, comme s'il devait encore faire face à cette perte chaque jour. J'ai l'impression de mieux comprendre pourquoi Preacher est comme il est. Il aimait tellement cette femme et elle lui a été enlevée à cause d'une erreur qu'il a faite.

Être obligé de regarder quelqu'un mourir, quelqu'un que tu voulais protéger à tout prix ? Ça peut rendre dingue quelqu'un. Je le sais par expérience. Donc même si je suis jalouse de Jade et de la proximité qu'ils avaient, je veux protéger Preacher et je me sens triste pour lui.

Cela doit faire très mal et je comprends que l'on se ferme aux émotions après avoir vécu quelque chose comme ça. J'en veux aussi au monde et à toutes les personnes horribles. Tous les gens qui utilisent leur statut et leur force pour emmerder des gens qui ne le méritent pas. Tous les Ivan et Lorenzo de ce monde qui rendent les choses plus difficiles pour les gens qui essaient juste de survivre.

Cette colère s'attaque aux bords bruts des blessures qui se sont à nouveau ouvertes dans mon cœur aujourd'hui. Il serait si facile de replonger dans la rage et la douleur, de les laisser m'envahir comme une tempête.

Mais j'en ai assez que tout tourne autour de la vengeance, de la haine et de la fureur. Je veux canaliser tout ce que je ressens dans quelque chose de mieux. Pour que Preacher se sente bien pour une fois.

Je me lèche les lèvres et je me dégage de sous lui, poussant son épaule jusqu'à ce qu'il se retourne sur le dos.

« Qu'est-ce que tu fais ? » demande-t-il, la voix douce et hésitante.

« Attends », lui dis-je.

Sa bite est encore sortie, après qu'il se soit branlé il y a une minute, et j'enroule ma main autour, sentant la chaleur de son corps et la peau douce de sa bite.

Il me regarde tandis que je lèche le dessous de sa queue et que je referme la bouche sur la couronne, la suçant légèrement et laissant ma salive couler le long de sa tige pour la rendre plus glissante lorsque je commence à utiliser ma main.

« River... » murmure Preacher. Pendant une seconde, je

pense qu'il va me dire d'arrêter. Que ça ne sert à rien ou quelque chose comme ça. Mais il ne le fait pas. Il dit juste mon nom et agrippe d'une main les draps, comme s'il avait besoin de s'accrocher à quelque chose.

Alors je continue, le tirant plus profondément dans ma bouche. C'est toujours une expérience étrange et chaude, de sentir la bite de quelqu'un devenir progressivement plus dure dans sa bouche, et je ressens un petit frisson de triomphe quand ça arrive.

Je prends mon temps, descendant jusqu'à la base de la queue de Preacher, l'amenant jusqu'à l'ouverture de ma gorge. C'est facile à faire quand il n'est qu'à moitié dur, et je savoure la sensation, en gémissant pendant que je suce pour remonter et ensuite lécher autour de sa couronne lisse.

Sa bite se durcit un peu, mais commence à flancher, devenant molle et flasque dès que je ne le suce pas activement. Mais ça ne me décourage pas. Je continue à le sucer, à le branler avec ma main, ma bouche, ma langue. Je taquine ses couilles d'une main, les caressant en même temps que je remue la tête.

Preacher gémit pour moi en tremblant.

Je peux dire que ce n'est pas facile pour lui, et chaque fois qu'il commence à ramollir, il gémit silencieusement.

« Tu n'as pas besoin de continuer à faire ça », murmure-t-il. « Ce n'est pas... putain, je ne pense pas que ça va arriver. »

Je lève la tête pour croiser son regard et admirer la beauté de son visage. Il a toujours été si beau, mais différent des autres gars. Aucun d'entre eux n'est aussi beau qu'Ash, Pax et Gale ont tous deux leurs propres caractéristiques qui les rendent sexy, mais Preacher se démarque. Son apparence est plus frappante qu'autre chose, tout en angles, comme s'il pouvait couper dès qu'on le regarde.

Il y a de la vulnérabilité dans ses yeux bleus quand il me regarde et je lui fais un petit sourire en espérant qu'il soit rassurant.

« C'est bon », lui dis-je à nouveau, la voix un peu rauque. « J'aime ça. J'en ai envie. »

« Putain », il gémit et je vois bien que ce n'est pas par défaite.

C'est tout ce que j'ai besoin d'entendre.

Peut-être qu'il *est* brisé tout comme moi et peut-être que nous ne serons jamais réparés. Je ne peux pas effacer son passé ou appuyer sur un bouton pour le rendre meilleur. Mais je suis déterminée à le faire se sentir *bien*.

J'enlève son pantalon et son caleçon, puis je tire son t-shirt par-dessus sa tête, l'exposant complètement à mon regard avide. Je fais glisser mes doigts le long de son torse et de ses abdominaux, grattant légèrement avec mes ongles et le faisant frémir. Puis je le reprends dans ma bouche, descendant jusqu'à le retenir dans ma gorge. J'avale autour de lui plusieurs fois, puis je me retire, tandis que des filets de salive relient ma bouche à sa queue.

Les yeux de Preacher s'illuminent de chaleur et sa bite commence à durcir à nouveau. J'y vais encore plus lentement cette fois, embrassant et léchant sa couronne pendant de longs moments avant de redescendre.

Je lèche sa tige, puis je descends plus bas pour lécher ses couilles, les sentant lourdes et chaudes contre ma langue.

Sa bite continue de grandir et de devenir plus dure, et je sais à la respiration difficile de Preacher qu'il se rapproche de son orgasme.

Je le reprends dans ma bouche, gémissant autour de lui, bougeant plus rapidement maintenant. Les bruits de ma succion résonnent dans sa chambre et il gémit, posant une main dans mes cheveux pendant une seconde.

Son corps est tendu, comme un fil tiré de plus en plus serré, prêt à se rompre.

« River », gémit-il et j'aime la façon dont il dit mon nom comme ça. « Je suis... Merde. Je suis proche. Merde. »

Il a l'air épuisé et presque brisé rien que par ça, et je continue, ne laissant aucune chance au plaisir de s'estomper. Ses couilles se gonflent et je sais qu'il y est presque, juste sur le point de craquer complètement.

Mais avant que je puisse le pousser à bout, ses doigts se resserrent dans mes cheveux. Il me retire de sa bite et me pousse en arrière, changeant nos positions pour qu'il soit sur le dessus.

Il est à nouveau comme un homme possédé, savourant ce plaisir et la connexion entre nous. Cette fois, c'est le désir qui l'anime et il n'y a pas de fureur torturée dans ses yeux comme tout à l'heure. Juste le besoin de prendre son pied.

Je pense qu'il va aller vers ma chatte, mais il ne le fait pas. À la place, il attrape mes seins, les serrant l'un contre l'autre. Sa bite se niche entre eux, chaude et dure, et il se caresse contre mon corps, l'utilisant pour son propre plaisir.

J'aime ça, alors je le lui fais savoir en gémissant pour lui. Je mouille mes lèvres et j'incline ma tête de façon à pouvoir lécher le bout de sa queue chaque fois qu'elle est assez proche.

Sa bite glisse contre ma peau encore et encore, et Preacher baise mes seins comme un homme désespéré. Il ne s'arrête pas, haletant, alternant entre des gémissements et des jurons durs alors qu'il se rapproche encore plus.

« S'il te plaît », je halète, même si ce n'est pas moi qui suis au bord de l'orgasme. « S'il te plaît. Je veux que tu jouisses pour moi. S'il te plaît. Je veux le sentir. »

« Putain », il grogne en retour et ça ressemble presque à un sanglot tant il est désespéré. « Putain, River. Je... putain de merde. »

« Allez. Allez, Preacher. »

Il inspire profondément, son corps frémissant tandis qu'il continue de bouger, balançant ses hanches comme s'il ne pouvait pas s'arrêter même s'il le voulait.

Et puis, il y a ce moment de libération.

Je peux le voir quand ça arrive, comme un éclair. Ça le frappe fort et il devient rigide pendant une seconde. Je sens une éclaboussure humide contre ma poitrine et mon cou, et il jouit partout sur moi, déversant sa semence d'un seul coup.

Il a les yeux écarquillés, sa poitrine se soulève, et on dirait qu'il n'est même pas sûr de ce qui vient de se passer. Il reste immobile pendant quelques longs instants, comme s'il avait besoin de redescendre, et je lui caresse le bras pour essayer de le maintenir sur terre. Il semble tremblant et étourdi, et je ressens la même chose.

C'était intense, tant sur le plan émotionnel que physique, et après tout ce qui vient de se passer, je me sens encore plus épuisée.

Il roule de côté après un moment et fixe le plafond.

« Tu vas bien ? » je lui demande.

Il acquiesce.

« Peux-tu dire quelque chose ? »

« C'était... » Preacher s'interrompt et secoue la tête.

C'est logique qu'il ne sache pas quoi dire, je suppose. Et il n'a pas l'air contrarié, alors je laisse tomber pour le moment, sans le forcer à en parler.

Il me tire dans ses bras une seconde plus tard et je ne résiste pas. Il y a de la sueur et du sperme partout sur nous, mais nous n'avons pas la motivation de nous nettoyer maintenant. Je m'en fiche complètement.

Le lit est confortable et les bras de Preacher m'entourent. Je me sens en sécurité. Après la journée que j'ai passée, la douleur et le torrent d'émotions, le simple fait de sentir qu'on s'occupe de moi est suffisant pour que je m'endorme enfin.

À en juger par la façon dont sa respiration ralentit au-dessus de ma tête, il n'est pas loin derrière.

28

RIVER

C'est le matin quand je commence à me réveiller. Avant même d'ouvrir les yeux, je peux sentir la lumière dans la pièce, et je n'ai jamais été aussi soulagée de me réveiller dans un lit et non enchaînée à un mur.

Preacher me tient toujours dans ses bras, me câlinant par derrière. Son emprise s'est quelque peu relâchée au cours de la nuit, mais son corps se courbe contre le mien, et je peux sentir son souffle contre ma nuque.

Lentement, je cligne des yeux. Puis mes sourcils se froncent. Preacher et moi nous nous sommes endormis seuls dans le lit, mais nous ne le sommes plus, de toute évidence... Ash est dans le lit avec nous maintenant, blotti contre moi de sorte que je suis prise entre eux.

Il sourit même si ses yeux sont encore fermés. Il est clairement réveillé.

« Tu vas aller en enfer, c'est sûr maintenant », murmure-t-il doucement. « Puisque tu as baisé un prêtre et tout ça. Mais peut-être que la prochaine fois, je vous rejoindrai. »

Ça me fait rire doucement. Je souris à Ash lorsqu'il

ouvre les yeux, mais lorsque nos regards se croisent, les coins de mes lèvres tremblent.

Peut-être est-ce le fait que mon esprit a enfin eu le temps de se remettre du choc d'hier. Peut-être que c'est le sentiment d'être blottie entre ces deux hommes et toutes les émotions que cela suscite. Ou peut-être est-ce simplement parce que je suis humaine et que j'ai essayé de nier ce fait depuis trop longtemps.

Mais tout ce qui s'est passé me submerge tandis que je suis allongée entre eux. Être enlevée par Julian, découvrir qu'Anna est en vie, mariée avec lui et qu'elle a un enfant. Entendre comment elle a été gardée plus longtemps que moi et forcée à faire quelque chose qui est clairement tordu et pas bon pour elle. Et ensuite devoir sortir de cette maison, heureuse d'être en vie, mais laissant ma sœur derrière encore une fois.

C'est trop, putain, et je cède finalement à la tristesse qui me ronge et je me laisse pleurer.

Ash me tient dans ses bras pendant que je sanglote, me serrant contre lui et passant sa main dans mes cheveux.

« C'est bon », murmure-t-il. « On est là pour toi. »

Honnêtement, je ne sais pas si ça rend la situation meilleure ou pire. Je sais qu'ils sont là, je sais que je suis en sécurité. Mais Anna ne l'est pas. Et s'ils ne m'avaient pas retrouvée et payé ce qui était probablement une somme astronomique à Julian, je serais morte maintenant.

Preacher se déplace derrière moi, réveillé par le son de mes sanglots, mais il ne dit rien. Il ne fait que se rapprocher et me serrer dans ses bras, m'offrant son soutien.

Je laisse tout sortir. Je pleure jusqu'à ce que j'aie

l'impression d'être vide et toute desséchée. Je ne sais pas combien de temps cela prend. Chaque fois que je pense avoir terminé, je suis frappée par une nouvelle vague de chagrin et d'autres larmes me montent aux yeux et coulent. Il y a tellement de choses. Tant de choses accumulées à l'intérieur de moi. Je ne me suis pas laissé pleurer depuis longtemps. Mais être kidnappée par Julian a tout débloqué, et maintenant ça prend le dessus. Je dois tout évacuer et je ne peux pas me retenir.

Les hommes ne bougent pas jusqu'à ce que j'arrête de trembler dans leurs bras. Ils me serrent comme s'ils étaient prêts à le faire toute la journée s'ils le devaient.

Au bout d'un moment, j'inspire une fois, puis une autre. Et encore une autre pour faire bonne mesure. Puis je me recule suffisamment pour qu'ils puissent voir que je vais bien.

Assez bien, je suppose.

Assez bien pour que mon corps ne tremble plus de sanglots, donc c'est déjà ça.

Ça fait du bien d'être tenue par eux comme ça. C'est rassurant et ça ne provoque pas de panique, comme l'auraient fait autrefois des démonstrations d'affection. Je ne me sens pas plus mal d'avoir été vulnérable avec eux, de les avoir laissé voir cette facette de moi.

Je me sens *mieux*.

Cela ne s'est jamais vraiment produit auparavant et c'est la preuve que je commence à leur faire confiance.

Ash lève la main et pousse des mèches de mes cheveux argentés derrière mon oreille, puis il m'embrasse doucement sur la bouche. C'est chaud et tendre, comme s'il le faisait simplement pour me réconforter. Mon cœur s'emballe un peu, mais pas à cause de la peur ou l'inquiétude. C'est juste parce que j'aime l'embrasser.

Il me regarde lorsque nous nous séparons et je me souviens que je suis toujours nue dans le lit après tout ce qui s'est passé avec Preacher la nuit dernière.

« Tu es toute sale », dit Ash avec un sourire, ses lèvres se retroussant sur un côté. « Toute collante. »

Je roule les yeux. « Ça n'a pas l'air de t'empêcher de me toucher. »

« Oh, je n'ai même pas encore commencé à te toucher », répond-il et il le prouve en faisant glisser ses mains le long de mon dos jusqu'à mes fesses. Il les tripote sans vergogne, puis glapit dans mon oreille et retire ses mains.

« C'est impoli, Preacher », dit-il. Je regarde par-dessus mon épaule et je vois Preacher allongé là, l'air innocent.

« Tu étais dans mon espace », réplique le blond, puis il rejette les draps pour pouvoir sortir du lit. Il est également toujours nu et je l'admire, subjuguée comme je le suis toujours par son apparence. Il est grand et musclé. Son corps est mince et marqué de quelques cicatrices, tout comme le mien. Tout comme les corps des autres Rois. Nous portons tous nos cicatrices tant à l'intérieur qu'à l'extérieur.

Ash et moi le suivons hors du lit, et mon corps proteste à peine, ce qui est bien. Ash porte un caleçon et un t-shirt, mais il se déshabille comme si de rien n'était.

Preacher a l'air tout aussi collant que moi, et par un accord tacite, nous nous dirigeons tous vers sa salle de bain attenante, où il met la douche en marche. Aucun des deux hommes ne semble gêné d'être nu et ils entrent tous les deux dans la douche après moi.

L'eau est chaude et le jet est puissant. Je soupire de satisfaction quand l'eau frappe mon corps endolori et tombe en cascade sur moi. Tout le sang séché et le sperme d'hier commencent à tourbillonner dans le syphon et je me sens nettement mieux.

Ash passe la main au-dessus de ma tête pour prendre la bouteille de gel douche que Preacher garde dans son bac à douche et commence à savonner un gant de toilette. Il le fait mousser, mais au lieu de commencer à se laver, il tend la main vers moi.

Il prend un de mes bras et glisse le tissu dessus en descendant à partir de mon épaule. Ça fait du bien qu'on s'occupe de moi comme ça et mes paupières se ferment tandis qu'Ash me lave, en faisant attention à mes poignets meurtris et abîmés.

« Putain, qu'est-ce qu'il t'a fait ? » marmonne-t-il, mais ça sonne fort dans l'espace clos de la douche.

« Julian ou Preacher ? » je lui demande.

Preacher pouffe de rire derrière moi, mais il s'en veut encore. Je peux le dire à la façon dont il commence à démêler doucement mes cheveux, laissant l'eau s'imprégner dans les mèches argentées.

« Julian », précise Ash. « Bien que si tu veux me dire ce que toi et Preacher avez fait hier soir, je ne refuserai pas d'entendre une histoire chaude. »

J'ouvre les yeux à temps pour le voir remuer les sourcils de manière suggestive, et sans ses lunettes dans la douche, il est tellement plus facile de voir tous les éclats dorées dans ses yeux ambrés.

« Tu ne mourras pas si tu ne connais pas tous les détails », dit Preacher, impassible.

« Comment le sais-tu ? » réplique Ash. « Peut-être que je ne peux pas survivre sans ça. »

Preacher se contente de rouler les yeux et de plonger sa tête pour me lécher de mon autre épaule jusqu'à mon oreille.

Je frissonne et fredonne joyeusement à voix basse. Être lavée par deux hommes chauds et nus dans la douche est une situation idéale, même après tout ce qui a précédé.

Ash se déplace pour me laver la poitrine, caressant mes seins avec ses mains nues après avoir passé le linge à Preacher par-dessus mon épaule. Ses mains sont douces, effleurant mes mamelons, prenant mes seins et les pressant un peu. Je gémis doucement et me lève sur la pointe des pieds pour l'embrasser.

Il sourit contre ma bouche et m'attire un peu plus près, m'embrassant en retour.

Ce sont des baisers lents et paresseux, mais ils me réchauffent tout de même. Dans cet espace réduit, avec ces deux hommes qui me touchent, me nettoient et chassent les mauvais sentiments et les cauchemars qui me poursuivent depuis des lustres, je me sens... protégée.

Ça fait du bien.

Je prends le gel douche sur la petite étagère encastrée sur laquelle Ash l'a laissé et je commence à lui laver le dos en faisant mousser mes mains puis je les glisse sur son torse. Ses muscles bougent et se contractent lorsque je les touche, et il laisse échapper un bruit d'approbation au fond de sa gorge.

Finalement, l'un d'eux me fait tourner, et je me retrouve face à Preacher. J'inspecte son visage, essayant de voir s'il se sent mieux qu'hier soir et il me regarde comme s'il savait ce que je faisais.

Son masque habituel est de nouveau en place, mais il n'est pas aussi sévère que d'habitude. Soit c'est ça, soit je peux le cerner plus facilement maintenant, comme s'il ne pouvait plus jamais vraiment se cacher de moi, maintenant que je l'ai vu sans son masque.

Ash passe ses mains sur mon corps par derrière, répandant la mousse de savon autour de moi et s'assurant que je suis parfaitement propre. Je lève mes mains vers Preacher pour le laver aussi et il se penche, m'embrassant profondément.

Ce simple geste répond à toutes mes questions, en quelque sorte. Je sais qu'hier, c'était beaucoup pour lui et qu'il ne s'attendait probablement pas à être confronté à autant d'émotions d'un seul coup. Mais il semble aller bien.

Il recule et me regarde, un petit sourire se dessinant sur ses lèvres, puis il hoche la tête une fois.

Je lui souris en retour et l'attire pour un autre baiser.

L'eau chaude coule sur nous, envoyant la mousse tourbillonner autour du syphon. Ash pose sa bouche sur mon cou, léchant l'eau et y déposant des baisers, et je frissonne contre lui. Il se rapproche de moi, se plaquant à mon dos assez fermement pour que je puisse sentir sa bite, à moitié dure et glissante, contre mon cul.

Mais il n'en demande pas plus. Il n'essaie pas de faire autre chose que de m'embrasser et je tends la main vers Preacher pour l'attirer dans un autre baiser.

La bite de Preacher est toujours presque molle, mais ses mains parcourent tout de même mon corps. Il embrasse mon cou de l'autre côté, puis chasse une perle d'eau jusqu'à mes seins et la lèche.

C'est chaud, sensuel et *facile*, et nous restons comme ça pendant un moment, nous nettoyant mutuellement, nous touchant et nous embrassant comme nous le voulons.

Finalement, nous sortons dans la salle de bain remplie de vapeur. Preacher m'entoure d'une serviette et me frotte pour me sécher. Ash se sèche, puis nous quittons tous les deux la chambre de Preacher pour nous habiller.

Je n'ai jamais pensé que je serais heureuse de revenir ici, mais après avoir pensé que j'allais mourir dans le sous-sol de Julian, c'est tellement bon d'être ici. D'être à la maison.

Ma chambre est comme je l'ai laissée, avec quelques vêtements jetés par terre et mes flacons de vernis à ongles alignés sur la table de nuit. Je me mets à chercher des vêtements propres à enfiler.

Je regarde les marques sur mes poignets pendant que je m'habille, me rappelant ce qu'Ash m'a demandé sous la douche. Tout le sang séché a disparu, et maintenant il n'y a plus qu'un cercle de bleus et des plaques rouges. Les marques viennent de l'endroit où Julian m'avait enchaînée et de mes efforts pour m'échapper, mais aussi de l'endroit où Preacher m'a attachée.

Comme ma vie, le bon et le mauvais, la douleur et le plaisir semblent se mélanger jusqu'à ce qu'on arrive à peine à les distinguer.

Je ne peux pas nier que ma vie est un grand n'importe quoi. Que je suis dérangée.

Mais avec ces hommes, je ne me sens pas aussi dérangée qu'avant. Ou du moins, je ne me sens pas si mal à l'aise avec ça. Ils ont autant de démons que moi, autant de regrets et de blessures à peine refermées, et ils me comprennent à un niveau que je n'aurais jamais espéré.

Je me sens moins endommagée et plus à ma place.

Ce n'est pas un mauvais sentiment.

Peut-être que ce que j'ai dit à Preacher ce jour-là était vrai : que les choses cassées n'ont pas besoin d'être réparées.

Peut-être qu'il faut juste trouver *d'autres* choses cassées, pour ensemble, pouvoir former un tout.

29

ASH

Je m'habille rapidement, remettant mes lunettes en pensant à River. Mes pensées semblent toujours se tourner vers elle ces jours-ci.

Écouter le son rauque de ses sanglots alors qu'elle pleurait dans mes bras m'a quasiment brisé le cœur. Je ne l'avais jamais vue aussi vulnérable, et à en juger par le regard de Preacher quand je l'ai regardé par-dessus sa tête, je n'étais pas le seul qui aurait fait n'importe quoi à ce moment-là pour soulager sa douleur. Je lui aurais apporté la tête de chacun de ses ennemis sur un plateau d'argent si j'avais pu, même si d'habitude, c'est Pax qui fait des gestes *romantiques* comme ça.

Elle avait l'air de se sentir mieux après, alors je suis content qu'elle se soit laissé aller à ce moment. Le fait qu'elle nous ait laissé rester avec elle et lui offrir tout le réconfort possible au lieu de nous repousser en dit long. Peut-être qu'elle commence enfin à voir ce que c'est, ce que ça pourrait être.

Et ensuite, sous la douche...

Putain de merde.

Mon Dieu, je voulais la baiser. Sentir son corps tout glissant, chaud et humide. Je sais qu'elle savait que j'étais dur contre elle, et il aurait été si facile de m'enfoncer dans son corps et de la prendre juste là. Je voulais pousser Preacher un peu, aussi. Continuer à le pousser à revenir parmi les vivants après qu'il ait été enfermé dans la glace pendant si longtemps.

Me voir baiser River dans cette douche lui aurait redonné un peu de vie. Peut-être qu'il aurait même été tenté de participer.

Mais je ne voulais pas tout gâcher.

Honnêtement, tout cela me semble un peu fragile, comme une fleur qui essaie de pousser dans le désert, et je suis déterminé à la protéger. Si cela signifie que je dois freiner certaines des choses que je veux et y aller doucement, alors je le ferai, parce que je veux que ça marche. Parce que je crois que ça *peut* marcher et je ne vais pas être celui qui va tout foutre en l'air en étant impatient et en imposant des trucs auxquels ils ne sont pas prêts.

J'étais patient quand il s'agissait de baiser River. Je peux être patient à nouveau.

Je quitte ma chambre avec l'intention de descendre à la cuisine et de manger un petit déjeuner. River est dans le couloir devant moi et se dirige vers les escaliers. Je la rattrape et l'arrête, l'entourant de mes bras par derrière.

Pendant une seconde, elle se raidit, puis elle se laisse aller contre moi et se penche en arrière avec un petit soupir. Putain, j'adore ça. J'aime comment elle cède, comment elle commence à accepter les sentiments entre nous.

Personne n'a jamais été capable d'amener Preacher à

s'ouvrir, pas depuis Jade, mais bien sûr River a réussi. Nous avons tous essayé et échoué, et avons fini par accepter qu'il ne serait plus jamais le même après avoir perdu la femme qu'il aimait, mais River est arrivée et lui a permis de ressentir à nouveau des choses.

Elle est juste ce dont il avait besoin.

Ce dont nous avions tous besoin.

Je me penche et l'embrasse dans le cou, appréciant le fait qu'elle sente comme moi, sa peau étant parfumée avec le gel douche que nous avons tous utilisé. Je l'embrasse jusqu'à son oreille et la mordille légèrement, la faisant frissonner contre moi.

« Tu sais quoi, tueuse ? » je murmure, ma bouche contre son oreille. « Je suis vraiment content que tu sois entrée dans nos vies. »

Elle se tourne et lève les yeux vers moi. Ses yeux sont remplis de non-dits. Je peux mieux lire en elle maintenant et je pense que je sais ce qu'elle ressent.

Je fouille dans ma poche et sort le petit couteau que je garde habituellement sur moi. Je l'ouvre d'un coup sec, puis je tire la lame le long de ma paume, la coupant en une ligne peu profonde qui saigne lentement.

« Tends ta main », lui dis-je.

River regarde ma main, puis mon visage, l'air sceptique. Elle sait manifestement ce que je vais faire, mais elle tend quand même sa main.

Je coupe rapidement sa paume, avec la même ligne peu profonde, puis je prends sa main dans la mienne. Nos sangs se mêlent et je l'embrasse en essayant d'y mettre tout mon espoir et mes sentiments.

Ce n'est pas un baiser profond, mais il est quand même

chargé de sens. Lorsque nos lèvres se séparent, je pose mon front contre le sien et je lui souris. « Personne ne s'en sortira maintenant », lui dis-je, puis je l'embrasse à nouveau.

Puis, juste parce que je le peux, je lui donne une claque sur le cul.

C'est un cul d'enfer.

River roule les yeux, mais il y a une petite étincelle dans ses yeux bleu foncé maintenant. La grisaille hantée d'avant s'est estompée et je suis heureux de le constater.

Je lui fais un grand sourire, elle me sourit en retour, et nous continuons à descendre les escaliers vers la cuisine.

Gale et Pax sont déjà là, et Preacher descend quelques minutes plus tard. Il est habillé et plus arrangé qu'avant.

Nous nous déplaçons les uns autour des autres comme nous le faisons toujours en préparant le café et le petit-déjeuner, puis trouvons des endroits où nous asseoir ou nous appuyer dans la cuisine. Ça a toujours été l'endroit où nous avons nos réunions et nos discussions quand nous sommes à la maison. Surtout parce que Pax a toujours faim et que c'est plus facile ainsi que d'attendre qu'il cuisine, mais aussi parce que c'est un peu le cœur de la maison.

Nous avons tous nos propres espaces où nous aimons être quand nous voulons être seuls ou quand nous avons besoin de faire des choses. Mais la cuisine est l'endroit où nous nous rassemblons et River s'y est intégrée sans problème.

Elle contourne Pax et remplit la gamelle du chien avant d'aller se faire un café.

On sait tous qu'on a des choses à se dire, mais on attend d'être tous installés avec nos petits déjeuners avant de commencer. Puis Gale prend la parole.

« Je pense que nous devons considérer que Julian pourrait être impliqué dans l'histoire d'Ivan Saint-James », dit-il.

Je regarde River, pour voir si elle ne va pas s'énerver en parlant du connard qui l'a enlevée, mais elle boit simplement son café et regarde Gale en plissant les yeux.

« Son alibi d'avant est toujours valable », dit Pax autour d'une bouchée de pain grillé avec des œufs sur le dessus.

« C'est vrai. Nous n'avons aucune confirmation, mais ce nouveau développement change quelque peu les choses. Ça ferait du sens s'il essayait de dévoiler l'identité de River. S'il savait qu'elle était celle qui a tué Ivan. »

Preacher pose sa tasse et secoue la tête. « C'est possible, mais ça ne colle pas. Il ne semble pas probable que ces deux choses soient liées. »

« Est-ce qu'il sait que tu as tué son père ? » demande Pax à River.

Elle secoue la tête. « Je ne pense pas, sinon il m'aurait tuée et n'aurait même pas pris la peine de me capturer. Vu comme cette famille est étrange, je ne sais pas du tout s'il aimait son père, mais perdre Lorenzo a foutu leur business en l'air. »

« Il est donc plus probable qu'il n'ait rien à voir avec le corps d'Ivan et qu'il ait enlevé River parce qu'elle le suivait. Comme il l'a dit », dit Preacher. « Et s'il avait sa sœur pendant tout ce temps, alors il savait clairement qui elle était. Il ne sait probablement même pas qu'elle est impliquée dans la mort de son père ou d'Ivan. »

« Merde. Le fait que tout soit bizarrement connecté comme ça ne rend pas les choses plus faciles », dis-je en posant mon menton sur ma main.

Gale hausse les épaules. « C'est comme ça que ça marche. Plus tu grimpes dans la pègre, plus les choses s'emmêlent. Ivan et Lorenzo étaient tous les deux des gros bonnets à Détroit, et il se trouve qu'ils étaient tous les deux des malades qui ont malmené River et sa sœur. Ce serait bien si tout le reste faisait autant de sens, mais apparemment non. »

« À moins que Julian soit un très bon menteur », je signale.

Pax secoue la tête. « Je ne pense pas qu'il serait aussi bon. Et comme l'a dit River, s'il avait su qu'elle avait tué son père, il l'aurait probablement éliminée à vue. »

River fait tambouriner ses ongles sur la table et je lui jette un coup d'œil quand Gale reprend la parole. Je peux voir la détermination monter en elle comme la vapeur qui monte dans une casserole d'eau laissée à feu vif. Elle a l'air féroce et tellement belle comme ça, mais l'inquiétude me tiraille. La dernière fois, elle a essayé de s'en prendre à Julian toute seule et on *vient juste de* la retrouver.

On ne peut pas la laisser refaire ça.

30

RIVER

Je reste silencieuse aussi longtemps que je peux, laissant les gars parler. C'est important que nous trouvions qui a exposé le corps d'Ivan au gala et que nous découvrions ce qu'ils veulent et pourquoi ils l'ont fait. Il m'est difficile de me concentrer là-dessus alors que je sais qu'Anna est toujours là avec Julian.

Qu'il soit impliqué dans tout ce qui se passe avec Ivan ou non, je dois faire quelque chose pour aider Anna.

Rien que le fait d'être assise ici à parler de lui, c'est trop, et ça me rend d'autant plus consciente qu'il pourrait faire n'importe quoi à ma sœur en ce moment et que je ne suis pas là pour la protéger.

« Je dois sortir Anna de là », dis-je soudainement, incapable de retenir les mots plus longtemps.

« River... » dit Gale, mais je l'interromps.

« Non. Je sais que le suivre était stupide. Je sais que c'était imprudent. Et peut-être que ça l'est aussi. Mais je n'en ai rien à foutre. Je *dois* retourner dans cette maison. C'est ma putain de sœur et elle est... » Les larmes que je croyais avoir toutes pleurées plus tôt me montent à nouveau aux yeux et je serre les dents. « Je dois la faire sortir. Je dois essayer. Je me battrai contre Julian et chacun de ses hommes de main si je le dois. »

Tous les gars se crispent pendant que je parle, n'appréciant clairement pas du tout cette idée. Ils ne veulent pas que j'affronte cet homme, surtout qu'ils viennent de payer un gros paquet de fric pour me récupérer, et je le comprends. Mais je n'ai pas d'autre choix.

Je me lève de table, prête à sortir de la maison et à le faire moi-même s'il le faut, mais Pax m'attrape avant même que je puisse quitter la cuisine.

« Pas si vite, petit renard », me murmure-t-il à l'oreille en me serrant fort par derrière. Je lutte un peu contre lui, mais il est bâti comme un putain de tank et je n'arrive pas à me libérer.

Il pose son menton sur ma tête et me serre contre lui.

« Nous avons d'autres options qui ne consistent pas simplement à débarquer et que tu te fasses tuer », dit Gale.

« Comme quoi ? » je lui réponds, la voix tendue par la frustration que je refoule.

« On peut toujours le tuer », fait remarquer Pax.

« Peut-être », dit Gale. « Mais si ce *n'est pas lui qui a exposé le* corps d'Ivan au gala, le tuer pourrait être risqué. Cela attirerait plus d'attention sur nous. »

« Il est aussi assez bien protégé », ajoute Preacher. « Vous avez vu combien de gardes il avait la nuit dernière. Il a la sécurité, l'argent et les ressources. Ce serait un risque quoi qu'il arrive. »

« Donc ce que tu dis, c'est qu'il n'y a pas d'autres options », dis-je sur un ton irrité. « Je ne vais pas rester assise ici et le laisser la garder. Tu ne l'as pas vue. Tu ne la connais pas. Elle n'a jamais été comme ça. Aussi… effrayée et docile. Il la traite comme de la merde et je dois la sauver. »

Les bras de Pax me serrent un peu plus fort alors que je cesse d'argumenter. Je ne sais pas si c'est pour me réconforter ou parce qu'il pense que je vais essayer de me libérer et de m'enfuir. Quoi qu'il en soit, je n'irai nulle part tant qu'il me tient dans ses bras.

Gale soupire. « Il y a une chose que nous pouvons encore faire », dit-il. « Une chose qui, espérons-le, n'impliquera pas que quelqu'un se précipite et soit blessé. Nous pouvons négocier avec lui. Notre club pourrait être un atout pour lui. On pourrait le laisser faire ce que les Diables du Diamant voulaient faire : faire du trafic chez nous. En échange d'Anna. »

« C'est intelligent », dit Preacher en hochant la tête comme si c'était la chose la plus normale du monde.

Pour ma part, je suis choquée que Gale l'ait suggéré.

« Vraiment ? Tu ferais ça ? Qu'est-ce que tu gagnes ? » je demande.

Je jette un coup d'œil en attendant que l'un des gars me réponde. Gale et Preacher échangent un regard, faisant ce truc où ils communiquent ce qui semble être des phrases entières en silence. Puis Gale se tourne vers moi.

« On gagnera assez. »

Ce n'est pas vraiment une réponse, mais il le dit de manière définitive, comme si c'était tout ce que j'avais besoin de savoir. Aucun des autres Rois ne soulève d'objection ou ne fait de commentaire sur le fait que ça semble être une mauvaise affaire pour eux quatre. Je sens que Pax acquiesce, son menton reposant toujours légèrement sur ma tête, et Ash prend un couteau sur la table et le retourne dans sa main, l'air presque satisfait.

« C'est réglé, alors », dit Gale. « Nous devons organiser une rencontre avec Julian. Le plus tôt sera le mieux. »

Pax relâche finalement son emprise sur moi et je me dégage, léchant mes lèvres soudainement sèches. La dernière chose que je souhaite, c'est d'avoir à nouveau affaire à Julian, mais je sais que si je veux récupérer ma sœur, il faut le faire.

Nous devons faire un pacte avec le diable.

31

PREACHER

Gale prend la tête comme toujours. Sans perdre de temps, il organise une rencontre avec Julian, lui demandant de le rencontrer et lui disant que nous avons une proposition à lui faire.

« Il semblait méfiant, mais il a accepté », nous dit-il quand il a terminé.

C'est logique, compte tenu de tout ce qui s'est passé. Mais la dernière fois que nous avons passé un marché avec lui, ce qui était en fait hier, il a gagné beaucoup d'argent, alors il n'est pas surprenant qu'il ait accepté.

Il reste un peu de temps avant de le rencontrer, alors chacun part de son côté pour faire quelque chose en attendant.

Le chien renifle autour de moi pendant que je lave la vaisselle dans la cuisine. Nous avons un lave-vaisselle, mais parfois je préfère nettoyer les choses à la main. Pax ne se souvient jamais de rincer sa putain de vaisselle de toute façon, alors c'est plus facile de m'en occuper. Ça me permet d'avoir les idées claires.

« Qu'est-ce que tu veux ? » je demande au chien en jetant de l'eau sur sa tête.

Il aboie et grogne dans l'air comme s'il pouvait mordre l'eau. J'ai un petit sourire sur les lèvres en le voyant agir de nouveau avec insouciance. Il était tout aussi stressé que nous lorsque River n'est pas rentrée à la maison, faisant les cent pas devant son bol et regardant vers la porte chaque fois qu'une voiture passait.

Pour un chien, il est étonnamment sensible à ce qui se passe dans cette maison, et maintenant que tous les siens sont réunis, il semble de nouveau heureux.

Je m'essuie les mains et me penche pour le caresser et le gratter derrière les oreilles. Sa fourrure brune était un peu terne et emmêlée lorsqu'il est arrivé chez nous, mais elle est plus brillante et plus douce maintenant, probablement parce qu'il dort à l'intérieur et qu'il mange de la vraie nourriture pour chiens au lieu de ce qu'il peut trouver dans les poubelles.

« Tout va bien », lui dis-je. « Tout le monde est de retour à sa place. »

Il lèche ma main et va se blottir sous la table de la cuisine.

Lorsque la vaisselle est terminée et qu'elle sèche dans l'égouttoir, je me retrouve à errer dans la maison sans but précis. Je me sens un peu... agité. Pas dans le mauvais sens, pas dans le sens où j'ai envie de frapper quelque chose ou de tout chasser pour me contrôler.

Mais c'est comme si toutes mes terminaisons nerveuses étaient éteintes avant, gardant les choses en sourdine et calmes, et maintenant, tout d'un coup, je ressens tout à nouveau. Tout semble... extra. Plus fort, plus vif, plus intense que d'habitude. Le chien qui aboie, le son de quelqu'un qui klaxonne dans la rue, tout est plus fort que d'habitude dans ma tête.

Même les lumières de la maison semblent plus brillantes. Ce n'est pas mauvais. Je suis simplement bien plus conscient des choses qu'avant et mon esprit doit s'y adapter.

J'entre dans la salle de piano et m'assois sur le banc, passant une main sur le bois poli et froid. Je commence à jouer quelque chose, laissant mes doigts danser sur les touches comme ils le font toujours.

Ça m'apaise, comme d'habitude, mais même ça, ça me semble différent.

La musique que je joue me frappe plus fort que d'habitude et je la ressens plus profondément que je ne l'ai jamais fait auparavant. C'est plus que mes doigts sur les touches maintenant.

J'ai l'impression d'entendre toutes les notes, tandis qu'elles me touchent toutes de manière différente. Je suppose que c'est ce que les gens veulent dire quand ils disent qu'ils sont émus par la musique. C'est profond. Il y a de l'émotion, en quelque sorte. Une chose à laquelle j'ai été fermé pendant si longtemps que j'ai pratiquement oublié ce que c'était que d'en faire l'expérience.

Je passe à une autre chanson, quelque chose de plus lent et de plus mélodique, et cela me frappe tout aussi fort. C'est intéressant, même si c'est très étrange.

River arrive au milieu de la deuxième chanson. Elle est silencieuse, mais je la sens dès qu'elle entre dans la pièce. Ma peau picote sous l'effet de sa présence et je la sens se déplacer derrière moi, s'approcher du piano, puis passer sur le côté pour pouvoir grimper dessus.

Elle s'y assoit comme une reine sur un trône, les jambes écartées devant moi, comme elle l'a fait la dernière fois que nous étions tous les deux ici.

Cette fois, je ne l'ignore pas. Ou du moins, je ne *prétends pas* le faire. Je n'y arrivais pas non plus la dernière fois, mais cette fois, je ne fais même pas semblant de l'ignorer.

« C'est mauvais pour le piano », dis-je doucement en bougeant mes doigts dans une petite séquence compliquée.

« Tu veux que je descende ? » demande-t-elle.

Je ne réponds pas. Au lieu de cela, je me penche en avant et pose ma tête sur sa cuisse, déposant un baiser là, sous le petit short qu'elle a enfilé avant le petit déjeuner. Sa peau est douce et lisse, et même si ses cuisses sont couvertes de cicatrices, elle est si belle, putain.

Elle passe ses doigts dans mes cheveux de manière apaisante et je laisse mes propres doigts s'arrêter sur les touches, me permettant de la sentir. Elle a toujours été si brillante et forte sur mon radar, même quand je ne le voulais pas. Même quand je la détestais et que je préférais la voir morte plutôt que dans nos vies.

Mais maintenant c'est quelque chose de plus grand. C'est comme si elle était le soleil, et que je devais tourner autour d'elle, m'assurer qu'elle est en sécurité. Elle sent toujours comme mon gel douche de ce matin, mais combiné à son parfum, et je la respire.

Même si je peux *la* sentir bien plus que d'habitude, c'est apaisant d'une certaine façon. Plus réconfortant que choquant.

« Tu vas bien ? » murmure-t-elle.

Je hoche la tête contre sa jambe. « Tout semble différent maintenant, mais ce n'est pas quelque chose de mauvais. »

River fredonne et gratte mon cuir chevelu. « Plus intense ? »

« Oui. »

Et bien sûr, elle comprend. Elle semble comprendre tellement de choses, même celles que je pense que je n'étais pas sûr de vouloir qu'elle comprenne. Maintenant qu'elle sait pratiquement tout, j'ai envie de m'ouvrir davantage à elle, ce dont je n'ai pas l'habitude.

« Tu sais », je commence en parlant lentement tandis que mon esprit forme les mots. « Mes frères m'appellent Preacher depuis des années, mais ce n'est pas vraiment un surnom exact. Je n'ai jamais fait vœu de célibat comme un curé. Je n'essayais pas délibérément d'éviter le sexe. Je ne voulais juste… personne. Je ne pouvais plus ressentir cela. Je ne désirais personne. Jusqu'à maintenant. »

Je peux entendre et sentir qu'elle inspire profondément en entendant cela. J'embrasse à nouveau sa cuisse et je lève les yeux, rencontrant ses yeux bleu foncé. Je ne suis pas sûr de ce qu'elle voit dans mon regard, mais je ne détourne pas les yeux. Je pense chaque mot et je veux qu'elle le sache.

« Quel est ton vrai nom ? » murmure-t-elle après un moment.

« David. »

« David. » Elle le répète et je sens mon cœur se resserrer juste à la façon dont elle le prononce. Personne ne m'a appelé comme ça depuis Jade. Pas vraiment. Ça sonne bizarre, mais ce n'est pas mal. Comme beaucoup des choses qui m'arrivent maintenant.

River descend du piano en faisant attention de ne pas heurter les touches, ce que j'apprécie. Elle me chevauche sur le banc, s'installant sur mes genoux et m'entourant de ses bras. Son corps est doux et souple contre le mien, et je suis accro à son odeur, aux sensations. À tout.

J'incline son visage vers le mien et je me penche pour l'embrasser, sans insistance, comme hier soir, mais avec douceur tout en l'explorant. J'essaie de l'apprendre, d'apprendre ce qui la fait se sentir bien.

Elle fait des bruits dans le baiser, des bruits de contentement et de désir, mais elle n'en demande pas plus non plus.

Je peux sentir mon corps réagir à sa proximité et à son poids sur mes genoux. Juste une agitation dans l'aine, une faible palpitation de désir. Je sais que même si j'ai réussi à jouir hier soir, il va falloir un certain temps avant que je puisse bander et maintenir une érection sur commande.

Et pour le moment, ça me convient. Je ne veux pas précipiter les choses et c'est agréable d'embrasser River sans autre but.

Elle s'éloigne quand elle a besoin de respirer, posant son front contre le mien. Nous ne disons rien pendant un long moment, nous imprégnant de l'odeur et de la sensation de l'autre.

Puis River se lève et se retourne sur mes genoux, face au piano.

« Peux-tu m'apprendre à jouer quelque chose ? » demande-t-elle.

C'est une question surprenante. Je n'aurais pas pensé qu'elle était du genre à s'intéresser à la musique, mais je suppose qu'on peut dire la même chose de moi.

Elle se penche en arrière contre moi et je souris contre ses cheveux.

« Ok », lui dis-je. « Mets tes mains sur les touches. »

Elle le fait, posant ses doigts sur les touches à peu près dans la position dans laquelle elle a vu les miens auparavant. Ses doigts sont longs et délicats. Ils sont élégants, malgré son vernis à ongles écaillé.

Je place ses mains un peu plus près l'une de l'autre, puis je pose les miennes sur les touches également, glissant mes doigts entre les siens. Je tape quelques notes dans une courte mélodie, simple et rapide.

« Essaie maintenant », je lui murmure.

Elle s'en sort plutôt bien en reproduisant ce que je joue et en tournant la tête pour me regarder.

« Bien. Maintenant, ça. »

Je rajoute quelques notes.

Cette séquence est un peu plus difficile à imiter pour elle et elle hésite sur les trois dernières notes. Je réajuste sa main et l'aide à nouveau, jusqu'à ce qu'elle la maîtrise.

« Maintenant les deux parties ensemble. »

Nous répétons la séquence encore et encore, jusqu'à ce qu'elle puisse le faire sans que je la guide. Je souris, laissant le son de cette simple mélodie m'envahir. C'est un peu troublant, mais surtout doux-amer, un accord mineur qui se résout sur une note élevée et entraînante.

River joue la mélodie et je la complète pour en faire une chanson.

Notre chanson.

32

PAX

Julian a insisté pour avoir notre réunion dans un lieu public ce soir, ce que Gale a accepté sans problème. Ça me rend nerveux, car il est difficile d'agir avec des gens autour, mais je pense que ce ne sera pas nécessaire. C'est un territoire neutre pour nous tous.

« Je lui ai d'abord proposé de nous rencontrer au club », dit Gale. « Mais il a immédiatement rejeté cette possibilité. Et je n'ai même pas envisagé l'idée de le rencontrer sur son territoire. Comme ça ce sera mieux. »

Nous nous rendons à un restaurant au centre-ville et garons la voiture. L'endroit n'est pas trop bondé à cette heure, puisque c'est bien après le rush du dîner, mais il y a beaucoup de voitures dans le parking, et si nous n'avions pas déjà une réservation, au nom de Julian, le putain de maniaque du contrôle, on devrait certainement attendre.

D'habitude, je serais ravi de me retrouver dans un endroit comme celui-ci. Ça sent bon à l'intérieur, et alors qu'on nous montre la table, un serveur passe avec une assiette de steak et de pommes de terre qui fait gronder mon estomac et me met l'eau à la bouche.

Mais je suis surtout concentré sur cette réunion et ce que nous sommes venus faire ici. Même lorsque nous entrons, nous entourons River, la gardant au milieu de notre petit groupe. Une partie de moi espère vraiment qu'il y aura une raison de faire du grabuge ce soir, mais ce n'est pas nouveau. J'ai eu quelques occasions de céder à l'envie de faire mal et de foutre le bordel ces derniers jours, depuis que nous cherchons à savoir qui a exposé le corps d'Ivan au gala. Il y a eu des moments où il a fallu faire parler les gens de la manière que je préfère. Mais je sens toujours cette envie sous ma peau. Je cherche toujours la bagarre, je supplie presque quelqu'un de nous faire chier. Aucune des petites disputes que j'ai eues récemment n'a suffi à nourrir le monstre qui est en moi.

Si les serveurs pensent que la façon dont nous entrons est bizarre, ils ne disent rien, et l'hôtesse nous montre la table où Julian et sa sœur Nathalie sont déjà assis.

Rien que de voir ce connard suffisant assis là, ça me donne envie de le frapper. Je repense à River quand on l'a ramenée. Le bleu sur son visage, le sang sur ses poignets. Et ce regard hanté, presque brisé qu'elle avait.

Je ne sais pas ce qu'il lui a dit pendant qu'il la détenait, mais c'étaient probablement des conneries et ça l'a perturbé. Je veux qu'il paie pour ça. Je veux qu'il sache qu'il ne peut pas s'en sortir après l'avoir blessée.

Je l'affronterais bien maintenant, au beau milieu de ce putain de restaurant, mais je ne veux pas risquer que River soit blessée. En plus, si je le frappe, il pourrait s'en prendre à Anna. River aime sa sœur, donc ça veut dire que je dois la protéger aussi. Ce dont River se soucie, je m'en soucie.

Donc ça m'empêche de péter les plombs. Je serre les poings lorsque nous arrivons à la table, puis je dois faire un effort supplémentaire pour les desserrer. La table est nichée dans un coin du restaurant et c'est une grande table ronde. Julian et Nathalie sont assis l'un à côté de l'autre sur un côté, alors le reste d'entre nous remplit l'autre côté du cercle.

Pour une fois, Julian n'a pas cet air suffisant. Il n'y a plus cette suavité huileuse d'avant. Il a l'air d'être sur les nerfs et j'aime ça. Il devrait l'être.

Il se méfie visiblement de nous et il y a des tensions entre nos deux groupes. On ne s'aime pas et c'est clair comme de l'eau de roche.

Sa sœur est assise de manière rigide à côté de lui, ressemblant à ce que serait un mannequin que l'on essayerait de faire passer pour une vraie personne. Son menton pointu est légèrement relevé et son visage est impassible. Elle est froide, comme si elle avait mieux à faire que d'être ici et qu'elle voulait que nous le sachions tous en nous ignorant.

« Hum », dit la serveuse en s'approchant. Elle jette un coup d'œil entre nous tous, comme si elle n'était pas sûre si elle devait être là. « Voulez-vous quelque chose à boire ? »

Aucun de nous n'est ici pour manger. La nourriture pourrait être la meilleure de la ville, mais nous ne la goûterions pas vraiment. L'emplacement a juste été choisi pour satisfaire un objectif.

Julian doit quand même faire le prétentieux en commandant du vin pour lui et sa sœur. Le reste d'entre nous s'en tient à de l'eau et la serveuse se dépêche de partir comme si elle avait hâte de s'éloigner de la tension épaisse qui plane sur notre table.

On ne peut pas lui en vouloir pour ça. L'hostilité est indéniable.

Nous n'échangeons pas de plaisanteries avec Julian. Il se penche en avant, les mains croisées sur la nappe blanche, et nous attendons tous que Gale prenne la parole.

C'est son rôle et je suis heureux de le lui laisser. Gale est celui qui fait les choix stratégiques et négocie les trucs. Il a les mots suaves et les moyens de faire parler les gens et d'obtenir les résultats qu'il veut. Je suis celui qui intervient quand il est temps de foutre le bordel et c'est comme ça que j'aime les choses.

C'est ce à quoi je suis bon.

Nous avons tous nos points forts.

« Vous avez dit que vous aviez une proposition », dit Julian, l'air irrité et méfiant. « Alors ? »

Gale acquiesce. « Nous en avons une. Nous avons déjà négocié pour le retour de River. Mais vous avez quelque chose d'autre que nous voulons. Nous comprenons qu'il pourrait y avoir un prix plus élevé cette fois, donc nous sommes prêts à vous laisser utiliser notre club comme façade en guise de paiement. Vous pouvez y faire de la contrebande. Des armes, de la drogue, de l'argent. Tout ce que vous avez besoin de déplacer. »

« Et qu'est-ce que j'ai que vous voulez ? » demande Julian. Son regard se pose sur River pendant une fraction de seconde, puis revient à Gale. Putain de connard. Il *sait* ce que nous voulons ou ce que River veut, du moins. Il veut juste nous le faire dire.

« Anna », répond Gale en gardant le même ton et en ne mordant pas à l'hameçon de Julian.

Julian lève un sourcil. « De la contrebande, hein ? Vous ne faites pas cette offre à n'importe qui. D'après ce que j'ai entendu, vous avez une longue liste de personnes qui veulent utiliser votre club dans ce but. »

« Exactement. Nous t'offrons la chance d'éviter la file. »

Il fredonne à voix basse en y pensant. Il ne regarde pas Nathalie et elle ne dit rien non plus : on voit clairement qui commande.

Finalement, Julian se penche en arrière sur sa chaise. Il soulève son menton avant de secouer la tête. « Non. »

Gale devient immédiatement tendu et nous aussi.

Merde.

Je ne quitte pas Julian des yeux, mais je vois du coin de l'œil Ash poser sa main sur la jambe de River, probablement pour l'empêcher de péter les plombs dans le restaurant. Elle a l'air énervée, mais ne dit rien.

Julian jette un coup d'œil entre nous cinq, et même s'il a l'air d'être surpassé en nombre pour le moment, je sais que ce n'est qu'une façade. Il y a probablement plusieurs de ses hommes de main à l'extérieur ou à l'intérieur du restaurant qui se font passer pour des clients.

Bon sang, probablement les deux.

Avant que les choses ne s'aggravent, Julian intervient à nouveau. « Je ne dis pas que je n'envisagerai pas de passer un accord. Je pourrais être... persuadé de laisser Anna partir. Je veux juste quelque chose de mieux que ce que vous offrez. »

Bon sang. C'est le truc le plus important que nous ayons

et nous le savons tous. On ne peut pas lui donner autre chose.

« As-tu une suggestion ? » demande Gale sur un ton sévère.

« Oui. Je veux que l'un d'entre vous épouse ma sœur. » Julian regarde autour de la table pendant qu'il parle, son regard passant devant River pour se concentrer sur mes frères et moi. « Je veux lier nos intérêts commerciaux par le mariage. »

Tout le monde devient silencieux autour de la table en entendant ça. Même le bruit ambiant du restaurant semble s'éteindre un peu, même si je sais que c'est impossible.

Putain de merde.

C'est bien la dernière chose qu'on s'attendait à ce qu'il dise. Je m'étais préparé à être énervé contre lui, à ce qu'il nous dise qu'il veut échanger une sœur contre une autre, mais à la place il veut… ça.

Nathalie ne réagit pas du tout, même si on parle d'elle comme si elle n'était pas là. Son visage est toujours impassible et posé, mais elle n'a pas l'air surprise ni énervée par la déclaration de son frère. Elle n'a manifestement aucun problème à laisser Julian parler pour elle et à passer un accord qui la concerne.

Personne ne dit un seul mot pendant ce qui semble être une éternité.

Il en demande beaucoup. Bien plus que ce à quoi nous étions préparés. Mais ça nous permettrait d'obtenir ce que nous voulons. Ce que River veut.

Et puis merde.

« Bien sûr », dis-je. « Pourquoi pas ? »

33

RIVER

Je tourne la tête d'un coup sec pour regarder Pax quand sa voix perce le silence.

Bien sûr. Pourquoi pas ?

C'est quoi ce bordel ?

Dès que Julian a dit non à la première proposition, j'ai commencé à penser à d'autres moyens de retrouver ma sœur. Des moyens de la faire sortir en douce de la maison de Julian et de l'emmener ailleurs où elle serait en sécurité. Elle ne serait pas avec moi, mais au moins je saurais qu'elle n'est pas maltraitée. On a essayé à la manière de Gale. On a essayé de négocier, de jouer gentiment et de faire en sorte que personne ne soit blessé, et Julian a dit non.

Il semblait que rester assis à table plus longtemps était une perte de temps, mais apparemment Julian n'avait pas encore fini.

Quand il a dit qu'il voulait que l'un des gars épouse Nathalie, je m'attendais à ce qu'ils disent non immédiatement. C'est une chose dingue à suggérer. Aucun des gars n'aime Julian et Nathalie pourrait aussi bien être un bloc de bois d'après ce qu'elle a fait ou montré de sa personnalité depuis que nous sommes arrivés.

Elle ne se soucie même pas du fait que son frère conclut pour elle des accords qui lui vaudraient un mari qui la détesterait probablement.

Mais Pax est prêt à l'épouser ? *Pax* ? Le type qui ne vient vraiment à ces réunions que pour faire une démonstration de force et parce qu'il espère pouvoir briser quelques crânes si les choses tournent mal ?

Encore une fois, c'est quoi ce bordel ?

Je n'arrive pas à y croire. Et quelque chose d'autre brûle en moi. L'idée qu'il soit marié à quelqu'un d'autre fait naître une jalousie brûlante et insistante en moi. Je ne veux pas le voir avec Nathalie ni personne d'autre. Mais certainement pas avec elle.

Je regarde les gars, essayant de voir ce qu'ils pensent de ce qui vient de se passer. Personne n'a encore dit non, même après la déclaration de Pax.

Gale n'a pas l'air d'aimer ça du tout. Jusqu'à présent, il a géré cette réunion en douceur, mais maintenant, ses sourcils sont baissés et il est clair qu'il est contrarié. Sa première offre était bonne et représentait déjà une concession importante pour eux, et Julian augmente le coût de manière significative. Preacher semble tendu. Le masque sur son visage est à nouveau en place, mais je sais que ses poings sont serrés sous la table. Ash n'arrête pas de dévisager Pax et Nathalie, comme s'il essayait de jauger ce qui se passe.

Je ne lui en veux pas pour ça. J'ai l'impression d'être dans le même putain de bateau.

Julian semble se détendre un peu après que Pax ait dit oui. La serveuse s'empresse d'apporter nos boissons, déposant le vin pour Julian et Nathalie, puis nos verres d'eau. Comme personne ne l'arrête pour commander de la nourriture, elle se dépêche de repartir.

Nathalie prend une gorgée de son vin, et même si ma bouche est sèche, je ne bois pas une gorgée. Je ne suis pas sûre que je pourrais l'avaler, tant ma gorge est serrée.

« Si j'ai épousé Anna, c'est parce qu'il me fallait un héritier », explique Julian sans ambages. « Mon père était assez insistant à ce sujet. Perpétuer la lignée familiale était plus important pour lui que n'importe quoi d'autre. Mais en l'épousant, j'ai raté l'occasion de lier ma famille à une autre famille puissante. Ou groupe. »

Son regard se pose sur moi avant de se poser sur les quatre Rois et je ne peux même pas lui en vouloir de dire des conneries sur ma lignée. Mon père a prouvé que nous étions des moins que rien et que nous n'aurions jamais de réel pouvoir à Détroit.

« Maintenant que j'ai un héritier, je veux corriger l'occasion manquée d'étendre notre pouvoir à Détroit », poursuit Julian. « En mariant Nathalie. »

Nathalie regarde Pax et le dédain sur son visage est indéniable. Ça me donne envie de sauter par-dessus la table et de la frapper.

Pax n'a pas l'air de s'en soucier, pourtant.

Il croise le regard de Gale et quelque chose semble passer entre eux. Ils communiquent silencieusement comme s'ils pouvaient comprendre ce que l'autre dit. Je vois bien que ce n'est pas quelque chose dont les gars ont discuté à l'avance. Et pourquoi l'auraient-ils fait ? C'est une sacrée surprise.

Je m'attends à ce que Gale dise non. Il dira que le prix

est trop élevé et qu'il ne veut surtout pas lier sa famille à celle de Julian.

Mais il n'objecte pas. Il se contente de se pencher un peu en avant, de poser ses coudes sur la table et de croiser les mains.

« Pourquoi nous ? » demande-t-il.

« Eh bien, comme tu l'as dit », répond Julian, ce ton suffisant revenant dans sa voix. « J'ai quelque chose que vous voulez. Et tout bien considéré, ce n'est pas une mauvaise affaire pour nous. La famille Maduro est puissante. Nous sommes devenus plus forts que jamais après la mort de mon père. Et bien que vous quatre ne soyez pas une famille dans le sens... traditionnel, vous avez votre propre pouvoir dans cette ville. Vous vous êtes fait un nom. Il y a des choses pires que d'être lié à ça. »

Gale semble y réfléchir. Julian semble assez sincère. Il n'a pas l'air de leur jeter de la poudre aux yeux, mais simplement d'exposer son raisonnement. Il est évident que Gale n'aime toujours pas ça, mais il semble résigné.

« D'accord », dit-il après un moment. « Nous pouvons en discuter. »

Cela déclenche quelque chose chez Julian et une sorte de faim avide se met à briller dans ses yeux. Je peux dire qu'il ne pensait pas que nous serions d'accord et il semble heureux et surpris que ce soit le cas.

« D'accord », répète-t-il.

Ça se conclut comme un accord commercial. Gale prend les devants, même si Pax est celui qui se marie, mais le grand homme ne semble pas s'en soucier, sirotant son eau et laissant Gale parler.

« Si ton gars épouse Nathalie... » commence Julian.

« Pax », interrompt Gale. « Son nom est Pax. »

Les lèvres de Nathalie se retroussent, mais Julian acquiesce. « Si Pax épouse Nathalie, alors je libérerai Anna de notre mariage. Je la divorcerai pour qu'elle soit libre de faire ce qu'elle veut. Elle peut vous rejoindre ou déménager au Canada. Je m'en fous. Ce sera fini entre nous. »

« Et tu n'essaieras pas de la reprendre », ajoute Gale.

« Je n'essaierai pas de la reprendre. Mais notre fils Cody restera avec moi. »

Quelque chose m'ébranle quand il dit ça, parce que j'avais presque oublié l'enfant. Le fils qu'Anna a eu avec Julian.

Je pense qu'aucun des autres ne l'a vu et ils me regardent tous lorsque Julian dit cette condition, comme s'ils voulaient que je prenne la décision.

Mon cœur bat la chamade tandis que j'y pense.

Je pense à ce que les hommes de la famille Maduro ont fait. D'abord Lorenzo et maintenant Julian. Kidnapper des femmes, des jeunes filles, et leur faire faire ce qu'ils veulent. Les utiliser comme monnaie d'échange et comme moyen d'obtenir ce qu'ils veulent. Utiliser leurs corps et les démoraliser. Anna et moi avons vécu l'enfer à cause d'eux et ils sont tous horribles. Des hommes à qui on n'a pas dit non assez souvent dans leur vie et qui ne savent pas comment réagir quand ils ne peuvent pas obtenir ce qu'ils veulent de quelqu'un.

Alors ils le *prennent de force*. Ils prennent et laissent des gens brisés et utilisés derrière eux.

Et maintenant, il y en a un autre. Un petit qui n'a encore rien fait à personne, mais il a ce sang en lui. C'est l'un d'entre eux, et bien qu'il soit le fils d'Anna, il est impossible de savoir comment il va devenir.

Honnêtement, je ne sais même pas si je pourrais le regarder sans penser à la lignée dont il est issu. Son père, son grand-père et qui sait d'autre dans la lignée. Ils étaient probablement tous pareils. Faisant ce qu'ils voulaient sans représailles.

Eh bien, Lorenzo a fini par récolter ce qu'il a semé et j'espère qu'un jour Julian connaîtra le même sort. C'est ce qu'il mérite. Quant à Cody...

Je déglutis, chassant la sensation de malaise qui me noue l'estomac.

Pendant longtemps, tout ce que je voulais, c'était venger Anna. Et maintenant que je sais qu'elle est en vie, tout ce que je veux c'est la récupérer. J'ai fait tout ce qu'il fallait quand j'étais en quête de vengeance et je ferai tout ce qu'il faut maintenant.

Même ça.

« D'accord », dis-je en hochant la tête. « Tu peux le garder. À condition que tu laisses Anna partir. »

34

RIVER

Julian acquiesce, l'air satisfait.

« Bien. Alors nous avons un accord. » Il tend la main au-dessus de la table et Gale la serre, l'air toujours aussi sombre. « Je veux conclure tout ça rapidement et je suppose que vous aussi », ajoute Julian.

« Oui », dit Gale, la voix tendue. « Nous ne voulons pas que ça dure plus longtemps que nécessaire. »

Je déteste l'attitude professionnelle de Julian. Et même si je veux récupérer ma sœur, la libérer de ses griffes, je déteste la façon dont il est prêt à l'échanger comme si elle n'était qu'un objet.

S'il était possessif envers elle et n'était pas prêt à négocier *quoi que ce soit* en échange de la laisser partir, ce ne serait pas mieux, mais cela montre juste à quel point il s'en fiche. Elle n'est rien pour lui. Pas une épouse, pas même une personne. Elle est juste un atout pour lui, et maintenant qu'elle a déjà eu son enfant, elle peut faire ce qu'elle veut et il s'en fiche.

« On va fixer une date pour le mariage », dit Julian. «

Habituellement, nous aimons faire les choses en grand, vous comprenez. Nous avons de vieilles traditions familiales et tout le monde voudra être là pour voir Nathalie se marier. Vous pouvez inviter qui vous voulez de votre côté, pour que ce soit équitable. »

Gale acquiesce, son expression ne changeant pas. « Bien. »

« Excellent. Vous savez, je ne m'attendais pas à ce que ça se passe aussi bien », dit Julian. « Mais ainsi, nous obtenons tous quelque chose que nous voulons. »

Ses yeux se posent sur moi lorsqu'il dit cela, et il y a un regard sur son visage comme s'il savait que tout cela est plus pour *moi* que pour les gars. La colère me traverse et je me déplace sur mon siège, agitée. Je ne comprends toujours pas pourquoi Pax et Gale ont accepté. J'en veux à Julian de l'avoir suggéré, et j'en veux à Nathalie d'être assise là, comme si elle était au-dessus de tout ça.

Je veux partir d'ici avant de dire quelque chose que je regretterai si quelqu'un est blessé. Ce qui sera probablement le cas.

Soit Gale le sent, soit il a la même idée que moi, car il se lève et met de l'argent sur la table. C'est beaucoup trop, vu qu'on n'a commandé que de l'eau et que la plupart des verres n'ont pas été touchés, mais je suppose que c'est plus un geste qu'autre chose. Et j'espère que Julian donnera un pourboire à la pauvre serveuse qui a dû s'occuper de notre table.

Il ne le fera probablement pas. Parce que c'est un enfoiré.

Quand Gale se lève, nous le suivons tous. Les gars m'entourent, comme s'ils voulaient s'assurer que Julian ne va pas soudainement décider de s'en prendre à moi ou de me tirer dans le dos, mais j'ai l'impression que c'est en partie pour m'empêcher de m'en prendre à lui aussi.

Mon cœur bat encore la chamade, cognant fort contre mes côtes, et mes pensées tourbillonnent à cause de tout ce qui vient de se passer.

Nous sortons du restaurant et retournons dans le parking avant que je ne me retourne pour regarder Pax, cédant finalement à l'agitation en moi.

« C'est quoi ce bordel ? » je lui demande. « Juste... pourquoi ? Comment ? Quoi ? »

Je n'ai même pas les bons mots pour ce que j'essaie de lui dire. Tout est décousu, mais tout se résume à demander comment il peut accepter une chose pareille.

« Ce n'est pas grave », dit-il en haussant les épaules.

« Pas grave... » Je le fixe. « Pas grave ? Tu te fous de moi ? Tu viens d'accepter de te marier ! Avec quelqu'un qui te regardait comme si tu étais une ordure ! »

« Peut-être qu'on ne devrait pas faire ça dans le parking », dit Ash en posant une main dans le bas de mon dos.

Je fais un effort pour ne pas m'éloigner de lui, mais j'expire un peu et je le laisse me guider jusqu'à la voiture.

On monte et je me retourne pour continuer à regarder Pax.

« Quoi ? » demande-t-il en passant une main dans ses cheveux noirs en broussailles. « C'est bon, River. De toute façon, c'est n'importe quoi le mariage. C'est juste un morceau de papier au bout du compte, et ça ne veut rien dire. Elle n'en a rien à faire de moi et je n'en ai rien à faire d'elle. Et ça marche dans les deux sens. Épouser cette salope frigide me rapprochera de Julian. Ça nous donnera la chance de foutre le bordel dans les affaires des Maduro. Peut-être la chance de les faire tomber de l'intérieur. Ce n'est pas la fin du monde. C'est plutôt une opportunité. »

Il sourit et c'est son sourire de dingue qui signifie qu'il a déjà prévu comment il va blesser quelqu'un. Probablement Julian dans ce cas, ce que je veux bien, mais tout le reste me semble être une mauvaise idée.

« Tu as intérêt à avoir raison », murmure Gale en démarrant la voiture. « Parce que ça donne à Julian la chance de nous faire la même chose, tu sais. On joue notre empire, notre *avenir,* là-dessus. Il est dangereux et les gens n'essaient pas d'épouser d'autres gens puissants sans s'attendre à en retirer quelque chose. »

Cela efface le sourire de Pax et il semble un peu plus sérieux. « Je sais », dit-il. « Mais je devais le faire. »

Il lève la tête et croise le regard de Gale dans le rétroviseur.

C'est une autre version du regard qu'ils ont échangé au restaurant. Ils sont sur la même longueur d'onde et ça me bouleverse encore plus.

Parce que ce sont des conneries. Tout ça, ce sont des conneries. Ils risquent tellement. Ils mettent tout en jeu et n'obtiennent pratiquement rien en retour.

Pour *moi.*

Parce que je veux récupérer ma sœur et que toutes les autres options sont dangereuses. Ils sont prêts à en faire tant pour moi, et c'est juste...

Trop.

C'est bien trop et ça me bouleverse.

Au début, Gale était contrarié, sombre et résigné, mais maintenant il semble vouloir tout planifier. « Nous allons devoir régler certaines choses », dit-il. « Je ne sais pas à quel point Julian et Nathalie s'attendent à être impliqués dans nos affaires, mais il y a certaines choses qu'ils devront ignorer. Je ne veux pas leur donner d'ouvertures ou d'opportunités que nous n'avons pas à leur offrir. »

« Je peux être le porteur d'alliances au mariage ? » demande Ash. « J'ai toujours voulu être dans un mariage. »

« Ouais, bien sûr », répond Pax, l'air amusé. « Mais seulement si tu portes le petit oreiller. Et mets peut-être un ruban dans tes cheveux. »

« Pas de problème. »

« On peut se concentrer, s'il vous plaît ? » demande Gale, coupant court à leurs plaisanteries. « C'est sérieux, même si c'est difficile à croire. »

Apparemment, ce n'est pas le cas. Apparemment, ce n'est pas grave parce que c'est juste un morceau de papier et que ça n'a pas d'importance à long terme. Apparemment, le risque que ce putain de Julian Maduro ait accès à leurs affaires et soit capable de les ruiner s'il le veut vraiment est quelque chose que nous pouvons tous ignorer.

Je panique intérieurement, ignorant la majorité de leurs échanges sur la logistique. Mes émotions augmentent et je ne peux pas les chasser. C'est juste trop d'un coup. Je peux voir un million de façons dont ça pourrait mal tourner. Un million de façons pour que ce soit ma faute quand tout tombera à l'eau et que quelqu'un sera blessé.

J'ai l'impression de devenir dingue, d'essayer de tenir le coup, mais de ne pas réussir.

Plus j'essaie de ne pas penser à ce qui se passe, plus je finis par y penser. Je n'arrête pas de repasser tout ce qui s'est passé lors de la réunion dans ma tête. Donner à Julian

Maduro l'accès à leurs affaires était déjà beaucoup. C'était *déjà un* geste de bonne volonté de leur part auquel je ne m'attendais pas.

Puis Julian a dit non.

Il a rejeté leur première offre parce qu'il voulait quelque chose de mieux. Quelque chose qui valait plus. Ce qui est une putain de connerie, parce que je suis convaincue que les gars traitent leur club bien mieux que Julian ne traite ma sœur. Mais quand même. Il voulait plus.

Et pour être honnête, je ne pensais pas vraiment que Julian serait d'accord. Il ressemble trop à son père. Il a cette même folie, ce besoin tordu d'être meilleur que les autres, de s'accrocher aux choses et aux gens quand ils ne veulent pas qu'on s'y accroche. De prendre, détruire et ruiner.

Le fait même d'aller là-bas pour essayer de négocier avec lui en premier lieu en disait long sur l'importance qu'Anna a pour moi. Donc c'est logique qu'il ait voulu faire monter les enchères pour ça. Parce que même si Anna ne représente rien pour lui, elle représente quelque chose pour moi. Et clairement, ça compte pour les gars, pour une raison quelconque.

Julian n'avait pas besoin de raison, cependant.

Il avait juste besoin de savoir que ça comptait.

Je l'imagine assis là, sachant qu'il avait toutes les cartes en main, nous regardant tous les cinq avec juste sa sœur à ses côtés. Au moins, je peux dire qu'il a des couilles pour demander quelque chose d'aussi important. Je me demande s'il s'attendait à ce qu'ils disent oui ou s'il pensait qu'on s'en irait.

Si moi-même *je* ne pensais pas qu'ils diraient oui, alors comment pouvait-il s'attendre à ce qu'ils le fassent ? Il n'est pas omniscient et n'aurait pas pu le prédire. Il ne pouvait probablement pas laisser passer l'occasion. Il cherche probablement quelqu'un pour épouser son horrible sœur frigide depuis un moment et les gars lui ont donné l'ouverture dont il avait besoin.

Ou quelque chose comme ça.

Je ne sais pas.

J'ai l'impression que je ne sais plus rien. Tout s'est passé si différemment de ce à quoi je m'attendais. Je n'ai pas l'habitude d'être prise au dépourvu par des trucs comme ça et c'est encore plus dur d'accepter tout ce qui s'est passé.

Je n'aurais pas blâmé les gars de dire non. De dire à Julian qu'il en demandait trop. J'étais assise là, en train d'imaginer un nouveau plan, et j'aurais réussi. J'aurais trouvé *une solution*. Rien ne m'arrête quand je veux vraiment quelque chose, et en ce moment, il n'y a rien que je veuille plus que de mettre Anna en sécurité. J'aurais marché jusqu'à la maison de Julian et je l'aurais affronté, lui, sa sœur et tous ses hommes de main s'il le fallait.

Mais je n'aurai pas à le faire.

Parce que les Rois du Chaos ont dit oui.

Je ne le comprends pas.

Ils ont dit *oui*. Pax a dit oui et Gale l'a soutenu. Les autres n'ont pas sauté sur l'occasion pour dire qu'ils avaient tous les deux perdu la tête.

Jc ne comprends pas comment ils peuvent agir aussi normalement. Comment ils gèrent ça comme s'il n'y avait pas d'autre option.

Parce que bien sûr, il y en avait. Pour *eux, il* y avait plein d'autres options. Ils auraient pu répliquer avec autre chose, et même si Julian avait refusé, ils auraient pu dire qu'ils avaient essayé et ça aurait été suffisant. Bon sang, ils auraient pu simplement s'en aller. Dire que c'était trop et que ça n'en valait pas la peine. Que ça ne valait pas un échange aussi inégal à leurs yeux. J'aurais compris. Je ne leur aurais pas crié après. Anna compte pour moi, mais ce n'est pas moi qui vais devoir suivre le plan stupide de Julian.

Je ferai tout ce qu'il faut pour ravoir ma sœur. J'ai toujours su qu'il n'y avait pas de limite à ce que je ferais pour elle et c'est la même chose. Les gars, en revanche... ils peuvent laisser tomber à n'importe quel moment.

Ce n'est pas leur combat. Pas leur famille. Ils n'ont rien à y gagner, si ce n'est de devoir regarder par-dessus leurs épaules et d'être sur leurs gardes pour savoir à quel point Julian sera impliqué dans leurs affaires.

Gale a failli me tuer pour avoir tiré sur cet homme derrière le club, il y a une éternité maintenant. Ça démontre à quel point il tient à protéger sa petite famille. Je n'étais pas là ce soir-là pour l'emmerder, lui ou ses frères, mais il ne le savait pas et ne voulait pas prendre le risque. Comme il me l'avait dit, il ne voulait pas les mettre en danger.

Alors, que fait-il maintenant ?

Pourquoi est-ce différent ? Bien sûr, Pax peut se débrouiller s'il le faut, contre Nathalie, et probablement contre Julian si on en arrive là, mais ce serait un fiasco du début à la fin. Le mariage, c'est sérieux. Ils seront plus proches l'un de l'autre et de leurs affaires.

Pourquoi ? Pourquoi font-ils ça ?

C'est la question qui tourne en boucle dans ma tête chaque fois que je pense à la façon dont Pax a haussé les épaules et a dit qu'il épouserait Nathalie Maduro.

Pourquoi, pourquoi, pourquoi, *pourquoi* ?

Plus j'y pense, plus il est difficile de l'accepter. Mon cœur bat la chamade, ma respiration s'accélère et j'ai l'impression de me noyer dans toutes ces questions.

C'est tout simplement trop.

« Arrête la voiture », je râle, interrompant ce que Preacher disait.

Je ne m'en soucie même pas vraiment.

« River... »

« Arrête la voiture ! »

Gale ralentit puis s'arrête sur le bord d'une route tranquille. Il y a un cimetière d'un côté et plusieurs bâtiments abandonnés de l'autre côté de la rue. Je n'attends même pas qu'il gare la voiture. Dès que nous ne bougeons plus, je pousse la portière et me jette pratiquement hors du véhicule. Je m'en éloigne à grandes enjambées en arpentant le trottoir.

Ma poitrine me fait mal et j'ai du mal à respirer profondément. Je ne fais qu'inspirer de petites bouffées d'air et c'est inutile. Ça m'étourdit, et le monde tourne autour de moi. Je sais que je suis en train de faire une crise de panique, mais cela ne m'aide aucunement alors que ça me submerge.

Je peux sentir les battements de mon propre cœur, le sentir battre dans ma tête, et je continue à arpenter le trottoir, marchant dans un sens puis dans l'autre comme si je voulais faire un trou dans le trottoir.

Parce qu'ils se soucient de moi.

Ils tiennent tellement à moi qu'ils sont prêts à mettre tout ça en jeu. Risquer leurs affaires, leurs moyens de subsistance, leur position dans la ville et les gens qui la dirigent dans l'ombre.

Pour moi.

Sans poser de questions.

Ils ne se sont pas opposés à Julian. Aucun d'entre eux n'a dit que ça ne valait pas la peine de sauver ma sœur. Une femme qu'ils n'ont jamais rencontrée. Ils n'ont pas fait une autre offre ou mis des limites au mariage. Ils ont simplement *accepté*.

Je ne fais que penser à ça.

Ça veut dire que je suis vraiment l'un d'entre eux. C'est le même niveau de dévotion qu'ils se donneraient l'un à l'autre s'ils en avaient besoin et ils me l'offrent juste… juste comme ça.

C'est tellement gros que ça me bouleverse. Ça s'élève et menace de me noyer. Avant, je pouvais hausser les épaules ou essayer de prétendre que ça n'arrivait pas, mais il n'y a aucun moyen de le nier.

C'est une putain de déclaration en lettres capitales.

Je panique et je ne sais pas comment arrêter ça. J'ai l'impression que ça m'écrase, que ça me coupe l'air. J'ai du mal à faire autre chose que de penser que tout ça n'était pas censé arriver et que je ne sais même pas vraiment *quand* c'est arrivé.

Je m'agrippe à mon visage et à mes cheveux. J'essaie de prendre une grande inspiration, essayant de combattre la sensation d'étourdissement qui menace de me faire tomber à genoux sur le bord de la route.

Et puis des mains se posent sur moi.

Des mains chaudes et fortes sur mes épaules. Enlevant mes mains de mon visage.

« River. River, écoute-moi. »

J'essaie de saisir la voix, mais je n'arrive même pas à distinguer lequel des gars parle. Je ferme les yeux et je secoue la tête. C'est une voix grave, mais ça pourrait être n'importe lequel d'entre eux.

« Tout va bien », dit quelqu'un d'autre, et je pense que c'est… Ash ? Peut-être ? « On est là. Ça va aller. »

« Essaie de respirer pour nous, d'accord ? Juste une bonne et profonde inspiration, River. »

C'est définitivement Preacher.

J'essaie, mais ce n'est pas une bonne ou profonde inspiration, et je manque de m'étouffer en le faisant.

« Encore », dit-il. « Allez. Respire avec moi. »

Il prend ma main et la pose sur sa poitrine, me laissant la sentir se gonfler lorsqu'il prend une profonde inspiration.

J'essaie encore en imitant ce qu'il fait, et finalement, j'ai l'impression de bien respirer. Comme si je ne faisais pas que de l'hyperventilation. Je le refais et le brouillard dans ma tête se dissipe un peu.

« C'est bien. »

C'est Gale. Sa voix est douce, mais ferme.

J'arrive à ouvrir les yeux et à lever les yeux vers lui. Il est encore un peu flou, mais je peux le voir, voir l'expression d'inquiétude sur son visage quand il me regarde.

Preacher s'écarte, permettant à Gale de prendre sa place, et le grand homme aux larges épaules glisse ses pouces sur mes joues comme il l'a fait quand nous étions dans ma chambre cette fois-là. Quand il m'a rappelé que j'étais une guerrière et que je n'étais pas ruinée.

Je veux me pencher vers lui, trouver du réconfort dans la façon dont il me touche, dans la façon dont ils se rassemblent tous autour de moi comme s'ils essayaient de me calmer... mais la voix dans ma tête qui m'a toujours mise en garde contre cela est forte.

C'est une lutte entre celle que j'ai toujours été, avec toutes les choses qui m'ont protégée jusqu'à présent, et la chaleur croissante dans ma poitrine pour ces hommes. La partie de moi qui les trouve réconfortants, sûrs et familiers veut céder, mais la partie de moi qui croit que les gens sont toujours égoïstes et merdiques ne veut vraiment pas.

Cette bataille est aussi écrasante que tout le reste, et je m'éloigne de Gale et des autres aussi, en essayant de garder mes distances. Physiquement *et* émotionnellement.

J'ai tellement l'habitude de repousser les gens. C'est une seconde nature pour moi à ce stade. Je ne me suis jamais posé de questions. J'ai toujours été prête à mentir, à voler, ou à faire tout ce qu'il fallait pour m'assurer de ne plus jamais me retrouver dans une position d'impuissance.

Mais avec ces hommes, quelque chose a changé.

Des émotions inconnues montent en moi et je regarde Gale en respirant fort.

« Pourquoi faites-vous ça ? » je lui demande. Ma voix est tranchante, fendant l'air comme un fouet. C'est accusateur et dur, et Gale lève un sourcil comme s'il ne savait pas de quoi je parle.

Je forme des poings avec mes mains et je le fixe. « Putain, pourquoi vous m'aidez comme ça ? » Je regarde les autres aussi, les incluant dans la question parce qu'ils sont tous complices. « Pourquoi est-ce que vous faites tout ça ? »

Le visage de Gale se durcit. Ses yeux verts sont plissés et remplis de colère. « Tu ne connais vraiment pas la réponse à cette question ? Tu es sérieuse, River ? Tu ne comprends pas ce que c'est ? »

« Non ! » je crie. « Je ne comprends pas. Ce n'est pas ce que c'était censé être ! C'était censé être un marché. On était censé *ne rien signifier l'un pour l'*autre. »

Son visage durcit encore plus en entendant ces derniers mots et je réalise que ça fait longtemps que je ne l'ai pas vu me regarder de cette façon. D'autres personnes, oui. Mais quelque chose a vraiment changé entre nous et c'est terrifiant.

Gale s'avance et me saisit brutalement le menton, me faisant lever la tête pour que je le regarde.

« Ne suis-je rien pour toi ? » demande-t-il d'un ton tranchant. « Parce que tu n'es pas rien pour moi. »

Mon cœur bat la chamade. Il me fixe, attendant une réponse, et comme je ne la donne pas, il resserre sa prise, ne me laissant pas détourner le regard ni me cacher.

« Ne suis-je rien pour toi ? » répète-t-il.

Ma gorge se serre. Une vague d'émotions monte en moi, menaçant de m'étouffer si je la laisse faire.

C'était si facile de dire non avant. De dire aux gens qu'ils n'étaient rien pour moi. Anna était la seule qui signifiait quelque chose et étant donné qu'elle était morte, il n'y avait personne d'autre qui comptait.

Mais maintenant...

Maintenant, je ne peux pas me mentir. Gale compte pour moi. Je suis terrifiée à l'idée de donner un nom à cela, de l'identifier avec des mots, mais il fait désormais partie de ma vie. Il fait partie de *moi*. J'ai passé tellement de temps à lui en vouloir et à me battre contre lui, comme je le fais maintenant. Mais j'ai besoin de ça. J'ai besoin qu'il soit là pour que je me batte contre lui. Quelqu'un qui me fait savoir quand je ne suis pas raisonnable et qui me pousse à me battre plus fort contre mes démons.

Quelqu'un d'aussi têtu et obstiné que moi.

C'est ce qu'il a été. Il l'a été depuis le moment où il est entré dans ma vie, lorsque nous nous sommes affrontés dans cette ruelle. Quand il a exigé de savoir pourquoi j'avais tué un homme, et que je lui ai dit d'aller se faire foutre.

Ça a donné le ton entre nous. Mais les choses ont changé, de sorte que même lorsque nous luttons l'un contre l'autre, c'est généralement pour une raison. Pour qu'on puisse arriver à un meilleur résultat ensemble.

Je lève les yeux vers lui, admirant son visage. Les lignes dures de son expression, la cicatrice sur sa lèvre dont je ne connais toujours pas l'histoire. Le vert vif de ses yeux que même l'obscurité de la nuit ne peut ternir.

Finalement, je secoue la tête du mieux que je peux alors qu'il me tient.

« Non », je murmure, à peine audible. « Tu n'es pas rien. »

Son visage reste sévère quand je le dis, mais quelque chose brille dans ses yeux. En gardant sa prise sur mon menton, me forçant à me soumettre, il tourne ma tête pour faire face à Pax.

« Pax n'est rien pour toi ? » demande-t-il.

Je déglutis et fixe Pax. Cet homme costaud et tatoué. Je pense à la façon dont je l'ai regardé torturer ce type des Diables du Diamant. Je pense à ce sourire légèrement féroce que j'ai appris à connaître et à aimer, et à la façon dont il a léché le sang sur mon visage lorsque je l'ai rencontré pour la première fois.

Je pense au fait qu'il est prêt à épouser la sœur de son ennemi pour moi.

Je n'ai jamais eu à me retenir avec lui. C'est celui qui est aussi dingue que moi. Celui qui comprend pourquoi j'ai parfois envie de souffrir autant que de jouir et qui me donne les deux, sans poser de questions.

Je pense aux mots « à moi » écrit avec notre sang sur ma poitrine.

Je murmure à nouveau ma réponse. « Non. Il n'est pas rien. »

Gale attire mon regard vers Preacher ensuite. « Et lui ? Il ne représente rien pour toi ? »

Les yeux de Preacher brûlent lorsqu'il me regarde, et je jure que je le sens jusqu'au fond de mon âme.

Je pense à tout ce que nous avons partagé. Comment il m'a laissé voir ses failles et comment il a vu les miennes aussi. Je connais la douleur qu'il a éprouvée, et j'ai l'impression d'en porter une partie dans mon cœur maintenant. Je tuerais quiconque essaierait de lui faire du mal, d'utiliser sa douleur contre lui. Et je sais qu'il ferait la même chose pour moi.

Le moment que nous avons partagé après qu'ils m'aient ramenée de chez Julian est encore frais en mémoire. La façon dont il était furieux, paniqué et terrifié, si déterminé à s'assurer que j'allais bien et que je savais qu'il ne laisserait personne me prendre.

Je me souviens de son expression lorsqu'il a enfin joui, de sa libération et de la façon dont il m'a tenue dans ses bras après.

Il est tellement en contrôle, mais d'une certaine façon, je le lui fais perdre. Je lui fais lâcher *prise*.

Je déglutis et les mots viennent un peu plus facilement cette fois. « Il compte... pour moi », dis-je doucement.

Je fixe Preacher du regard et tant de choses passent entre nous pendant que je parle. Je peux dire qu'il ressent quelque chose à propos de ce qui se passe, que je représente quelque chose pour lui aussi. Il n'y a pas de mots pour décrire ce que c'est, pas pour le moment, mais c'est là et nous le savons tous les deux.

Mais bien sûr, Gale n'a pas fini.

Il me tourne vers Ash ensuite.

La chaleur et le désir brûlent dans les yeux d'Ash derrière ses lunettes, mais je peux voir au-delà de ça un soupçon de douleur et d'impassibilité sur son visage alors que les hommes attendent tous ma réponse. Ça me rappelle ce moment après le gala, après avoir essayé de le blesser et de le repousser.

Je repense à cette première nuit quand je me suis battue avec lui dans les escaliers de leur sous-sol, essayant de m'enfuir, de retourner à ma vie et à ma mission, tandis qu'il me taquinait et flirtait avec moi.

Je me rappelle comment Ash a été celui qui a empêché Gale de me tuer, qui a convaincu tout le monde d'accepter le marché qui a tout déclenché.

Il m'a dit qu'il ne m'avait pas baisé toutes ces fois parce qu'il voulait que ça signifie quelque chose. Parce que je signifiais quelque chose pour lui.

Je peux voir qu'il y a une petite partie de lui qui attend que je le blesse à nouveau. Attendant que je les rejette tous.

Et c'est ce qui me pousse finalement à bout. Mon estomac se noue en réalisant que pour la première fois depuis qu'on m'a volé mon innocence quand j'étais adolescente, je ne veux pas repousser quelqu'un. Je ne veux repousser *aucun* d'entre eux.

« Il compte pour moi », dis-je, plus fort cette fois. « Il compte. Vous comptez tous. »

« Bien. » répond Gale et je frissonne presque à cause de la profondeur de sa voix. « Parce que c'est trop tard pour nous. Tu comprends ça ? Tu as raison de dire que ça ne devait rien être entre nous, mais tu te fais des illusions si tu crois que c'est le cas maintenant. »

Tous les Rois convergent vers moi tandis qu'il parle. Je penche ma tête pour le regarder et l'émotion que je vois dans ses yeux est aussi intense qu'une flamme ouverte.

Je peux sentir à quel point il pense ses mots et je sais que cela devrait me faire peur. Ça me *fait* peur, pour être honnête. C'est toujours tellement plus que ce que j'ai affronté auparavant. Tellement plus que ce que j'ai ressenti et absolument rien ne m'a préparé à quelque chose comme ça. J'ai l'habitude de me battre et de garder mes distances, de ne pas céder ni de me rapprocher. C'est si... nouveau.

Mais au lieu de fuir le danger qu'ils représentent et les sentiments que j'éprouve pour eux, au lieu de me battre comme je le fais toujours, cette fois, je fais le contraire.

Je me jette à l'eau.

Impulsivement, je me lève sur la pointe des pieds et je plaque mes lèvres contre celles de Gale. La sensation de sa bouche contre la mienne me calme, et je m'y perds, me concentrant sur tous les petits détails.

Cette cicatrice sur sa lèvre, la sensation de sa barbe contre mon visage, la façon dont ses mains descendent jusqu'à ma taille pour me serrer contre lui. C'est si bon et ça devient si familier avec le temps. Je pourrais probablement embrasser chacun de ces hommes dans l'obscurité et savoir qui j'embrasse, rien qu'à la façon dont leurs bouches se posent sur la mienne et dont ils me touchent.

Je recommence à avoir le souffle court, mais cette fois, c'est à cause du baiser et non de la panique. Gale grogne doucement quand nos lèvres se séparent, puis me pousse de côté. Pax est là et il me rapproche de lui. Il est prêt à se pencher sur moi pour continuer le baiser là où Gale l'a terminé.

Sa bouche est ferme et sûre, et il embrasse comme la faim personnifiée. Comme s'il voulait me dévorer à chaque passage de ses lèvres et de sa langue. Il mord ma lèvre inférieure, assez fort pour que je goûte la saveur cuivrée du sang, mais ça ne fait que rendre les choses meilleures. Il lèche la coupure pour l'apaiser, pour avoir le goût de mon sang dans sa bouche, puis il enfonce sa langue à l'intérieur pour me réclamer. C'est bien Pax et je m'accroche à ses épaules, me penchant vers lui, voulant en avoir plus.

Mais ensuite, il me passe à Ash, qui sourit contre ma bouche avec ce sourire charmant qu'il porte toujours. Le soupçon de douleur a disparu, et il n'est plus qu'ardeur et sensualité. Il me mord les lèvres d'un air taquin et rit quand je gémis dans le baiser. Ses mains parcourent mon dos pendant un moment, puis Preacher est là et m'entraîne dans un baiser avec lui également.

Le sien est tout aussi dur que celui de Pax, et je peux dire qu'il se perd dans le plaisir aussi, le chassant dans ma bouche avec sa langue tandis qu'il me réclame à son tour.

J'ai la tête qui tourne, mais dans le bon sens. Nous sommes toujours sur le bord de la route, cachés dans l'ombre pour le moment, mais n'importe qui pourrait passer et nous voir. Heureusement, je suis presque convaincue que personne n'est passé depuis que nous nous sommes arrêtés.

Les gars continuent à m'embrasser, à me toucher. Ils me font passer à tour de rôle et me maintiennent entre leurs corps fermes et larges. Il y a des lèvres sur les miennes, sur mon cou et il y a des mains partout, dans mes cheveux, dans mon dos, sur mes épaules. Je ne sais plus quelles lèvres et quelles mains appartiennent à quel homme et je suppose que cela n'a pas vraiment d'importance.

Ils m'attachent à eux, m'empêchent de paniquer et de sombrer à nouveau dans la terreur. Ils s'assurent que je me concentre sur autre chose. Quelque chose qui me fait du *bien* et qui allume cette étincelle de chaleur dans mon corps.

Quelque chose qui compte, comme nous le faisons tous les uns pour les autres.

35

RIVER

Les Rois continuent à m'embrasser et à me toucher, et pendant qu'ils le font, je n'essaie plus de retenir quoi que ce soit. Au lieu de craindre la connexion que j'ai avec eux, je me laisse exprimer mon désir et le laisse grimper.

Pax et Preacher sont de chaque côté de moi, me maintenant entre eux.

Les différences dans leurs corps lorsqu'ils se pressent contre moi sont évidentes et j'aime le contraste entre eux.

Pax est grand et large, plein de tatouages et de muscles. Même si je voulais lui échapper, je n'y arriverais pas. Pas avec lui si proche. Sa bouche est dans mon cou, embrassant jusqu'à mon oreille où il glisse sa langue le long du contour, me faisant frissonner contre lui.

Preacher est devant moi, plus mince et un peu plus petit que Pax, mais tout aussi fort. Je peux sentir à quel point il est concentré. Sur moi. Son contrôle est relâché et il cède à ce qu'il veut. Il relève mon menton avec ses doigts et me regarde dans les yeux. Les ombres de la route et la faible lumière créent un beau contraste sur son visage. La moitié de celui-ci est cachée dans l'obscurité, ne laissant qu'un aperçu d'une pommette et de son regard inflexible.

« Tu veux ça ? » demande-t-il, la voix basse et rauque. Je reconnais le désir dans son ton, et je sais qu'*il* le veut. « Est-ce que tu nous veux ? »

Je hoche la tête avec enthousiasme, acquiesçant de plus en plus facilement à chaque fois qu'ils me le demandent. Je le veux vraiment. J'ai l'impression que la seule façon de surmonter ma panique face à mes sentiments pour ces hommes est d'accepter ces sentiments et de me laisser porter par eux.

À ce stade, je ne pourrais pas le cacher même si j'essayais.

Et je ne cache certainement pas ce que ça me fait. Pas quand je me balance contre Pax, que je me frotte contre lui, que je le sens durcir dans son pantalon et que je gémis à la sensation que ça procure contre mon cul. Je glisse ma main sur la bite de Preacher pour essayer de le faire bander lui aussi.

Je les veux tous tellement. Non. *Vouloir n'*est pas le mot exact. C'est un besoin. Purement et simplement. Quelque chose qui dépasse le désir pour devenir quelque chose de plus profond, quelque chose qui grandit de plus en plus en moi jusqu'à ce que ça bloque tout le reste.

Je veux sentir leurs mains sur moi. Je veux qu'ils me baisent, ici même, sur le bord de la route. Je ne me soucie même pas de ce qui pourrait arriver ou de qui pourrait voir.

Tout ce qui m'importe, c'est d'en avoir plus.

« S'il te plaît », je halète en me pressant plus fort contre Pax qui attrape mes hanches et se frotte encore plus contre moi. « Putain. *S'il te plaît.* Je le veux. S'il te plaît, je vous veux. »

Je ne me soucie même pas de toutes les suppliques qui sortent de mes lèvres en cet instant. Comment le pourrais-je, alors que ça me rapproche un peu plus du fait de les avoir ? De les avoir tous.

Pax grogne dans mon oreille et mord mon cou avec force. Assez fort pour que je me secoue contre lui. Il semble très excité, se frottant contre moi et tendant la main pour me palper les seins.

Quand je regarde Gale, il a cette expression déterminée. C'est différent de son expression habituelle, mais il est clair qu'il veut que ça arrive.

Ash me regarde comme si j'étais la chose la plus sexy qu'il ait jamais vue, et ça me donne des frissons partout parce que je suis convaincue qu'il n'a jamais regardé quelqu'un d'autre comme ça avant et j'aime vraiment ça.

Je lève les yeux vers Preacher en dernier et son expression me frappe de plein fouet. Ses yeux sont plus expressifs que je ne les ai jamais vus, sombres de désir et reflétant mes propres besoins.

Il s'éloigne, et je veux tendre la main pour le ramener, le tirer vers moi et l'embrasser. Faire quelque chose.

Puis les mains de Pax disparaissent aussi et je gémis par déception.

Mais ça ne dure pas longtemps.

Gale est là une seconde plus tard. Il me soulève et me porte jusqu'à la voiture, me déposant sur le capot. Je peux sentir la chaleur du moteur à travers mes vêtements.

Il défait la fermeture éclair de mon pantalon et pousse sa main à l'intérieur. Je sais déjà ce qu'il va trouver. Je suis glissante et humide, et quand ses doigts effleurent mon clito, je me cambre et gémis plus fort, le son résonnant autour de la route vide.

Gale sourit et enfonce ses doigts plus profondément, me coupant le souffle.

Il bouge ses doigts contre moi, les enfonçant lentement et profondément, s'assurant que je puisse bien les sentir.

Son regard dur a disparu et la seule intensité dans ses yeux est la chaleur de son désir. Maintenant qu'il a entendu ce qu'il voulait entendre, tout ce qu'il veut c'est ce qu'il y a entre nous. Il m'excite tellement que je suis presque en train de fondre contre lui, juste parce qu'il me baise avec ses doigts.

Et puis les autres s'approchent aussi.

Ash se penche pour pouvoir tourner mon visage vers le sien et capturer ma bouche dans un baiser chaud. Nos lèvres et nos langues s'effleurent et s'emmêlent. Il fredonne légèrement en glissant ses doigts dans mes cheveux.

Une autre paire de mains, celle de Pax encore, remonte mon t-shirt et mon soutien-gorge, exposant mes seins à tout le monde. Il les tripote brutalement, ce qui me rend encore plus trempée sur les doigts de Gale.

Je suis prise entre eux, me tortillant et gémissant dans la bouche d'Ash. C'est difficile de savoir où chercher pour en avoir plus ou contre qui s'arquer. Ma tête se met à tourner à mesure que le plaisir grandit.

Pax pince un de mes mamelons assez fort pour que je crie et que je doive cesser d'embrasser Ash pour reprendre mon souffle. Il sourit quand je croise son regard, comme toujours.

« Tu es tellement trempée », gémit Gale, attirant à

nouveau mon attention. Il retire ses doigts et ma chatte palpite. Elle n'est pas contente d'être vide tout d'un coup.

« Encore », je gémis. « J'ai besoin… »

Gale lève ses doigts vers ses lèvres et lèche mon excitation sur eux. Je ne peux pas détourner mon regard de sa langue, de la façon dont elle caresse chaque doigt jusqu'à ce qu'il soit propre.

« Nous savons ce dont tu as besoin, bébé », me dit-il d'une voix rude en reculant d'un pas.

Preacher prend la place de Gale en face de moi et il ne perd pas de temps pour mettre sa main dans mon pantalon.

Il attrape une poignée de mes cheveux et m'oblige à le regarder pendant qu'il enfonce ses doigts dans ma chatte. Ce n'est pas aussi brutal que lorsqu'il me baisait avec le manche de l'outil d'hier soir, mais c'est presque aussi intense.

« Aimes-tu ça ? » murmure-t-il à voix basse, mais je peux l'entendre même par-dessus les battements de mon propre cœur. « Aimes-tu être utilisée comme ça ? »

« Oui », dis-je en haletant. Parce que c'est le cas. Je ne peux pas le nier. Je suis ouverte et trempée pour lui, pour eux, et mon corps ne semble pas pouvoir s'en passer.

Preacher m'excite encore plus, jusqu'à ce que mes hanches se soulèvent pour répondre à chaque poussée profonde de ses doigts en moi. Il se penche encore plus près, un regard de concentration féroce sur son visage incroyablement séduisant.

« *Tu nous appartiens* », me dit-il et ça sonne comme une promesse et un ordre en même temps. « Tu es à nous et nous sommes à toi. »

« Oui », je gémis, me balançant plus fort contre lui. « Putain. Oui, Preacher. *S'il te plaît.* »

Avant même que je puisse jouir, il se retire et s'écarte.

Une fois de plus, je gémis à voix haute, regardant autour de moi pour voir lequel d'entre eux va venir le remplacer.

C'est Pax, et dès qu'il me rejoint, il commence à retirer mon pantalon et ma culotte. Je pense brièvement que je vais avoir besoin de les récupérer avant de rentrer à la maison, mais je peux à peine penser et encore moins l'exprimer.

Pax attrape mes chevilles et me tire sur le capot de la voiture pour que je sois exactement là où il veut que je sois. Il me fait un grand sourire, et quand je baisse les yeux, je vois que sa bite est déjà sortie.

Elle est grosse et épaisse, et il y a déjà du liquide qui perle. Son piercing capte la lumière du lampadaire un peu plus loin et il retient mon attention pendant un moment.

Au moins jusqu'à ce qu'il aligne sa bite avec ma chatte et qu'il s'enfonce à l'intérieur jusqu'au fond.

Je crie quasiment. Il est si gros qu'il me remplit complètement, et même si Preacher et Gale m'ont préparée avec leurs doigts, je peux tout de même sentir mon corps s'étirer pour s'adapter à la taille de Pax.

Il me sourit à nouveau, comme s'il savait qu'il était difficile à prendre, puis il se retire lentement, me laissant sentir chaque centimètre de lui.

Je penche la tête en arrière, me rappelant comment respirer en regardant le ciel. C'est une nuit nuageuse et ni la lune, ni les étoiles ne sont visibles.

Au loin, on entend le grondement du tonnerre, faible et roulant. Une brise se lève, faisant bruisser les arbres de chaque côté de la route et soulevant les cheveux dans mon cou et sur mes épaules pendant un instant. C'est une sensation agréable sur ma peau chaude, mais cela ne me déconcentre qu'une seconde.

Parce que comment pourrais-je remarquer autre chose quand Pax est en moi, me baisant comme s'il n'en avait jamais assez ? Il maintient sa prise sur mes jambes, les utilisant comme un levier pour me baiser assez fort pour faire bouger la voiture d'avant en arrière.

Tout ce que je peux faire, c'est le prendre, et c'est tout ce que je veux vraiment faire.

Je gémis en enfonçant mes doigts dans ses poignets, comme si j'avais besoin de m'accrocher de toutes mes forces.

« Regarde ça », dit Pax, à bout de souffle. Il regarde l'endroit où nos corps se réunissent, et je fais de même, regardant sa bite entrer et sortir de moi. « C'est comme si tu étais faite pour ça. Comme si tu étais faite pour me prendre comme ça. Putain, j'adore ça. »

Je laisse échapper un petit gémissement en fixant sa bite qui m'empale.

Chaque fois qu'il se retire, elle brille à cause de mon excitation, et je sens mon orgasme approcher de plus en plus, rien qu'en la voyant.

Je me resserre autour de Pax et il jure à voix basse, perdant son rythme alors qu'il est sur le point de jouir lui aussi.

Une goutte frappe le sommet de ma tête et il me faut une seconde pour réaliser qu'il pleut. Cela ne ralentit pas Pax et il jouit en grognant, me remplissant de son sperme. Il étend le haut de son corps sur le mien et pose sa bouche sur mon cou, suçant assez fort pour laisser un suçon, puis il se retire et fait un pas de côté.

Gale se replace entre mes jambes, et sa bite est aussi sortie et dure. Il ne perd pas de temps. Il s'enfonce en moi, saisissant mes fesses pour me tirer jusqu'à lui, jusqu'à ce qu'il n'y ait presque plus d'espace entre nos corps. Je suis tellement étirée après avoir pris Pax qu'il n'y a aucune résistance. Il se glisse à l'intérieur, reprenant là où son ami s'est arrêté.

« Bonne fille », dit-il en se penchant sur moi. « Juste comme ça. »

Je hoche la tête comme s'il me posait une question, mais ce n'est qu'une réaction instinctive. C'est incroyable, et rien que le fait d'être félicitée et de l'avoir en moi suffit à me faire craquer, tandis qu'un orgasme foudroyant me submerge. J'étouffe mon cri dans l'épaule de Gale, en mordant un peu, ce qui le fait siffler et se jeter plus fort sur moi.

Je n'ai pas le temps de me remettre parce qu'il ne s'arrête pas. Ma chatte est sensible, et c'est presque trop, mais j'en veux plus. Je les veux tous avant la fin de la nuit. Mon corps semble le savoir aussi et la sensation frôle la douleur, mais se transforme en plaisir. J'enfonce mes ongles dans les bras de Gale, m'accrochant à lui tandis qu'il continue de bouger en moi.

Il est aussi profond qu'il peut l'être et c'est comme si je pouvais le sentir partout dans mon corps, me faisant jouir, même si je frissonne toujours après mon premier orgasme.

Ma tête penche sur le côté et mon souffle s'arrête lorsque je vois Preacher debout, sa bite sortie et dans sa main. Ses yeux sont fixés sur la scène, sans détourner le regard une seule seconde. Il se branle, et à la façon dont ses lèvres sont entrouvertes et à la vitesse à laquelle sa main bouge sur sa bite, je sais qu'il est sur le point de jouir.

Juste en nous regardant tous ensemble comme ça.

J'adore ça, putain.

« Merde », Gale jure d'une voix rauque et basse. « Tu es si trempée, putain. Tellement serrée. C'est si bon. »

Il m'excite à nouveau pendant qu'il poursuit son propre plaisir, et quand il jouit enfin en moi, c'est avec un faible gémissement et une dernière poussée profonde. Il explose en moi dans une bouffée de chaleur et la sensation ne fait qu'augmenter mon excitation.

Il respire fort, se ressaisissant, et je l'attrape et le rapproche pour pouvoir l'embrasser. Je peux encore sentir mon goût sur sa langue, quand il a léché ses doigts, et ça me monte à la tête.

« Bébé, je pense que tu m'as ruiné », murmure-t-il, sa bouche bougeant contre mes lèvres.

Je l'embrasse plus fort juste pour lui prouver qu'il a raison sur ce point. Et quand nous nous séparons enfin et qu'il recule, j'attrape Preacher, l'attirant plus près.

« River », il halète. « J'ai besoin… »

Le tonnerre gronde, fort et insistant, et il interrompt tout ce que Preacher allait dire.

Je ne sais pas s'il allait dire qu'il a besoin d'aide, mais c'est ce que je lui donne. J'enroule ma main autour de la sienne qui est toujours autour de sa bite. Ses hanches se déplacent vers l'avant, comme s'il cherchait plus de friction, et c'est exactement ce que j'ai l'intention de lui donner. La chaleur qui se dégage de son corps est incroyable et je peux pratiquement sentir à quel point il est proche. Je commence à bouger nos mains ensemble et son souffle s'arrête.

« *Merde* », gémit Preacher. « C'est… » Il cesse de parler et change la position de nos mains pour que la mienne soit sur sa bite et la sienne sur ma main, et nous caressons ensemble.

Rien que de le voir comme ça, la chaleur grandit dans mon ventre, et même si on n'a pas encore vraiment baisé, chaque pas que l'on fait pour s'en rapprocher est tout aussi bon. Aussi chaud. Un jour, on y arrivera, et si c'est aussi incroyable que ça, il y a de fortes chances que ça me tue.

Je caresse sa bite avec ma main de haut en bas en soutenant son regard pendant que je le fais. Je ne me lasserai jamais de faire en sorte que Preacher se sente bien. Un frisson de bonheur et de désir me parcourt lorsque je fais tourner ma main et que je frotte mon pouce sur la tête de sa queue, étalant la goutte de liquide avant de redescendre.

« J'y suis presque », dit-il en haletant et nous bougeons nos mains de plus en plus vite jusqu'à ce qu'il jouisse d'un jet chaud et humide sur mon bas-ventre.

On reste comme ça pendant une seconde, nos mains entourant sa bite ramollie. La chaleur brûle dans ses yeux lorsqu'il démêle ses doigts des miens et recueille un peu de sperme sur mon ventre, puis l'étale dans ma chatte. C'est un geste possessif, presque un geste d'homme des cavernes, pas comme s'il voulait me réclamer à la place des autres gars, mais comme s'il laissait sa marque avec la leur.

Je lui fais un sourire, mon cœur est plein, ce qui me donne presque le vertige.

Ash s'avance en dernier et il commence à pleuvoir plus fort. Un éclair brille dans le ciel derrière lui lorsqu'il vient se placer entre mes jambes écartées, illuminant la scène pendant une fraction de seconde.

Je me sens tellement vivante en le voyant, comme si

l'éclair se ruait dans mes veines. Le grondement du tonnerre n'est pas loin derrière et je lève une main pour écarter les cheveux mouillés de mon visage afin de pouvoir voir Ash clairement.

Il me regarde fixement, l'air tout aussi affamé que les autres. « J'ai besoin de toi aussi », je lui murmure, assez bas pour qu'il soit le seul à l'entendre. « Je veux plus avec toi. Il y a toujours eu plus entre nous. »

Ash me sourit, et c'est un peu possessif et un peu doux en même temps. Je peux dire que ça le touche que je dise ça. D'autant plus qu'il semblait inquiet que je m'en aille et que je dise que tout cela n'avait aucune importance.

C'est celui qui semble le plus en phase avec ses sentiments à propos de ce genre de choses. Celui qui semble avoir un côté romantique.

Il glisse sa main dans mes cheveux mouillés, me tirant pour m'embrasser profondément. En même temps, il aligne sa bite avec ma chatte et pousse à l'intérieur.

Il me remplit et je crie tandis que le plaisir m'envahit. Je suis si sensible d'avoir déjà joui, d'avoir eu les autres, mais ce n'est pas trop. Et même si ça l'était, je ne pense pas que je m'en soucierais. Je le veux tellement.

« Tu es si belle comme ça », murmure Ash quand il cesse de m'embrasser. Il adopte un rythme lent, me baisant à coups profonds et mesurés.

« Comment ? Trempée ? » je lui réponds en haletant et me cambrant contre lui.

Il rit et s'enfonce encore plus en moi. « Quelque chose comme ça. »

Les autres sont toujours là, leurs mains se promenant. Elles caressent mes cheveux et descendent le long de mes bras et de mes épaules, sur mes seins. Je suis consciente de chacun d'entre eux, excitée et à l'affut de chaque contact. Je pense à la façon dont Gale m'a incitée à dire qu'ils comptent tous pour moi et cela semble encore plus vrai maintenant.

Mon corps réagit à tout ce qu'ils font et *tout* cela est très fort. Je peux reconnaître la personne qui me touche rien qu'à sa façon de le faire et je réalise à quel point je suis consciente d'eux. Je les connais et ils me connaissent.

Lorsque j'ai commencé à m'amuser avec chacun d'eux après avoir emménagée à la maison, il y avait cette étincelle d'exploration, d'apprentissage de ce qu'ils aimaient et de ce qu'ils pouvaient me faire. Mais maintenant, il y a une familiarité réconfortante dans la façon dont ils me touchent et cela n'enlève rien à l'expérience. Au contraire, c'est encore plus facile pour eux de m'exciter et de me faire craquer.

La pluie s'abat sur nous, tapant sur le capot de la voiture pendant qu'Ash me baise. Avec un autre coup de tonnerre, l'orage s'intensifie encore plus. Il pleut des cordes et personne ne devrait être capable de réaliser ce que nous faisons, même s'ils nous voyaient sur le bord de la route comme ça.

Ça ne fait qu'ajouter à l'atmosphère, nous enveloppant dans une bulle, comme si c'était notre propre petit monde. Il n'y a que nous cinq et la passion entre nous qui ne fait que grandir.

C'est comme si ça nettoyait quelque chose. J'évacue une partie de moi dont je n'ai plus besoin. Une version de moi que je n'ai plus besoin d'être.

Tous les murs auxquels je me suis accrochée pendant si longtemps s'effritent. Même s'ils me protégeaient avant, je n'en ai plus besoin maintenant. Pas quand je peux m'abandonner à ces hommes et savoir qu'ils vont me protéger.

Qu'ils me protégeront avec tout ce qu'ils ont.

Je compte pour eux et c'est trop tard pour essayer de démêler ce que nous avons ensemble. Je ne pense même pas que je le voudrais même si je le pouvais. Nous formons un tout. Ils étaient déjà un tout avant que j'arrive et maintenant j'en fais partie. Une partie de ce groupe incassable qui se battrait, mourrait et tuerait pour les autres.

Je m'abandonne donc à eux, me délectant des mains sur moi et de la sensation que procure la bite d'Ash lorsqu'elle entre et sort de ma chatte gonflée.

« Je pourrais faire ça tous les soirs », murmure Ash, la voix presque révérencieuse. « Juste m'enfoncer en toi. Ou te regarder te faire baiser par les autres et me branler face au spectacle. N'importe quoi. Du moment que c'est toi et nous. »

Ma chatte palpite à mesure que le plaisir augmente, et je n'arrive pas à dire quoi que ce soit pour le moment, mais je me serre autour de sa bite.

Comme je suis encore très sensible, je bascule rapidement dans l'orgasme, jouissant une fois de plus pour Ash. Je renverse la tête en arrière et gémis son nom. Le son se perd presque dans le grondement du tonnerre qui suit.

Il me suit, s'agrippant à moi alors qu'il s'enfonce dans mon corps, tout aussi incapable que moi de résister.

36

ASH

Ma bite palpite une fois de plus, comme si elle essayait encore d'en donner plus à River, même si je suis vidé. Je suis toujours enfoncé en elle, et honnêtement, je pourrais rester ici pour toujours. Elle est chaude et trempée, et ça fait un bien fou d'être si près d'elle.

Elle est étalée sur le capot de la voiture, trempée et molle. Quelques mèches de cheveux mouillées s'accrochent à son visage, se collant à sa peau.

Elle est belle, putain.

Je me frotte un peu contre elle. Je ne suis pas encore prêt d'arrêter et elle gémit pour moi. Ses yeux sont brillants quand ils rencontrent les miens.

« Je ne peux pas », gémit-elle, à moitié en riant et à moitié en sanglotant. « Putain, je ne peux pas jouir à nouveau. Laisse-moi prendre une pause, espèce de sauvage. »

Avec un petit rire, je me retire et l'aide à se redresser.

Je me penche et l'embrasse, goûtant l'eau de pluie sur ses lèvres. Quand je recule, les autres s'avancent pour réclamer leurs propres baisers, puis se mettent de côté pour que quelqu'un d'autre puisse l'embrasser aussi.

River a l'air complètement baisée et, pour une fois, elle nous lance aucun de ses sarcasmes habituels et ses murs ne sont pas levés. Même sa peur et sa douleur semblent s'être évanouies.

C'est juste elle et nous et rien d'autre. Pas de faux-semblants, pas de mensonges. Juste la peau contre la peau et la pluie qui tombe autour de nous.

C'est comme si quelque chose d'important venait de changer. Je n'admettrais jamais que je suis un romantique, surtout après tout ce que j'ai traversé et vu dans ma vie, mais je le suis.

Je regarde toujours des films sentimentaux et j'ai toujours gardé l'espoir qu'un jour, les choses se passeraient vraiment comme ça.

Et ça, avec River ? Ça semble... réel.

On n'a jamais vraiment eu de femmes. Sauf pour Preacher qui aimait Jade. À part ça, on s'est dévoué les uns aux autres. On a tous baisé souvent, sauf pour Preacher ces dernières années, mais ça n'a jamais été sérieux. Aucun d'entre nous n'est jamais tombé amoureux ou n'a même pris la peine de présenter la femmes avec qui il était.

Bien sûr, les autres Rois ont tous vu les femmes aller et venir dans ma chambre par le passé, mais ce n'est pas la même chose que si l'un d'entre eux faisait partie de tout ça. Une partie de nous.

C'est nouveau, c'est différent et ça semble important. C'est quelque chose que nous aurions probablement tous renié avant. Mais maintenant, personne ne le fait.

Même River. Plus maintenant.

La pluie continue de tomber alors que nous nous rhabillons, puis nous remontons dans la voiture. Nous sommes tous trempés, et je sais que Gale va se plaindre de l'eau dans sa voiture demain matin, mais pour l'instant, personne ne s'en soucie vraiment.

Rien d'autre ne compte que ce que nous venons de faire. Tout le reste peut attendre.

« Putain de merde. Je suis affamé », dit Pax en posant sa tête sur l'appui-tête.

« Quand est-ce que tu ne l'es pas ? » commente Preacher, mais il y a un ton taquin, quelque chose que je n'ai pas entendu depuis un moment.

« Quand je mange », répond Pax.

« On devrait acheter quelque chose avant de rentrer », dit Gale. « Puisqu'on n'a pas dîné ni rien mangé. »

Il ne mentionne pas le restaurant que nous venons de quitter et personne d'autre n'en parle. Au lieu de cela, je sors mon portable et commence à chercher un endroit où nous arrêter sur notre chemin.

« Ce restaurant chinois est assez proche », je leur dis. « Qu'est-ce que vous en pensez ? »

L'estomac de Pax gronde rien qu'en y pensant et celui de River aussi, ce qui me fait rire.

« Ça a l'air bien », dit-elle. Elle est affalée sur le siège arrière, la tête renversée contre l'appui-tête. « Ça fait longtemps que je n'ai pas mangé de la bonne nourriture chinoise. »

« Ash, passe une commande », dit Gale qui se dirige déjà vers le restaurant.

C'est moi d'habitude qui commande pour nous quatre. Principalement parce que je sais comment charmer les gens pour obtenir des trucs gratuits. La vieille femme chinoise qui dirige l'endroit où nous allons n'est pas une exception et je la flatte, elle et sa nourriture, jusqu'à ce qu'elle se mette à glousser au bout du fil.

« Comme d'habitude ? » je demande aux gars en éloignant le portable de mon visage pendant une seconde.

Ils hochent tous la tête et ensuite je regarde River. Elle n'a pas encore un plat habituel. Pas avec nous, en tout cas, et on dirait le début d'une tradition.

« Poulet Kung Pao. Riz blanc. Rangoon de crabe », dit-elle doucement et elle me fait un petit sourire.

Je lui fais signe que c'est bon et transmets notre longue commande à la femme. Elle la prend en note et me la relit.

« Vous êtes incroyable », lui dis-je. « Je ne sais pas comment vous faites. »

« Oh, arrêtez », dit-elle en gloussant à nouveau. « Vingt minutes. »

« Nous serons là. »

Il nous faut moins de vingt minutes pour y arriver, mais la nourriture est déjà prête quand nous entrons. Et comme d'habitude, il y a des boulettes supplémentaires dans le sac.

Je la remercie à profusion, puis je me précipite à nouveau sous la pluie et me glisse dans la voiture. L'odeur de la nourriture chinoise emplit la voiture alors que nous rentrons chez nous. Elle est assez forte pour camoufler l'odeur de sexe qui nous colle encore à la peau malgré la pluie.

Nous enfilons des vêtements propres et secs dès notre retour, et nous nous retrouvons tous dans le salon plutôt que dans la cuisine. C'est plus confortable et nous pouvons tous nous installer sur le canapé et la causeuse en étalant la nourriture sur la table basse.

Nous ouvrons tous les contenants, chacun essayant des morceaux des commandes des autres.

Je prends une bouchée du poulet de River et tousse un peu, car c'est épicé.

Elle se moque de moi et me passe un soda en me tapant dans le dos.

« C'est bon », elle me taquine. « J'aime quand c'est piquant. »

« Ouais. J'ai compris ça à propos de toi. » Je lui fais un clin d'œil avant de boire une longue gorgée et de retourner à mon poulet au citron.

Quelques minutes plus tard, Chien vient mendier de la nourriture. Ses yeux bruns sont grands et sa langue pend.

« On dirait que tu n'es jamais nourri », commente Preacher en secouant la tête. « Et la nourriture chinoise n'est pas bonne pour les chiens. Tu as un bol entier de croquettes à manger. »

Le chien semble penser qu'on lui offre l'opportunité incroyable de manger directement dans le contenant de Preacher, et Preacher roule les yeux et le tient hors de sa portée.

Le chien gémit, regardant autour de lui avec une expression triste.

« Hé, Jason Momoa a été nourri de plats à emporter et de déchets pendant la majeure partie de sa vie, alors il y est habitué. Il peut le supporter. » River lui lance un rouleau de printemps et il l'arrache des airs, le dévorant plus vite qu'on ne peut le voir.

Une fois le repas terminé, Pax se lève et prend une

bouteille de whisky, l'ouvre et en boit une gorgée. Il s'installe sur la causeuse et me passe la bouteille.

Je prends une longue gorgée, laissant la chaleur s'installer dans mes os avant de la tendre à River.

C'est sympa, de traîner comme ça. Profiter de la compagnie de l'autre. Les gars et moi avions l'habitude de faire ça tout le temps avant qu'on ne devienne si occupé. Juste traîner ensemble et passer le temps.

Nous n'avons jamais vraiment eu l'occasion de le faire avec River avant. On n'a jamais eu le temps.

Tout s'est enchaîné, alors c'est bien de traîner, de manger trop de nourriture et de la faire passer avec de l'alcool. Pour une fois, on peut oublier nos soucis et juste profiter de la soirée.

Au bout d'un moment, je commence à raconter des histoires embarrassantes sur les autres gars et ils me rendent volontiers la pareille en parlant de moi. C'est surtout pour faire rire River, puisqu'on connaît déjà toutes les histoires embarrassantes des autres.

Et elle rit. Ses yeux sont brillants et elle manque de s'étouffer avec du riz quand Pax raconte une histoire où je suis tombé dans une fontaine.

« Il se croyait si cool », dit Pax en ricanant. « Il a fait son truc avec la pièce de monnaie, l'a jetée et a regardé cette fille en lui disant "fais un vœu". » Il prend sa voix un peu plus aiguë, essayant clairement de m'imiter.

« Je ne parle pas comme ça », j'argumente en levant les yeux au ciel, mais un sourire se dessine sur mes lèvres.

« Tu le fais vraiment », répond Pax. « Oh attends, en fait ça devrait être plus comme "fais un vœu". » Il rend la voix plus haletante, comme si j'étais en train de lire un roman à l'eau de rose ou quelque chose comme ça quand je l'ai dit.

Tout le monde rit à gorge déployée et je lui lance une boulette. Elle le frappe à l'épaule et tombe par terre, et avant qu'il ne puisse la saisir et la manger, Chien s'est déjà jeté dessus et l'a dans sa bouche.

« Bref, la fille a les yeux qui brillent avec ses conneries. On dirait qu'elle est sur le point de jouir parce qu'Ash a tiré à pile ou face. Puis il met un pied sur le bord de la fontaine pour une raison quelconque. Pour montrer sa bite, je ne sais pas. Mais il glisse et tombe en plein dedans », explique Pax.

River meurt de rire, et même Preacher sourit, alors je ris avec eux en levant mes mains.

« Écoutez, je n'ai pas toujours été la personne suave que je suis maintenant », dis-je. « Et ne faisons pas comme si j'étais le seul à avoir déjà eu l'air d'un idiot devant une femme. Gale. »

River rebondit pratiquement dans son siège, voulant clairement entendre d'autres d'histoires du genre.

Alors on lui raconte. On échange des histoires sur toutes sortes de choses stupides en se faisant rire mutuellement. C'est une distraction agréable de tous les trucs sérieux, de vie ou de mort, auxquels nous avons eu à faire face ces derniers temps. On se sent plus léger à la maison comme jamais auparavant.

À un moment donné, je sors mes cartes et je commence à faire des tours, à déconner comme je le fais habituellement pendant que nous parlons. Ça fait du bien de les retourner dans mes mains, de choisir une carte et de la mélanger pour qu'elle ressorte plus tard.

Mes couteaux de lancer sont sur la table basse et j'en

attrape un, le faisant tourner dans mes mains pendant que Gale raconte une histoire.

River me regarde pendant que je le fais et je peux sentir ses yeux sur moi, observant tout.

« Je veux essayer », dit-elle quand Gale a terminé en faisant un signe de tête vers les lames.

« Ok », lui dis-je en leur faisant un signe du menton. « Vas-y. Voyons ce que tu peux faire. »

Elle en prend un et le tient en équilibre dans sa main pendant une seconde, s'habituant à son poids. Il est probablement plus léger que les couteaux auxquels elle est habituée, mais cela ne semble pas être un problème pour elle.

Elle imite le mouvement qu'elle m'a vu faire auparavant et lance le couteau sur le mur à l'autre bout de la pièce en visant de façon que la lame s'enfonce dans le plâtre assez profondément pour le maintenir en place.

« Pas mal. » Je pince les lèvres en guise d'appréciation. « Mais j'aurais dû savoir que tu étais douée avec tes mains. »

Je lui fais un clin d'œil, elle pouffe de rire et prend deux autres couteaux sur la table. Ses yeux se plissent alors qu'elle en lance un, puis l'autre. Elle essaie de faire une ligne avec les couteaux et finit par obtenir quelque chose d'un peu bancal. Ce n'est vraiment pas si mal pour un premier essai.

« Tu as besoin de viser quelque chose », dit Pax en se levant de son siège. « Pour pouvoir vraiment t'entraîner. »

« Tu veux qu'elle te lance des couteaux ? » Mes sourcils se lèvent et Pax hausse les épaules.

« Sa main est stable. Elle va s'en sortir. »

« Ce n'est pas pour *elle que* je m'inquiète. »

Il me fait un grand sourire et arrache les couteaux du mur, les offrant à River avant de se tenir devant. C'est comme ce que River a fait pour moi quand elle est venue vivre avec nous, et nous regardons tous, la pièce devenant silencieuse.

River se lève et change de position, prenant la bonne posture avant de lancer. Elle se débrouille plutôt bien. La plupart de ses lancers forment un contour à l'extérieur de son corps, un peu trop loin pour être vraiment impressionnant, mais quand même bien pour une première fois.

Sauf pour le dernier.

Elle se corrige trop avec le dernier couteau, qui arrive trop près du corps de Pax, lui tranchant le bras avant de s'enfoncer dans le mur.

« Merde ! » Les yeux de Pax s'écarquillent tandis que le sang coule de l'entaille. Puis il éclate de rire.

37

RIVER

Pax rit toujours, appuyé contre le mur pendant que son bras saigne. Il n'est manifestement pas gêné par le fait que je lui ai accidentellement taillé le bras, et même si je devrais probablement me sentir coupable ou inquiète, tout ce que je ressens vraiment, c'est ce même sentiment étourdissant de justesse que j'ai ressenti lorsque les Rois m'ont baisée sur le capot de la voiture. Une partie de moi pensait que ça s'en irait une fois que ça serait sorti de notre système, mais ça n'a pas été le cas. En fait, ce sentiment n'a fait que se renforcer.

Je me lève et je vais vers lui en tendant la main vers son bras. « Laisse-moi voir. »

Il le tend et je vérifie la blessure. Je ne l'ai pas empalé, mais l'entaille est assez profonde pour nécessiter des points de suture.

« Va-t-il survivre ? » demande Ash d'un ton taquin.

« Si ça suffisait à le faire tomber, je serais inquiète », je réponds en plaisantant. « Il a besoin de points de suture, cependant. »

Je monte rapidement à l'étage pour prendre la trousse

de secours dans la salle de bain de Pax, puis je redescends. Il est assis sur le canapé et sourit toujours comme un dingue. Il est toujours aussi fou et clairement pas du tout en colère. La douleur qu'il ressent a rendu ses yeux un peu vitreux et il a l'air presque défoncé.

« Je vais te recoudre », je propose.

« Bien sûr », dit Pax en se penchant en avant pour me regarder. « Mais comme c'est toi qui m'as coupé, tu dois me recoudre les seins nus. » Il acquiesce solennellement, même si un sourire affamé se dessine sur son visage. « Ce sont les règles. »

Je pouffe de rire, mais la chaleur brûle dans mon corps en même temps. Ma chatte se serre à l'idée d'être seins nus devant eux comme ça, même si nous venons tous de baiser au bord de la route.

« Bien », lui dis-je. « Tu sais que j'aime suivre les règles. »

« Moi aussi », répond-il. « Enfin, les plus amusantes, en tout cas. Maintenant, enlève tout, petit renard. »

Avec un sourire en coin, j'enlève mon t-shirt, puis je me débarrasse de mon soutien-gorge que je jette de côté. Mes mamelons sont déjà durs, mon corps réagissant à quatre paires d'yeux fixés sur moi.

Et les gars n'essaient même pas de faire croire qu'ils ne me regardent pas sans vergogne. Je peux sentir leur regard, sentir la faim dans leurs yeux comme s'ils me dévoraient.

Leurs regards se posent sur moi comme une couverture et je déglutis fortement avant d'aller m'asseoir sur la table basse en face de Pax pour pouvoir me mettre au boulot.

J'enfile rapidement l'aiguille et rapproche son bras, nettoyant d'abord le sang avec une compresse imbibée d'alcool. Pax ne bronche même pas. J'essuie le sang et il tend sa bonne main et commence à caresser mes seins en commençant par celui qui est percé.

« Ça ne rend pas les choses plus faciles », je murmure, mais je ne lui dis pas d'arrêter.

Les autres semblent penser que je leur donne la permission de se joindre à nous, et rapidement, il y a des mains partout sur moi. Ils se relaient pour tripoter les seins, pressant l'un puis l'autre, et pinçant mes mamelons. J'arrive à faire quelques points de suture sur le bras de Pax sans les bousiller, mais c'est difficile d'être concentrée en étant tripotée comme ça.

« Je vais finir par rater ses points de suture si vous continuez », leur dis-je d'un ton sévère, mais Pax se contente de rire.

« Ça en vaut la peine », réplique-t-il en prenant mon sein dans sa main.

« Ouais. Qu'est-ce qu'une autre cicatrice pour Pax ? » dit Ash. « Ça ne le dérange pas. Il en a déjà plein. Et tes seins en valent vraiment la peine. »

Je roule les yeux et je suis sur le point de faire un commentaire, mais Ash s'agenouille et prend un de mes mamelons dans sa bouche. Il fait tournoyer sa langue autour avant de le gratter doucement avec ses dents. Ce que j'allais dire se transforme en un gémissement alors que la chaleur m'envahit.

L'excitation s'accumule dans mon ventre, puis descend plus bas, rendant ma chatte encore plus trempée. J'essaie de me concentrer sur ce que je fais, mais la bouche d'Ash est insistante. Mes mains tremblent lorsque je noue le dernier fil et en finis avec le bras de Pax.

Ce n'est pas mon meilleur boulot, mais ça fera l'affaire, et il a clairement d'autres priorités en cet instant.

Je le laisse partir et me retire un peu en respirant plus fort. Ash se retire de mon sein avec un bruit sec et je frissonne rien qu'à l'entendre. L'air frais de la pièce rend mon mamelon encore plus dur et l'autre se durcit également.

Pax croise mon regard, ses yeux sombres brillent de désir et de cette lumière détraquée qui signifie généralement qu'il a une idée folle en tête.

Il pince fort mon mamelon non percé et sourit.

« En veux-tu un comme pour l'autre ? »

Une étincelle jaillit en moi. C'est électrisant et intense. J'anticipe la douleur et le plaisir qui vont en découler, et ils se mélangent si parfaitement en moi.

Je hoche la tête, le souffle trop court pour parler.

« Putain, ouais », gémit Pax. « Ash, va me chercher un anneau. Dans le tiroir de la salle de bain à droite du lavabo. »

Les yeux d'Ash sont tout aussi sombres et remplis de désir que ceux de Pax. Il se lève, se précipite hors du salon et monte les escaliers deux par deux.

Pax continue de presser mon mamelon, le pinçant comme s'il voulait le garder bien dur pour ce qu'il a l'intention de faire. Ash revient en un rien de temps, tenant un petit anneau en argent dans sa main.

Il le donne à Pax et les autres se rapprochent encore plus. Ils continuent à me toucher partout où ils peuvent. Je n'ai jamais craint la douleur, mais c'est réconfortant de les avoir si proches et ils me calment. Ça me permet de rester dans le moment présent et de me concentrer sur l'anticipation.

Pax fait glisser l'aiguille sur ma poitrine, en traçant sa courbe, puis il glisse la pointe sur mon mamelon. Il me taquine avec la pointe de l'aiguille, me laissant sentir comment elle est aiguisée pendant une seconde.

J'aspire un souffle, puis il enfonce l'aiguille dans ma chair pour la transpercer.

Je ne crie pas cette fois, mais je me jette un peu en avant. Ça fait un mal de chien, mais juste après la douleur, il y a le plaisir qui est profond, sombre et excitant.

Je respire fort, et mes jambes sont écartées, mais je ne me souviens pas de les avoir écartées. C'est l'une de ces choses involontaires qu'on fait quand on est si excité, je suppose.

Pax met l'anneau dans mon mamelon et glisse ensuite ses doigts dans le pantalon de survêtement que j'ai enfilé quand nous sommes rentrés à la maison. Je suis déjà tellement trempée que c'est facile pour lui d'introduire deux doigts dans ma chatte et il les enfonce profondément pour me remplir.

Je gémis, me tortillant sur la table pendant qu'il s'amuse avec moi. Ses doigts sont si épais qu'en avoir deux en moi est presque de la taille d'une bite et ma chatte se serre autour d'eux, essayant de les faire entrer plus profondément, essayant d'en avoir plus.

C'est trop bon pour ne pas le faire. Je veux le sentir partout, et l'élancement de mon mamelon percé correspond à l'élancement de mon clito alors que je suis de plus en plus excitée.

Derrière moi, Gale enroule sa main autour de ma gorge.

Il fait basculer ma tête en arrière et je le regarde à l'envers. Il sourit, puis se penche pour m'embrasser, ne faisant qu'augmenter la sensation.

Preacher et Ash se joignent à eux. Ash enlève mon pantalon, ce qui leur donne un meilleur accès à ma peau. Il fait glisser ses mains le long de mes cuisses, les écartant encore plus pour Pax qui ajoute un troisième doigt.

Cela m'étire tellement que je crie presque à cause de la sensation que cela procure. Mon corps parvient à s'adapter et je sens le plaisir monter. C'est comme un raz-de-marée qui se rapproche avant de m'emporter.

« Merde. Oh, *merde* », je gémis alors que je jouis, tremblant sous l'intensité de mon orgasme.

Pax sourit avec chaleur et férocité. « Regarde-toi », murmure-t-il, sans s'arrêter. Il enfonce ses trois doigts un peu plus profondément et je continue à trembler pour lui. « Tu aimes ça, n'est-ce pas ? Ta petite chatte serrée qui aspire mes doigts comme si tu ne pouvais pas t'en passer. »

« Putain », je halète. « Pax... »

« Oui, je sais. Je sais à quel point tu le veux, petit renard. Heureusement pour toi, on est assez nombreux pour te satisfaire. On pourrait te baiser tous les quatre ensemble. On n'aurait même pas besoin de se relayer. On pourrait baiser chaque trou, te toucher partout. »

« Oh mon dieu », je sanglote presque, rien que d'y penser. Parce qu'il a raison. Ils pourraient le faire. L'un d'eux dans ma bouche, l'autre dans mon cul et un dans ma chatte. Puis j'utiliserais ma main pour branler le quatrième. Ils pourraient faire une rotation pour que chacun d'eux ait son tour dans chaque trou.

Mon cœur s'emballe à cette idée et c'est comme s'ils

pouvaient sentir mon excitation augmenter, parce qu'ils se lancent tous dans l'aventure, jouant ce petit fantasme qui se déroule dans notre imagination collective.

Gale resserre sa main autour de ma gorge, tirant ma tête en arrière un peu plus, juste assez pour attirer mon attention.

« Ouais, elle aimerait ça », gronde-t-il, la voix profonde et dure. « On pourrait te garder si pleine. Il y aurait toujours une bite en toi et tu en redemanderais encore, n'est-ce pas ? »

Je gémis en entendant ça et Preacher tend la main pour tirer sur mon mamelon, taquinant le piercing presque cicatrisé. « Je me demande combien de fois on pourrait te faire jouir », murmure-t-il. « Jusqu'à ce que tu t'évanouisses ? Jusqu'à ce que tu n'en puisses plus ? »

« Je veux baiser ton cul », dit Pax. « Je parie qu'il est si serré, putain. Peux-tu me prendre là ? Me laisser t'avoir ? »

Je hoche la tête avec enthousiasme. À ce stade, tout ce qu'ils veulent, ils peuvent l'avoir. Je suis désespérée d'entendre leurs mots obscènes, gémissant et me balançant contre les doigts de Pax.

Gale se penche pour que sa bouche soit juste à côté de mon oreille. « Devrais-je lui dire que j'ai baisé ton cul ? » chuchote-t-il. « Devrais-je lui dire à quel point c'était serré ? Comment tu m'as supplié pour en avoir plus et comment tu as joui comme une bonne fille ? »

Je gémis et il sourit contre mon oreille.

« Tu peux avoir son cul », dit Ash. « Je veux sa bouche. Je veux couvrir ce joli visage de mon sperme pour qu'elle sache à qui elle appartient. Je veux voir si elle peut prendre ma bite jusqu'au fond de sa gorge. »

J'ai l'eau à la bouche à cette idée, et je l'ouvre presque automatiquement, comme si je le suppliais de faire ce qu'il décrit.

Preacher fait un bruit dans sa gorge. Il glisse une main entre mes jambes et je les écarte plus grands, faisant de la place pour sa main et celle de Pax. Je suis assez trempée pour qu'il n'ait pas de mal à en recueillir sur ses doigts. Il les presse contre ma bouche ouverte, les poussant à l'intérieur et me faisant goûter ma propre excitation. Je suce ses doigts, comme je le ferais s'il s'agissait d'une bite, et Preacher les enfonce encore plus profondément jusqu'à ce que je m'étouffe presque.

Pax enfonce ses doigts dans mon corps avec force, ce qui me plonge dans un nouvel orgasme. Mon cri est étouffé par les doigts de Preacher, et mon corps tremble et a des spasmes à cause du plaisir. Mais ils ne s'arrêtent toujours pas.

Ils sont implacables, ils me poussent à bout encore et encore. Je n'ai jamais la chance de redescendre ou même de reprendre mon souffle.

Preacher retire ses doigts de ma bouche et Ash se jette sur moi pour m'embrasser. Il tripote mes seins avant d'embrasser mes mamelons et d'en reprendre un dans sa bouche. Gale passe ses doigts dans mes cheveux, me tenant fermement et s'assurant que je ne puisse pas m'éloigner.

Comme si j'avais l'énergie d'essayer.

Chaque orgasme semble s'enchaîner à un autre, et je gémis faiblement. Ma chatte est si sensible et chaque pression des doigts de Pax déclenche de nouvelles répliques. Je halète et je me tords, croulant sous la force de tout ça.

Ils me poussent encore et encore, me faisant jouir de manière intense. C'est un orgasme sans fin qui semble ne jamais se terminer.

Pendant tout ce temps, leurs mots résonnent dans ma tête. Toutes les choses qu'ils veulent me faire. Toutes les façons dont ils veulent m'avoir et me faire craquer. Je veux faire ces choses, mais quand je peux enfin reprendre mon souffle, je peux à peine tenir ma tête en l'air et mes paupières sont si lourdes.

Je m'affale contre Gale, ma poitrine se soulevant. Pax retire finalement ses doigts et ma chatte se serre autour de rien.

Même si je suis épuisée, j'en veux plus. Je tends la main, essayant de toucher l'un d'entre eux ou *eux tous,* mais je perds de l'élan avant d'avoir établi le contact. Je suis tellement épuisée, putain.

Ash rit et lisse mes cheveux en arrière.

« On a le temps, tueuse », dit-il. « Je te le promets. J'ai eu beaucoup de fantasmes à ton sujet et j'ai bien l'intention de les recréer tous dans la vraie vie. Mais ce soir, tu as besoin de dormir. »

38

RIVER

Je me réveille le lendemain matin dans mon propre lit. Mon corps est endolori, mais de cette manière agréable qui signifie que la nuit précédente a été très amusante. Je bâille et m'étire un peu, appréciant la sensation, quand mon cerveau endormi réalise que je ne suis pas seule dans mon lit.

Je suis entre deux corps chauds et fermes, et je me redresse un peu pour voir qui c'est. Pax et Ash sont endormis de chaque côté de moi. Ils ont tous les deux l'air paisible et presque... tendre sous la lumière matinale. Les cheveux châtain d'Ash sont en bataille et Pax est enroulé autour de moi comme s'il voulait me protéger, même dans son sommeil. Ses lèvres sont entrouvertes et il ronfle doucement, ce qui est plutôt mignon, surtout pour quelqu'un d'aussi imposant et habituellement si terrifiant.

Comme il n'y a que ces deux-là dans mon lit, je suppose que Preacher et Gale ont dû se lever. Ça correspond à ce que je sais d'eux. Des lève-tôt, pas du genre à dormir quand il y a du boulot.

Ils sont probablement déjà en train de faire des plans pour faire face à cette nouvelle surprise que nous avons reçue la nuit dernière. Je sens que je devrais les rejoindre, mais je me prélasse d'abord avec les corps chauds à côté de moi en restant allongée.

C'est intéressant de voir les gars comme ça. Nous sommes tous des personnes très réservées, gardant toujours les choses secrètes pour que personne ne puisse en savoir plus que ce que nous voulons. Mais c'est différent maintenant. Tant de murs se sont effondrés sous la pluie hier soir et maintenant j'ai des petits moments comme celui-ci.

Je n'en ai jamais voulu avant. Je ne me suis jamais souciée de ce genre de choses. Les matins lents ou le fait de regarder quelqu'un dormir après l'avoir baisé à mort la nuit précédente. Rien de tout ça n'allait me rapprocher de mes objectifs, alors à quoi bon ?

Maintenant j'ai ces hommes et ils se soucient aussi de mes objectifs. Ils s'en soucient tellement qu'ils sont prêts à faire des choses que je ne leur demanderais jamais. Je n'ai pas l'habitude d'obtenir les choses que je veux, surtout sans sacrifier autre chose. Mais peut-être que, pour une fois, j'ai fait assez de sacrifices, et que maintenant je peux avoir quelque chose de bien qui n'a pas de prix.

Ash marmonne quelque chose dans son sommeil et se rapproche de moi, comme s'il cherchait ma chaleur. Je tends la main comme si j'allais lisser ses cheveux, mais je m'arrête à mi-chemin, ma main restant en l'air avant que je ne la retire.

C'est encore un travail en cours, je suppose. Pour être à l'aise avec ces petits gestes. Je n'ai aucune idée de ce que je fais, vraiment. Peut-être qu'un jour, tout sera plus facile. Peut-être qu'Ash a raison et que nous en aurons le temps.

Je repense à la nuit dernière. Ça a si mal commencé, avec tant de sentiments terrifiants, tant de peur. Tout cela était très difficile à gérer. Mais ensuite, ça s'est transformé en quelque chose d'incroyable. Je peux sentir la force avec laquelle ils m'ont baisée, combien de fois ils m'ont fait jouir. Jusqu'à ce que mon corps soit complètement épuisé.

Et je suis... heureuse.

C'est bizarre.

Je n'arrive pas à croire que tout ça soit arrivé. Les menaces de mort, le manque de confiance, le pacte que Gale et moi avons conclu pour ne pas nous mêler de la vie de l'autre... Tout ça pour arriver à ça... peu importe ce que c'est.

Quelque chose de chaud et de réel. Et d'inattendu. Mais j'en ai assez de tout remettre en question. J'ai arrêté de remettre en question toutes les mauvaises choses qui me sont arrivées dans la vie il y a longtemps en les acceptant pour ce qu'elles sont. Alors maintenant je vais faire la même chose avec ça. Ce qui est vraiment bizarre, parce que je ne pense pas avoir jamais eu quelque chose de vraiment bon pour pouvoir faire ça.

Il y a un début à tout, je suppose.

Je laisse Pax et Ash dormir dans mon lit, me faufilant entre eux pour m'habiller. J'enfile un short et un débardeur et je descends en baillant.

Je passe mes doigts dans mes cheveux, et je peux entendre Gale et Preacher parler à voix basse de manière sérieuse dès que je m'approche de la cuisine.

On a peut-être passé la nuit dernière à manger, à

plaisanter et à baiser, mais il y a encore beaucoup de choses à faire. Beaucoup de choses qu'on doit régler.

« Nous devons être sûrs », dit Gale. « Il ne peut rien y avoir qu'ils puissent renifler. Je sais comment les gens comme lui pensent et il n'y a aucune chance qu'il soit satisfait s'il n'a pas l'impression de connaître les tenants et aboutissants de notre affaire. »

Preacher soupire. « Donc en gros, on va devoir être sur le qui-vive presque constamment. Julian n'est pas un idiot. Il gère les choses depuis que son père est mort. Probablement même avant ça. Ce n'est pas un voleur minable. »

« On va y arriver », répond Gale. « On n'a pas le choix. Et c'est pourquoi nous avons gardé les choses si secrètes de toute façon. Nous ne partirons pas de zéro. »

« Bon matin », dis-je en entrant, interrompant leur conversation.

Ils lèvent tous les deux les yeux et je vois bien en une fraction de seconde que les choses sont différentes entre nous tous aujourd'hui. J'aurais pu le supposer en me réveillant au lit avec Pax et Ash, mais la façon dont Gale et Preacher me regardent le confirme.

Gale sourit et les yeux de Preacher sont tendres tandis qu'il m'examine. Je peux sentir son regard se promener sur moi, admirant mes bras et mes jambes nus, et cela me donne des frissons.

« Tu as bien dormi », dit-il et ce n'est pas une question.

Je pouffe de rire et vais faire du café. « Toi aussi, si tu avais joui autant de fois que moi hier soir. Je suis épuisée. »

« On a dû te porter jusqu'au lit », ajoute Gale. « Tu ne pouvais même pas monter les escaliers. »

Il y a de la fierté dans sa voix, comme s'il était heureux qu'ils m'aient mis K.-O. comme ça, et je ris. Ça fait du bien.

Nous ne sommes pas des gens tactiles, mais la façon dont ils parlent ouvertement de ce qui s'est passé et se moquent de tout ce qui est sexuel est agréable. Personne n'est réservé et ne semble avoir de regrets.

C'est nouveau et agréable.

« Laisse-moi deviner », dit Preacher en finissant une bouchée de pain grillé. « Pax et Ash sont encore endormis. »

« Ils ronflaient quand je les ai laissés. J'espère qu'ils ne se rendront pas compte que je me suis levée et qu'ils se réveilleront en se faisant des câlins. »

Gale rit et Preacher grogne en s'essuyant les doigts pour enlever le beurre et la confiture. « Ce serait un spectacle à voir. Ash s'en moquerait. Il ferait des câlins à n'importe quoi et Pax ne ferait que se moquer de lui. »

« Peut-être que je vais y retourner plus tard et voir si je peux prendre une photo ou quelque chose. Juste pour avoir une preuve. »

Je prends une tasse sur l'étagère et je peux sentir leurs yeux sur moi quand je m'étire pour la prendre. Mon débardeur remonte un peu, exposant une partie de mon dos et de mon ventre, et les deux semblent se concentrer dessus.

Leurs regards sont chauds et possessifs, et ils n'ont même pas besoin de me toucher ou de dire quoi que ce soit pour que je les désire à nouveau.

« Vous pensez vraiment pouvoir garder Julian en dehors de vos affaires ? » je leur demande en jetant un coup d'œil par-dessus mon épaule alors que j'essaie de me concentrer sur ce qui est le plus important.

« Nous ferons de notre mieux », répond Gale. « Nous avons parlé de... »

Il est interrompu par le bruit de quelqu'un qui frappe à la porte d'entrée.

Immédiatement, l'atmosphère dans la pièce devient tendue. Preacher serre sa tasse un peu plus fort, et Gale se lève, se dirigeant vers la porte d'un pas qui me rappelle celui d'un prédateur.

« Je jure que si cet agent du FBI est de retour », je murmure. Je ne sais pas combien de fois encore je peux lui dire que je n'ai aucune information pour lui avant qu'il ne comprenne. Et s'il a déjà entendu parler de notre marché avec Julian, alors je vais avoir des questions à lui poser. Je lui demanderai pourquoi il ne peut pas rester en dehors de nos affaires.

Mais ensuite j'entends une voix et ce n'est définitivement pas l'Agent Carter.

C'est celle d'une femme et tellement familière que ça me fait immédiatement mal à la poitrine.

Anna.

Elle parle à Gale et je n'arrive pas à comprendre ce qu'ils disent, mais ça n'a pas d'importance. Elle est *ici*. Je laisse presque tomber ma tasse sur le comptoir et je commence à me diriger vers la porte d'entrée, mais avant que je fasse plus d'un pas en avant, Anna fait irruption dans la cuisine.

Elle a l'air différente de la dernière fois que je l'ai vue, surtout parce qu'elle semble furieuse et bouleversée. Ses yeux bleus sont flamboyants et ses sourcils sont froncés au lieu d'avoir l'air timide qu'elle avait dans le sous-sol de Julian.

« Putain, qu'est-ce que tu as fait ? » demande-t-elle.

La férocité de son ton me prend au dépourvu et je recule d'un pas. Je ne sais pas trop pourquoi elle m'en veut, ni ce qui se passe. « Quoi ? Qu'est-ce que tu... ? Comment es-tu venue ici ? »

Je ne m'attendais pas à ce que Julian la laisse juste... partir. Pas encore, en tout cas. Pas avant que l'encre ne soit sèche sur le certificat de mariage entre Nathalie et Pax au moins et qu'il puisse être sûr d'avoir obtenu tout ce qu'il pouvait de ce marché. Il n'est pas du genre à renoncer à un atout avant d'avoir obtenu ce qu'il veut en échange. Je vois bien ça.

« J'ai fait le mur », dit Anna sèchement. « Et je n'ai pas beaucoup de temps. S'il découvre que je suis partie, il va... » Elle s'interrompt, l'air effrayée, comme une ombre passant devant le soleil. Puis elle secoue la tête, serrant la mâchoire. « Ce n'est pas la question. »

« Alors c'est quoi ? Pourquoi es-tu en colère contre moi ? »

« Parce que tu as parlé à Julian derrière mon dos ! Je ne t'ai pas demandé de faire ça. »

« Tu n'as pas... » C'est à mon tour de m'éloigner, de la regarder avec confusion. « Bien sûr que tu ne me l'as pas *demandé*. En quoi cela importe-t-il ? Qu'est-ce que j'étais censée faire d'autre, Anna ? Le laisser te garder ? Accepter le fait que tu es mariée à quelqu'un avec qui tu ne veux même pas être ? Le fils de l'homme qui a failli te tuer ? »

« Tu ne comprends pas », murmure-t-elle.

« Ouais, je suppose que non ! Comment as-tu découvert ce qui s'est passé ? »

Je fixe ma sœur, mais du coin de l'œil, je vois Gale faire

signe à Preacher qui acquiesce et se lève de table. Ils sortent tous les deux de la cuisine, nous donnant un peu d'intimité, autant que possible alors qu'Anna me crie pratiquement après, et je leur en suis reconnaissante.

« Putain, il me l'a dit ! » répond ma sœur sur un ton frustré. « Il est rentré hier soir avec un air suffisant et cruel et m'a dit qu'on allait divorcer. »

Elle crache le mot comme s'il s'agissait de quelque chose de mauvais et mon estomac se noue. Je ne comprends pas pourquoi elle est si énervée. Je ne peux pas avoir mal interprété cette situation. Ça ne peut pas être parce qu'elle veut *rester* avec Julian. Même s'il y avait une sorte d'attachement tordu, elle est assez intelligente pour savoir qu'il ne la traite pas bien. Qu'il ne la mérite pas.

Le fait qu'elle ait dû sortir en douce de la maison pour me voir en dit long.

Donc je ne sais pas quel est le problème. Mais en même temps, ça ressemble plus à la Anna dont je me souviens. Elle n'est pas docile et intimidée. Elle n'est pas repliée sur elle-même.

La ressemblance entre nous deux est plus forte maintenant, avec elle qui me fait face dans la cuisine, tellement en colère qu'elle en tremble presque.

« Tu ne veux pas... rester avec lui, n'est-ce pas ? » je lui demande à voix basse. Je crains presque d'entendre la réponse.

Si je dois la convaincre que Julian est une ordure et qu'elle doit le quitter, cela pourrait devenir beaucoup plus dangereux et compliqué. Je ne peux pas imaginer pourquoi elle se serait liée à lui, mais ça fait longtemps, et je ne sais pas comment les choses se sont passées pour elle. Je pensais qu'elle était morte et elle n'avait personne d'autre de son côté. Alors peut-être que ça a créé une sorte de syndrome de Stockholm qui lui fait penser qu'elle a besoin de lui.

Les yeux d'Anna s'écarquillent, sa tête recule d'un coup comme si je l'avais giflée.

« *Non*, je ne veux pas rester avec lui », siffle-t-elle. « Mais je ne vais pas abandonner mon fils, putain. Je ne vais pas le laisser avec Julian. C'est pourquoi je n'ai pas essayé de m'enfuir pendant tout ce temps, tu ne comprends pas ? Je ne pouvais pas amener Cody et je ne partirai pas sans lui. »

« Mais... »

« Non. Je ne veux pas l'entendre, River. » Elle repousse plusieurs mèches de ses cheveux blonds de son visage, puis serre les poings. « C'est mon fils. Je dois le protéger. Si je pars, il n'y aura personne d'autre que Julian pour l'élever. Je ne pense pas avoir à t'expliquer à quel point ce serait mauvais. »

« Anna. » Je fais un pas vers elle, la gorge serrée. « Tu ne peux pas rester là. Tu ne... tu ne sais pas comment il parle de toi. Comment il te voit. Il n'en a rien à faire de toi. Il n'en a rien à foutre de votre enfant. Cody est juste un *héritier* pour lui. Un accessoire. Quelqu'un qui perpétue la lignée familiale. Il s'est assis à la table hier soir et t'a échangée comme si de rien n'était. Comme si *tu* n'étais rien. Tout ce qu'il voulait c'était garder l'enfant et c'est tout. »

« Tu crois que je ne le sais pas ? » elle réplique. « C'est pourquoi je ne peux pas quitter Cody. Julian ne se soucie pas de lui en tant que personne. Il se fiche de savoir que c'est un petit garçon de trois ans et demi qui veut juste jouer et passer du temps avec son père. Il va transformer Cody en un monstre comme lui. Comme Lorenzo. Et n'essaie même pas de me dire que je ne sais pas comment Julian me voit. C'est moi qui ai été là avec lui pendant tout ce temps. Je sais *exactement ce qu'*il pense de moi. »

« Je... j'essayais juste d'aider », je murmure, mon estomac se tordant sur lui-même alors que la culpabilité monte en moi. Je me souviens du moment où Julian a insisté pour garder Cody alors qu'il laissait partir Anna et de la façon dont les hommes m'ont regardée.

J'ai pris la décision.

C'est ma faute.

« Je suis sa mère », poursuit Anna d'une voix tremblante. « Et si je devais choisir entre ma vie ou la sienne, je choisirais *la sienne* à chaque fois. Il fait partie de moi. Tu ne sais pas ce que c'est que d'être parent. »

Ça fait mal, surtout parce qu'elle a raison et que c'est une autre chose qui nous différentie maintenant. Elle a sa vie, un enfant et je ne l'ai jamais su. Je ne peux même pas m'identifier à ça.

« Peut-être que je ne sais pas ce que c'est. » Je déglutis. « Mais toi et moi savons qu'être parent n'empêche pas les gens d'abandonner leurs enfants. »

Le souffle d'Anna se coupe. Même si elle est encore clairement énervée, je vois bien qu'elle sait où je veux en venir. C'est notre père qui nous a mis dans ce merdier en premier lieu.

« Je ne suis pas comme lui », murmure-t-elle, les larmes aux yeux faisant briller ses iris bleues. « Papa nous a abandonnées, mais je ne laisserai pas mon enfant être une monnaie d'échange comme il l'a fait. Nous devons être *meilleures* que ça, River. Nous devons *faire* mieux. Sinon, le cycle ne s'arrêtera jamais. »

La honte me frappe de plein fouet et je presse une main sur mon cœur comme si j'essayais de le protéger de cette douleur soudaine et violente. Même au restaurant, quand Julian a insisté pour garder Cody, je crois qu'une partie de moi savait que c'était mal d'accepter. Que cela signifiait jeter un enfant innocent aux loups. Mais j'étais si proche de récupérer Anna, si proche, putain. C'était tout ce à quoi je pouvais penser. Tout ce que je pouvais voir.

« Je suis désolée », je réponds. « Je voulais juste te protéger. C'est tout ce à quoi j'ai pensé, tout ce à quoi je me suis accrochée pendant des années. Tout ce pour quoi je vis. Je n'ai pas pu te protéger à l'époque, quand tu avais besoin de moi. Je ne pouvais rien faire et j'ai dû les regarder te tuer. J'ai dû continuer ma vie en pensant que tu étais morte et que je t'avais laissé tomber. J'étais censée te protéger. Je te l'avais promis et j'ai échoué. Je dois faire mieux que *ça*. Je dois te protéger maintenant. »

Anna cligne des yeux lorsque je m'arrête enfin de parler pour respirer et tout ce qu'elle allait dire tombe à l'eau.

Une partie de la colère disparait de ses traits et elle émet un bruit étouffé dans sa gorge. Elle fait un pas en avant et m'entoure de ses bras.

39

RIVER

Avoir Anna dans mes bras est suffisant pour que mes yeux brûlent et que ma poitrine me fasse mal. Cela fait si longtemps et elle est différente maintenant, mais la sensation est la même. Elle a la même odeur, et si ce n'était pas le fait que nous sommes plus âgées et que nous venons juste de nous crier après, j'aurais presque l'impression que nous n'avons jamais été séparées.

« Ce n'était pas censé être ta responsabilité de me protéger », murmure-t-elle en soupirant. « Tu avais besoin de protection aussi. Nous avions *toutes les deux* besoins de quelqu'un pour nous protéger. On était toutes les deux des enfants, River. Rien de tout cela n'aurait dû arriver. Et ce n'était pas ta faute. »

Je déglutis en dépit de la boule dans ma gorge et je resserre mon étreinte sur ma sœur, la gardant aussi près que possible. C'est la première fois que je peux la serrer dans mes bras depuis que j'ai réalisé qu'elle était en vie. La tenir ainsi libère toute la douleur et le chagrin que j'ai maintenu dans mon cœur pendant toutes ces années.

Toutes ces années où elle m'a manqué. Toutes les fois où j'ai souhaité pouvoir lui demander des conseils ou qu'elle me reproche d'être imprudente. J'ai gardé sa photo pour me rappeler pourquoi je faisais cette mission, pourquoi c'était important, mais tout ce que je voulais vraiment, c'était la ravoir.

« Je suis désolée », je murmure, la voix remplie d'émotions. « Je suis tellement désolée. J'aurais aimé pouvoir être là avec toi. J'aurais aimé que tu n'aies pas à traverser tout ça toute seule. »

« Moi aussi. J'aurais aimé être avec toi. Je l'ai souhaité tous les jours. »

Elle me serre fort et recule, mettant lentement fin à l'étreinte. La colère d'avant s'est estompée et maintenant il n'y a que nous deux. Nous sommes plus semblables que nous voudrions l'admettre, têtues et obstinées, mais toujours orientées l'une vers l'autre.

Je ne peux pas m'empêcher de la fixer, de la dévorer des yeux comme si j'essayais de rattraper tout le temps perdu lorsque nous étions séparées. Ma sœur est là, devant moi, fatiguée et un peu abîmée, mais vivante.

Elle me regarde et je me demande ce qu'elle pense de moi. Cheveux argentés, cicatrices, tatouages. Je ne suis pas la même fille que celle qui a été enlevée et retenue captive avec elle il y a des années. Tout comme elle n'est plus la fille que je croyais avoir vu mourir dans cette maison de merde où ils nous gardaient.

Nous avons toutes les deux grandi et changé. Nous avons été affectées par ce qui nous est arrivé.

« Alors... » Anna prend une autre inspiration, lissant ses cheveux en arrière et enroulant les mèches autour de ses doigts dans un geste familier. Pendant un moment, elle ressemble tellement à qui elle était que ça me fait mal au cœur. « Qu'as-tu fait pendant tout ce temps ? Tu n'as certainement pas évité les problèmes. »

Je ris un peu, ne sachant pas trop quoi lui dire. Alors qu'elle a été forcée de jouer la comédie avec Julian Maduro, j'ai fait tout le contraire. J'ai dû accomplir beaucoup de choses pour en arriver où je suis rendue, pour rayer tous les noms de la liste que je gardais. Ce n'est pas quelque chose que je dirais à n'importe qui.

Mais Anna n'est pas n'importe qui et presque tout ce que j'ai fait depuis le jour où j'ai été libérée de cette maison a été fait en son nom. Pour me venger de ce que je pensais qu'ils lui avaient fait. Ce qu'ils lui *ont fait*, même si elle y a survécu.

« J'ai été... occupé », je réponds lentement. « J'ai passé la première année après qu'ils m'ont laissé partir dans un état de sidération. Je n'avais pas de but et je ne savais pas quoi faire ou comment me sentir. Tu étais morte. Du moins, je pensais que tu l'étais. Je me gardais engourdie, je suppose. Pour ne pas avoir à ressentir la douleur d'avoir échoué. »

« River, tu n'as pas... »

« Je sais. » Je l'interromps. « Je sais que tu n'es pas morte et je sais que tu diras que ça n'aurait pas été ma faute si tu l'avais été, mais... c'est ce que je ressentais. Je me sentais comme si je t'avais laissé tomber ou que j'avais empiré les choses ou... » Je secoue la tête et déglutis fortement. « Je ne savais pas quoi faire à partir de là. Chaque fois que j'y pensais, j'étais si triste. Et puis, je me suis mise en colère. Finalement, j'ai laissé ce sentiment de colère prendre le dessus et ça m'a permis de sortir de l'engourdissement. Ça m'a permis de faire quelque chose de ma vie qui avait de l'importance. »

« Qu'est-ce que tu veux dire ? » demande-t-elle.

« Je les ai tués, Anna », dis-je d'un ton calme. « Tous les hommes qui nous ont gardés prisonniers et qui ont posé leurs mains sur nous. Ils sont tous morts. »

Les sourcils d'Anna remontent vers la racine de ses cheveux. Elle cligne des yeux en réalisant ce que je dis, puis elle sourit, l'air satisfaite et vicieuse. « Même Lorenzo ? »

Je hoche la tête. « Même lui. Je ne savais pas vraiment ce que je faisais à l'époque, alors c'était… le bordel. Mais je l'ai tué en premier. »

Elle tire sur sa lèvre inférieure en regardant ailleurs comme si elle était perdue dans un souvenir. « Putain de merde. Je savais qu'il était mort, mais je n'avais aucune idée que tu étais celle qui l'avait tué. Julian et Nathalie pensaient que c'était un coup d'un gang rival ou quelque chose comme ça. Il avait beaucoup d'ennemis. »

Ça répond à la question de savoir si on m'a soupçonnée de l'avoir tué. Je vais le mentionner aux gars.

« Il le méritait », dis-je avec une pointe de dureté dans la voix. « Ça aurait pu être moi ou quelqu'un d'autre. Mais je suis contente de l'avoir fait. »

« Je suis contente que ce soit toi aussi. » Anna acquiesce résolument. « Il l'a *mérité*. Ils l'ont tous mérité pour ce qu'ils nous ont fait. » Elle a de nouveau ce regard lointain dans ses yeux quand elle ajoute, « J'aurais aimé le voir. J'aurais aimé être là. »

La tension se relâche d'autant plus en l'entendant dire ça. Je ne pensais pas qu'elle allait me condamner ou quoi que ce soit pour m'être vengée — *nous avoir vengées* — de ces enfoirés, mais c'est quand même agréable à entendre. Il est clair qu'elle est restée avec Julian tout ce temps à cause de Cody, pas parce qu'elle a développé des sentiments malsains pour lui. Elle est peut-être piégée dans une situation impossible, mais elle garde toujours espoir. Ce qui signifie qu'il y a encore de l'espoir.

« J'aurais aimé que tu sois là aussi », lui dis-je. « J'aurais aimé qu'ils puissent lever les yeux et nous voir toutes les deux avant de mourir. Pour qu'ils sachent qui était responsable de leur mort. Pour qu'ils sachent qu'ils payaient leurs péchés de leur propre sang. »

Ces mots flottent dans l'air autour de nous et le silence s'installe dans la cuisine pendant un moment. Puis ma sœur me sourit et tire sur une mèche de mes cheveux argentés. « J'aime ça. »

« Merci. » Je glousse. « J'ai l'impression que c'est moi. »

« Ça te va bien. »

Je jette un coup d'œil vers la porte en me mordant la lèvre. « Combien de temps as-tu ? Avant de devoir rentrer ? »

« Pas longtemps. » Anna a l'air triste pendant un bref instant, puis elle se ressaisit en me souriant. « Mais je peux rester un peu plus longtemps. »

« Ok. » Essayant de garder l'ambiance légère, je vais prendre une autre tasse dans le placard en jetant un coup d'œil vers elle. « Veux-tu un café ? »

« Mon Dieu, oui. »

Je souris et commence à le verser, et Anna s'assoit à la table de la cuisine. C'est étrange de l'avoir ici, dans un endroit où je construis lentement quelque chose de nouveau. Mais j'aurai *toujours* une place pour elle dans ma vie. Maintenant que je sais qu'elle est en vie, j'ai envie d'être près d'elle tout le temps, de m'imprégner de sa présence autant que possible.

Je prends la tasse à café et quelques autres trucs. J'apporte le tout à la table et je m'assois avec Anna. J'hésite entre m'asseoir à côté d'elle et m'asseoir en face d'elle, mais le fait de pouvoir la regarder l'emporte. Je veux l'observer.

C'est si familier de la voir ajouter du sucre et du lait à son café et le remuer, comme elle le faisait toujours le matin avant d'aller à l'école.

Quelque chose se calme en moi, rien qu'en la regardant faire une chose aussi simple que de préparer son café comme elle l'aime. Je pensais que je ne la reverrais jamais, et ce petit moment tout simple me fait du bien, même si je sais que ça ne peut pas durer.

Anna lève les yeux et sourit en voyant que je la regarde fixement.

« Tu le prends toujours noir, n'est-ce pas ? » demande-t-elle en faisant un signe de tête à ma tasse.

Je regarde le liquide noir et sombre avant de hocher la tête. « Oui, je le fais toujours. Je ne prends juste jamais le temps d'y ajouter quelque chose. »

« Tu étais toujours pressée, tout le temps. Dès que tes pieds touchaient le sol le matin, tu te mettais déjà à faire un million de choses différentes. Je n'ai jamais compris ça. »

Je hausse une épaule « J'avais des choses à faire. J'en ai toujours. »

« Tu ne serais pas *toi* si tu n'allais pas d'une chose à l'autre, je suppose. »

« Tu voudrais que je sois différente ? »

« Non. Bien sûr que non. » Elle sourit et je ne peux pas

m'empêcher de lui sourire en retour. De toutes les personnes dans ma vie, Anna est celle qui m'a toujours aimée inconditionnellement.

« Ça a été… difficile depuis qu'ils sont tous morts », je lui avoue. « Parce que tu as raison. J'ai toujours eu quelque chose qui me poussait en avant, des trucs à faire, quelqu'un à traquer. Sans ça, je ne sais pas quoi faire. C'est pourquoi je suivais Julian. Je voulais savoir s'il était aussi mauvais que son père et avoir à nouveau un but me faisait du bien. »

Elle remue son café plus lentement et elle acquiesce. « C'est logique. Et je me suis demandée, tu sais ? J'ai pensé à essayer de te contacter tant de fois, mais je me suis dit que je te protégeais en ne le faisant pas. Je me suis demandée si tu allais retrouver une vie normale, mais je n'arrivais pas à l'imaginer. »

« Même si j'avais essayé, ça n'aurait pas marché. J'étais trop perturbée par tout ça pour passer à autre chose. Je pensais que tu étais morte. Et j'étais tellement en colère contre tous ceux qui avaient un rôle à jouer dans cette histoire. La seule chose que je pouvais penser à faire était de me venger. C'est ce qui m'a ramenée à la vie. »

« Je pense que c'était Cody pour moi », murmure Anna. « Sinon, j'aurais continué à me sentir perdue. Je me suis un peu repliée sur moi-même, juste parce que je ne voulais plus ressentir cette peur et cette douleur. Et puis j'ai eu un petit bébé dont je devais m'occuper, et ça m'a donné… je ne sais pas. Un but, je suppose. Quelque chose sur lequel me concentrer. Je devais être là pour lui parce qu'il avait besoin de moi. »

« C'est bizarre de penser que tu as un enfant », j'admets. « Mais je suis contente de savoir que tu avais quelque chose.

Quelqu'un. Je suis contente qu'il n'y avait pas que toi, Julian et ta douleur. »

Anna prend ma main, entrelaçant nos doigts. « Tu m'as tellement manqué, River. » Sa voix vacille et elle s'éclaircit la gorge. « J'essayais d'écouter quand Julian parlait affaires avec les gens, pour voir si quelque chose avait l'air d'avoir un rapport avec toi. Je ne pouvais pas simplement lui demander, parce que je ne voulais pas te faire remarquer. Et je ne pouvais pas décider si c'était mieux que tu ne sembles pas être impliquée dans ses affaires ou pas. Je voulais juste savoir si tu étais en sécurité. »

« Je vais bien », lui dis-je en essayant de la rassurer. « Je ne dirais pas que ça a été génial, mais je suis en vie. Je survis. Tu sais. Et je n'ai pas été retenue en captivité par Julian Maduro, *donc* je ne peux *pas* me plaindre. »

Elle grimace et baisse les yeux quand je dis cela. J'ai envie de me frapper pour ne pas avoir été plus délicate. Quand elle lève les yeux vers moi, je peux lire le poids des dernières années dans son expression.

« Ça n'a pas été si mal », dit-elle en affichant un sourire qui n'atteint pas tout à fait ses yeux. « Il se sert de Cody pour me faire obéir, car il sait que je ferais tout pour mon fils. Je pense qu'il sait que je m'enfuirais si jamais il nous laissait seuls. Il y a toujours des gardes autour de la maison et je ne peux emmener Cody nulle part toute seule. Mais Julian ne me maltraite pas ou quoi que ce soit. Du moins, pas autant que Lorenzo. »

La colère brûle chaudement dans mon estomac. « La barre n'est pas haute, Anna. »

Elle fait une grimace. « Je sais. Je dis juste que ça pourrait être pire. Julian peut être... contrôlant. Et il est très froid la plupart du temps. Mais la plupart du temps, il me touche à peine. Il ne fait même pas vraiment attention à moi et je me concentre sur Cody. Donc ce n'est pas si mal. C'est juste… vide, je suppose. »

Mon cœur se brise pour elle. Elle n'est pas blessée tout le temps, mais elle mérite quand même mieux que ça. Mieux que Julian qui la traite comme un objet, comme un atout qu'il peut échanger ou vendre. C'est ma sœur et l'une des meilleures personnes que je connaisse. Elle mérite l'univers et je ne supporte pas l'idée qu'elle doive vivre une telle vie. Pas quelqu'un d'aussi brillant, gentil et merveilleux qu'Anna.

« Je veux te sortir de là », lui dis-je en me penchant en avant et en posant mes coudes sur la table. « Je ne peux pas te laisser vivre comme ça. Mariée au fils de ton agresseur. Brisée et abattue. Il doit y avoir un moyen de résoudre ce problème. »

Son expression se crispe. « Je t'ai déjà dit que je ne partirai pas sans Cody. »

« Je sais. » Je lève les mains, la culpabilité m'envahissant à nouveau. « Je suis désolée de ne pas l'avoir compris au début. Je sais pourquoi tu ne veux pas le laisser derrière toi et je ne te demanderai pas de le faire. »

Tout en parlant, j'essaye de trouver quelque chose, *n'importe quoi* qui pourrait fonctionner pour les faire sortir tous les deux.

Julian laissera partir Anna si Pax épouse Nathalie et s'il peut garder Cody. Ce plan est déjà en place. Mais Anna ne veut pas partir sans Cody, donc Cody doit partir avec elle d'une manière ou d'une autre. Et comme Julian n'acceptera certainement pas ça…

Il faudra le faire sans qu'il le sache.

« Attends. » Je m'assois le corps un peu plus droit, mon pouls s'accélérant alors qu'un flot d'adrénaline me traverse. « Je pense que j'ai une idée. »

L'idée est en train de prendre forme dans ma tête, mais elle devient plus claire et mon excitation grandit.

« Comment ? » Anna a l'air pensive, comme si elle essayait de ne pas se faire de faux espoirs. « Il ne va pas nous laisser partir tous les deux, River. Tu as dit toi-même qu'il ne se soucie que de garder Cody. »

« Je sais. » Je me lèche les lèvres, mon esprit s'emballant. « Je sais. Juste... viens avec moi une seconde. »

J'éloigne ma chaise de la table et Anna me suit dans le salon. Comme je m'y attendais, les gars sont tous là, à parler à voix basse. Pax et Ash sont réveillés maintenant, soit parce qu'ils sont descendus tout seuls, soit parce qu'ils ont été réveillés par Anna et moi qui nous nous disputions dans la cuisine.

Preacher et Gale ont dû les mettre au courant de ce qui se passe, car ils n'ont pas l'air surpris de voir Anna dans leur maison.

Ils regardent tous dans notre direction quand nous entrons avec un air impatient.

« Il y a eu un changement de plan », j'annonce.

« Ok », dit Gale en étirant le mot. « Je pense qu'il nous faut plus que ça. »

« Anna ne partira pas sans Cody. Son fils. Elle ne veut pas que Julian l'élève et je la soutiens dans sa décision. C'est juste un enfant et il a besoin de bonnes personnes pour s'occuper de lui. Donc au lieu que Pax épouse Nathalie pour faire sortir Anna, je pense qu'on devrait utiliser le mariage comme couverture pour les faire sortir tous les deux. Anna *et* Cody. Ce sera un grand événement et toute la famille de Julian sera là, donc ce sera le moment idéal. »

Les gars sont silencieux pendant un moment, considérant ma suggestion. Gale fronce les sourcils, mais pas parce qu'il est furieux. Il examine mon plan sous tous les angles pour voir où sont les dangers et comment il pourrait fonctionner ou non.

« C'est plus dangereux que notre stratégie initiale », dit-il finalement. « Mais si ça marche, c'est définitivement le meilleur plan. »

Preacher acquiesce. « Plus de risques au départ, mais moins de risques sur le long terme. L'idée de lier notre entreprise à cette famille n'était… pas géniale. »

« C'est peu dire. » Ash pouffe de rire, ajustant ses lunettes d'une main.

Pax a l'air soulagé et je réalise qu'il ne voulait pas du tout épouser Nathalie. Il l'aurait fait pour moi, cependant, parce que ça semblait être le seul moyen de ravoir Anna.

« Donc on est bon, alors ? » je lui demande, une petite bulle d'espoir se développant dans ma poitrine. « On va faire comme ça à la place ? »

« C'est bon », répond Gale. « Il faudra régler les détails, mais cette option est vraiment la meilleure. » Il me fait un petit signe de tête et je souris et hoche la tête en retour.

« Je dois y aller », dit Anna, interrompant la conversation. Sa voix est tendue maintenant. « Je pense que c'est tout le temps que j'ai. Si Julian découvre que je suis partie… »

Personne n'a besoin qu'elle termine cette phrase. Même

si je suis vraiment contente qu'elle soit venue, je suis inquiète à l'idée qu'elle soit punie pour avoir fugué.

« Ouais, ok. » Je me tourne rapidement vers elle. « Tu devrais y aller. »

Pendant que je la raccompagne à l'entrée, les gars restent dans le salon, nous laissant seules un moment.

Putain, je ne veux pas la laisser franchir cette porte.

Une partie de moi pense que si elle s'en va maintenant, je ne la reverrai jamais, et ça me donne la nausée rien que d'y penser. Mais si elle reste, ça va tout foutre en l'air encore plus. Donc je ne peux rien faire d'autre pour l'instant que de la laisser partir et de croire que notre plan va fonctionner.

Nous nous arrêtons juste devant la porte d'entrée et Anna m'entoure de ses bras pour me serrer à nouveau très fort. Je la serre aussi fort en luttant contre les larmes qui me montent aux yeux. Elle est si réelle et solide dans mes bras, et je ne veux jamais la lâcher.

« Tu sais », dit-elle quand on se relâche enfin. « Pendant tout le temps où on a parlé, tu n'as rien dit sur ta relation avec eux. »

Elle fait un signe de tête pour indiquer le salon, et je suis son regard vers l'endroit où je sais que les gars sont encore assis en me mordant la lèvre inférieure.

« Oh. C'est… une longue histoire. Je ne veux pas te mettre en retard, alors je te raconterai la prochaine fois, d'accord ? »

J'essaye de gagner du temps, parce que je ne sais même pas quoi dire.

Un sourire s'étend sur le visage d'Anna, amusé et presque tendre alors qu'elle examine mon visage. « Ce n'est pas grave. Je pense que certaines choses sont assez évidentes. »

« Ouais ? Quelles choses ? »

« Oh, je ne sais pas. » Son sourire s'élargit un peu plus et ses yeux brillent. Elle me serre le bras. « Je suis contente que tu ne sois pas seule. »

Mon cœur fait un bond dans ma poitrine et je la serre à nouveau dans mes bras, voulant avoir juste une seconde de plus avec elle.

« Je t'aime, sœurette. Je tuerais et mourrais pour toi », je chuchote, répétant la phrase que nous nous disions tout le temps quand nous étions captives. Des mots qui nous donnaient de l'espoir dans une situation qui semblait si souvent désespérée, nous rappelant que nous n'étions pas seules. Qu'il y avait quelqu'un à nos côtés. Quelqu'un qui se souciait de nous. « On se voit bientôt. »

« Je tuerais et mourrais pour toi », murmure-t-elle en retour en posant sa joue contre la mienne.

Ses yeux sont pleins d'espoir quand nous nous séparons et je garde cette image en tête quand elle part.

40

PAX

Ce n'est pas le plan que j'avais en tête quand j'ai accepté d'épouser Nathalie Maduro. Mais je ne peux pas me plaindre qu'au lieu d'avoir à épouser une salope frigide qui n'arrive pas à la cheville de River, j'ai le droit de foutre le bordel. C'est mon scénario idéal et rien que d'y penser me fait sourire d'une manière qui fait souvent fuir les gens.

Je le pensais quand je disais que je n'en avais rien à foutre du mariage. C'est juste un foutu morceau de papier. Tout ce que ça change vraiment, c'est la façon dont tu déclares tes impôts.

Mes parents étaient mariés et ils se détestaient. Mon oncle était marié aussi et ça ne l'a pas empêché d'abuser de moi en secret. Ça n'a rien changé. Ça n'a pas rendu l'un d'entre eux meilleur ou leur a fait réaliser le pouvoir de l'amour.

C'était juste une bague, un titre et de fausses promesses qu'ils se sont faites et qu'ils ont probablement commencé à briser immédiatement.

Alors je m'en fiche.

Mais quand même, ne pas lier ma famille, mes frères et River, à la famille Maduro est plutôt un soulagement. Ça aurait pu être bon pour nos affaires, peut-être. On aurait pu essayer de tirer profit du lien avec leur organisation pour avoir plus de pouvoir à Détroit. Gale est doué pour ce genre de choses, il aurait pu rendre ça bénéfique.

Mais même s'il l'avait fait, ça n'aurait pas vraiment valu la peine. Je ne suis pas avide de pouvoir comme certains connards. J'aime ce que j'ai. Je veux juste un endroit qui m'appartienne, une famille qui m'appartienne et la chance de torturer quelques connards de temps en temps.

Je n'ai pas besoin de grand-chose. Les plaisirs simples et tout ça.

Tout le reste n'est que du superflu et c'est plus pour notre standing qu'autre chose. Pour être respectés, avoir des relations et tout ça. Mais on peut le faire nous-mêmes. On l'a déjà fait, avec ce qu'on a : notre intelligence, l'ingéniosité de Gale et le fait qu'on n'accepte la merde de personne. On n'a pas besoin de suivre les traces des Maduro pour accomplir quoi que ce soit dans cette ville. On se débrouille bien.

Je chasse ces pensées après un moment et me concentre sur mon projet.

Une fois que la sœur de River est partie hier, nous nous sommes assis et avons élaboré un plan. Et un sacré bon plan, je crois. Nous allons simuler une attaque sur l'église le jour du mariage, créant une distraction pendant que nous sortons Anna et l'enfant de l'église.

Il y aura beaucoup de gens de la pègre là-bas, des gens qui sont toujours à l'affût de la prochaine menace, et mes frères et moi allons simplement la leur présenter. Leur donner une raison de penser qu'ils sont attaqués.

Dans le chaos, on va attraper Anna et Cody et les emmener ailleurs. Loin de l'emprise de Julian et les mettre en sécurité.

Puis je dirai à Nathalie d'aller baiser un barreau de lit.

Je souris. C'est un bon plan et je l'aime.

J'ai un plan de l'église où aura lieu le mariage étalé devant moi sur le comptoir du sous-sol. Je ne sais pas comment Gale l'a obtenu, mais il est doué, alors je ne le remets pas en question. J'ai une poignée de dés que j'ai empruntés à Ash et je les utilise pour représenter les personnes présentes au mariage.

Certains d'entre eux vont de notre côté et la majorité du côté de Julian, car il va probablement inviter toute sa foutue famille et tous ceux dont il pense pouvoir tirer quelque chose. Beaucoup de petits poissons essayant de s'attirer les faveurs avec des cadeaux de mariage.

Je roule les yeux et les regroupe tous du côté de Maduro.

Je mets un scalpel sur la carte à l'avant pour me représenter, puis je prends une boule de papier pour Nathalie et je le mets devant l'autel. Un autre dé représente le ministre ou celui qui fera la cérémonie pour Julian.

Sur le côté, dans un petit couloir latéral, trois dés et une dame dans un jeu d'échec attendent le signal. Je frappe le comptoir plusieurs fois, simulant les faux coups de feu qui se déclencheront au bon moment.

« Oh non ! » je crie d'une voix aiguë, faisant trembler les petits dés des invités. « Nous sommes attaqués ! À l'aide ! Au secours ! »

Je pouffe de rire et j'éparpille les dés, comme s'ils couraient, cherchant des endroits où se cacher.

« Ce sont les conséquences de mes gestes ! Ils me rattrapent ! » Je fais tomber un des dés du comptoir et le laisse s'écraser au sol. Je vais devoir le retrouver et le rendre à Ash, mais pour l'instant, je suis trop occupé à m'amuser.

Alors que les dés sont éparpillés, les pièces représentant les autres Rois et River se dirigent vers la capsule de bouteille et l'ours en gélatine qui représentent Anna et Cody. Je les prends tous dans ma main et les fais défiler à l'arrière de l'église. Nous leur avons désigné une sortie qui mène à la ruelle derrière l'église, celle qui est la plus éloignée de l'endroit où le chaos de la fausse attaque se déroulera.

Je prends le scalpel qui me représente et je poignarde la boule de papier à plusieurs reprises, puis je fais de même avec le trognon de pomme qui représente Julian juste pour faire bonne mesure.

Il y a des pas dans les escaliers, et quelques secondes plus tard, la porte du sous-sol s'ouvre. Sans même regarder, je sais que c'est River.

Elle me surprend au beau milieu de ma petite mise en scène et lève un sourcil, l'air amusée.

« Eh bien. On dirait que tu t'amuses », dit-elle. « Comme un enfant à la récréation. »

Je ris et je hausse une épaule. « Tu me connais. Toute excuse est bonne pour foutre le bordel. » Je poignarde à nouveau le trognon de pomme.

« Julian ? » demande-t-elle en regardant le fruit empalé.

« Ouais. L'ordure, c'est Nathalie. »

Elle me fait un grand sourire. Son expression est un peu

sauvage et la chaleur monte dans mon corps. Je savais qu'elle comprendrait.

« Eh bien, je déteste te déranger quand tu t'amuses, mais tu dois venir avec moi », dit-elle en jetant un coup d'œil au carnage.

« Ah oui ? Où est-ce qu'on va ? »

En posant la question, je relâche le scalpel et brosse tous les petits morceaux de la carte pour pouvoir la rouler et la ranger. River me dit de venir avec elle, et j'irai, peu importe où elle prévoit de m'emmener.

« Il faut qu'on te trouve quelque chose à porter pour ce truc. Tu sais que tu ne peux pas te pointer en jeans. »

Elle a raison sur ce point, je suppose. Je n'avais pas vraiment pensé à ce que j'allais porter. Porter un smoking me donnera l'impression que c'est réel, mais peu importe. Ce n'est pas comme si je devais vraiment épouser quelqu'un. C'est juste pour la forme.

Nous prenons ma voiture, mais River conduit. Elle rapproche le siège du volant, soupirant dramatiquement comme si c'était beaucoup de boulot.

« Ce n'est pas ma faute si tu es petite », lui dis-je.

« Je ne suis pas petite. Tu es juste un putain de géant », réplique-t-elle, mais elle sourit.

Elle nous conduit dans le quartier chic de la ville, près de l'endroit où je l'ai trouvée après qu'elle a tué Ivan en train d'acheter des chaussures. On contourne toutes les boutiques et on s'arrête devant un petit endroit qui semble différent des autres magasins du quartier.

Il y a une odeur de vieux bois et d'eau de Cologne, et une panoplie de vêtements masculins de luxe sont exposés.

Un homme âgé sort de derrière le comptoir lorsque

nous entrons, un sourire aux lèvres. « Bienvenue, bienvenue », dit-il d'une voix douce qui semble convenir à l'endroit. « Que puis-je faire pour vous aujourd'hui ? »

« Mon ami a besoin d'un smoking », lui dit River.

« Je vois », répond l'homme. Il me regarde de haut en bas, et je me force à rester détendu et à ne pas sortir mon arme. Il n'est pas une menace ou quoi que ce soit : juste un gars qui fait son boulot. Il essaie probablement de deviner ma taille à vue ou quelque chose comme ça.

« Puis-je vous demander pour quelle occasion ? » demande-t-il en me regardant enfin en face.

« Mariage », lui dis-je. « Je suis le marié, je suppose. »

Il lève un sourcil, mais ne fait aucun commentaire sur mon indifférence. Au lieu de cela, il hoche la tête et me fait signe de le suivre dans l'une des pièces annexes. River nous suit, et si le type pense que c'est bizarre qu'elle vienne, il ne dit rien.

« Mettez-vous ici, s'il vous plaît. » Je monte sur la petite partie surélevée du plancher et je le laisse me tourner autour avec un ruban à mesurer. Il fredonne et marmonne, prenant des notes au fur et à mesure.

Une fois qu'il a ce dont il a besoin, il disparaît dans la partie principale du magasin et revient avec un smoking presque terminé.

« Enfilez ça, s'il vous plaît. La veste suffit pour l'instant. »

Je le fais et je regarde River me regarder dans le miroir pendant que je retire ma propre veste et que j'enfile la veste de smoking. C'est un peu grand, ce qui est surprenant, et le tailleur commence à placer des épingles et à marcher autour de moi.

River est assise là, les jambes croisées. Ses yeux sont rivés sur le travail, observant le tailleur pendant qu'il fait ses ajustements sur moi. Son regard suit ses mains sur l'étendue de mes épaules et le long de mon torse, et il y a de la chaleur dans la profondeur bleue de ses yeux.

Elle est tellement sexy comme ça. Assise là, avec ses cheveux reflétant la lumière de la pièce, ses yeux sombres regardant tout. Il y a une raison pour laquelle j'ai choisi la reine du jeu d'échec pour elle dans ma petite simulation : assise là comme elle est, elle en a l'air.

« La veste est terminée », dit le tailleur, l'air fier. « Maintenant, le pantalon. »

« Pourquoi ne prenez-vous pas une pause ? » je lui suggère. « Nous avons besoin de la pièce. J'ai besoin de parler à mon amie pendant une minute. »

Il a l'air surpris, mais acquiesce en rassemblant ses affaires. « Oh. Oui, bien sûr. Eh bien, appelez-moi quand vous êtes prêts et nous nous y remettrons. Je vais juste prendre la veste... »

« Je vais l'apporter », lui dis-je, le ton un peu plus tranchant.

Ses yeux s'écarquillent, comme s'il pouvait entendre la menace, et il acquiesce à nouveau, trébuchant pratiquement pour sortir de la pièce avant de claquer la porte derrière lui.

River lève un sourcil quand il est parti en me regardant. « C'était quoi tout ça ? »

Au lieu de lui répondre, je me dirige vers l'endroit où elle est assise et je me mets à genoux. Je défais le bouton et la fermeture éclair de son pantalon et le descends jusqu'à ses chevilles avec sa culotte.

River sursaute à mon geste brutal, mais n'essaie pas de

m'arrêter. Ses yeux brillent de chaleur et elle écarte ses jambes aussi grands que possible, ses chevilles étant toujours coincées dans son pantalon.

Je peux parfaitement voir sa chatte ainsi et je peux sentir qu'elle commence à être excitée. Ça me met l'eau à la bouche et je m'y plonge comme un homme affamé. Son goût et son odeur inondent mes sens, jusqu'à ce que je ne connaisse plus qu'elle. Je ne pense pas à la veste rugueuse ou au mariage ou à aucune de ces conneries. Tout ce sur quoi je suis concentré, c'est River et son goût incroyable.

Elle se balance en avant, se frottant contre ma bouche, et je grogne dans sa chatte, saisissant ses hanches et utilisant ma prise sur elle pour la tirer encore plus près.

« Pax », gémit-elle en essayant de baisser le ton. Mais je peux entendre son plaisir. Je peux entendre à quel point elle veut ça. À quel point elle me veut. « Putain, ça fait du bien. »

Ça ne fait que me faire travailler plus dur. Je plonge ma langue dans son trou, léchant son excitation directement à la source. Je trouve son clito avec ma main droite, le taquinant avec un doigt et appuyant sur ce bouton sensible jusqu'à ce qu'elle se tortille sur la chaise.

Elle roule ses hanches comme si elle voulait plus de friction et je me retire un peu pour pouvoir utiliser ma bouche et sucer son clito.

« Putain ! » gémit-elle un peu plus fort avant de plaquer sa main sur sa bouche.

Je souris contre sa chatte chaude et humide, amusé par ses tentatives de se taire. Personnellement, je m'en fous si le tailleur sait que nous le faisons ici. C'est l'endroit parfait pour ça et faire crier River est amusant.

Je redouble d'efforts à cause de ça en passant ma langue sur son clito et en enfonçant mes doigts en elle. Elle me prend si bien, son corps aspirant mes doigts comme s'il ne voulait pas les relâcher.

Elle gémit derrière sa main, balançant ses hanches vers l'avant, et je continue à frotter son clito, faisant bouger mes doigts en elle.

Je peux sentir la tension dans son corps, la sentir monter de plus en plus haut. Elle est tellement proche de craquer et c'est ce que je veux. Je veux qu'elle perde la tête pour moi, qu'elle s'effondre sur cette chaise.

Elle se déhanche encore plus et je laisse mes dents effleurer son clito juste un peu.

La façon dont elle se raidit, c'est comme si un courant électrique la traversait, et elle se mord la main pour ne pas crier. « *Plus* », elle gémit. « Putain, Pax. Encore. »

Je suis heureux de céder à cet ordre, et je recommence, encore une fois, en enfonçant mes doigts aussi profondément qu'ils peuvent aller.

C'est suffisant pour la faire trembler de plaisir et je retire mes doigts pour recommencer à la sucer. Elle enroule ses doigts dans mes cheveux, maintenant ma tête en place, et je maintiens mon rythme acharné jusqu'à ce qu'elle s'effondre complètement.

Elle se mord la lèvre, essayant d'étouffer ses bruits pendant qu'elle jouit. Je n'arrête pas de la dévorer jusqu'à ce qu'elle devienne molle, s'affaissant contre les coussins du siège sur lequel elle est assise.

River relâche mes cheveux et je recule pour essuyer ma main sur ma bouche. Elle est humide de son excitation et je souris en l'essuyant sur le smoking.

« Si je dois prétendre épouser une salope frigide bientôt, je vais au moins le faire avec ton éjaculation sur mon smoking », lui dis-je sur un ton grave.

« Putain, oui. » Ses yeux brillent et elle me tire vers le haut pour m'embrasser.

Ses lèvres sont tout aussi possessives que les miennes, et c'est ce que je préfère.

41

RIVER

Quelques jours plus tard, nous avons un autre rendez-vous avec Julian. Cette fois, nous allons chez lui, puisque c'est pour parler des plans du mariage et régler les derniers détails, au lieu de négocier quelque chose. C'est censé être cordial, mais il est clair dès notre arrivée que les gars le détestent toujours.

Je le déteste toujours aussi, donc ça me va.

Pax observe d'un air dégouté l'énorme maison de Julian alors qu'on entre. Ce n'est pas exagéré, vraiment. C'est plus chic que chez les gars, mais je sais que ce n'est pas ce qui intéresse Pax. Ce qui l'intéresse, c'est que ce soit *la* maison *de Julian* et la façon dont il nous laisse entrer comme s'il nous invitait dans son château.

Je n'ai pas plus envie d'être ici que Pax. Rien que le fait de conduire jusqu'à l'allée m'a rappelé que j'ai été détenue dans la cave de Julian, terrifiée et persuadée qu'il allait me tuer.

Ce n'était certainement pas la première fois que quelqu'un voulait me tuer, mais j'étais convaincue qu'il allait descendre ces escaliers et me tuer. Je n'aurais rien pu faire, enchaînée au mur et désespérée comme je l'étais. Il aurait pu le faire et ça aurait été fini.

Je suis encore plus heureuse de savoir que Pax n'aura pas à se marier vraiment. La dernière chose que je veux est d'avoir à traiter avec cette putain de famille tout le temps juste parce que lui et Nathalie sont mariés, même si c'est juste sur le papier. On l'a échappé belle.

Il y a quelque chose d'étrange à ce qu'on nous fasse entrer et qu'on nous propose des sièges dans le salon comme s'il s'agissait d'une simple discussion amicale. Surtout en sachant qu'on ne va pas du tout respecter le plan. Mais nous devons agir comme si nous allions le faire pour ne pas éveiller les soupçons.

Julian est encore plus insupportable et merdique quand il est chez lui. C'était déjà un enfoiré suffisant à son ring de boxe, mais ici, c'est comme s'il n'avait rien à perdre et qu'il savait qu'il avait toutes les cartes en main. Plusieurs de ses hommes de main sont postés dans la maison, armés et vigilants. Aucun d'entre eux n'est dans la pièce avec nous, ce qui est probablement censé être une forme tordue d'hospitalité. Comme une preuve de confiance puisque nous sommes sur le point de joindre nos groupes. Il nous offre à boire et à manger, mais nous refusons tout.

Je n'accepterais rien de lui, même si je mourais de faim. Peu importe le marché qu'il pense que nous avons conclu, ma haine pour lui n'a aucunement diminué.

Je n'arrête pas de le regarder et de penser à Anna qui a dû sortir en douce pour pouvoir me voir et qui a dit qu'il n'était pas aussi mauvais que son père, mais que sa vie était vide.

Ne pas être aussi mauvais que ce putain de Lorenzo Maduro, c'est un minimum. Chaque fois que je regarde Julian, j'ai envie de le frapper au visage assez fort pour loger des morceaux de son crâne dans son putain de cerveau.

Mais je ne le laisse pas paraître.

Gale se glisse dans son rôle habituel de leader, prenant le contrôle de la discussion même si c'est Pax qui se marie, et personne ne semble trouver ça bizarre. Pax se moque clairement de tout ça et Nathalie est assise à côté de Julian sur le coûteux canapé en cuir blanc, toujours aussi froide.

Je me sens presque mal pour elle, coincée dans cette famille avec quelqu'un comme Julian, grandissant avec Lorenzo comme père.

Mais en même temps, je ne peux pas me sentir *trop* désolée pour elle. Nathalie est évidemment très impliquée dans l'entreprise familiale, donc elle n'est pas innocente. Pas du tout. Elle sait que Julian est marié à Anna et elle n'a clairement rien fait pour la défendre ou essayer de convaincre Julian de la laisser partir.

Donc elle est tout aussi complice que son frère au bout du compte.

Julian sirote son verre et sourit à Gale pendant qu'ils parlent. « J'ai quelques idées sur la façon dont nous pourrions faire en sorte que l'union de nos organisations serve nos intérêts respectifs », dit-il.

« Vraiment ? » Gale lève un sourcil, faisant semblant d'être intéressé.

« Vraiment. Je partagerai ces idées après le mariage, bien sûr. D'ici là, je ne peux pas te donner trop d'informations sur mes affaires. Tu comprends, j'en suis sûr. »

Je lutte contre l'envie de lever les yeux. Il nous mène en bateau, essayant de s'affirmer comme le leader de cette petite famille de merde qu'il pense obtenir. Gale avait raison de se méfier de ce qu'il pourrait essayer de faire une fois rapproché de leurs intérêts commerciaux et je ne lui fais pas du tout confiance.

Heureusement, on n'en arrivera jamais là.

« Les affaires à part... » Nathalie prend la parole et je suis presque sûre que c'est la première fois qu'elle parle depuis que je suis là. Elle a un ton tranchant qui va bien avec l'expression froide qu'elle a toujours, et on dirait qu'elle préférerait être ailleurs qu'ici, mais qu'elle a trouvé en elle la force de nous honorer de sa présence.

Salope. Toute la sympathie que j'avais pour elle s'évapore.

« Les affaires à part ? » demande Julian en la coupant. « Tout ça, ça fait partie des affaires, Nat. »

« Ne m'appelle pas comme ça », dit-elle sèchement. « Et c'est peut-être les affaires, mais c'est aussi mon mariage. J'ai quelques... demandes. »

« Vas-y alors. » Julian semble amusé, mais il s'assoit et boit une gorgée de son verre, lui laissant la parole.

« Le mariage va commencer à l'heure », nous dit-elle froidement. « Personne ne doit être en retard, sinon il sera refoulé à la porte. Quiconque de vos... invités devront aussi être à l'heure. Je me fiche de savoir si c'est votre *grand-mère*. Elle n'aura pas de place si elle n'est pas à l'intérieur au bon moment », dit-elle en nous regardant, l'air totalement dégoûtée.

« Eh, ma grand-mère est morte », dit Pax avec

désinvolture. « Donc si elle se pointe, on a de plus gros problèmes. »

Ash ricane et fait semblant de tousser pour le dissimuler. Nathalie adopte une expression pincée et continue de parler.

« Quoi qu'il en soit », dit-elle, son ton devenant encore plus froid, si c'est possible. « Tu t'es déjà occupé de ton smoking ? »

« Ouais. » Pax acquiesce.

« Bien. Demande-leur d'ajouter un mouchoir de poche de couleur lavande à la commande. Nous allons faire une cérémonie en noir et blanc avec la lavande comme couleur d'accent. J'ai déjà commandé les fleurs. Des œillets et des lys composeront mon bouquet et les décorations. »

Elle parle de tout, de la restauration à ce que les invités doivent porter, et ses yeux s'attardent sur moi pendant un long moment inconfortable. Il est clair qu'elle veut que je rentre dans le rang et je me contente de la regarder, sans répondre.

« Bien sûr, peu importe », dit Pax en agitant une main alors qu'elle divague. « Je n'en ai rien à foutre de ce genre de trucs. Je vais me pointer et je serai beau. C'est tout ce dont tu dois t'inquiéter. »

Nathalie le regarde comme s'il était une ordure collée à la semelle de sa chaussure, laissant échapper un soupir. « Bien. Cela fera l'affaire pour l'instant. Mais une fois que nous serons mariés, je devrai m'efforcer de t'apprendre de meilleures manières. » Un rictus se dessine sur ses lèvres. « Peut-être même que je t'apprendrai à être propre. »

Je plisse les yeux, mes doigts se crispant comme s'ils voulaient former des poings.

Quelle putain de salope. S'il n'y avait pas ce marché et le fait que c'est probablement ma seule chance de sortir Anna de ce cauchemar, je sauterais par-dessus la table basse qui nous sépare et je frapperais Nathalie en plein dans son visage suffisant.

Je déteste la façon dont elle regarde Pax, comme s'il était inférieur, mais aussi comme si c'était une propriété. Elle lui parle comme s'il était un de ses animaux de compagnie, un qu'elle ne voulait même pas, mais qu'elle se résigne à dresser parce que c'était un cadeau ou quelque chose comme ça. Je déteste ça.

Je ne veux même pas qu'elle le regarde et encore moins qu'elle soit dans une position où elle pense avoir le droit de lui dire quoi faire. Le simple fait de l'entendre parler de son mariage avec lui fait monter en moi une possessivité brute, mais je la refoule du mieux que je peux, refusant de la laisser transparaître.

Si tout se passe comme prévu, au bout du compte, Nathalie se retrouvera sans rien, comme son frère. Tout ce que j'ai à faire est de ne pas péter les plombs d'ici là.

Je peux le faire, non ?

J'ai fait des choses plus difficiles.

« Ma sœur a des goûts spécifiques », dit Julian en souriant et en haussant une épaule. « Nous nous occuperons de toutes les décorations et des fleurs. Et de la restauration aussi. Tout ce dont nous avons besoin, c'est que vous vous montriez, vous et vos invités. »

« À l'heure », répond Nathalie.

« À l'heure », répète Julian en gloussant.

« Ne t'inquiète pas », répond Gale. « Nous savons à quel point c'est important. Nous serons tous là. »

« Bien. »

Julian ouvre la bouche pour dire quelque chose d'autre, mais avant qu'il ne puisse parler, Anna et Cody entrent. Anna a les yeux baissés et le petit garçon s'accroche à sa jambe lorsqu'ils entrent dans la pièce. Il porte un pyjama, même si c'est le milieu de la journée.

Ma sœur jette un coup d'œil à Julian qui lève un sourcil et lui fait un geste négligent pour qu'elle aille s'asseoir sur l'une des chaises sur le côté. Elle est présente, mais ne fait pas vraiment partie de la conversation.

« Tu es en retard », lui dit-il et le ton suffisant a disparu, remplacé par cette voix froide et condescendante qu'il semble toujours utiliser avec elle. « J'ai dit que la rencontre était à deux heures. »

« Je suis désolée », murmure Anna et il n'y a aucune trace du feu et de la colère qu'elle avait lorsqu'elle est entrée en trombe dans la maison l'autre jour et m'a crié après. Elle est redevenue docile et timide, et je déteste ça. Cela fait bouillir la colère en moi comme de la lave. Je dois prendre une profonde inspiration et me rappeler que bientôt, elle n'aura plus à s'inquiéter de tout cela.

Elle sera loin d'ici, libre et en sécurité. Et son fils aussi.

Le regard de Julian se pose un instant sur son fils et il plisse les yeux. « Pourquoi Cody ne porte-t-il pas ses vêtements habituels ? »

« Il ne voulait pas s'habiller après son bain. Il a dit qu'il avait froid, alors je lui ai dit qu'il pouvait porter ça un moment », dit Anna doucement. Le petit garçon se penche vers elle, cachant son visage à tous les étrangers présents dans la pièce.

« Il doit porter ce que tu lui dis de porter. Il devrait le

savoir maintenant. Il ne deviendra jamais un homme si tu le maternes. » Le ton de Julian montre clairement qu'il pense que c'est la faute d'Anna si leur fils se comporte comme un enfant normal et non comme un foutu robot.

Anna ne répond pas. Elle hoche la tête et entoure Cody d'un bras. Je jette un coup d'œil au petit garçon en essayant de voir au-delà de sa ressemblance évidente avec son père. Il ressemble plus à Julian qu'à Anna, ce qui semble être une blague cruelle de son ADN.

Mais ce n'est pas juste un Maduro. Il est à moitié d'Anna. Il y a la moitié de ma sœur à l'intérieur et c'est la meilleure personne que je connaisse. Peut-être qu'Anna a raison. Si on l'éloigne de cette famille et qu'on fait en sorte qu'il ne puisse pas être influencé par leurs conneries, alors il ira bien. Il sera libre, tout comme sa mère.

Julian leur jette un autre regard dur, puis recommence à faire comme s'ils n'existaient pas. « Est-ce que ça marche pour vous dans une semaine ? » demande-t-il. Il jette un coup d'œil à Pax, mais la question s'adresse à Gale.

« Ça marche », répond Gale. « Nous fournirons l'alcool pour le bar, si vous en voulez un. Il semble juste qu'on contribue à quelque chose. »

« Eh bien, tu contribues avec ton gars », dit Julian, l'air suffisant. « Mais je ne vais pas refuser ça. J'ai entendu dire que vous aviez d'excellents fournisseurs. »

« Les meilleurs de la ville », confirme Gale avec un sourire crispé.

Julian sourit en retour et l'animosité entre eux mijote encore plus fort sous la surface.

« Nous invitons notre famille, bien sûr », poursuit Julian. « Mais aussi beaucoup de familles importantes de

Détroit. Nous voulons que ce soit un événement important pour attirer l'attention sur notre alliance. Nos deux entreprises ont une réputation et un certain pouvoir, et les gens doivent savoir que nous unissons nos forces. »

Gale acquiesce, faisant mieux que moi pour faire croire qu'il prend au sérieux ce que dit Julian. « D'accord. Cela nous donnera l'occasion de créer des réseaux et aussi de prévenir ceux qui auraient pu fouiner dans le coin avant. S'en prendre à nous deux sera beaucoup plus difficile que de s'en prendre à l'un ou à l'autre. »

« Exactement. Je suis heureux que nous ayons un accord. »

« Nous en avons un. »

Julian semble satisfait et retrouve son sourire habituel. Il jette un coup d'œil à sa sœur comme pour lui demander si elle a quelque chose à ajouter. Elle ne répond pas et ne le regarde pas vraiment, alors il se contente de hausser les épaules.

« Je pense que c'est tout, alors. Nous avons tout ce dont nous avons besoin. La date, l'heure, la palette de couleurs. » Il sourit à Nathalie. « Maintenant nous n'avons plus qu'à attendre le grand jour. »

« On sera prêts », dit Gale en serrant la main de Julian. Il n'y a aucun soupçon de tromperie dans sa voix, mais les autres Rois et moi savons ce qu'il veut *vraiment* dire. Nous ne serons pas prêts pour le mariage, mais pour le plan que nous avons mis en place pour libérer Anna pendant la cérémonie.

Julian, confiant et croyant qu'il est impossible de se retourner contre lui, serre la main de Gale. Il n'essaie pas de faire la même chose à Pax, ce qui est bien car, connaissant

Pax, il pourrait essayer de casser la main de Julian juste pour le plaisir.

Nous nous levons tous pour partir, contournant le canapé et retournant vers le hall qui mène à la porte d'entrée. Alors que je passe devant l'endroit où Anna et Cody sont assis, elle lève enfin les yeux de ses genoux et nos regards se croisent. J'essaie de lui faire voir la promesse dans mes yeux. Que nous *allons* les tirer, elle et son fils, d'ici. Qu'elle n'aura plus à supporter d'être traitée comme ça pendant longtemps. Bientôt, elle sera libérée de Julian et de sa froideur cruelle.

Ça ne dure qu'une fraction de seconde, trop rapide pour qu'on le remarque, mais cela me remplit d'espoir alors que nous retournons à la voiture.

« Putain, je *déteste* Nathalie », murmure Ash en frissonnant alors qu'il se dirige vers l'arrière du véhicule. « C'est une vraie salope. »

« Elle l'est vraiment. La façon dont elle parlait à Pax comme si c'était un animal... J'avais envie de la frapper au visage », je grommelle en montant sur le siège arrière avec lui. Je me retrouve au milieu, entourée de Pax et d'Ash.

« Pas de coup de poing », me rappelle fermement Gale. « Ça ne fait pas partie du plan. »

Je lui fais une grimace. « Je le sais, papa. C'est pour ça que je ne l'ai pas frappée. J'y ai juste pensé très fort. »

Pax rigole, puis m'entraîne dans un baiser sur la banquette arrière de la voiture pendant que Gale commence à rouler. « C'est plutôt sexy que tu veuilles défendre mon honneur », murmure-t-il, bas et profond dans mon oreille.

Je ris et je me blottis contre lui, cédant à ce besoin possessif juste un peu.

« C'est une bonne chose. Ils vont inviter beaucoup de grandes familles de Détroit à ce truc et ça ne peut qu'aider notre plan. Ils sont tous paranos, surtout avec ce qui est arrivé à Ivan qui est encore assez frais en mémoire. Dès qu'ils penseront qu'ils sont attaqués, ce sera le chaos », dit Gale en tambourinant ses doigts sur le volant.

« Nous devrions revoir le plan quelques fois de plus », commente Preacher. « Juste pour être sûr que nous le connaissons tous par cœur. Nous ne pouvons pas commettre d'erreurs pendant que ça se passe. »

« Tu t'inquiètes trop. » Pax passe un bras autour de mes épaules, le laissant pendre assez bas pour qu'il puisse jouer avec mon mamelon à travers mon t-shirt, jouant avec le piercing et me faisant frissonner. « Tout ira bien. Je l'ai testé plusieurs fois, et tant que nous sommes tous là où nous devons être, nous sortirons Anna et son enfant sans problème. »

« As-tu récupéré les fournitures ? » demande Gale.

« Je passe les prendre demain », dit Pax en tordant encore mon mamelon. « Tout sera prêt. Quelqu'un doit passer prendre mon smoking. »

Il me sourit et je ressens une bouffée de chaleur en me rappelant la façon dont il m'a fait craquer dans la cabine d'essayage du tailleur.

« C'est un beau smoking », dis-je, puis j'inspire quand il tire sur mon piercing.

« Nous aurons donc tout ce dont nous avons besoin et nous serons en place », poursuit Gale. Je suis sûre qu'il sait ce que

Pax fait sur la banquette arrière, mais il n'en parle même pas. Il est entièrement concentré sur ce qui va suivre, déterminé comme toujours quand il s'agit de protéger les gens qu'il aime. « River, Preacher et Ash seront prêts à prendre Anna et Cody et à partir. Vous sortirez par l'arrière, tournerez dans la rue latérale où la voiture sera garée et partirez. Je vous retrouverai au lieu de rendez-vous. Avec un peu de chance, on sera loin avant que la fumée ne se dissipe. Nous ferons sortir ta sœur et son fils de la ville et prétendrons qu'ils se sont échappés pendant l'attaque et que nous ne savons pas où ils sont. »

Quelques minutes plus tard, nous arrivons dans l'allée de la maison et sortons de la voiture, toujours en train de parler et de revoir le plan.

Je remonte l'allée vers la porte d'entrée où j'entends déjà Chien japper à l'intérieur. « Bon sang. On pourrait penser que ce clébard n'a pas passé la plus grande partie de sa vie à vivre seul dans une ruelle », je me moque à voix basse. Mais en même temps, c'est bon de savoir que je lui ai manqué. Qu'il s'est ennuyé de nous tous.

Mais avant que je puisse atteindre la porte d'entrée, je ressens une douleur aiguë au cou.

J'expire et je lève la main sur le côté de mon cou, pensant avoir été piqué par une abeille ou quelque chose comme ça. Mais quand je retire mes doigts, ils sont rouges de sang.

« Putain. Il y a un tireur ! Baissez-vous ! »

Ash se jette sur moi, me faisant perdre pied et me plaquant au sol en atterrissant lourdement sur moi.

42

PREACHER

Les autres Rois crient et hurlent tandis qu'Ash traîne River derrière la voiture. Une autre balle frappe le pare-chocs de la voiture avec un *tintement* de métal.

Tout se cristallise dans mon esprit en un seul battement de cœur et l'adrénaline qui bat dans mon corps semble faire ralentir les choses pendant un instant. Il y avait du sang sur son cou. Je ne pense pas que la balle ait percé quelque chose de vital, sinon elle serait tombée à la seconde où elle l'a touchée. Mais ça l'a presque fait. Ça a failli la tuer.

Quelqu'un essaie de faire du mal à River.

Il y a quelqu'un avec une arme ici, qui sait où nous vivons et qu'elle est avec nous, et ils veulent lui faire du mal.

Non.

C'est la seule pensée qui me vient à l'esprit. Juste non. Je n'en ai rien à foutre de qui ils sont ou de ce qu'ils veulent. Ils ne peuvent pas l'avoir. Ils ne peuvent pas lui faire de mal.

Je ne les laisserai pas faire.

Je scrute la rue frénétiquement à la recherche d'un

indice sur la personne qui fait ça. J'aperçois un reflet de lumière provenant de l'arme du tireur derrière un arbre un peu plus loin, je dégaine mon arme et tire dans cette direction.

Il y a un grognement étouffé, puis la personne s'enfuit en courant dans la rue, se précipitant pour essayer de s'enfuir. Pax s'élance à sa suite, et je suis sur ses talons, pour les rattraper. Nous courons tous les deux comme des machines, comme si rien ne pouvait nous arrêter.

J'entends mes pieds sur le pavé et Pax est juste un peu devant moi. Ma respiration est difficile et mon cœur bat la chamade.

Ça me rappelle presque quand on s'en est pris au gang qui a tué Jade il y a plusieurs années. Pax est une bonne personne à avoir de son côté quand on veut que les gens souffrent. Tous les Rois le sont, mais mon cousin est l'expert. Et ensemble, on ne peut pas nous arrêter.

À l'époque, rien d'autre ne comptait que de trouver chaque enculé responsable de ce qui était arrivé à Jade et de s'assurer qu'ils paient pour ça. Pax était plus qu'heureux de m'aider avec ça, juste parce que je le lui avais demandé. Juste parce que nous étions de la famille et qu'on se souciait vraiment l'un pour l'autre.

C'est en partie ce qui a cimenté le lien que nous avons encore maintenant.

Et maintenant ?

Maintenant, c'est personnel pour lui aussi.

Il se soucie de River autant que le reste d'entre nous. Il a été l'un des premiers à l'accepter et à vouloir qu'elle reste dans le coin. Celui qui est allé la chercher quand elle est partie et l'a amenée au gala ce soir-là parce qu'il n'en avait pas fini avec elle, même si le reste d'entre nous essayait de prétendre le contraire.

Quelqu'un qui essaie d'éliminer River, ou même de la blesser dans un tir croisé parce qu'il voulait *nous atteindre,* déclenche cette colère dangereuse en lui. Je peux le voir dans sa façon de courir, comme un prédateur qui ne va pas s'arrêter avant d'avoir capturé sa proie. Il chasserait cet enculé jusqu'au bout du monde s'il le fallait.

Moi aussi.

Je suis juste sur ses talons, la fureur froide m'envahissant alors que nous courons.

Tout ce à quoi je peux penser est ce qui aurait pu se passer. Comment River aurait pu être abattue et qu'aucun de nous n'était prêt pour ça. Je me souviens de mon cauchemar, de toutes ces mains qui essayaient de la tirer vers le bas et de l'emmener loin de moi.

Ça n'arrivera pas, putain.

Je me fiche de savoir qui est ce connard. Je me fiche de savoir si c'est lui qui a la vendetta ou s'il fait le sale boulot de quelqu'un d'autre.

Il ne l'aura pas.

Personne ne l'aura.

Cette pensée bat dans mon esprit comme un tambour de guerre, me poussant à continuer. Même si mes muscles brûlent, je ne ralentis pas.

Le tireur continue de regarder par-dessus son épaule, et quand il voit que nous sommes toujours à sa poursuite, il essaie de courir plus vite.

Ça ne fonctionne pas.

Pax et moi, nous nous rapprochons rapidement. Nous sommes loin de notre quartier à présent, courant à travers les arbres qui forment une petite zone boisée près de notre terrain. Il y a un sentier quelque part par-là, mais jamais personne ne l'utilise.

C'est bon pour ce que l'on veut faire. Tout est vide et tranquille, à l'exception des arbres et des feuilles sur le sol, et du bruit de quelques oiseaux dans les arbres. À part quelques-uns de nos voisins qui auraient pu nous voir courir dans la rue près de notre maison, il n'y aura pas de témoins.

Mon arme est toujours dans ma main, et je ferme les yeux, prenant une grande inspiration avant de viser et de tirer. La balle touche le gars sur le côté et il trébuche sur une racine d'arbre avant de s'écraser au sol. Pax et moi prenons de la vitesse pour le rattraper pendant qu'il est à terre.

Sa poitrine se soulève alors qu'il halète, à cause de la course, peut-être, mais aussi parce qu'il se vide de son sang dans la terre et les feuilles. Il tache tout de rouge.

Pax s'arrête devant lui et lui donne un coup de pied dans le côté où j'ai tiré, assez fort pour que tout son corps se secoue.

L'homme hurle de douleur et tente de se retourner pour protéger ce côté, mais Pax lui donne un nouveau coup de pied, le forçant à se mettre sur le dos.

« Oh, tu n'aimes pas avoir mal, hein ? » ricane-t-il et il y a quelque chose de sauvage et de sombre dans ses yeux alors qu'il se laisse tomber à genoux à côté du type. « Tu aurais probablement dû y penser avant de t'en prendre à nous. »

Il sort un couteau de sa poche, l'ouvre et le brandit pour que l'homme puisse le voir.

Le type est déjà pâle et en sueur, mais il devient blanc comme un linge quand il voit le couteau. Il est impossible de dire s'il sait qui est Pax, s'il connaît sa réputation de boucher de Seven Mile, ou s'il nous montre vraiment qu'il est un lâche maintenant qu'il a été attrapé.

Mais ça n'a pas d'importance. Il a fait quelque chose d'impardonnable et c'est le domaine d'expertise de Pax. Le sale boulot qui doit être fait quand les gens ne savent pas qu'il faut rester en dehors de nos affaires et loin de nos gens.

Pax enfonce le couteau dans la blessure par balle, et l'homme hurle, le sang s'échappant de sa bouche pour couler sur son menton.

« Ferme ta gueule », dis-je d'un ton tranchant, laissant ma rage prendre le dessus.

On doit découvrir qui est ce type, d'où il vient et pourquoi il en a après River, mais une partie de moi veut sa mort plus que l'information. Juste pour avoir pensé qu'il pouvait essayer de la blesser.

« Qui es-tu ? » je lui demande.

Il essaie de se retourner à nouveau en frappant Pax faiblement d'une main. Comme si ça pouvait suffire à le faire arrêter.

Je m'approche pour l'aider, lui donnant un coup de pied de l'autre côté, puis marchant sur son poignet pour maintenir sa main à plat. Quelque chose cède sous mon pied et j'appuie plus fort, m'assurant qu'il ressent la douleur de son os cassé.

C'est ce qu'il mérite, putain.

Pax tourne le couteau dans ses côtes et le tireur se cambre autant qu'il peut, se tordant de douleur.

Ma poitrine se soulève tandis que je le fixe. Son sang rouge qui s'écoule de son corps brouille ma vision. Je peux à peine penser au-delà de la colère qui m'habite, mais je sais que nous devons découvrir qui l'a envoyé et s'il essayait délibérément de tuer River ou s'il voulait s'en prendre à l'un d'entre nous.

« Putain, qui t'a envoyé ? » demande Pax en lâchant finalement le couteau.

L'homme ne répond pas. Il se mord la lèvre en prenant de petites respirations par le nez.

« Je t'ai posé une question, connard », grogne Pax en enfonçant le couteau plus profondément. « Après qui étais-tu ? Est-ce que tu essayais d'attaquer les Rois ? Ou River ? »

Le gars secoue juste la tête, sans dire un putain de mot.

Je pèse plus fort sur son bras, et cette fois, son cri de douleur est beaucoup plus faible.

Merde. On va le perdre.

Pax saisit son chandail et le hisse, mais il devient flasque presque immédiatement dans cette prise. Sa tête tombe d'un côté et ses yeux se perdent dans le vide.

Il est mort.

« *Merde !* » Je hurle, le son résonnant autour de nous. « Putain de merde. »

43

RIVER

Ma tête bourdonne encore à cause des coups de feu et je n'arrive pas à me concentrer sur autre chose que le fait que quelqu'un vient d'essayer de me tuer. Je suis pressée contre le béton de l'allée avec le corps d'Ash sur moi.

« Allez », il grogne. « On doit t'amener à l'intérieur. Maintenant. »

Il roule pour s'enlever et Gale est là immédiatement, accroupi de l'autre côté. Ils me soulèvent et me poussent vers la porte d'entrée, me protégeant avec leurs corps.

« Attendez », dis-je rapidement en luttant contre leur emprise. « Où sont Preacher et Pax ? »

Je ne les vois nulle part et la peur me tord les tripes alors que je scrute la cour et la rue.

« Ils vont bien. Ils poursuivent le type. On doit t'amener à l'intérieur, River », dit fermement Gale. « Il pourrait y avoir un deuxième tireur. On ne sait pas ce que c'est. »

Mon cœur bat si fort que j'en ai mal à la poitrine et je sais qu'ils ont raison. Je dois croire que Pax et Preacher s'aideront et que tout ira bien. Je n'aiderai personne si je reste dehors et si je mets Gale et Ash en danger, alors je les laisse me pousser dans la maison.

Mais même une fois que la porte est refermée, je ne peux pas me détendre.

C'est quoi ce bordel ?

Quelqu'un était à l'affût ici, sachant que nous étions sortis et que nous reviendrions bientôt. Ils savaient où j'étais. Les gars ont probablement beaucoup d'ennemis, avec leur club et tout, mais le tireur n'a tiré sur aucun d'entre eux.

C'était sur moi.

« Tu crois qu'il avait des renforts ? » demande Ash en écartant les stores de la fenêtre près de la porte d'entrée pour pouvoir regarder à l'extérieur.

« Je vais vérifier », répond Gale.

Je veux lui dire de ne pas le faire, de rester à l'intérieur où il est en sécurité, mais j'ai l'impression que ma voix est coincée dans ma gorge. Je n'ai pas l'habitude d'avoir aussi peur et je me rends vaguement compte que je crains plus pour les gars que pour moi. Ma poitrine se serre quand Gale sort par la porte d'entrée.

Ash passe une main réconfortante sur mon bras, comme s'il pouvait sentir ma détresse. « Tu sais, nos vies sont devenues beaucoup plus excitantes depuis que tu es entrée en scène, tueuse », murmure-t-il. « Avant, on se contentait de jouer aux jeux vidéo le soir, on n'avait pas de fusillades devant la maison. »

C'est une blague, sa tentative de détendre l'atmosphère, mais je suis trop inquiète pour rire.

Le chien sort de la cuisine, gémissant doucement comme s'il pouvait sentir la tension dans l'air. Peut-être qu'il le peut. Les animaux sont censés être doués pour ça. Il s'approche et sent ma main pendant une seconde, puis la lèche. Sa langue est chaude et humide.

Je le caresse distraitement en essayant d'entendre quelque chose de l'extérieur.

J'ai l'impression d'être prête à bondir dans l'action au premier signe de mouvement ou au moindre bruit de coup de feu. Tous les muscles de mon corps sont tendus et je respire à peine, attendant que Gale revienne ou que Preacher et Pax se pointent.

Le temps semble défiler, et à mesure qu'il s'écoule, j'imagine toutes sortes de choses horribles qui pourraient se produire. Peut-être que c'était un piège au départ et que d'autres hommes attendaient plus loin dans la rue, prêts à tendre une embuscade aux hommes qui poursuivaient le premier tireur. Peut-être qu'ils veulent tous les attirer plus loin pour que je me retrouve seule.

Peut-être que Preacher et Pax ont des ennuis en ce moment. Peut-être qu'ils sont blessés, en train de se vider de leur sang pendant que je suis là dans la maison, incapable de le savoir.

Putain. Je déteste ce sentiment. C'est ce qui arrive quand on laisse entrer des gens dans sa vie. On s'inquiète pour eux, et quand quelque chose tourne mal et que leur vie est en jeu, c'est encore pire.

Ash continue de regarder par la fenêtre et je lutte contre l'envie de l'en éloigner. Le chien me donne un petit coup sur le côté, me donnant au moins quelque chose de plus agréable à penser que d'imaginer toutes les façons dont les Rois pourraient être blessés en ce moment, ou de me demander qui pourrait être à l'affût de l'autre côté de la porte, prêt à me tuer.

La porte d'entrée s'ouvre quelques minutes plus tard et mon cœur fait des bonds dans ma poitrine. Ma bouche est sèche et j'ai l'impression d'avancer dans la mélasse en me dirigeant vers la porte.

Quand elle s'ouvre complètement, je vois avant tout un corps ensanglanté. Il est affalé et clairement traîné. Je crains le pire pendant une demi-seconde, puis je réalise que ce n'est pas un de mes hommes. Preacher et Pax portent le corps, et Gale est derrière eux.

« Je crois que c'était le seul », dit-il, l'air tendu et énervé. « Je n'ai vu personne d'autre. »

« Nous non plus », répond Pax. « Et cet enfoiré est mort avant d'avoir pu dire quelque chose d'utile. »

« Emmenez-le en bas », dit Gale et ils traînent le corps au sous-sol.

Ash et moi les suivons, regardant Pax jeter le corps sur le sol avant de faire craquer ses jointures. Il a cette énergie d'animal en cage et il est clair qu'il est aussi furieux que Gale. Ash me surveille, l'air protecteur et calme, même s'il est clair qu'il est aussi en colère.

Preacher s'approche de moi et je peux voir la rage brûler dans ses yeux bleu clair, se mêlant à la panique et à la douleur. Je me souviens de ce qu'il m'a dit cette nuit-là quand ils m'ont récupérée chez Julian : qu'il allait me garder en sécurité et que personne d'autre ne pourrait m'avoir. Il est évident que ça l'a secoué. Il glisse ses mains sur mon corps, pas seulement pour me toucher, mais pour s'assurer que je vais bien.

« Ça ne m'a qu'effleuré » lui dis-je doucement, tournant la tête pour qu'il puisse voir l'endroit où la balle a manqué de peu de percer mon cou. La blessure pique, mais je peux dire que ce n'est pas grave. Ça ira mieux une fois que j'aurai eu l'occasion de la nettoyer et de mettre quelque chose dessus.

Preacher laisse échapper un gros soupir, comme s'il retenait son souffle dans ses poumons depuis le moment où les coups de feu ont commencé à être tirés. « Ok », il murmure, en me touchant toujours. « Ok. »

Je pose une de mes mains sur la sienne pour essayer de le rassurer. « Je suis juste… secouée. Mais je ne suis pas blessée. »

Il acquiesce, et soit ça, soit le fait que nous ayons un problème plus urgent, l'incite à reporter son attention sur l'homme mort au sol.

« Ok », fait écho Ash en se rapprochant pour pouvoir regarder le corps. « Je vais le formuler, je suppose : qu'est-ce qui vient de se passer, bordel ? »

« C'est ce que je veux savoir », répond Gale en croisant les bras. Il baisse aussi les yeux sur le corps. Je fais de même et l'observe en examinant son visage.

C'est juste un gars. Mâchoire carrée générique, cheveux noirs coupés près du cuir chevelu. Bien bâti, mais loin d'être aussi bâti que Pax. Il n'a rien de remarquable, et après l'avoir observé, je me penche en arrière et secoue la tête.

« Je ne sais pas qui c'est. Je ne l'ai jamais vu avant. »

Je dresse une liste mentalement de toutes les personnes que j'ai déjà énervées ou essayées de tuer, mais ce type n'a rien de remarquable. Donc qui qu'il soit, ce n'est probablement pas celui qui voulait me tuer. C'est juste un tueur à gages.

« Donc quelqu'un essaie de te tuer par procuration », grogne Gale, faisant écho à mes pensées. « Mais qui ? »

« J'ai frustré bien des gens avant », lui dis-je. « Mais d'habitude, je ne laisse rien au hasard. Je ne sais pas qui ça pourrait être cette fois. »

Ash sort une pièce de sa poche et commence à la faire tourner pendant qu'il réfléchit. « En supposant qu'ils en avaient seulement après River », il dit. « Alors il semble que ce soit quelqu'un lié à Ivan ou à l'un des autres gars de sa liste, non ? Peut-être la personne qui a mis le corps d'Ivan sur ce piédestal. »

« Mais nous n'avons toujours aucune putain d'idée de qui c'était. » Pax passe une main sur sa mâchoire. « Tu penses que c'est Julian ? »

« Ça n'aurait aucun sens. » Preacher secoue la tête.

Je hoche la tête en touchant avec précaution la zone de peau à vif sur mon cou, là où la balle m'a frôlée. « Ouais. Il a voulu me tuer à un moment donné, mais maintenant que nous avons ce marché, c'est mieux pour lui si je suis en vie, non ? »

« Exact », confirme Preacher en jetant un coup d'œil aux autres Rois. « Il a besoin d'elle vivante pour que ça passe, sinon on abandonnerait définitivement. Il n'a rien à gagner à ce qu'elle soit morte. Garder Anna ne signifie clairement pas grand-chose pour lui. » Il me regarde à nouveau. « Sans vouloir te vexer. »

Je hausse les épaules, parce qu'il a raison. Julian est prêt à échanger ma sœur pour que sa sœur se marie avec un acteur puissant de Détroit, donc ça n'a pas vraiment de sens de supposer qu'il essaierait de me tuer juste pour la garder. Parce que ça foutrait en l'air le mariage qu'il a préparé.

Gale tire sur sa lèvre inférieure et soupire. « Donc en gros, on a un autre putain de mystère sur les bras. Quelqu'un *d'autre* avec un mobile dont on n'a aucune idée, qui pourrait être n'importe qui. On ne sait pas s'ils nous observent, ce qu'ils savent ou ce qu'ils veulent. »

« Oui, ça semble résumer la situation », acquiesce Ash. Il lance la pièce en l'air, puis la rattrape. « Nous allons devoir être prudents. Garder la tête basse. Nous ne savons pas s'il s'agit d'une seule personne ou d'un groupe. On ne peut pas prendre de risques. »

« Exactement », dit Preacher. « Nous devons garder River en sécurité. Quoi qu'il en coûte. »

« Ne quitte plus la maison sans que l'un de nous ne soit avec toi », me dit Gale. « Je sais que tu peux te défendre, mais on ne va pas risquer que quelque chose arrive. »

Je hoche la tête en suivant son ordre. Avant, j'aurais résisté et je leur aurais dit que je ne suis pas une putain d'enfant qui a besoin d'être surveillée et gardée comme si je ne pouvais pas me défendre. Mais maintenant que je suis si près de récupérer Anna et si près d'avoir des choses que je ne savais même pas que je voulais, je ne veux pas tout faire foirer.

Et je ne veux pas que l'un d'entre eux soit blessé dans les échanges de tirs. Donc c'est mieux de rester ensemble jusqu'à ce qu'on trouve d'où vient cette nouvelle menace et qu'on s'en occupe.

« Je vais me débarrasser du corps », propose Pax. Il

grogne, l'air énervé. « Si celui-ci se retrouve sur une putain d'œuvre d'art quelque part, je vais être furieux. »

« Il n'y a rien d'artistique à propos de celui-ci », plaisante Ash qui essaie clairement de détendre l'atmosphère.

Pax roule des yeux et donne des coups de pied au corps. « Ouais, parce que ces morceaux d'Ivan Saint-James étaient si esthétiquement plaisants ou je ne sais quoi. Je ne pense pas que celui qui fait ça en ait vraiment quelque chose à foutre de l'art. »

Il attrape une bâche et commence à enrouler le corps dedans en marmonnant. C'est comme ça que je peux dire qu'il est enragé. D'habitude, ce genre de chose le met de bonne humeur et non le contraire.

Une fois qu'il est enroulé, il porte le corps sur son épaule et va s'en débarrasser, tandis que nous retournons à l'étage.

Gale attrape mon bras et descend le col de mon t-shirt, exposant la blessure par balle. « Il faut nettoyer ça », dit-il d'une voix rauque de colère.

Quand je lève les yeux vers ses yeux verts, ils brillent de fureur, mais il semble tenir le coup.

« Je sais », lui dis-je. « Je vais m'en occuper. »

« C'est le seul endroit où tu es blessée ? » Il était là quand Preacher m'a examinée, mais je peux dire qu'il a besoin de l'entendre à nouveau.

« Ouais. Je vais bien, vraiment. Je m'inquiète juste de ce que tout cela signifie. »

Gale acquiesce et soupire à nouveau. « J'aimerais qu'on ait des réponses. Même *une seule* putain de réponse serait super. Il se passe trop de choses pour que ça nous échappe à ce point et on ne sait même pas qui est responsable pour ce soir. »

C'est exactement ce qui me donne des frissons.

C'est inconnu et ça semble sortir de nulle part.

On a l'impression que tout est sur le fil du rasoir et qu'il y a des joueurs tapis dans l'ombre qu'on ne peut même pas voir.

44

GALE

C'est calme dans la bibliothèque, ce qui n'est pas surprenant vue l'heure. Il doit être plus d'une heure du matin et c'est silencieux dans la maison. River et mes frères sont tous endormis, mais je n'arrive pas à garder les yeux fermés. Je suis agité et sur les nerfs.

Le corps du tireur a été jeté dans les bois, on s'en est occupé comme Pax le fait toujours, mais cela ne me calme pas du tout.

Nous n'avons jamais reculé devant la mort, mes frères et moi, qu'il s'agisse de la nôtre ou de celle des autres. Mais depuis que River nous a rejoints, il y a eu plus de morts que jamais. Ça me met à cran.

D'habitude, je ne crois pas à ce genre de trucs, mais ça veut peut-être dire quelque chose le fait qu'on l'ait rencontrée à cause d'un mort. Après qu'elle a tué quelqu'un dans la ruelle derrière notre club. C'est peut-être pour ça que ça plane au-dessus de nous maintenant.

La destruction semble la suivre comme un nuage noir,

et tout ce que mes frères et moi pouvons faire est d'essayer de la garder en vie malgré tout.

Maintenant que je connais son histoire et tout ce qu'elle a traversé dans la vie, je vois bien qu'elle a besoin de quelqu'un pour la protéger. Elle n'acquiescerait jamais à ça ou ne dirait jamais qu'elle le veut, mais je le sais. C'est épuisant d'être seul, d'être la seule personne en qui tu peux avoir confiance. Les autres Rois et moi pouvons tous nous débrouiller seuls, mais nous sommes plus forts ensemble. On le sait tous et il n'y a pas de honte à compter sur les gens pour assurer ses arrières.

River est en train de le comprendre, je pense. Elle a dû faire face aux choses par elle-même par nécessité pendant longtemps, mais les choses sont différentes maintenant. Elle nous a pour l'aider.

Nous essayons. On va tous garder un œil sur elle et faire de notre mieux, mais il y a tant de choses qu'on ne sait toujours pas. La réapparition du corps d'Ivan, ce nouveau tireur, ce que Julian a prévu d'après ce qu'il nous dit. Je déteste quand je n'ai pas toutes les informations. Encore plus quand quelqu'un compte sur moi pour le protéger et que je ne sais pas complètement de quoi je le protège.

Mais quiconque veut blesser River devra passer par nous. Nous tous. Même désavantagés, nous ne sommes pas à dédaigner, et River elle-même peut se battre aisément quand c'est important.

Si quelqu'un veut sa mort, il va falloir qu'il se démène pour l'obtenir.

J'inspire profondément et expire lentement, essayant de calmer le rythme presque effréné de mon esprit. Je suis venu ici pour essayer de me détendre puisque je n'arrivais pas à dormir, et ressasser cette merde ne m'aide pas. Il n'y a qu'un nombre limité de façons de tout retourner dans ma tête, et ça ne mène à aucune réponse. C'est vraiment une perte de temps.

Je respire à nouveau profondément et lentement, puis je reporte mon attention sur le livre que je tiens dans mes mains. Cela fait environ vingt minutes qu'il est ouvert à la même page, la lumière douce de la lampe que j'ai allumée projetant des ombres accusatrices sur les lettres soigneusement imprimées.

Ce n'est pas un livre joyeux et le chapitre où je suis rendu raconte comment le protagoniste perd tout et est confronté à sa propre mortalité après avoir pensé qu'il était intouchable. Je plonge dans les profondeurs de son désespoir en faisant des petites annotations dans la marge ici et là sur le fait qu'il n'a pas vu venir les choses et que les signes étaient là, mais qu'il était trop aveuglé par sa propre arrogance pour s'en rendre compte.

Ça apaise mes propres sentiments alors que je me perds dans le texte, et progressivement, je peux sentir la tension se relâcher alors que je commence à me détendre.

Alors que je passe à la page suivante, j'entends des pas dans le couloir. Un moment plus tard, River se glisse dans la pièce.

Je suis conscient qu'elle est là, mais je continue à lire.

Il est impossible de ne pas être conscient de sa présence. Même quand je ne voulais pas l'être, c'était comme si elle prenait beaucoup de place dans chaque pièce où elle se trouvait. Comme si, dès qu'elle était arrivée dans notre maison, elle était immédiatement un élément incontournable, impossible à ignorer. Maintenant que je *veux qu'*elle soit là, je suis conscient d'elle à un niveau complètement différent. Je n'ai pas besoin de lever les yeux de mon livre pour savoir qu'elle poussera ses cheveux argentés derrière son oreille en passant du seuil de la porte aux étagères.

Cette petite ride entre ses sourcils sera présente lorsqu'elle examinera les livres.

« Hum », murmure-t-elle et je l'imagine en train de se tapoter le menton d'un doigt pendant qu'elle essaie de trouver quelque chose à lire. Son vernis à ongles est probablement écaillé à présent.

Ou elle fait semblant de lire pour m'énerver.

Elle tire un livre de l'étagère et l'ouvre. « Hein », dit-elle, l'air surprise. « Quelque chose a dû arriver à ce livre. Les pages sont toutes collées. »

Je lui grogne après, parce que nous savons tous les deux exactement pourquoi les pages sont collées ensemble. Mais c'est pour la taquiner maintenant, sans réelle colère.

River rit doucement. Je lève les yeux vers elle alors qu'elle remet le livre sur l'étagère et s'appuie contre elle, face à moi.

« Pourquoi es-tu encore debout ? » demande-t-elle.

Je hausse les épaules. « Je n'arrivais pas à dormir. J'avais trop de choses en tête. »

« Ouais. » Elle passe une main dans ses cheveux, les mèches se séparant comme du vif-argent autour de ses doigts. « Ça a été une longue journée, n'est-ce pas ? »

« C'est un euphémisme, je pense. Une journée interminable. »

Ça la fait sourire, ses superbes lèvres se retroussant un peu.

« Pourquoi es-tu debout ? » je lui demande.

Maintenant, c'est à son tour de hausser les épaules. « La même raison, je suppose. Je n'arrête pas de penser à ce qui s'est passé tout à l'heure. Toutes les choses que nous ne savons pas. »

C'est drôle à quel point nous nous ressemblons. Lorsque nous nous sommes rencontrés pour la première fois, je me serais emporté contre quiconque aurait suggéré qu'il y avait quelque chose de semblable entre nous, mais la preuve est bien évidente.

« C'est la même chose pour moi », j'admets. « Je restais allongé là à essayer d'arrêter mon cerveau de ressasser toutes les choses qui sont encore en suspens, mais ça ne marchait pas. Alors j'ai abandonné et je suis venu ici. »

Elle m'observe un peu, puis se pousse de l'étagère en s'approchant un peu plus. « Veux-tu une distraction ? »

Je lève un sourcil et la regarde, avec son t-shirt trop grand et le petit short qu'elle a dû mettre pour dormir. « Oui. »

River a un petit sourire satisfait et il y a déjà de la chaleur dans celui-ci. Ses yeux bleu foncé semblent encore plus sombres dans la faible lumière de la bibliothèque, mais cela rend tout le reste d'elle plus doux, comme si cela émoussait ses bords tranchants.

Ils sont toujours là, cependant, et ça la rend encore plus attirante.

Elle soutient mon regard, puis laisse ses mains glisser lentement le long de son corps. Ses doigts caressent ses courbes jusqu'à ce qu'ils trouvent l'ourlet de son t-shirt.

Même s'il couvre la majeure partie de son corps, elle est toujours aussi sexy, et quand elle l'enlève, je peux voir qu'elle ne porte pas de soutien-gorge.

Ses mamelons sont déjà pointus et ma queue tressaute en les voyant. « C'est une putain de bonne distraction », je murmure d'une voix rauque. « Continue. »

Elle le fait en frottant ses mains sur sa peau cette fois. Il n'y a pas de musique, mais elle se balance quand même à son propre rythme, secouant un peu ses hanches en tournant lentement sur elle-même. Quand elle est dos à moi, elle glisse ses doigts dans son short et commence à le faire glisser le long de ses jambes, montrant la culotte noire qu'elle porte.

Elle est en dentelle et descend assez bas sur ses hanches pour que je puisse voir le haut de ses fesses lorsqu'elle se penche pour enlever complètement le short.

Je mets le livre de côté, le ferme et le pose sur la petite table à côté de ma chaise. Je donne à River toute mon attention.

Son petit strip-tease n'est pas aussi élégant que celui des danseuses qui travaillent dans notre club, mais il est mille fois plus sexy.

Toujours en train de danser sur ce rythme qu'elle est la seule à entendre, elle se retourne. Son corps est musclé et magnifique. Elle tient ses seins dans ses mains, les pressant l'un contre l'autre en secouant ses hanches.

Mes mains veulent la toucher et ma bite est à moitié dure dans mon pantalon de survêtement. C'est probablement déjà visible si elle regarde. Mais je m'en fiche. Pourquoi ne devrait-elle pas voir l'effet qu'elle me fait ?

Je veux qu'elle sache à quel point je la trouve sexy, se

déshabillant pour moi dans la bibliothèque au beau milieu de la nuit, juste parce qu'elle veut me changer les idées.

Sa culotte est la dernière chose qu'elle porte et elle prend son temps avec elle. Elle attrape son propre cul, le serre avant de le lâcher et de faire une autre rotation lente pour que j'admire le spectacle.

Ses mains s'amusent à passer sur la ceinture en dentelle et elle me sourit en se léchant lentement les lèvres. Petit à petit, elle fait glisser sa culotte vers le bas, révélant de plus en plus de peau.

Je peux voir la touffe de poils soigneusement taillée qui recouvre sa chatte, et quand elle se tourne de côté, j'ai une vue imprenable sur l'arrondissement de son cul.

Finalement, elle enlève complètement sa culotte, et il est difficile de ne pas tendre la main l'attraper et la tirer pour pouvoir la toucher comme je le veux.

Mais je garde mes mains pour moi pour le moment, la laissant finir.

Elle donne un coup de pied à la culotte, la faisant atterrir sur le bord d'une étagère.

Se déhanchant toujours légèrement, elle s'avance vers moi et se place sur mes genoux avec un sourire. Elle est complètement nue et je peux sentir la chaleur de sa peau à travers mes vêtements.

Maintenant qu'elle est proche, je cède et je la touche autant que je veux. Je fais courir mes mains le long de son dos jusqu'à ses fesses. Je les serre, plus fort qu'elle ne le faisait quand elle se touchait, jusqu'à ce qu'elle halète et se tortille sur mes genoux.

Je lui fais un sourire et l'entraîne dans un baiser chaud et brutal.

Il n'y a pas de lutte et aucun mur entre nous en cet instant. River m'embrasse en retour, ses mains se posant sur mon torse. Elle se fond dans les baisers, se frottant contre mes genoux et ma bite en érection après quelques secondes seulement.

Ce n'est pas juste qu'elle soit si séduisante et qu'il soit si difficile de lui résister, mais je ne m'en plains pas. Pas alors qu'elle sent bon et qu'elle est presque molle contre moi pendant qu'on s'embrasse.

Je fais glisser ma bouche de la sienne vers son cou en lui donnant des baisers mordants tout en descendant.

C'est tellement facile de me perdre là-dedans. De me concentrer uniquement sur River et sur son goût sur ma langue. Je mords son cou et elle frissonne contre moi, se cambrant comme si elle me suppliait avec son corps.

Je lui donne ce qu'elle réclame en mordant plus fort, jusqu'à ce qu'elle halète et puis je fais glisser ma langue le long de son point de pulsation.

Elle émet un son qui ressemble à un mélange de fredonnement et de gémissement, et je ris un peu contre sa peau, me reculant pour la regarder dans les yeux.

« Tu es tellement sexy comme ça », lui dis-je, sans avoir honte de le dire. Elle peut clairement sentir à quel point je suis dur sous ses fesses, donc ce n'est pas comme si je pouvais cacher ma réaction envers elle.

River sourit et fait rouler ses hanches dans un mouvement lent, se frottant contre moi jusqu'à ce que ma bite palpite du besoin d'être enfoncée profondément dans sa chatte.

« Putain d'allumeuse », je marmonne, bien que je ne sois pas en colère.

« C'est de l'allumage seulement s'il n'y a rien derrière », répond-elle. Ses yeux sont sombres de désir, mais brillants de bonne humeur. C'est bon de voir ça, après tout ce qui s'est passé. Il n'y a aucune trace de la panique que j'ai vue en elle lors de la nuit sous la pluie ni de la peur de tout à l'heure quand on lui a tiré dessus.

C'est River sous son meilleur jour : taquine et brillante, sexy et imparable. C'est addictif de l'avoir comme ça, nue sur mes genoux, son attention rivée sur moi et non sur les choses qui l'accablent.

« Tu ferais mieux de continuer », lui dis-je en grognant un peu. « Sinon, ce serait vraiment une distraction à la con. »

Elle rit, puis se penche et m'embrasse à nouveau. Je glisse mes doigts dans ses cheveux, m'en servant pour maintenir sa tête immobile pendant que je ravage sa bouche. Ma langue et mes dents grattent ses lèvres, mordant et glissant contre les siennes jusqu'à ce qu'elle serre mon t-shirt avec ses mains et se balance contre moi.

Quand je me retire pour respirer, je la regarde à nouveau. Elle est tellement belle dans cette lumière. Je ressens un sentiment de possessivité et ça me donne envie de la garder près de moi et de ne jamais la laisser partir.

Ce qui amène une question qui pourrait casser l'ambiance, mais je dois la poser.

« Que vas-tu faire quand tu auras récupéré ta sœur ? » je lui demande.

River se recule, l'air surprise. « Qu'est-ce que tu veux dire ? »

« Ivan est mort. Tu auras Anna et son enfant. » Ce sont

ses objectifs principaux depuis que je la connais. Ses raisons pour presque tout ce qu'elle a fait. « Disparaîtras-tu comme un fantôme une fois que ce sera fait ? »

La question semble forte dans la pièce, comme si nous savions tous les deux à quel point elle est importante. River ne dit rien pendant une seconde, mais il ne semble pas qu'elle réfléchisse à ses options. Elle essaie juste de trouver comment formuler sa réponse.

« Non », dit-elle finalement.

Ce n'est pas ce à quoi je m'attendais. Mais je ne sais pas *vraiment ce que* j'attendais non plus.

« Pourquoi pas ? » je lui demande.

« Parce que... » Elle jette un coup d'œil dans la pièce, mais c'est comme si elle ne la voyait pas. Comme si ce qu'elle cherchait n'était pas confiné à cet espace, mais englobait toute la maison. « Parce qu'il y a trop de moi *ici* », murmure-t-elle. « Je ne peux pas simplement m'en aller ou disparaître. »

Je me sens soulagé quand elle dit ces mots et je laisse échapper un soupir.

« Bébé, c'est exactement ce que je voulais entendre », je lui réponds.

Presque avant d'avoir fini de parler, je l'entraîne dans un autre baiser, un peu plus chaud que les autres. J'y déverse mes sentiments, la laissant goûter à quel point je veux qu'elle reste. À quel point je la veux, point final. Nous ne sommes pas doués pour les mots, mais l'action semble être un langage que nous parlons très bien.

Donc je sais que je peux lui montrer mieux que je ne peux lui dire à quel point sa place est ici avec nous.

Ma main retourne à ses cheveux, les agrippant plus fermement cette fois et lui tirant la tête en arrière jusqu'à ce qu'elle halète vu la légère douleur. Ses yeux sont larges et sombres, et sa langue sort pour lécher ses lèvres.

Je la suis dans sa bouche, l'embrassant jusqu'à ce que nous soyons tous les deux à bout de souffle.

« Putain, Gale », elle halète, se tordant contre moi. « Putain, je te veux. »

Je pousse mes hanches vers le haut comme si je la poussais à prendre ce qu'elle veut. Lorsque je relâche ses cheveux, elle s'empresse de le faire, s'emparant du cordon de mon pantalon de survêtement pour le faire descendre le long de mes hanches afin de libérer ma queue.

Elle est complètement dure avec du liquide qui perle à son extrémité, et dès qu'elle l'entoure de sa main, je jure à voix basse. C'est bon, mais ce n'est pas ce que je veux.

Ce que je veux, c'est être enfoui dans sa chaleur douce et humide, alors je l'aide à se soulever suffisamment pour pouvoir guider ma bite en elle.

« Putain », je gémis quand elle commence à s'enfoncer. C'est trop bon, putain. C'est chaud et serré, velouté et trempé autour de ma queue. Toutes mes terminaisons nerveuses sont activées et je me jette à corps perdu dans son corps, m'enfonçant complètement en elle.

Elle gémit sous la force de mon intrusion, se serrant autour de moi, et j'agrippe ses hanches pour l'aider à mieux chevaucher ma queue.

Ses seins rebondissent quand elle bouge et je baisse la tête pour glisser ma langue entre eux, goûtant la sueur qui commence à perler sur sa peau.

Son souffle est court et elle se déplace dans une autre de

ces vagues lentes, s'assurant que je ressens tout lorsqu'elle s'enfonce à nouveau.

« C'est une autre chose que j'aime chez toi », je halète en enfonçant mes doigts plus profondément dans sa chair. Je veux laisser des empreintes derrière moi, comme ça elle les verra la prochaine fois qu'elle sera nue et se souviendra qui les a mises là. « Tu baises comme une championne. »

Elle rit et se penche pour m'embrasser. C'est désordonné et ponctué de gémissements durs et de jurons murmurés alors que nous bougeons ensemble.

« J'ai beaucoup d'entraînement », réussit-elle à répondre et je ris avec elle.

À ce stade, elle a probablement été baisée dans toutes les pièces de la maison, et sachant cela, elle a encore plus sa place ici.

Nous sommes tous les deux perdus l'un dans l'autre, mais pas au point de ne pas entendre quand quelqu'un d'autre entre dans la bibliothèque.

C'est Ash. Il se penche dans l'embrasure de la porte, les yeux intenses alors qu'il nous regarde. River me surprend à regarder par-dessus son épaule et tourne la tête, mais elle n'arrête pas de rebondir sur ma queue.

« Je suppose que personne ne va dormir ce soir », dit-elle en gémissant au milieu de sa phrase quand je la pénètre plus fort.

« On dirait que la vraie fête est ici. » Ash lui fait un grand sourire. « Ne vous arrêtez pas pour moi. »

« Oh, nous n'allions pas le faire », répond River.

Ash lui lance un regard enflammé et il est clair qu'il aime ce qu'il voit. Il est torse nu, sans lunettes, et ne porte qu'un pantalon de pyjama bas sur ses hanches. Lorsque sa bite commence à pousser contre le tissu fin, il commence à la palper, sans nous quitter des yeux.

River se serre à nouveau autour de ma queue et je sens une poussée d'humidité quand elle se retourne pour me faire face. L'arrivée d'Ash l'a excitée, et je me souviens de la conversation cochonne de la dernière fois que nous étions tous ensemble et que nous avons baisé.

Je me souviens comment nous l'avons taquiné, disant que nous allions utiliser ses trous et la baiser tous ensemble, et ça l'a fait jouir encore et encore.

Je regarde Ash par-dessus son épaule, puis je me pousse dans River quelques fois de plus. Puis je relâche ses hanches et gifle son cul assez fort pour que le son retentisse dans la pièce et qu'elle gémisse tout aussi fort.

Je la soulève de moi et ma bite trésaille quand elle se libère, brillante de son excitation sous la lumière tamisée. River a l'air confuse, comme si elle se demandait si je m'arrête parce que je ne veux pas qu'Ash regarde.

Je lui fais juste un sourire en coin. Avant qu'elle puisse dire quoi que ce soit, je la fais tourner pour qu'elle soit dos à moi et qu'elle soit face à la pièce. Face à Ash.

Puis je la tire à nouveau sur ma queue.

« Oh, putain », elle halète.

Comme ça, Ash peut tout voir. La façon dont ses jambes sont écartées sur mes genoux, sa chatte empalée sur ma queue et la façon dont elle s'enfonce en elle encore et encore pendant que je la baise. Ses seins rebondissent avec les anneaux d'argent qui captent la lumière à chaque fois qu'elle bouge.

À en juger par la façon dont sa chatte se serre fort autour de moi, elle aime ça. Beaucoup.

Ash a l'air d'aimer ça aussi. Il se rapproche, réduisant la distance entre lui et la chaise sur laquelle on baise. Il a un regard enflammé et il penche le visage de River pour pouvoir l'embrasser.

Elle gémit à l'intérieur, semblant désespérée et en manque d'affection. Ash avale pratiquement les sons qu'elle émet, l'embrassant fort et profondément. Ses mains parcourent son corps, tripotant ses seins et jouant avec ses tétons tandis qu'elle tremble et se balance entre nous, tellement excitée.

Quand il se retire pour lui donner une seconde pour respirer, je peux dire d'après le sourire sur son visage qu'il prévoit quelque chose. Il s'attaque à son pantalon, le baissant suffisamment pour que sa bite se libère, s'élevant et visant directement River.

Il n'a même pas besoin de la tirer vers lui. Elle se jette pratiquement sur lui, se penchant en avant sur mes genoux pour pouvoir enrouler une main autour de la queue d'Ash et la prendre dans sa bouche.

« Merde », jure Ash. Il met une main dans ses cheveux, comme s'il en avait besoin pour se stabiliser, et River s'y met, l'aspirant, bougeant la tête alors qu'elle le prend de plus en plus dans sa bouche.

Elle est perdue, et entre ses gémissements et les sons de sa succion enthousiaste, il est clair qu'elle s'amuse. J'aime les petits bruits qu'elle fait, comment elle est visiblement excitée par le fait de sucer Ash pendant que je la baise. Elle est complètement ouverte sur nos deux bites, pleine aux deux extrémités et le prend si bien, nous rendant tous les deux un peu dingues.

Je saisis sa gorge par derrière et j'utilise cette prise pour contrôler ses mouvements, prenant le dessus. Elle gémit profondément, et je souris, la forçant à arquer son dos pendant que je lui frappe le cul avec ma main libre et que je la fais monter et descendre sur la bite d'Ash.

Je la pousse vers le bas, l'obligeant à l'avaler plus profondément, puis encore plus profondément, jusqu'à ce que je puisse sentir sa bite atteindre sa gorge à travers sa peau.

« Oh mon Dieu... », gémit Ash et River s'étouffe un peu, mais se force à continuer, avalant autour de lui et restant là jusqu'à ce que je la laisse remonter.

Elle halète, et je la pousse à nouveau vers le bas, lui faisant prendre son pied pendant que je la baise plus fort. Je peux sentir les remous de mon orgasme dans mes tripes, et à en juger à quel point River est trempée sur mes genoux et comment sa chatte palpite pratiquement autour de ma bite, je peux dire qu'elle est proche aussi.

« C'est ça », lui dis-je, la voix basse et déterminée. « Prends-le. Tu aimes ça, n'est-ce pas ? Être remplie à ras bord. Avoir deux bites en toi. Tu es juste coincée ici entre nous, prenant ce qu'on te donne et ça te rend dingue, n'est-ce pas ? »

Elle gémit autour de la bite d'Ash et se débat contre ma prise. Je la laisse respirer une seconde, puis je la pénètre violemment en la repoussant vers le bas.

C'est suffisant pour déclencher son orgasme et on entend à peine son cri de plaisir, puisqu'elle s'étouffe presque avec la bite d'Ash.

« Allez », je gémis. « Laisse-moi te sentir jouir pour nous. Montre-moi à quel point tu aimes ça. »

C'est tout l'encouragement dont elle a besoin. Elle

gémit au fond de sa gorge, se secouant et se débattant pratiquement sur mes genoux alors qu'elle craque. Son orgasme la frappe de plein fouet, et je la laisse relâcher la queue d'Ash pour pouvoir respirer.

« C'est ça, bébé », dis-je avec un sourire.

« Putain », jure River en haletant. Son corps tremble toujours et sa chatte palpite autour de ma queue, me serrant comme un étau et menaçant d'aspirer ma libération.

Je saisis ses hanches et commence à la baiser par petites poussées, si près de perdre la tête.

Ash lève la main et passe son pouce sur le creux de sa lèvre inférieure et elle fait tourner sa langue autour.

Je peux imaginer le regard sur son visage alors qu'elle descend de l'euphorie de son orgasme, suçant le pouce d'Ash pendant qu'il serre sa propre bite.

Il se caresse rapidement, utilisant la bave de River pour faciliter le mouvement de son poing. Le son de sa branlette est fort dans la pièce, se mélangeant avec le claquement de nos corps alors que je baise River encore plus fort.

« S'il te plaît », elle halète, regardant Ash. « Putain, donne-le-moi. Je le veux. »

« Ouais, je sais ce que tu veux », répond Ash en haletant. Il gémit et se raidit quand son orgasme le frappe, et il éclabousse les seins de River de son sperme comme s'il marquait son territoire.

River gémit comme si elle était excitée une fois de plus juste par cette sensation et c'est suffisant pour me faire basculer. Le plaisir m'envahit, alors je m'enfonce dans River, la baisant avec force une fois de plus avant de la remplir de mon sperme.

Elle n'est plus qu'une loque. Elle a les cheveux collés au

front en mèches moites, du sperme sur ses seins et qui coule de sa chatte. Elle respire encore difficilement, affalée contre ma poitrine, regardant Ash qui se tient là, souriant comme un idiot.

C'est confortable d'une manière étrange. Même si nous n'avons jamais fait cela tous les quatre, mes frères et moi, ça semble normal. Nous avons toujours été bons pour partager une maison et une entreprise, alors peut-être que c'est juste une autre étape à franchir. Ou peut-être que River est juste spéciale.

Je lève la main et tourne sa tête vers moi pour pouvoir l'embrasser profondément. Elle fond dans le baiser, gémissant doucement en m'embrassant en retour.

« Eh bien, maintenant je me sens juste exclu », se moque Ash.

River roule ses yeux et tend la main vers lui, et il vient à elle, se penchant pour pouvoir l'embrasser aussi. S'il se soucie du goût de sa propre bite dans sa bouche, il ne le démontre pas. Je suppose que je m'en fichais aussi.

Elle s'affaisse contre ma poitrine et je passe une main sur sa jambe.

« On va encore devoir te porter jusqu'au lit, n'est-ce pas ? » je la taquine.

« Non. » Elle blague, essayant d'avoir l'air indignée, mais ayant plutôt l'air amusée et bien baisée. Sa voix est un peu rauque à cause de la bite d'Ash dans sa gorge, ce qui atténue tout ce qu'elle pourrait dire. « Je peux y aller toute seule. »

Je ricane. « On verra bien. »

Je la rapproche de moi, passant un bras autour de sa

taille et tirant sur le piercing que Pax lui a fait pendant que nous regardions tous.

« Tu sais, c'est une bonne chose que tu restes. Parce que je ne sais pas si je pourrais te laisser partir », je murmure à voix basse.

Et je sais que je ne suis pas le seul à ressentir ça.

45

RIVER

Le reste de la semaine passe trop lentement et trop vite à la fois. Chaque fois que je lève les yeux et que je regarde la date, j'ai l'impression qu'il ne s'est pas passé un instant, mais je ne me souviens pas vraiment de ce que j'ai fait la veille.

C'est un tourbillon de planification, d'élaboration et d'ajustements de dernière minute pour s'assurer que tout se déroule sans accroc.

Pax fait ses simulations sur les plans de l'église avec nous tous à maintes reprises, jusqu'à ce que nous connaissions nos rôles par cœur. Je n'ai jamais vu cette église en personne, mais je commence à en rêver maintenant, à suivre mon chemin pour arriver là où je dois être quand je dois y être.

Je pense que j'ai bien tout saisi.

Gale aime planifier, et les autres suivent son exemple, donc nous connaissons tous le plan en profondeur. Je sais que c'est important et que nous devons être préparés, mais en même temps, j'ai hâte que tout se passe et qu'on en finisse.

Le ressasser tous les jours ne fait que l'amplifier dans ma tête et je veux mettre tout ça derrière moi.

Je veux arriver à la partie où Anna est déjà en sécurité et heureuse. Je veux qu'une chose se passe enfin bien pour elle, pour qu'elle n'ait plus à traiter avec Julian ou quiconque de la famille Maduro. Qu'elle puisse élever son enfant et commencer à tourner la page sur les abus et la douleur qu'ils lui ont fait subir.

C'est cette pensée qui me revient tout au long de la planification. *C'est pour Anna. Pour qu'elle puisse vivre une meilleure vie.*

Tous les gars ont un air déterminé, comme s'ils étaient prêts à tout et feraient tout ce qu'il faut pour que ça marche. Ils sont tout aussi engagés que moi, mais au lieu de le faire pour Anna, ils le font pour moi.

C'est à la fois sexy et inspirant, et c'est fou comme c'est bon de ne pas faire ça toute seule pour une fois. J'ai toujours fait en sorte que ça marche, j'ai toujours tué ma victime d'une manière ou d'une autre. Mais c'est agréable de passer en revue des plans de bataille autour d'une pizza avec quatre personnes qui s'investissent autant que moi, au lieu d'être seule dans mon appartement merdique, enveloppée dans une couverture à me demander si j'ai mangé ce jour-là.

En plus de cette détermination, tout le monde est encore sur les nerfs après l'attaque de l'autre jour. Parfois, je trouve Gale qui regarde par la fenêtre, comme s'il s'assurait que personne ne s'est approché de la maison sans qu'il le sache.

Chien a perçu la tension et a commencé à faire les cent pas devant la porte, comme s'il comprenait ce qui s'est passé et s'assurait que cela ne se reproduise pas. Bon sang, peut-être *qu'il* comprend. Peut-être qu'il y a des tendances latentes de chien de garde en lui et qu'il protège sa maison.

Je ne quitte presque plus la maison, et jamais sans être accompagnée, comme l'ont dit les gars. Je ne fais pas d'histoires à ce sujet comme je l'aurais fait auparavant. Je sais qu'ils le font parce qu'ils craignent que je me fasse à nouveau attaquer. Même lorsque nous sortons tous ensemble, la tension en eux est assez épaisse pour être tranchée au couteau, comme s'ils pensaient que quelqu'un va surgir de derrière chaque voiture ou bâtiment et essayer de me tirer dessus.

Ils me flanquent de tous les côtés et ils sont toujours armés quand ils quittent la maison. Juste au cas où.

Quelques jours avant le mariage, Preacher et Ash viennent avec moi pour choisir une tenue pour la cérémonie. Nous avons prévu de récupérer le smoking de Pax sur le chemin du retour pour ne pas avoir à faire un voyage séparé.

Nous entrons dans le magasin ensemble, et parce que les gars refusent de me quitter, nous passons à peine dans la porte. Je les taquinerais bien pour ça, mais je ne peux pas vraiment leur en vouloir.

Preacher m'accompagne généralement lorsque je dois sortir, tenant ainsi sa promesse qu'il ne laissera personne m'éloigner de lui. Sa tension est facile à déceler, étant donné sa mâchoire tendue et la façon dont ses yeux bleus brillent quand il regarde autour de lui. Il est plus facile à lire qu'avant, et bien que j'aime *cette* partie, j'aimerais que ce que je peux lire en lui ne soit pas juste une putain de dose de stress. Même Ash est alerte et sérieux. Il ne tripote pas ses pièces ou ses cartes comme d'habitude et ne fait aucune blague, ce qui ne lui ressemble vraiment pas.

Ils restent tous les deux devant la cabine d'essayage pendant que je choisis une tenue, optant pour un costume avec une veste et un chemisier décolleté plutôt qu'une robe.

C'est toujours dans les couleurs approuvées par Nathalie, donc elle ne pourra pas me reprocher d'avoir violé le code vestimentaire. Ce sera plus facile de se déplacer ainsi le moment venu. Je ne veux pas avoir à essayer de me déplacer à travers une foule de gens en pleine panique courant dans la direction opposée tout en m'inquiétant de marcher sur l'ourlet de ma robe et de tomber la tête la première.

C'est juste plus pratique.

Et ça aide lorsque je sors de la cabine pour montrer la tenue aux gars, de les voir qui me fixent tous les deux comme s'ils voulaient me pousser dans la cabine et me dévorer.

Je suis presque tentée d'essayer de les séduire, curieuse de voir comment on pourrait s'amuser les trois ensemble. Mais nous devons être vigilants et il serait assez difficile de se concentrer sur autre chose s'ils étaient tous les deux à fond dans les trous qu'ils voulaient revendiquer. Donc je suis sage, me concentrant plutôt sur le choix de la paire de chaussures parfaite.

Je trouve une paire qui est magnifique, mais qui n'a pas un talon aiguille trop haut. Ce n'est pas que les talons aiguilles me dérangent, j'en ai des plus sexy dans la collection de chaussures que j'ai amassée au fil des ans. Mais comme pour le reste de ma tenue, je pense stratégiquement et tactiquement. J'ai besoin des chaussures dans lesquelles je puisse bouger rapidement.

Parce qu'en fin de compte, ce n'est pas vraiment à un mariage que nous allons.

C'est à une mission de sauvetage.

Tout le monde est aussi prêt que possible lorsque le jour du mariage arrive. Je me réveille d'un rêve dont je me souviens à peine, mais je suis prête à parier que c'était à propos d'aujourd'hui. Je respire profondément et me prépare à ce qui va arriver.

Les Rois et moi nous nous réunissons tous dans la cuisine, notre lieu de rencontre habituel, et revoyons le plan une fois de plus.

Gale préside, comme d'habitude.

Les plans sont étalés sur la table de la cuisine et les petits morceaux de Pax qui représentent les principaux acteurs et les invités sont à leur place. Si Ash se soucie du fait que le grand homme s'approprie ses dés pour les démonstrations, il ne dit rien. Il en tient un dans sa main, le faisant rouler entre ses doigts et lui faisant parcourir la longueur de sa main encore et encore.

Pax m'entoure de ses bras par derrière pendant que Gale parle. Il n'arrête pas de me caresser l'oreille pendant que nous parlons, de jouer avec mes cheveux ou de me mordiller le cou.

Gale nous regarde plusieurs fois et la ligne entre ses sourcils devient de plus en plus prononcée jusqu'à ce qu'il s'interrompe en grognant et lance un regard à Pax.

« Tu ne pourrais pas être attentif pendant cinq minutes ? » dit-il en s'énervant. « Ou as-tu oublié que ça se passe aujourd'hui ? Dans quelques heures ? »

Pax se contente de rire à sa manière habituelle. Tant de choses dans la vie ne le dérangent pas et j'ai compris que ce n'est pas parce qu'il s'en fiche ou qu'il ne prend pas les choses au sérieux quand les choses se gâtent. C'est parce qu'il ne s'en soucie pas comme nous le faisons tous.

C'est probablement pour le mieux, honnêtement. Je sais que je peux me perdre dans ma tête et Gale à tendance à analyser trop parfois. Il nous faut quelqu'un pour contrebalancer ces traits et Pax s'en charge.

« Hé, je me dirige vers l'autel aujourd'hui », plaisante-t-il. « Je dois en profiter tant que je peux. »

Je ferme les yeux à l'idée qu'il puisse épouser cette salope. Chaque fois qu'on en parle, même si je sais que ce n'est pas vrai, je ressens un élan de colère, suivi d'une poussée de possessivité. Je pense à Pax écrivant « à moi » sur ma poitrine avec notre sang et j'aimerais qu'il y ait un moyen de le marquer à nouveau, pour qu'il soit clair qu'il n'appartient pas à cette vache frigide.

Je me retourne dans ses bras et l'embrasse de manière possessive, enroulant mes bras autour de son cou et me levant sur la pointe des pieds pour pouvoir vraiment le faire.

Pax met ses mains sur mes hanches et me tire vers lui avec un gémissement grave et profond. Je sens sa bite remuer et je frotte un peu mes hanches contre les siennes.

« Bordel de merde ! » jure Gale et il frappe sa main sur la table de la cuisine. « Une fois que c'est fini, vous pouvez baiser sur le comptoir de la cuisine si vous voulez. Mais pour l'instant, j'ai besoin que vous vous concentriez pour qu'on puisse recommencer. »

Il est toujours irrité et ça se voit sur son visage. Ash et Preacher ne semblent pas aussi énervés par l'interruption, mais leur tension est évidente dans la façon dont ils se tiennent.

Nous sommes tous sur les nerfs. Nous voulons tous en finir avec ça.

Nous nous séparons et nous répétons tout une fois de plus. Le timing, attendre le bon moment pour simuler l'attaque. Se déplacer dans le chaos des gens qui paniquent pour atteindre Anna et Cody. Les attraper et les conduire à l'extérieur et autour de l'église jusqu'à la voiture qui les attendra pour les emmener.

C'est un plan simple. Il y a peu de risques que les choses tournent mal ou que quelqu'un puisse tout faire foirer. Mais il y a toujours un picotement d'anxiété en moi qui remonte à la toute première fois où j'ai traqué quelqu'un.

Je ne pourrai pas me détendre avant que ce soit fait.

Mais nous sommes proches d'y arriver maintenant.

Lorsqu'il est enfin assez proche de l'heure à laquelle le mariage est censé commencer pour que nous ne soyons pas trop en avance, nous nous dirigeons tous vers l'église. Nous sommes habillés comme si nous étions tous là pour assister au mariage de notre ami et nous nous mêlons aux autres invités qui commencent à arriver. Je reconnais certains d'entre eux et d'autres de réputation.

Julian ne plaisantait pas en disant qu'il allait inviter les familles importantes. Il veut en faire un spectacle, mais il n'a aucune idée de la façon dont il va littéralement réaliser son souhait.

Du coin de l'œil, je vois Anna entrer dans l'église avec Cody.

Le petit garçon semble mal à l'aise dans son petit costume, mais il s'accroche à la main de ma sœur qui le fait entrer. Anna est magnifique dans une robe noire avec ses cheveux attachés. Je jette un coup d'œil pour m'assurer qu'il n'y a pas trop de regards sur nous et je m'approche d'elle.

« Prête à divorcer ? » je lui demande en essayant de détendre l'atmosphère.

« Tellement prête. » Elle sourit, mais ça n'atteint pas ses yeux. Elle est nerveuse. Cela a toujours été plus mon domaine que le sien, les plans fous où beaucoup de choses sont en jeu.

Il y a tellement de choses que je veux lui dire, mais nous n'avons pas vraiment le temps de trouver un endroit pour être seules. Et je ne veux pas avoir l'air suspecte.

« Fais-moi confiance », je lui murmure doucement en prenant sa main et en la serrant. Je me penche comme si j'allais embrasser sa joue pour la saluer et je chuchote à son oreille à la place. « Sois prête à courir. Tous les deux. »

Je me recule et je jette un coup d'œil au gamin qui fixe les fleurs qui décorent l'église, ses grands yeux observant tout ce qui l'entoure.

« Nous serons prêts », murmure Anna en retour.

Je lui fais un signe de tête et m'éloigne, les laissant, elle et Cody, sortir du sanctuaire et se rendre dans la partie principale de l'église pour trouver leur place dans les bancs.

De nouveaux invités arrivent dans l'église. Les gars se déplacent parmi les groupes de plus en plus nombreux de personnes, faisant semblant de faire du relationnel, de serrer des mains et ce genre de trucs, mais je sais qu'ils s'assurent vraiment que tout est prêt.

Les explosifs que nous utiliserons pour mettre en scène l'attaque ont déjà été disposés, mis en place la nuit dernière par Pax, donc ça c'est prêt. Gale a le détonateur qui va les déclencher dans une séquence erratique pour simuler des coups de feu.

Il ne reste qu'une vingtaine de minutes avant le début de la cérémonie, alors j'examine encore une fois le bâtiment pour m'assurer que la disposition correspond à celle que j'ai en tête d'après les plans et que mon chemin est bien tracé.

En m'esquivant du grand sanctuaire à l'avant de l'église, je me dirige vers un couloir latéral qui va vers l'arrière du bâtiment en vérifiant qu'il n'y a pas d'endroits que les plans n'ont pas couverts.

Tout semble bien, et je suis sur le point de faire demi-tour pour rejoindre les autres quand un bruit m'arrête.

Fronçant les sourcils, je me glisse un peu plus loin dans le couloir. Il y a une pièce sur le côté et la porte est entrouverte. Je regarde à l'intérieur.

Il y a deux personnes dans la pièce. Elles me tournent le dos, mais la robe blanche laisse deviner que Nathalie est l'une d'elles. Elle est penchée sur une petite table qui est placée contre un mur et sa robe est remontée autour de ses hanches. À en juger par les bruits qu'elle fait, elle se fait baiser durement par la deuxième personne.

Il me faut une seconde pour réaliser qui c'est de dos, mais il se met à parler et j'ai l'impression que je vais vomir.

C'est Julian.

Julian Maduro enfoncé profondément dans sa foutue

sœur le jour de son supposé mariage.

« N'oublie pas à qui tu appartiens », halète-t-il, sans même prendre la peine d'être discret. « Tu vas peut-être épouser cet idiot, mais tu m'appartiens. Je vais m'assurer que tu t'en souviennes. »

Nathalie gémit et se balance contre lui, le rencontrant au milieu de chaque poussée.

Elle est clairement dans le coup, elle *aime* ça, et ils sont tous les deux tellement absorbés l'un par l'autre que c'est comme si personne d'autre n'existait.

« Dis-le », siffle Julian. « Dis que tu m'appartiens. »

« Je t'appartiens », gémit-elle. « Julian, putain ! Je t'appartiens. Je t'appartiens. Je t'appartiens. Ne t'arrête pas. »

C'est le plus d'émotion que j'ai entendu dans la voix de Nathalie depuis que je l'ai rencontrée et ce n'est pas étonnant qu'elle n'ait pas été intéressée par Pax ou quelqu'un d'autre si c'est ce qu'elle aime.

Une vague de nausée et de colère monte en moi, et je commence à m'éloigner de la scène. Je ne veux pas en voir plus. Je ne veux pas en entendre plus.

Chaque Maduro est un foutu bâtard dingue. Je savais déjà que la pomme ne tombait pas loin de l'arbre en ce qui concerne Julian, mais je ne savais pas que ça allait être aussi mauvais. Aussi malade et tordu.

Anna avait raison. On doit sortir Cody et l'éloigner de Julian avant qu'il ne soit englouti par les ténèbres de cette famille de merde.

Son enfant mérite mieux que ça.

Je me glisse dans le couloir aussi vite que je peux, la bile montant dans ma gorge.

46

RIVER

Je marche aussi vite que possible vers l'avant de l'église, à la recherche de mes hommes.

Le hall d'entrée a commencé à se vider car de plus en plus de gens sont allés dans la nef pour trouver leur place. Je repère les gars dans une petite alcôve d'un côté du sanctuaire, parlant à voix basse, et je me dépêche de les rejoindre.

« Te voilà », dit Ash en souriant quand il me voit. « Je pensais que tu avais la frousse. »

« Ce n'est pas *mon* mariage, Ash », je marmonne.

« Tout est prêt », nous informe Gale, la voix tendue. « Il ne nous reste plus qu'à attendre que ce truc démarre. »

Il est plus concentré sur le plan qu'autre chose, mais c'est bien. Quelqu'un doit l'être, après ce que je viens de voir. Je suis surprise que mes yeux ne saignent pas.

« Qu'est-ce qui ne va pas ? » Preacher fronce les sourcils en me regardant.

Il porte à nouveau son masque impassible et ses traits sont beaucoup plus rigides que ce que j'ai vu dernièrement.

C'est probablement à cause de tous les étrangers autour. Il y a beaucoup de gens ici à qui on sait pertinemment qu'on ne peut pas faire confiance, surtout quand on est sur le point de faire une sorte de hold-up à ce mariage. Mais je réalise avec un petit frisson que je peux toujours bien le cerner, même avec son contrôle fermement en place. Il est inquiet, ce qui signifie qu'il doit y avoir encore un air dégoûté sur mon visage après ce que j'ai vu au fond de l'église.

Je me penche plus près, avalant le goût acide au fond de ma gorge.

« Julian Maduro est un putain de malade », je leur murmure. « Même pire que ce que nous savions. Je viens de le voir à l'arrière en train de baiser sa sœur. »

Gale, Ash et Pax ont tous l'air dégoûtés. L'expression de Preacher vacille, le seul signe visible qu'il est tout aussi dégoûté.

« Bordel de merde. Et moi qui pensais que cet enculé ne pouvait pas être pire », murmure Gale. « T'es sûre ? »

« À moins qu'il y ait quelqu'un d'autre qui se promène dans une robe blanche aujourd'hui, alors oui », je lui réponds. « Et elle gémissait son nom, donc c'est assez difficile de penser que c'était quelqu'un d'autre. »

Il secoue la tête, comme s'il ne savait pas quoi répondre à ça, et il n'est pas le seul.

« Heureusement que tu ne vas pas te marier avec cette salope, hein, Pax ? » murmure Ash en souriant à son ami.

Pax grogne. « Je ne l'aurais jamais touchée même si nous étions vraiment mariés. Mais oui. C'est une bonne chose que je ne l'épouse pas. »

Les derniers invités commencent à entrer pour trouver leur place, et deux des employés que Julian a mis à disposition ferment les portes. Le mariage est sur le point de commencer.

Je passe mes mains sur les épaules de Pax pour enlever les plis de son smoking. Je lève la main et fixe sa cravate, puis je recule pour l'admirer.

Il est magnifique.

C'est la première fois que j'ai vraiment l'occasion de l'admirer depuis que nous nous sommes tous habillés et dirigés vers l'église. Le smoking est taillé à la perfection, épousant ses muscles d'une manière qui les met en valeur sans donner l'impression qu'il est sur le point de sortir du tissu. Même le mouchoir de poche de couleur lavande sur lequel Nathalie a insisté va bien avec l'ensemble. Bien que Pax ne veuille certainement pas faire ça, il se tient droit et fier et est superbe.

J'ai tellement envie de lui voler un baiser, mais ce serait probablement très mal vu au moment où il prétend être sur le point d'épouser quelqu'un d'autre. Alors à la place, je me contente de le regarder, les yeux brûlants pour qu'il sache que je me jetterais sur lui si je le pouvais.

Il sourit en retour et me fait un clin d'œil.

« C'est l'heure », murmure Gale.

Nous allons tous les quatre nous asseoir à nos places, laissant Pax à l'arrière, se préparant à marcher dans l'allée.

« Pour qui jouent-ils la comédie avec cette cérémonie à l'église ? » marmonne Ash alors que nous prenons nos places. « Vu ce que tu viens de voir faire Nathalie et Julian, je suis surpris qu'ils aient osé mettre les pieds dans une église. J'aurais pensé qu'ils auraient eu peur de brûler vif en franchissant la porte. »

« C'est pour la frime », répond Preacher d'un ton sévère.

« Mais ça marche pour nous. S'ils avaient fait un mariage en plein air, ça aurait été beaucoup plus difficile. »

Je hoche la tête, parce qu'il a raison sur ce point. Il y a des gardes postés tout autour de l'espace, habillés comme s'ils étaient à leur place à un mariage, mais qui se démarquent quand même aisément. Julian prend manifestement sa sécurité au sérieux et il serait beaucoup plus difficile d'emmener Anna et Cody si nous étions tous dehors. Nous serions repérés trop facilement, par un de ses gardes ou quelqu'un d'autre. Les pièces et les couloirs de l'église nous offriront une meilleure couverture.

La musique commence un moment après que nous soyons installés sur notre banc. Elle est douce et discrète. Le prêtre ou qui que ce soit que les Maduro ont engagé pour faire ce truc se tient à l'avant derrière l'autel, et Pax entre par la porte du fond, marchant dans l'allée.

Je peux sentir la tension grimper alors que le moment approche. Mais regarder Pax m'aide un peu. Il me fait un nouveau clin d'œil en passant et ça me fait sourire.

Je suis contente de savoir que la cérémonie sera interrompue avant qu'il n'embrasse Nathalie, parce que je ne veux pas que ses lèvres s'approchent de celles de cette pute.

Une fois Pax en place, la musique change pour la marche nuptiale, et les portes s'ouvrent à nouveau. Nathalie sort au bras de Julian et tout le monde se retourne pour les regarder.

Sa robe est une confection exagérée de dentelle, de tulle et de perles, comme si elle se prenait pour une princesse. La traîne s'étend derrière elle sur un bon mètre ou deux et elle a probablement coûté une fortune. Si elle avait eu le temps, elle l'aurait probablement fait faire à la main. Par des orphelins.

Julian est aussi habillé comme un prince. Il a le corps raide, et sa cravate et son mouchoir de poche correspondent au thème voulu par Nathalie. Son bras entrelace celui de sa sœur et il n'accorde un regard à personne alors qu'ils descendent l'allée jusqu'à l'endroit où se tient Pax.

Ni la mariée ni le marié n'auront de personnes debout avec eux, donc lorsqu'ils atteignent l'autel, Julian embrasse Nathalie sur la joue et se déplace ensuite pour prendre sa place également, la laissant seule avec Pax.

Le prêtre prend alors le relais et commence la cérémonie d'un ton terne et sec. Je l'écoute à peine, laissant les paroles monotones entrer par une oreille et sortir par l'autre, prêtant juste assez attention pour savoir quand il sera temps de bouger.

Je cherche dans les sièges où Anna est censée être assise et je la trouve en place avec Cody à ses côtés. Sa posture est un peu raide et elle regarde droit devant elle le couple à l'autel comme si elle prêtait attention à cette farce. Mais je peux déceler la tension dans ses épaules et sa mâchoire, et je sais qu'elle pense à ce qui s'en vient.

Elle est nerveuse. Je le suis aussi.

Notre plan est de déclencher les détonateurs et les petits explosifs juste avant l'échange des anneaux. Gale a le détonateur dans sa poche et les charges ont été placées à des endroits où elles sont susceptibles d'attirer l'attention sans blesser personne.

Si tout se passe bien, personne ne sera blessé. Peut-être un peu brûlé et piétiné dans le chaos, mais il n'y a rien de mortel. Ce sera juste bruyant et lumineux. Assez pour faire croire à cette pièce bondée de gens nerveux et paranos qu'ils sont enfin sur le point de recevoir leur châtiment pour quelque chose.

Ça simulera une attaque sur l'église, ce qui est tout à fait plausible vu le grand nombre de gens puissants réunis ici. Ils vont tous courir, s'éparpiller et essayer de se battre contre un ennemi invisible pour se sauver, et dans cette folie, on va faire sortir Anna et Cody.

Je sens la tension dans mon corps, comme si j'étais prête à m'enfuir à tout moment. Le discours du prête semble durer une éternité et je fais nerveusement rebondir mon genou en attendant.

Une main chaude recouvre mon genou et l'immobilise. Je jette un coup d'œil à *mon* Preacher qui regarde toujours devant lui.

Même sans qu'il ne dise rien, je peux deviner ce que son signal silencieux signifie, et il a raison. Il n'y a pas de raison de s'énerver maintenant. Nous avons un plan et tout ce que nous pouvons faire est de nous y tenir.

« Maintenant », dit le prêtre à l'avant de l'église en levant les mains. « Qui a les anneaux ? »

Julian se lève avec une petite boîte dans sa main. Aucun d'entre nous ne sait à quoi ressemblent les bagues. Pax a dit qu'ils lui ont demandé s'il avait une préférence et il leur a dit qu'il s'en fichait. Ce qui a probablement énervé Nathalie, mais peu importe. Ce n'est pas comme s'il allait la porter.

Je me souviens que Gale était contrarié, inquiet qu'en agissant de façon si blasée, il allait faire comprendre aux Maduro que quelque chose n'allait pas, mais Pax lui a fait remarquer qu'il penserait la même chose s'ils se mariaient pour de vrai. Il n'y avait donc aucune raison de prétendre le contraire.

Je jette un coup d'œil à Gale, croisant son regard. Il lève trois doigts, puis met son autre main dans sa poche.

Dès que Pax va s'approcher pour mettre la bague au doigt de Nathalie, ce sera le moment.

Gale baisse un doigt et Julian tend la boîte au prêtre. Le prêtre dit d'autres conneries sur le pouvoir de l'amour, ce qui est hilarant vu qu'il s'agirait au mieux d'un mariage de convenance.

Gale baisse un autre doigt. Le prêtre ouvre la boîte.

Et puis plusieurs bruits forts se font entendre, interrompant le moment.

Quelqu'un à l'avant crie avec effroi et cela déclenche une vague de panique dans le reste de la foule, tout le monde se retournant pour voir d'où vient le bruit.

D'autres tirs retentissent dans l'air et d'autres personnes commencent à crier.

Pendant une seconde, je ne comprends pas. Nous avions un plan et ce n'est pas ça.

Est-ce que Gale a déclenché les détonateurs plus tôt ?

Est-ce que sa main a glissé ou quelque chose comme ça ?

Je regarde autour de moi, essayant de comprendre ce qui se passe, puis une femme assise en face de moi est frappée de plein fouet dans le bras par ce qui ne peut être qu'une balle. Une vraie balle. Elle sursaute à cause du choc et le sang s'infiltre dans le tissu fin de sa robe.

Oh, putain.

C'est réel.

Voir le sang gicler et quelqu'un d'autre tomber de

l'autre côté de l'église ne fait qu'empirer le chaos. Les cris deviennent plus forts et les gens commencent à essayer de se disperser.

C'est une véritable attaque.

La seule chose que nous n'avions pas prévue.

Merde.

47

RIVER

Les tirs ne s'arrêtent pas.

Plusieurs personnes assises sur les bancs se lèvent et commencent à riposter, tirant vers les portes de l'église et tout autre endroit où ils pensent que les attaquants se cachent.

D'autres commencent à se mettre à l'abri, à se plaquer au sol dans leurs beaux habits et à ramper vers des endroits qu'ils pensent être sûrs.

Il y a des gens qui se cachent derrière les bancs, utilisant des bibles comme couverture, comme si cela allait les protéger d'une manière ou d'une autre.

C'est le chaos que nous voulions... mais il n'a pas été causé par nous.

Quelqu'un m'attrape le bras et je le secoue presque avant de réaliser que c'est Preacher. Il me traîne jusqu'au sol avec Gale et Ash, et on s'abrite derrière notre banc.

« Je dois rejoindre Anna ! » dis-je en élevant la voix pour être entendue par-dessus le bruit.

Gale acquiesce rapidement. Il lève la tête suffisamment

pour pouvoir regarder autour de lui et essayer de la repérer. « Là », dit-il en se baissant pour m'aider à avancer. « Côté gauche à trois rangées vers l'avant. »

Le même endroit où elle était assise, alors. Elle n'a pas bougé. C'est utile.

Je me mets à ramper en remerciant tout l'univers d'avoir été assez intelligente pour ne pas porter une robe. Ça aurait été deux fois plus dur de ramper.

Les balles continuent de siffler au-dessus de nos têtes, s'écrasant sur le bois des bancs et brisant les vitraux. Le verre s'abat sur les personnes qui s'abritent près d'eux et il y a une autre série de cris. Des cris et des pleurs s'élèvent, certains paniqués, d'autres en colère.

Je continue à avancer, me relevant à quatre pattes pour ramper plus vite et atteindre Anna. Elle est recroquevillée derrière son banc, heureusement seule.

Ses bras sont autour de Cody et le petit garçon pleure dans sa poitrine tandis qu'elle le tient. Je lui attrape le bras et elle recule, ses yeux bleus sont apeurés pendant une seconde avant qu'elle ne réalise que c'est moi.

« Qu'est-ce qui se passe ? » siffle-t-elle, l'air terrifiée. « C'est comme ça que ça devait se passer ? »

« Non. Ce n'était pas le plan », lui dis-je, mon estomac se nouant si fort que j'ai l'impression d'avoir avalé une pierre. « Ce n'est pas du tout comme ça que ça devait se passer. »

Et je n'ai aucune idée où ça a mal tourné.

Mais on n'a pas le temps de penser à ça maintenant. Pour l'instant, on doit essayer de sauver ce qu'on peut du plan original et se barrer d'ici.

Je me retourne vers l'endroit d'où je viens et je vois que

Gale et Preacher ripostent au groupe qui attaque l'église. Quelqu'un a attrapé le prêtre et l'a éloigné de l'autel, on dirait, et les futurs mariés ne sont plus à l'avant non plus. Il y a maintenant des personnages en tenue tactique noire et masqués qui tirent sur la foule. L'un d'entre eux est touché en pleine poitrine par une balle et s'effondre.

Je jette un coup d'œil en traçant le chemin de la balle qui a tué le gars. Pax et Ash sont derrière un autre banc et tirent en se dirigeant vers Gale et Preacher.

« Reste avec moi. » Je me retourne vers Anna, l'air sérieuse. « On va quand même essayer de s'en sortir. On peut le faire. »

Elle semble inquiète, mais je vois bien que c'est plus à propos de ce qui va arriver à son fils qu'autre chose. Cependant, elle acquiesce et se déplace avec Cody pour être plus proche de moi alors que je commence à ramper vers l'endroit où sont les Rois.

Je sors mon arme de l'étui que je porte et je commence à tirer sur tous ceux qui s'approchent trop près en me mettant suffisamment à couvert pour qu'Anna n'ait pas à s'inquiéter.

Du moins je l'espère.

J'entends un cri et des bruits de pas. Je lève les yeux juste à temps pour voir un homme armé se précipiter vers moi. Je suis au beau milieu de l'allée et j'essaie de lever mon arme à temps pour tirer avant qu'il ne m'atteigne.

Il est tout près, mais il tombe durement, ayant reçu une balle au ventre.

« Enculé », grogne Pax en se rapprochant.

« Merde », je halète en respirant difficilement. Mon cœur bat la chamade dans ma poitrine et je dois essayer plusieurs fois de respirer profondément.

Je me retourne pour m'assurer qu'Anna va bien, et ses yeux sont grands et terrifiés. Mais elle est en un seul morceau et Cody s'accroche toujours à elle.

Les gars se regroupent, formant une sorte de barrière autour de nous. L'homme sur lequel Pax a tiré est allongé sur le dos. Il halète et du sang s'écoule de sa bouche.

« Putain, t'es qui ? » je lui demande en essayant de ne pas paraître aussi paniquée que je le suis. « Pourquoi tu fais ça ? »

« Salope », m'insulte-t-il, la voix rauque. Il est en train de mourir, la lumière disparaissant de ses yeux. « Nous... nous nous défendons. Nous ne... cédons pas. Pour Diego. »

Il prend une dernière respiration sifflante et puis il meurt, là planté au sol.

« Qui est Diego, bordel ? » demande Ash, tirant une rafale rapide alors que d'autres tireurs tentent de s'approcher.

J'ouvre la bouche pour dire que je n'en ai aucune idée, puis je réalise qui c'est. Je lève les yeux et croise le regard de Preacher. Je sais qu'il le sait aussi.

J'ai l'impression que c'était il y a longtemps maintenant. Tant de choses se sont passées depuis ma première tentative ratée d'éliminer Ivan Saint-James. Dans tout le chaos, la confusion et les émotions qui ont suivi, j'ai à peine pensé au tir que j'ai manqué. J'ai presque oublié le jour où j'ai tué le leader du cartel qu'Ivan rencontrait au lieu de lui. Et puis la poursuite effrénée à travers les ruelles où je me suis retrouvée acculée au mur et convaincue que j'allais mourir.

Mais alors Preacher est arrivé et a tué les hommes qui étaient après moi, et nous avons réussi à nous échapper.

J'aurais dû savoir que ça allait me retomber dessus, mais

il s'est passé tellement de choses que je m'en souvenais à peine.

« Le cartel », dit Preacher, la colère en lui grandissant tellement qu'elle est maintenant visible. « Les hommes que nous avons tués le jour où River a laissé Ivan s'échapper. »

« Je ne l'ai pas laissé s'échapper, il... » Je m'interromps, parce que ce n'est pas le sujet.

« Putain », jure Gale. « Putain de merde. On n'a même pas pensé à eux. Bien sûr qu'ils veulent leur vengeance. Ils ont probablement planifié ça. »

« Je parie que c'est aussi eux qui sont derrière l'attaque de l'autre jour », dis-je alors que je commence à mieux comprendre. « Ils ont engagé quelqu'un ou envoyé quelqu'un après moi. »

Gale acquiesce, l'air toujours furieux. « Ils ont dû comprendre que tu étais responsable et ont envoyé quelqu'un à ta poursuite. Ça a échoué, et leur homme n'est jamais revenu, alors ils ont eu recours à ça. »

« Mais comment sauraient-ils qu'elle est ici ? » demande Ash. « Ce n'est pas comme si c'était elle qui se mariait. »

« Ils savaient qu'elle était chez nous, Ash », répond Gale. « Et Julian a contacté tous les gens importants pour venir au mariage. Il n'aura pas été difficile pour eux de l'apprendre et de savoir qu'elle serait là. »

Putain.

Putain, putain, putain, putain, *putain*.

C'est la dernière foutue chose dont j'avais besoin. Anna et Cody sont toujours là, et je ne sais pas où sont Julian et Nathalie. Le plan a bel et bien foiré maintenant, et je ne sais même pas si on peut le rattraper.

La fusillade se poursuit. Il y a de plus en plus de corps

au sol, certains vêtus du noir des assaillants, d'autres de la parure des invités du mariage. C'est le chaos.

« Tu dois partir », dit Preacher, faisant une pause pour se retourner et tirer sur quelqu'un qui s'avance sur le côté de la nef en essayant de se faufiler entre les bancs. « Tu dois partir d'ici. »

« Mais... »

« Le plan, River ! » crie Gale, me coupant la parole. « Tu dois te mettre en sécurité. Anna, Cody et toi. On va te couvrir ici. Vas-y. Maintenant ! »

J'hésite, ne sachant toujours pas si je dois les laisser, prise entre deux impulsions contradictoires : faire sortir ma sœur et m'assurer que les gars vont bien, rester et assurer leurs arrières.

Comme s'il sentait ma lutte interne, Preacher m'attrape le bras et me tire plus près. Il prend mon visage avec la main qui ne tient pas son arme et m'embrasse assez fort pour que je voie des étoiles pendant une seconde.

Puis il s'éloigne et soutient mon regard. « Vas-y. On s'en occupe. »

« Ok », je chuchote. Il y a tellement d'adrénaline dans mon corps que j'ai l'impression de vibrer. « Ok. »

« On va te faire une ouverture », grogne Pax.

Sans perdre une seconde, lui et les autres Rois font des tirs de couverture pendant que je prends Anna et Cody et qu'on commence à bouger. Heureusement, nous ne sommes pas loin de la porte latérale. Le plan original qui consiste à les faire sortir par la ruelle à l'arrière de l'église, est probablement encore le meilleur plan, donc je les emmène dans cette direction.

Comparé au bruit des tirs et des cris dans la partie

principale de l'église, ce couloir est étrangement calme. Les souffles lourds de ma respiration et le son de Cody qui renifle dans la robe d'Anna en s'accrochant à elle semblent trop forts à mes oreilles.

« C'est bon, mon chéri », lui murmure-t-elle en lissant ses cheveux. « Tout va bien. Nous sommes en sécurité. Nous allons sortir d'ici. »

Il acquiesce et s'accroche encore plus à elle. Anna le serre encore plus fort dans ses bras en me regardant, la détermination dans les yeux. C'est la même expression qu'elle avait sur son visage quand elle m'a dit qu'elle n'allait pas abandonner son fils pour se sauver. C'est la version d'Anna dont je me souviens si bien de notre enfance : forte, courageuse et déterminée, même quand elle a peur.

« Restez derrière moi et soyez aussi silencieux que possible », je murmure. « Je pense qu'il n'y a personne derrière, mais je n'en suis pas sûre. Je ne veux pas prendre de risques. »

Anna acquiesce, et nous avançons, traversant les couloirs de l'église. Je garde mon arme levée, prenant chaque coin lentement et regardant autour pour m'assurer que nous ne sommes pas sur le point de tomber dans une embuscade.

Mais comme je le pensais, la voie semble libre. Le combat se déroule à l'avant de l'église, et si quelqu'un a pu sortir, il s'est probablement échappé par les portes d'entrées. J'essaie de me déplacer aussi vite que possible tout en restant vigilante, juste au cas où les membres du cartel se rendraient compte que je ne me cache plus derrière un banc et tenteraient de nous poursuivre.

Le gamin ne pleure même pas. Il s'accroche juste à sa

mère en silence, regardant autour de lui le couloir ombragé tandis qu'il saute dans ses bras à chaque pas. Mon cœur se serre à chaque bruit étrange, mais personne ne nous saute dessus, et nous avons réussi à atteindre la porte et à sortir dans la ruelle en un seul morceau.

Dès que la porte de l'église se referme derrière nous, nous commençons à courir en direction de l'endroit où la voiture est garée. Je suis toujours devant et Anna court juste derrière moi avec Cody dans ses bras.

« Monte dès qu'on arrive à la voiture », je crie à Anna. « Je vais nous sortir d'ici. »

« D'accord », elle répond un peu essoufflée.

Et ensuite je reviendrai, je me le promets. *Je m'assurerai qu'Anna et Cody sont en sécurité et je reviendrai pour les Rois.*

Je sais qu'ils peuvent se débrouiller dans un combat et qu'ils se soutiendront mutuellement, travaillant en équipe pour se protéger. Mais je ne peux toujours pas m'empêcher de m'inquiéter pour eux au milieu de tout ça.

Je n'arrive pas à croire que le foutu cartel se soit pointé ici. Ils ne devaient pas savoir à quoi ressemblait la liste des invités pour ce mariage ou ils n'auraient jamais pris la décision de nous tendre une embuscade *maintenant*. C'est le pire timing, mais je ne m'attarde pas là-dessus. Pour le moment, j'ai quelque chose de plus important sur lequel me concentrer.

Je pourrai m'énerver pour ce foutu bordel plus tard.

On continue de courir et l'entrée de la ruelle se profile devant nous. La voiture est garée à environ un pâté de maisons et les clés sont dans ma poche.

Mais juste avant que nous atteignions la rue, Julian sort de la ruelle, bloquant notre route avec son arme à feu.

Je dérape et m'arrête si vite qu'Anna me rentre dans le dos. Les yeux de Julian se plissent et je le regarde comprendre ce qui se passe. Il voit clairement Cody dans les bras d'Anna et nous nous enfuyons tous les trois de l'église. La fureur se lit sur ses traits et il montre les dents en pointant son arme sur moi.

« Baisse ton putain de flingue », dit-il. « Maintenant. »

Ma peau se hérisse et j'entends Anna aspirer un souffle. J'hésite pendant une seconde, une douzaine de scénarios différents se déroulant dans ma tête. Puis-je le tirer avant qu'il ne me tire dessus ? S'il me tue, que va-t-il arriver à Anna et Cody ?

Vis. Vis juste assez longtemps pour continuer à les protéger.

Je ne pense qu'à ça alors que je me penche lentement et pose mon arme sur le sol.

Toujours en gardant son arme pointée sur ma poitrine, Julian jette un coup d'œil à Anna et Cody. « Putain de garce ingrate. Après tout ce que j'ai fait pour toi ? C'est comme ça que tu me remercies ? Cody, viens ici. »

Sa voix craque comme un fouet sur ce dernier ordre et le petit garçon se tortille dans les bras de sa mère, visiblement terrifié à l'idée de désobéir à son père. Elle le dépose, mais tient sa main fermement, l'empêchant de marcher vers son père.

« Attendez. *Écoutez* », dis-je en essayant de garder un ton neutre. « On n'a rien prévu de tout ça, ok ? Ce qui se passe dans l'église ? Ça n'a rien à voir avec nous. »

Et c'est en grande partie la vérité. La partie qui nous

concernait n'a jamais eu lieu. Je peux dire que Julian est furieux, et qu'il est assoiffé de sang après le combat dans l'église. Je dois essayer de lui parler, de trouver un moyen de le convaincre de nous laisser partir.

Je ne sais juste pas comment, putain.

« Oh ? Alors tu as pensé que tu pourrais en profiter pour me voler ma femme et mon fils », dit-il.

« Tu as déjà accepté de laisser Anna partir », j'insiste en jetant un coup d'œil à ma sœur. Je peux voir la tension dans son corps et je sais qu'elle est aussi à cran que moi. Peut-être que si on arrive à faire en sorte que Julian s'approche, on pourra l'attaquer ensemble. « J'essayais juste de les garder en sécurité. De les faire sortir de l'église. »

« Tu penses que je vais croire ça ? » Un rictus se dessine sur ses lèvres. « J'ai toujours pensé qu'Anna était difficile à gérer, trop bavarde et têtue. Mais je suppose que j'ai eu la bonne sœur. Tu aurais dû rester en dehors de mes affaires, salope. Je t'ai prévenue une fois. Je ne donne pas de seconde chance. »

Une seconde trop tard, je réalise à quoi il fait référence. Son avertissement que s'il me surprenait à interférer dans ses affaires, il me tuerait.

Il le pensait alors.

Et il le pense maintenant.

Putain. Non.

Un bruit rauque reste coincé dans ma gorge quand il appuie sur la gâchette.

Anna hurle et bouge en même temps que Julian tire, frappant mon épaule et me faisant tomber de côté.

Je trébuche de côté lorsque la balle qui m'était destinée frappe sa poitrine. Elle la frappe si fort qu'elle la fait tomber et s'effondrer sur le trottoir. Mon cœur s'emballe violemment, le choc de l'horreur montant en moi comme de la bile, acide et écœurante.

Des coups de feu retentissent dans la partie de la ruelle où Anna et moi sommes sortis de l'église, et un morceau de l'extérieur en pierre de l'église explose lorsqu'une balle le touche.

« River ! » Une voix profonde crie mon nom. C'est l'un des Rois, je pense, mais je ne peux pas dire lequel.

« Putain. » Julian jure alors que Cody laisse échapper un gémissement plaintif. Avant que je puisse réagir, il s'élance vers l'avant et attrape son fils, puis s'échappe au coin de la rue et disparaît.

Des bruits de pas retentissent derrière moi alors que les hommes se précipitent pour me rejoindre. Je peux entendre leurs voix s'élever, pour se communiquer que Julian est parti. Quelqu'un jure.

Je suis à peine consciente de tout cela, cependant. Tout ce qui m'entoure semble éteint et brumeux. Comme si tout se passait à l'extérieur d'un bocal à poissons et que j'étais enfermée à l'intérieur. Je crois que quelqu'un me dit quelque chose, mais je l'entends à peine. Je ne l'enregistre pas.

Je tombe à genoux sur le sol, mon cœur cognant si fort contre mes côtes que j'ai l'impression qu'il va éclater et rouler sur l'asphalte.

Il y a une flaque de sang autour d'Anna, imbibant le tissu de sa robe noire, la rendant lourde et incroyablement sombre. Son sang s'échappe, se répandant sur le trottoir.

Je la prends dans mes bras, sans me soucier du sang.

J'essaie de mettre mes mains sur sa blessure, d'arrêter le saignement, mais il y a tellement de sang.

Sa respiration est rauque et faible, et ses yeux sont un peu flous quand elle me regarde.

« Anna », dis-je et ma voix se brise. « S'il te plaît. C'est... ça va aller. Reste avec moi, d'accord ? S'il te plaît. Tu... tu vas t'en sortir. Ça va aller. *S'il te plaît.* »

Ses yeux se ferment lentement, puis ne s'ouvrent plus, et je la secoue un peu. « Non. Ne meurs pas. S'il te plaît, ne meurs pas. Je viens juste de te retrouver, tu ne peux pas. »

Je peux entendre le désespoir dans ma propre voix. Le désespoir dans mes supplications. Comme si je pouvais arrêter ça et rendre les choses meilleures si je le *voulais* vraiment.

Ma sœur ouvre à nouveau les yeux et ça semble difficile. Ils s'ouvrent faiblement et elle lève les yeux vers moi. Son bras se secoue légèrement, comme si elle voulait lever sa main, mais n'en avait pas la force.

Je prends sa main dans la mienne. Même si les miennes sont maintenant collées par son sang, je sens que sa main est déjà froide et moite.

Ses lèvres bougent et elle murmure quelque chose, mais je ne sais pas ce que c'est. Le son sort à peine et c'est juste de l'air.

« Quoi ? » je lui demande en me léchant les lèvres. « Je ne peux pas... »

Anna tire sur ma main, comme si elle voulait que je me rapproche, alors je le fais, en me penchant complètement. Elle serre ma main avec le peu de force qu'il lui reste. Elle prend une autre inspiration et je peux l'entendre vibrer dans sa poitrine. Je peux dire à quel point ça lui fait mal.

« Je tuerais pour toi… et… mourrais… »

« *Non.* » Je lui coupe la parole avant qu'elle ne puisse finir. « Non, Anna. Putain, non. Ne fais pas ça. S'il te plaît ! Tu ne vas pas mourir. Tu vas t'en sortir. Tu ne vas pas… »

Ses yeux deviennent vides et sa main se relâche dans la mienne. Quand je la lâche, elle tombe à côté de son corps, tout aussi immobile que le reste de son corps.

Mon cœur s'arrête.

Il se passe encore des choses autour de moi. Vaguement, je suis consciente des cris et des sirènes au loin. Le chaos de l'attaque se poursuit à l'intérieur de l'église. Les gars sont quelque part, soit tout près… ou peut-être qu'ils ont poursuivi Julian. Je ne sais pas.

Je suis insensible à tout sauf au corps de ma sœur dans mes bras, et tous les sons autour de moi sont étouffés et indistincts. Tout ce que je peux entendre est un seul cri.

Une personne crie et le son est rempli de douleur et de désespoir.

Elle continue de crier.

Elle crie

Et puis je réalise que c'est moi.

AUTRES OUVRAGES PAR EVA ASHWOOD

L'Élite obscure
Rois cruels
Impitoyables chevaliers
Féroce reine

Hawthorne Université
Promesse cruelle
Confiance détruite
Amour pécheur

Un Amour obscur
Jeux sauvages
Mensonges sauvages
Désir sauvage
Obsession sauvage

Dangereuse attraction
Déteste-moi

Crains-moi
Lutte pour moi

Sauvages impitoyables
Les Rois du Chaos
La Reine de l'Anarchie
Le Règne de la colère
L'Empire de la ruine